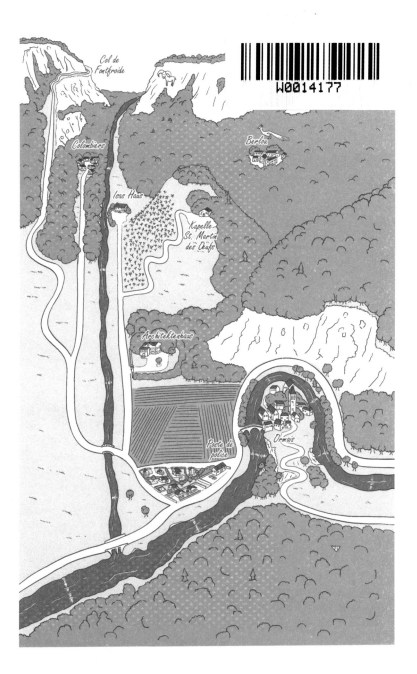

Lisa Graf-Riemann, in Passau geboren, studierte Romanistik und Völkerkunde und war als Redakteurin und Autorin für große Schulbuchverlage tätig. Sie schreibt Kriminalromane und Reisebücher. Seit vielen Jahren besitzt die Autorin ein altes Natursteinhaus in Südfrankreich, das sie eigenhändig renoviert hat. Der Roman ist auch eine Liebeserklärung an das Languedoc und seine Bewohner.

Dieses Buch ist ein Roman. Handlungen und Personen sind frei erfunden. Ähnlichkeiten mit lebenden oder toten Personen sind nicht gewollt und rein zufällig.

Im Anschluss an den Roman finden Sie eine Auswahl von Rezepten zu südfranzösischen Gerichten, die im Roman serviert werden.

LISA GRAF-RIEMANN

Madame Merckx trinkt keinen Wein

SÜDFRANKREICH KRIMI

emons:

Bibliografische Information der Deutschen Nationalbibliothek
Die Deutsche Nationalbibliothek verzeichnet diese Publikation
in der Deutschen Nationalbibliografie; detaillierte bibliografische
Daten sind im Internet über http://dnb.d-nb.de abrufbar.

© Emons Verlag GmbH
Alle Rechte vorbehalten
Umschlagmotiv: Photononstop/LOOK-foto
Umschlaggestaltung: Tobias Doetsch
Gestaltung Innenteil: César Satz & Grafik GmbH, Köln
Lektorat: Susanne Bartel
Druck und Bindung: CPI – Clausen & Bosse, Leck
Printed in Germany 2015
ISBN 978-3-95451-567-7
Südfrankreich Krimi
Originalausgabe

Unser Newsletter informiert Sie
regelmäßig über Neues von emons:
Kostenlos bestellen unter
www.emons-verlag.de

Du siehst, dass ich noch tiefer
in den Süden gegangen bin –
ich habe zu deutlich gemerkt,
dass der Winter weder meiner Gesundheit
noch meiner Arbeit guttut…
Die Frauen hier sind sehr schön,
das ist kein Schwindel.

Vincent van Gogh

Ein Heiliger kann kein Voodoo

Es wird noch zur Manie, dachte Isa und fragte sich im nächsten Augenblick, ob sie jetzt langsam durchdrehte. Mit wachsendem Glauben hatte das jedenfalls nichts zu tun, ihr Glauben war in den letzten Tagen ganz bestimmt nicht stärker geworden, auch wenn sie hier sonntags manchmal zur Messe ging. Verzweiflung, das war schon eher der Grund für ihre vielen Wallfahrten. Isa war verzweifelter geworden, und ihre Verzweiflung war auch der Grund, weshalb sie jetzt schon wieder hier heraufpilgerte, zum heiligen Martin von den Eiern, und das auch noch in der Mittagshitze. Es gab Gründe, und die wurden mit jedem Tag stärker. Allerdings hatte das rein gar nichts mit der Umgebung zu tun, denn die war immer noch atemberaubend, Verzweiflung hin oder her.

Eine märchenhafte Landschaft in den Ausläufern der Cevennen. Grüne Kastanienwälder, aus denen ein paar felsige Gipfel ragten, jahrhundertealte Pfade mit ausgetretenen, abgeschliffenen Steinpflastern markierten die Verbindungslinien zwischen den uralten Siedlungen. Nach Süden hin wurde das Land flacher. Weinfelder, Mandelbäume und Granatapfelsträucher, die Gebirgsbäche flossen durch fruchtbare Täler dem Meer zu. Endlose Platanenreihen säumten die Landstraßen. Isa musste bei ihrem Anblick immer an Napoleons Fußtruppen denken, die hier dankbar den Schatten der Bäume genossen hatten. Die Gegend war es also nicht, die sie langsam, aber sicher zum Verzweifeln brachte. Eher schon ihre Bewohner.

Nichts gegen ihre Gastgeberin. Isa wäre froh, würde sie in deren Alter nicht mehr Macken und Ticks haben als sie heute. Aber anstrengend war das tägliche Zusammensein mit ihr trotzdem. Heute Morgen hätte Isa sie glatt auf ein entfernteres Gestirn schießen wollen, der Mars wäre ihr definitiv zu nahe gewesen. »Ich kam in die Küche«, hätte sie ihrer besten Freundin gern am Telefon erzählt, »und rief fröhlich: ›Guten Morgen!‹« Aber Isa befand sich in einer etwas abgelegenen Gegend von Südfrankreich, im Herzen des Languedoc, und bis hierher reichte noch kein Handynetz. Sie rief also »Hallo!« und »Einen schönen guten Morgen!«, da behauptete ihre Gastgeberin Madame Giselle Merckx, ihr Auftritt käme nicht unbedingt überraschend. Sie habe Isa schon lange gehört, denn sie stapfe ja wie ein Elefant durch das historische Haus mit seinen mit Strohmatten und Lehm ausgestopften Zwischenböden. Mit dieser Bemerkung hätte Isa sogar noch leben können. Immerhin war Giselle Merckx mindestens doppelt so schwer wie sie, daher traf sie der Elefantenvergleich nicht. Zumindest nicht besonders.

»Jetzt sind die Eier hart, Mist!«

Sie hatte es genau so gesagt. So, als sei nur Isa daran schuld. Aber das war natürlich Quatsch, was hatte sie denn schon getan? Nichts, nur freundlich gegrüßt. War ja nicht verboten, nicht einmal in diesem Haus, dachte Isa. Zumindest war das bis vor Kurzem noch so gewesen. Außerdem war Giselle fünfundsiebzig. Sie hätte Zeit genug gehabt, das Eierkochen zu lernen oder sich mit einer Eieruhr auseinanderzusetzen. Trotzdem musste Isa schlucken, und Giselle Merckx bemerkte es.

»Ach, Kindchen«, sagte sie, »das war doch nicht so gemeint.«

Wie denn dann?, fragte Isa sich.

»Du isst dein Ei doch auch, wenn es hart ist, nicht?«, fragte Giselle. Die Frage war rhetorisch gemeint, eine Antwort unnötig. Schon lag ein zerplatztes Ei mit weißen Blasen auf Isas Frühstücksteller.

»Im Übrigen solltest du jetzt wirklich bald etwas unternehmen«, keifte sie auch schon, bevor Isa noch den ersten Schluck Kaffee trinken konnte. »Jetzt bist du schon fast eine Woche hier, und es ist immer noch nichts passiert.«

Isa brauchte Hilfe, das war ihr so was von klar. Sie trank ihren Kaffee aus, steckte sich das hart gekochte Ei und ein Stück Baguette in die Tasche und machte sich auf den Weg.

»Zeig's ihnen endlich!«, rief Madame Merckx ihr noch hinterher und fuchtelte mit dem Kochlöffel herum, als führe sie ein Florett. Isa hätte ihre Worte gern nicht mehr gehört.

Vor der Haustür stolperte sie über eine der beiden Katzen, deren Namen sie schon wieder vergessen hatte. Die dicke Braune gab ihr fauchend zu verstehen, dass Isa ihr nicht sonderlich sympathisch war.

Sie nahm den direkten Weg vom Dorf hinüber auf die andere Seite des Flusses. Im Sommer führte er nur wenig Wasser, und davon zweigten einige Leute, darunter an erster Stelle Mados Ehemann, Jean Vidal, sich auch noch etwas für die Bewässerung seines Gartens ab. Im Fall von Jean handelte es sich sogar um Gärten, im Plural. Eigentlich war es eine Frechheit und außerdem nicht erlaubt, was Jean da mit seinem Schlauch anstellte. Er hatte ihn sorgfältig getarnt, aber alle wussten Bescheid. Trotzdem würde niemand ihn auf der *mairie* anschwärzen. Im Dorf hielten sie zusammen wie Pech und Schwefel, auch wenn einer sich mehr Wasser genehmigte und bei den anderen dafür die Blumen vertrockneten.

Isa hüpfte in ihren Turnschuhen auf den großen weißen Steinen über den Fluss und kämpfte sich am anderen Ufer die steile Böschung hinauf. Seit Jérôme hier kein Holz mehr für seinen Kamin schlug, sondern es sich im Baumarkt kaufte, wucherte der Weg zu. Erst hatten sich die Brennnesseln, dann die Brombeeren ausgebreitet, für die Isa eine Machete mitgebracht hatte. Vielleicht auch als Waffe. Nicht weil sie sie wirklich einsetzen wollte, sondern um zumindest den Schein von Wehrhaftigkeit zu erwecken oder sich selbst Mut zu machen.

Beinahe wäre sie automatisch auf den Trampelpfad abgebogen, der direkt zu ihrem Haus führte. Gerade noch rechtzeitig fiel ihr ein, dass sie dort nicht einfach aufkreuzen konnte und ihr Besuch auch nicht erwünscht war. Isa kämpfte sich den so gut wie weglosen Hügel hinauf. Blöde Idioten! Richteten sich in ihrem Haus ein, zahlten seit Monaten keine Miete und ließen über das Gelände auch noch zwei schwarze Hunde patrouillieren, die so groß waren, dass kein Pferdemetzger der Welt Skrupel gehabt hätte, Wurst aus ihnen zu machen. Scheiß Schurkenpack!

Isa wusste schon, warum die für sich bleiben wollten. Denn trotz ihrer Vorsicht gab es ein paar Stellen, von denen aus man einen Blick auf die Stauden werfen konnte, die jetzt in ihrem ehemaligen Vorgarten wuchsen. Wie die Soldaten standen sie da, eine neben der anderen, und es war leicht zu erkennen, dass ihre tausend Hände mehr als fünf Finger hatten. Isa bildete sich sogar ein, das Kraut bis hierher riechen zu können. Wenn ihr kleiner Bruder und seine Kumpel gewusst hätten, was hier angebaut wurde, hätte sie sie wahrscheinlich nicht mehr halten können. Ihr Brüderchen hätte alles dafür gegeben, um bei ihren zahlungsunwilligen Mietern einen Job als Erntehelfer zu bekommen – genauso wie seine Freunde, Freundesfreunde und Freundesfreundefreunde.

Isa überlegte schon, einen der beiden Polizisten, die sich im Nachbarort sinnlos den Hintern ihrer Uniformhosen durch Sesselsitzen abwetzten, anzurufen und ihn aufzufordern, in dieser Sache tätig zu werden, machte dann aber doch einen Rückzieher. Denn schlagartig war Isa eines klar geworden: Ließ sie die Bewohner ihres Hauses hochfliegen, bekäme sie nie mehr ihre Miete von ihnen. Also änderte sie ihre Pläne und drückte ihnen beide Daumen, zumindest bis zur Ernte und zum folgenden Zahltag, zu dem sie sich dann pünktlich bei ihnen einfinden würde.

Weiter hinauf, keuchen, Pause, weiter hinauf, keuchen, Pause. Isa hielt den Rhythmus durch bis zum heiligen Martin. Endlich geschafft. K.o., aber besser gelaunt als noch beim Frühstück, setzte sie sich auf die Stelle, wo schon seit Langem eine Bank fehlte.

Und auf einmal wurde ihr auch klar, warum es an ebendieser Stelle kein Bänkchen gab. Durch ein akustisches Phänomen, das ihr bisher nicht aufgefallen war, weil sie so gut wie immer allein hier oben war, hörte man an dieser Stelle jedes einzelne Wort, das in der Kapelle an den Heiligen von den Eiern, *Saint Martin des œufs*, gerichtet wurde. Die obere Hälfte der grün lackierten Eisentür war lediglich vergittert und stand den Schallwellen so quasi sperrangelweit offen.

»Dass Rebecca auf ihre Klausur an der Uni ein Gut und Neffe Sébastien endlich seinen Führerschein wiederbekommen hat, das hast du wirklich toll gemacht. Und auch, dass Jeans Motorsense jetzt wieder astrein läuft, damit er weitermähen kann, ohne zu fluchen. Denn mähen muss er ja immer. Danke auch, Saint Martin, dass ihn noch niemand im Dorf wegen seiner Wasserleitung angezeigt hat. Und auch dafür, dass von der zweiten und der dritten Leitung anscheinend noch keiner etwas weiß. Du bist so gut zu uns, aber dafür bringe ich dir ja auch zweimal die Woche frische Blumen. Und das heimliche Schnäpschen, das wir hier zusammen trinken, bleibt auch weiterhin unser Geheimnis, *n'est-ce pas?*«

Die Stimme, die Isa hörte, war die von Jeans Frau Madeleine, genannt Mado, mit Betonung auf dem o. Isa hatte sie sofort erkannt. Aber sie wusste auch, dass es eigentlich nicht schicklich war, andere Menschen zu belauschen. Doch so schnell und lautlos kam sie jetzt gar nicht mehr hoch von ihrem Sitzplatz, und außerdem war die Neugier zwar ein Laster, aber keine Todsünde.

»Was ich mir heute von dir erbitte, *cher* Martin, das ist von einem ganz anderen Kaliber. Es wäre schön, wenn du mir dabei helfen könntest. Wenn es nicht zu egoistisch ist. Du entscheidest. Aber ich erzähle es dir trotzdem, einverstanden? Jeder von uns hat doch seine Träume. Erinnere dich, du warst doch auch mal ein Mensch. Sogar Soldat in der römischen Armee. Da wirst auch du allerhand erlebt und gesehen haben, nicht nur Heiliges, hab ich recht? Nein, nicht dass du auf falsche Gedanken kommst. Von etwas Unzüchtigem träume ich gar nicht. Ich bin seit dreißig Jahren verheiratet, und mein Jean ist immer noch sehr aktiv. Und das, obwohl er abends immer Baldriantee trinkt. Aber mein Jean oder besser sein Trieb scheint immun dagegen zu sein. Manchmal habe ich sogar den Verdacht, dass der Tee bei ihm den gegenteiligen Effekt hat. Ich habe ja nichts gegen ihn, also gegen den Trieb, aber manchmal ist es mir einfach zu anstrengend, verstehst du das? Andererseits … Oh, entschuldige, ich quassle hier mit dir, einem Heiligen, als wärst du meine Nachbarin. Mein Problem ist also nicht so sehr der, ja, also, der Sex, sondern vielmehr Jean mit seiner Eifersucht und dass er mich immer bei sich und um sich herum haben will, so als wäre ich seine Kurtisane, sein Hund oder seine Geisha. Er ist ganz der Pascha oder der Sonnenkönig, und ich soll ein Satellit sein, der Tag und Nacht um ihn kreist. Ich weiß, zu deiner Zeit war das genau wie in meiner Jugendzeit noch üblich. Eigentlich seltsam, dass sich über die Jahrhunderte hinweg gar nicht so viel geändert hat, zumindest in dieser Hinsicht, oder? Aber die Dinge, von denen ich träume, gehen in eine ganz andere Richtung. Meinst du, ein Mensch kann seine Träume lenken, vielleicht sogar in die Gegenrichtung? Als junger Mensch, ja, das könnte ich mir sogar vorstellen, aber auch noch in meinem Alter? Meine Träume werden immer stärker, ich habe fast schon das Gefühl, sie sind bereits stärker als ich. Könnte das eine Prüfung sein? Nein, das glaube ich nicht. Ich bin doch keine Heilige. Warum sollte Gott mich prüfen wollen? Und ich träume auch nicht davon, heilig zu werden. Allerdings möchte ich so gern Mitglied im ›Club Voyage‹ in Bérieux werden. So, jetzt ist es draußen. Findest du das verwerflich? Du bist mit deiner Armee doch auch viel herumgekommen. Von Rom nach Südfrankreich, das war damals eine halbe Weltreise. Und als sie dich festhalten und zum Bischof weihen wollten, das hab ich nachgelesen, also kannst du es ruhig zugeben, da hast du dich in einem Gänsestall versteckt, weil du Angst hattest, deine Freiheit zu verlieren. Aber die Gänse haben so laut geschnattert, dass sie dich verraten haben. Okay, dass du vielleicht auf das Federvieh nicht so gut zu sprechen bist, das kann ich ja sogar verstehen. Aber dass man ihnen bis heute an deinem Namenstag an die Gurgel geht, das finde ich wirklich nicht in Ordnung. Das hast du nicht gewollt, sagst du? Das ist nur eine Legende? Na gut, aber in Ordnung finde ich es trotzdem nicht. Wie? Mit den Eiern ist es dasselbe? Auch alles nur ein Lügen-märchen? Aber die Leute bringen Eier herauf zur Kapelle, um sie von dir segnen zu lassen, seit ich denken kann. Warum sagst du ihnen dann nicht, dass dir die Eier am …? Entschuldige! Ich meine, dass du für Eier überhaupt nicht zuständig bist. Dass alles nur ein großes Missverständnis ist. Ja, klar, du sprichst nicht mit jedem. Nein, bitte, du machst mich ganz verlegen. Ich weiß ja gar nicht, was ich dazu sagen soll. Mein Traum? Ach so, ja, der Traum. Also, der Club organisiert nämlich Reisen in die ganze Welt, und meine Nachbarinnen sind alle schon lange dabei: Giselle, die Belgierin, Séverine, Claudine, sogar Arlette. Sie hat es so organisiert, dass eine Krankenschwester ins Haus kommt und nach Arnault, ihrem Mann, sieht, wenn sie unterwegs ist. Arnault sagt immer, sie soll ruhig mitfahren und etwas von der Welt sehen, auch wenn er nach seiner Krankheit das Haus fast nicht mehr verlassen kann. Das ist mal eine Prüfung! Aber zum Glück ist Arnault vernünftig und gönnt seiner Frau den Spaß und die Erholung. Mein Jean ist da leider nicht so vernünftig, und gegönnt hat er mir noch nie auch nur irgendwas.«

Ja, das wissen alle im Dorf, dachte Isa und wunderte sich nur, dass der heilige Martin es anscheinend noch nicht gewusst hatte. Dann lauschte sie weiter. Sie wollte unbedingt wissen, wie dieser Kuhhandel ausgehen würde.

»Jean hat mir verboten, dem Club beizutreten. Er hat gesagt, das erlaubt er nicht. Bin ich vielleicht kein Mensch? Bin ich nicht erwachsen? Sind wir im Mittelalter? Brauche ich seine Erlaubnis, um etwas ganz Normales zu tun? Nein, die brauche ich ganz sicher nicht. Also bin ich beigetreten, aber Jean weiß es noch nicht. Ja, stimmt schon, der Beitritt ist also nicht mehr mein Problem, denn ich bin ja schon dabei. Es kostet auch nichts. Nur wenn man sich für eine Reise anmeldet, bezahlt man eben das, was die Reise kostet. Eine faire Sache, findest du nicht? Na gut, okay, du willst dich da raushalten, ich versteh schon. Jedenfalls habe ich Geld auf die Seite gelegt, schon seit einigen Monaten, und jetzt habe ich die Reisekosten beisammen. Wohin es gehen soll, fragst du? Marokko, stell dir das mal vor! Im Oktober. Ja, gut, das ist ein moslemisches Land, aber die Römer waren lange Zeit auch keine Christen, oder? Und überleg doch mal. Das Problem sind nicht die Moslems. Das Problem ist Jean, der noch gar nichts von meinen Plänen weiß. Er weiß noch nicht einmal, dass ich Club-Mitglied geworden bin.«

Isa hörte tiefes Seufzen und war gespannt, wie der Eierheilige sich da aus der Affäre ziehen würde.

»Ich weiß, dass ich es ihm einfach sagen muss. Er wird bestimmt toben, er ist ja so cholerisch. Er wird um sich schlagen, Geschirr vom Tisch hauen, seine Weinflasche zerdeppern. Und er wird mir damit Angst machen. Das schafft er ganz leicht. Ich soll eine Freundin mitnehmen, wenn ich es ihm sage? Das kann ich nicht, da würde ich mich ja zu Tode schämen. Und hinterher müsste ich dafür büßen, weil auch Jean sich schämen würde. Nein, das geht so nicht, das habe ich mir doch alles auch schon überlegt. Es gibt einfach keine Lösung! Deshalb bin ich ja hier. Deshalb habe ich dir die allerschönsten Schwertlilien aus Jeans Garten mitgebracht, natürlich habe ich sie heimlich geschnitten, damit er es nicht merkt. Er weiß, dass ich dir immer wieder Blumen aus seinem Garten bringe, aber es passt ihm nicht. Er ist nicht sehr religiös, weißt du? Du musst mir helfen, Martin, mein geliebter Heiliger, nur du kannst es. Denk nur an Sébastiens Führerschein und Rebeccas Noten an der Uni. Und an Jeans alte Motorsense. Das hast du doch auch hingekriegt. Du kannst es! Ich verlasse mich auf dich.«

Isa stellte sich vor, wie sich Mado nach diesen letzten Worten theatralisch vor dem Altar auf den Boden warf. Aber sagte man zu einem Heiligen tatsächlich: »Ich verlasse mich auf dich«? Das war doch wohl der falsche Text. Stattdessen müsste es »Ich vertraue auf dich« heißen, dachte Isa und erinnerte sich an die Gebete, die sie als Kind gelernt hatte. Na, egal, der Heilige würde auch so verstanden haben, dass Mados Anliegen wirklich wichtig war und er sich jetzt etwas einfallen lassen musste.

»Nein, nein, nein, mich darfst du nicht fragen, was du machen sollst. Würde ich dich denn bitten, wenn ich es selbst wüsste? Hier, ich habe ein Unterhemd von Jean mitgebracht. Ein getragenes.«

Isa schüttelte sich, denn sie wusste, wie Jean normalerweise herumlief, und zwar nicht nur in seinen eigenen vier Wänden: im Unterhemd nämlich. Und so, wie die französischen Zigaretten früher gelb statt weiß gewesen waren, weil sie in Maispapier eingerollt wurden, so lief auch Jean grundsätzlich in grauen und nicht in weißen Unterhemden herum. Ein hundertmal verwaschenes Graphitgrau war das, mit sich überlagernden gelblichen Schweißringen unter den Achseln und Verschleißlöchern auf der Brust, die aussahen wie die Wurmlöcher in der Lindenholz-Statue des heiligen Martin von den Eiern. Der sich anscheinend eine Denkpause gegönnt hatte, denn in der Kapelle war es seit einigen Sekunden mucksmäuschenstill.

»Ich weiß, dass du kein Voodoo-Priester bist«, unterbrach Mado die Stille. »Denk bitte nicht so schlecht von mir. Du kennst mich doch! Komme ich nicht seit zwanzig Jahren mindestens einmal in der Woche zu dir herauf? Du weißt, dass ich nicht abergläubisch bin. Deshalb esse ich auch keine Gänse zu St. Martin. Das finde ich nämlich nicht in Ordnung. Gut, dann packe ich das Unterhemd eben wieder in meine Tasche. Ich bitte dich um Verzeihung, aber ein Heiliger kann ja sowieso nicht nachtragend sein, oder? Also vergessen wir es und werden es nie wieder erwähnen. Okay? Hast du schon eine Idee? Es muss ja keine Herzkrankheit sein wie bei Arnault, nein, das muss es auf keinen Fall. Jean würde auch nie eine fremde Person zur Pflege akzeptieren. Nie! Dass er mit mir zusammen verreist? Wo denkst du hin? Jean hat drei riesige Gärten zu betreuen. Bis Oktober ist Erntezeit, ich muss Gemüse milchsauer einlegen, Beerenwein keltern, Marmelade einkochen und Kompott kochen, denn weiter oben auf dem Hügel hat er sogar eine kleine Obstplantage mit Äpfeln, Pfirsichen, Kirschen und Birnen. Williams Christ, die sind phantastisch, und jedes Jahr werden die Früchte mehr und größer. Leider sind sie extrem empfindlich und müssen sofort verarbeitet werden, sonst werden sie braun. Sofort, verstehst du? Ja, entschuldige, natürlich verstehst du. Ich bin schon ganz durcheinander. Im Winter verreisen? Hallo? Da ist in Marokko alles weiß, die haben genauso hohe Berge wie wir in den Alpen. Nein, ich werde mit den anderen aus dem Dorf im Oktober fahren. Ich habe schon gebucht, und wenn ich zurücktrete, bekomme ich mein Geld nicht wieder. Das Flugticket ist auch schon reserviert, so etwas muss man schließlich planen! Wenn man einmal unterschrieben hat, kann man nicht am nächsten Tag sagen, dass man doch nicht will. Und außerdem will ich ja. Es wird meine erste Reise seit neunundzwanzig Jahren. Damals haben wir unsere Hochzeitsreise nachgeholt. Wir waren in der Schweiz, aber dort hat es mir nicht so gut gefallen. Ich hatte immer nur Bauchschmerzen von dem schweren Essen. Aber die arabische Küche, die wird mir schmecken. Manchmal hole ich uns donnerstags Couscous mit Hühnchen von Paul, unserem Metzger. Jean hält das für Verschwendung, weil wir doch so viel Gemüse im eigenen Garten haben. Er will nie etwas kaufen oder außer Haus essen, was in unserem Garten wächst, also isst er im Restaurant immer nur Berge von Fleisch. Aber ich mag Couscous, und ich mag es auch, wenn ich nicht immer selbst kochen muss. Ich würde ja gern mehr ausprobieren, auch fremde Gewürze und so, aber Jean stochert dann immer nur im Essen herum und sagt, es schmeckt ihm nicht.«

Das konnte Isa sich lebhaft vorstellen, wie die beiden da zusammen hausten und sich das Leben gegenseitig schwer machten. Sie hätte Jean auch nicht bei sich am Esstisch sitzen haben wollen. Schon wegen des verschwitzten grauen Unterhemds nicht, das er auch zu den häuslichen Mahlzeiten nicht wechselte. Wäre ja Verschwendung gewesen.

»Oh, so spät schon!«, hörte sie Mado plötzlich aufschreien. »Jetzt muss ich aber zurück ins Dorf, sonst schimpft Jean mich wieder eine Betschwester. Sogar auf dich ist er eifersüchtig, stell dir das mal vor!« Sie kicherte. »Also, mein lieber heiliger Martin, lass dir bitte etwas einfallen, ja? So viel Zeit habe ich nicht mehr! Du weißt ja, wie schnell der Sommer vorübergeht, und bald kommt Rebecca aus Montpellier, und wir beide fahren bestimmt öfter ans Meer. Dann kann ich vielleicht nicht mehr so oft zu dir heraufkommen. Das nächste Mal werde ich dir aber wieder etwas Leckeres mitbringen. Der Johannisbeerlikör müsste bis nächste Woche fertig sein. Ich hab ihn schon probiert. Er wird ein Gedicht, sage ich dir! Ich bin schon so gespannt, was dir zu Jean einfallen wird, wie du ihn bekehren kannst. Aber wenn aus einem Saulus ein Paulus werden kann, dann müsste aus einem Jean doch auch ein frommer Jean Paul zu machen sein, oder? Ein Belmondo muss er ja nicht mehr werden.«

Während Isa hörte, wie Mado kicherte und ihre Sachen zusammenpackte, stützte sie sich mit den Händen am Boden ab und stemmte sich auf wenig elegante Weise so überhastet in die Vertikale, dass ihr schwindelig wurde. Als Mado aus der vergitterten Tür trat, fiel Isa ihr fast entgegen. Mado bekreuzigte sich vor Schreck.

»Jesus, Maria und Josef! Was machst du denn hier oben?«, fuhr sie Isa an. »Bist du über Nacht etwa katholisch geworden?«

»Ich gehe hier spazieren«, antwortete Isa. »Ich muss über einige Dinge nachdenken.«

»Und denkst du schon lange nach? Ich meine, bist du schon länger hier oben?«

»Ich bin gerade erst raufgekommen«, log Isa. »Eine Bank, auf der man sich ausruhen könnte, gibt es hier ja immer noch nicht.«

Mado sah sie prüfend an.

»Mit wem hast du denn da drinnen gesprochen?«, fragte Isa, als Mado sich schon sicher fühlte. »Ist da noch jemand?«

»Quatsch! Ich habe gebetet«, behauptete Mado. »Das solltest du vielleicht auch manchmal tun. Die Heiligen wissen so viel mehr als wir, nicht wahr?«

»Keine Ahnung«, sagte Isa. »Mit mir sprechen die nicht.«

»Dann musst du ihnen mehr Gelegenheit dazu geben. Bei mir hat es auch fünfzehn Jahre gedauert, bis er mir geantwortet hat. Oder bis ich ihn gehört habe.«

»Wen denn überhaupt?«, fragte Isa.

»Wartest du auf mich?«, fragte Mado und wich so einer Antwort aus. »Ich bin gleich fertig, dann können wir zusammen zurück ins Dorf gehen.«

Sie warf einen letzten Blick auf ihr Schwertlilien-Arrangement in der Plastikvase, sperrte die Tür mit einem zehn Zentimeter langen Schlüssel mit langem Bart ab, bekreuzigte sich ein letztes Mal und hakte sich bei Isa unter. Zusammen nahmen sie den Schotterweg den Berg hinunter, der für Pilger und das Auto des Pfarrers angelegt worden war. Unter ihnen lag Isas Grundstück, von dem man nur ein Stück des Hausdaches und den von Pappeln dicht umstandenen Garten sehen konnte, in dem nun diese Exoten-Plantage lag, deren Pflanzen wuchsen und gediehen. Auf der anderen Seite des Flusses breitete sich das Dorf mit seinen Natursteinhäusern mit den blassroten Ziegeldächern und den schwarzen, traditionell mit Schieferplatten belegten Wetterseiten aus. Doch immer mehr Hausbesitzer hatten den Schiefer in den letzten Jahren abgenommen, statt ihn zu reparieren. Er war nicht mehr modern und zu pflegeintensiv. Und wer heute solche dunklen Platten neu anfertigen ließ, musste dafür ein Vermögen hinlegen.

Es war heiß geworden, und die beiden Frauen nahmen immer wieder Schleichwege, die von dem Serpentinenweg durch den Kastanienwald abzweigten, um der prallen Sonne zu entgehen. Mado erzählte Isa, wie sie ihre *crème de marrons*[*] herstellte, als in den Bergen ein Schuss krachte und der Schall sich in einem unheimlichen Echo zweimal wiederholte. Oder waren es drei Schüsse hintereinander gewesen? Eine Amsel stob zeternd aus dem Unterholz, dann war es wieder still.

---

[*]Dieses Rezept und einige andere der Speisen, die im Roman serviert werden, sind im Anhang zu finden.

Laurents erstes Mufflon

Der Himmel war noch grau, als sie am frühen Morgen das Haus verließen. Sie wollten schon ein gutes Stück des Aufstiegs hinter sich gebracht haben, wenn die Sonne über die Felskante steigen und auf sie herunterbrennen würde. Verfluchte Sonne, die das Wasser aus den Böden des Midi sog, die Pflanzen trocknete wie Dörrobst und die Menschen träge machte. Die Touristen, die in Cap d'Agde und Sérignan Plage ihre Ferien vertändelten, hatten keine Ahnung davon, wie sich die Hitze und Dürre im Hinterland anfühlten, ohne Meer und ohne kühle Brise am Wasser. Davon, wie es war, dabei zuzusehen, wie der Fluss immer weniger Wasser führte, der Wasserspiegel in den Stauseen sank und sank und die Leute von der *mairie* aufgefordert wurden, Wasser zu sparen. Im schlimmsten Fall wurde das Wasser dann tatsächlich für mehrere Stunden am Tag abgeschaltet. Aber da die Leute trotzdem noch ihre Tomaten im Garten wässern mussten, mussten sie sich in diesem Fall eben etwas einfallen lassen.

Bald hätten sie das verlassene Dorf erreicht, dessen letzte Bewohner in den siebziger Jahren des vorigen Jahrhunderts weggezogen oder ausgestorben waren. In den Achtzigern waren einige Hippies hier heraufgekommen und hatten die alten Steinhäuser mit den maroden Dächern besetzt, aber auf Dauer war ihnen der lange Aufstieg zu mühevoll gewesen, und auf eine anständige Straße hätten sie wohl ewig warten müssen. Da hätte schon ein Filmstar oder eine von diesen Sängerinnen, die halb nackt auf der Bühne herumsprangen, hier aufkreuzen müssen, um eine Zufahrt zu bekommen. Aber diese berühmten Leute würden einen Teufel tun und von ihren Villen an der Küste mit gepflegtem Rasen, Swimmingpool und Personal hier in die Einöde ziehen.

Jean zog ein verwaschenes Stofftaschentuch mit grünem Rand aus einer der vielen Taschen seiner Jagdhose und wischte sich den Schweiß von der Stirn.

»Na, alter Mann, kannst du nicht mehr?«, fragte Laurent.

Vieil homme, so nannte er Jean, doch der würde mit keiner

Miene erkennen lassen, dass ihm das etwas ausmachte. Es stimmte ja auch, er war ungefähr doppelt so alt wie Laurent. Der Junge hätte sein Sohn sein können, und warum sollten die Jungen die Alten nicht auch Alte nennen? Sie würden es schon selbst noch merken, wie sich das anfühlte. Das Altwerden selbst und dass einen jemand Alter nannte. Altwerden machte zwar keinen wirklichen Spaß, aber noch war kein Kraut dagegen gewachsen. Und Jean wollte so richtig alt werden. Das hatte er sich jedenfalls fest vorgenommen. Er tat alles dafür, möglichst lange durchzuhalten. Er war es gewohnt, viel zu arbeiten, und Arbeit hielt ja, wenn man dem Volksmund Glauben schenkte, fit. Nachdem er seinen Weinberg aufgegeben hatte, weil sich die Plackerei einfach nicht lohnte, hatte er sich erst einen zweiten, dann einen dritten Garten zugelegt. Er ging so oft wie möglich auf die Jagd und versuchte dabei, mit den jungen Kerlen wie Laurent mitzuhalten, was ihm bislang noch ganz gut gelang. Dass er dabei stärker schwitzte als die anderen, das war schon so gewesen, als er noch jung gewesen war. Er war ein guter Jäger, hatte immer noch ein scharfes Auge und kannte sich in den Bergen aus. Und er hatte eine Frau zu Hause, die auf ihre Figur aufpasste und sich die Haare färbte, kurz: die insgesamt sehr auf ihr Äußeres achtete. Nur dass sie ihm neuerdings ständig mit diesem Reiseclub in den Ohren lag, das nervte ihn. Was interessierten ihn schon China oder die Karibik? Und was hätte er denn den ganzen Tag auf einem Kreuzfahrtschiff anfangen sollen? Faul im Liegestuhl herumzufläzen, das war nichts für ihn. Am Schluss wollte Mado noch allein mit den anderen Frauen aus dem Dorf verreisen, deren Männer entweder nicht mehr gut zu Fuß, geistig nicht mehr fit oder schon gestorben waren. Den Floh mit dem »Club Voyage« hatte ihr bestimmt Giselle, die resolute Belgierin, ins Ohr gesetzt. Sie war Witwe. Ihr Mann, der schon magenkrank hierhergezogen war, lag seit zwei Jahren auf dem Friedhof von St. Julien und schaute sich die Weinreben von unten an. Obwohl sie, seit er sie kannte, nur in T-Shirts und Sandalen aus dem Supermarkt herumgelaufen war, musste die Merckx Geld haben. Die Renovierung ihres Hauses hatte sicher ein Vermögen gekostet. Jean hatte den beiden Maurern dabei zugesehen, wie sie mit der Hand die Hohlräume zwischen den Natursteinen mit *ciment blanc*, weißem Zement, verputzt hatten. Pro Fassade hatte das ungefähr eine Woche gedauert. Dabei waren die Handwerkerlöhne heutzutage, wie jeder wusste, fast unbezahlbar geworden. Natursteinmauern errichten und verputzen, das konnten sowieso nicht mehr viele Maurer. Und selbst wenn sie es konnten, waren die wenigsten von ihnen zu dieser Knochenarbeit bereit. Genauso, wie die wenigsten Kunden dazu bereit waren, die horrenden Handwerkerrechnungen zu bezahlen. Nach dem Tod ihres Mannes hatte Giselle sich noch eine Wohnung am Meer gekauft, in die sie an den Wochenenden fuhr und die sie im August an Urlauber vermietete. Und dann gondelte sie auch noch in der Weltgeschichte herum. China, Australien, weiß Gott, wo sie überall schon gewesen war. So weit hatten Jean und Mado es nicht gebracht. Sie lebten nicht schlecht, ihre beiden Kinder hatten sie auf ein gutes Internat schicken können, aber jetzt auch noch Weltreisen? Nein, das ging dann doch etwas zu weit. Außerdem wollte Jean nicht, dass Mado große Reisen unternahm. Frauen mussten im Haus bleiben, dort hatten sie doch genug zu tun. Und war es nicht immer schon so gewesen? Außerdem war Mado immer noch verdammt attraktiv, ein bisschen zu aufmüpfig vielleicht, aber *oh là là*, das gab ihr doch erst den richtigen Pfeffer. Ein paar Widerworte, dieses Sich-Zieren, wenn er sich ihr mit eindeutigen Absichten näherte, das gehörte doch zum Spiel, oder nicht? Das hielt ihn jung. Und solange sie sich ihm später doch noch fügte, war das auch völlig in Ordnung. Damit konnte er leben, genauso wie damit, dass sie ein- bis zweimal wöchentlich zu diesem Heiligen hinaufpilgerte. Jean konnte immer noch nicht begreifen, dass sie vor fünfzehn Jahren tatsächlich dieses dämliche Küsteramt in der Kapelle übernommen hatte, das keinen Centime einbrachte, dafür aber Arbeit machte. Doch Mado schleppte wirklich immer wieder seine Blumen zu dem Heiligen in seiner schwindsüchtigen Hütte hinauf und unterhielt sich mit ihm. Er hatte selbst gehört, wie sie ihm vom Trieb ihres Mannes, also von seinem, Jeans Trieb, vorjammerte, als er ihr einmal gefolgt war. Hehe! Jean grinste bei dem Gedanken, dass sich der Heilige die Zähne ausbeißen würde, sollte er in der Hinsicht irgendwie tätig werden wollen. Jean fühlte sich stark wie ein Pferd und sorgte dafür, dass das noch möglichst lange so bleiben würde.

»Fertig mit deiner Pause?«, fragte ihn Laurent.

Jean wusste nicht, ob er eingeschlafen war oder nur vor sich hin geträumt hatte. Er nickte. Die Sonne stand bereits über der Schlucht. Es würde ein wolkenloser heißer Tag werden, aber noch hatte sie nicht ihre volle Kraft. Also weiter.

»Immer schön in Deckung bleiben, Junge«, ermahnte Jean den Jüngeren. »Hier oben hab ich schon ganze Herden von Mufflons gesehen. Lass also die Finger von Rebhühnern, Eichelhähern und solchem Kleinzeug. Damit würden wir die Mufflons nur vertreiben, und nur die interessieren uns heute.«

»Schon klar«, entgegnete Laurent, und Jean konnte sehen, dass er nun doch etwas nervös wurde. Es war bestimmt sein erstes Mufflon, das er heute schießen würde. Gut möglich, dass Laurent noch nie ein so großes Tier erlegt hatte.

»Sind ganz schön wendig, diese Wildschafe«, sagte Jean. »Du musst schnell zielen und abdrücken, möglichst im Liegen oder aus der Deckung. Wenn sie dich sehen oder riechen, kannst du's vergessen, kapiert?«

»Kapiert, kapiert.«

»Dein erstes Mufflon?«, fragte Jean.

Laurent grunzte und vermied ein eindeutiges Ja oder Nein. Damit war die Sache klar.

Sie bezogen auf einem Felsvorsprung im oberen Drittel der Schlucht Position. Von hier aus hatten sie das gegenüberliegende Steilufer des Wildbaches gut im Blick. Solche Aussichtsplätze waren auch bei Mufflons beliebt. Vielleicht, weil sie so die Schlucht nach möglichen Feinden oder nach Futterquellen absuchen konnten. Vielleicht genossen sie aber auch nur die tolle Aussicht. Jedenfalls würden Jean und Laurent hier warten, bis eines der Tiere auftauchte.

Nun war es Laurent, der schwitzte, obwohl ihre Nische noch im Schatten lag. Es war definitiv sein erstes Mufflon, und er machte sich ins Hemd vor dem ersten Schuss. Das zu sehen wiederum freute Jean. Erfahrung war das Einzige, womit ein Älterer gegenüber einem jungen Kerl wie Laurent punkten konnte. Der Gedanke daran ließ Jeans Hand ganz ruhig werden.

Die Felsen wirkten wie von Riesen aufgetürmt, die mit den

einzelnen Blöcken Lego gespielt hatten. Der Fluss hatte sie wie eine gigantische Schleifmaschine über die Jahrtausende hinweg glatt geschliffen. Der Wasserlauf war zu dieser Jahreszeit nur mehr ein dünnes Rinnsal. Weiter unten konnte man nahe den Gumpen und Becken, die vom Flusslauf abgetrennt waren, den leichten Modergeruch wahrnehmen, aber hier oben war davon nichts zu bemerken.

Plötzlich gab Jean Laurent ein Zeichen. Mit einer leichten Kopfbewegung wies er zur anderen Seite hinüber. Etwa fünfzig Meter unter ihnen war ein Mufflon um einen Felsvorsprung gehüpft. Jean bedeutete Laurent, ruhig zu bleiben und ja nichts zu überstürzen. Vielleicht war das Tier nicht allein. Und wirklich sprang im nächsten Moment ein zweites, kleineres Wildschaf auf das Felsplateau, das aus ihrer Perspektive nicht breiter als ein Fenstersims wirkte. Es war das Junge des Mufflonweibchens, wahrscheinlich erst im Frühjahr geboren. Das Muttertier ließ den Blick über das enge Flusstal schweifen und nahm dabei auch das gegenüberliegende Ufer ins Auge. Jean und Laurent blieben reglos liegen. Jean wusste, dass Mufflons hervorragend sehen konnten. Mit den seitlich am Kopf stehenden Augen konnten sie, ohne den Kopf drehen zu müssen, einen weiten Umkreis überblicken. Wenn die Hornspitzen bei Widdern so lang wurden, dass sie ihr Sichtfeld einschränkten, dann scheuerten sie sogar die Spitzen ab. Allerdings konnten sie räumlich tatsächlich nur in einem begrenzten Gesichtsfeld sehen. Außerhalb dieses engen Winkels nahmen sie nur Bewegungen wahr, aber wenn eine Bewegung sie beunruhigte, drehten sie schnell den Kopf in diese Richtung, um das Objekt im Raum zu orten. Erst im Anschluss versuchten sie, durch Wittern und über den Gehörsinn weitere Informationen aufzunehmen, um eine Gefahr, die von dem erspähten Objekt ausgehen konnte, richtig einzuschätzen. Noch in tausend Meter Entfernung konnten sie Menschen mit bloßem Auge erkennen. Jean selbst hatte schon beobachten können, dass Mufflons, die ihr Rudel verloren hatten, zuerst nervös hin und her liefen und nach den anderen Tieren Ausschau hielten. Erst wenn sie damit nicht weiterkamen, nutzten sie ihren Geruchssinn, um dem Rudel zu folgen.

Dieses Schaf auf der anderen Flussseite schien sich mit seinem

Jungen gefährlich weit vom Rudel entfernt zu haben. Jean wartete ab, bis das Muttertier, das bestimmt fünfunddreißig Kilo wog und achtzig bis neunzig Zentimeter Schulterhöhe maß, sich zu seinem Jungen umsah. Das war der Moment, auf den er gewartet hatte.

Auf beide Ellbogen gestützt, legte er die Büchse an, dann zerfetzte ein Schuss die morgendliche Stille über der Schlucht.

Jagdsaison

»Jagdsaison?«, fragte Isa.

»Was sonst?«, fragte Mado zurück.

»Ich warte wirklich auf den Tag, an dem ein Hirsch lernt, ein Gewehr zu bedienen, und einen Jäger erschießt.«

»Du hast vielleicht Ideen«, sagte Mado. »Wird bei euch in Deutschland nicht gejagt?«

»Nicht wie hier, wo sie auf alles ballern, was sich bewegt. Sogar auf Hunde und Katzen.«

»Ja, unsere Männer sind ganz verrückt danach, *oh là là*!« Mado schnalzte mit der Zunge.

Isa konnte Mados Reaktion nicht nachvollziehen. Sie fand jagende Männer nicht besonders sexy. »Hast du's ihm schon gesagt?«, brachte sie Mado wieder zurück auf den Boden der Tatsachen.

»Was?«, fragte sie. »Wem?«

»Na, deinem Mann«, antwortete Isa. »Dass du jetzt in den ›Club Voyage‹ eingetreten bist.«

»Ich warte noch auf die passende Gelegenheit.« Mado kickte eine stachlige Kastanienschale weg. »Was ist denn jetzt eigentlich mit deinem Haus?«, versuchte sie abzulenken. »Hast du's verkauft?«

»Vermietet«, sagte Isa.

»Für Geld?«

»Wofür denn sonst?«

»Ich meine, zahlen die Mieter auch pünktlich?«

»Es ginge schon noch pünktlicher«, wich Isa aus. Tatsächlich hatten ihre Mieter die ersten beiden Monate die Miete überwiesen wie vereinbart, aber dann war damit Schluss gewesen. Isa hatte ihnen stapelweise Mahnungen geschickt, per Einschreiben und per normaler Post. Bisher ohne jeden Erfolg. Nicht einmal eine Antwort hatte sie bekommen. Deshalb war sie jetzt hier. Die Mieter sollten entweder zahlen oder ausziehen.

»Hoffentlich hast du dir da keine Mietnomaden angelacht«, sagte Mado. »Heutzutage ist ja alles möglich. Und wenn die sich mal eingenistet haben, kriegst du sie nicht wieder raus.«

»Aber ich will doch nur erreichen, dass sie jeden Monat ihre Miete zahlen.«

»Na dann, *bonne chance*! Haben sie noch diesen großen Hund, den Giselle mal drüben gesehen hat?«

»Wer weiß, vielleicht sind es sogar zwei«, sagte Isa. Die Plantage in ihrem Garten verschwieg sie. »Ich habe schon daran gedacht, zur Polizei zu gehen.«

»Zur Polizei? Zu unserer Dorfpolizei?« Mado pfiff durch die Zähne. »Von denen erwarte dir mal lieber nicht zu viel. Ich weiß nicht, was unsere *policiers* den ganzen Tag so machen, aber wenn es darum geht, Geld von Mietern einzutreiben, solltest du dir wohl besser einen Anwalt suchen.«

Das Mufflon war bewaffnet

Jean begriff nicht sofort, was passiert war. Es hatte gekracht, ja, verdammt, das war ja nicht zu überhören gewesen. Und der Schuss war nicht aus seiner eigenen Büchse gekommen, das hätte er gemerkt. Er hatte weiterhin das Wildschaf und seinen Nachwuchs im Visier gehabt, aber genauso schnell, wie der Schall den Schuss getragen hatte, hatten Mutter und Kind ihre Köpfe gewandt, waren hinter eine Felskante gesprungen und dann verschwunden. Den Fluchtweg hatten sie ganz ohne ihren famosen Gesichtssinn gefunden.

Von einer instinktiv richtigen Einschätzung der Lage war Jeans Hirn gerade dennoch meilenweit entfernt. Der Krach hatte seine Leistung runtergefahren, und die Verarbeitung des Gehörten, Gesehenen und Gedachten lief alles andere als simultan ab. Es war, als ob die verschiedenen Sinne durch den Knall die Bereitschaft zur Zusammenarbeit verloren hätten. Als Jean schließlich realisiert hatte, dass mit ihm alles in Ordnung und das Schaf mit seinem Sprössling offenbar unverletzt auf und davon war, hörte er auch schon Laurent ein wiederholtes »*Merde, merde, merde!*« zwischen den Zähnen hervorstoßen. Es klang wie eine Verwünschung. Als Jean zu ihm hinübersah, bemerkte er, dass Laurents Gewehr zu seinen Füßen lag und etwas auf das Stück Fels tröpfelte, auf dem Laurent stand und wie ein Betrunkener hin und her schaukelte. Das Etwas war aber nicht etwa der warme Sommerregen, auf den die Dorfbewohner bereits so lange warteten, dass sie selbst schon nicht mehr daran glaubten, dass er vor Oktober fallen würde, sondern eine Flüssigkeit, die durch Laurents Schwanken allmählich eine kleine Straße bildete, die sich dunkler und dunkler färbte. Wasser sah anders aus, auch diese Erkenntnis drang nun ganz allmählich bis zu Jean durch. Er schaute hoch. Laurents Gesicht war vom Schmerz verzerrt. Er hatte die Zähne zusammengebissen und presste die Hand auf die rechte Schulter. Rote Rinnsale liefen über seine glatte, unbehaarte Hand mit den sehr kurzen Nägeln. Sie sammelten sich an den Fingerkuppen und fielen als Tropfen zu Boden. Es war unfassbar.

Ich habe ihn nicht angeschossen, überlegte Jean, aber das Mufflon war es auch nicht. Also musste der Idiot sich selbst getroffen haben. Ein gemeines, schadenfrohes Lachen stieg in Jeans Kehle auf. Schon hätte er laut loslachen und nie mehr aufhören mögen, aber da stöhnte Laurent auf und schwankte so stark, als würde er gleich neben seinem Gewehr zu Boden sinken.

»So hilf mir doch«, jammerte Laurent. »Du musst mir helfen.«

So, muss ich das?, dachte Jean, und die Zornesröte zeichnete sein Gesicht. Warum hatte er dieses Greenhorn bloß mitgenommen? Laurent hatte ihnen das Jagdglück verdorben und war gerade dabei, ihm den ganzen Tag zu versauen, denn womöglich erwartete er jetzt auch noch von ihm, dass er ihn den Berg hinunterschleppte. Laurel und Hardy auf dem langen Rückweg ins Dorf. Alle würden furchtbar erschrocken tun, aber der Spott des ganzen Dorfes war ihnen gewiss. Himmel, Herrgott noch mal, dabei hatte er das Mufflon schon im Visier gehabt. Er hätte nur noch abdrücken müssen.

»Was ist passiert?«, knurrte Jean und rührte sich immer noch nicht vom Fleck.

»Das Scheißding ist mir runtergefallen«, jammerte Laurent, als hätte das Scheißding ein Eigenleben und könnte selbst entscheiden, wann es herunterfiel und wann es lieber in der Hand des Jägers blieb. Er stand jetzt ganz schief, die linke Schulter unnatürlich hochgezogen, die rechte, aus der das Blut lief, schlaff nach unten hängend.

»Runtergefallen«, wiederholte Jean. »Und wie kann ein geladenes Gewehr so einfach runterfallen? Ist es vielleicht gesprungen?«

»Irgendwie ist der Trageriemen aufgegangen. Es ist heruntergefallen, und dabei hat sich ein Schuss gelöst.«

»Aufgegangen, ja?«, äffte Jean ihn nach. »Aufgegangen also. Wie die Sonne oder der Mond.« Ich habe noch nie erlebt, dass sich ein Trageriemen gelöst hat, dachte er. In meinen fünfunddreißig Jahren nicht, die ich schon jage. Und ich habe in dieser Zeit schon viele Idioten getroffen, aber so einer wie du, Freundchen, so einer ist mir noch nie über den Weg gelaufen. Aufgegangen! Da muss man ja fast froh sein, dass er nur sich selbst angeschossen hat. Hätte ja auch mich treffen können, dieser Armleuchter!

»Was tun wir jetzt?«, fragte Laurent, aber Jean hatte schon verstanden, was er eigentlich meinte: Tu irgendwas! Dann jammerte Laurent los, er habe schon kurz hinter dem Dorf keinen Handy-Empfang mehr gehabt.

»Und ich hab nicht mal ein Handy«, sagte Jean und öffnete seinen Rucksack. »Du kannst doch laufen?« Die Frage war rhetorisch, ein Nein war eigentlich nicht vorgesehen.

»Ich kann's versuchen«, sagte Laurent. »Aber das Blut …«

Jean zog ein Päckchen Verbandzeug aus dem Rucksack. »Die Kugel ist bestimmt nicht mehr drin«, sagte Jean, woraufhin Laurent noch einmal aufstöhnte. Noch leidender.

»Woher willst du das wissen?«, jammerte er.

»Ich werde die Wunde jetzt verbinden, und dann steigen wir ab«, entschied Jean. »Tragen kann ich dich nicht, das hält mein Rücken nicht aus. Wenn du also nicht laufen kannst, muss ich dich hierlassen und allein runtergehen. Im Dorf verständige ich dann die Rettung. Es kann allerdings dauern, bis die hier oben auftaucht.«

»Lass mich nicht allein«, bettelte Laurent. »Du kannst mich doch jetzt nicht im Stich lassen.«

So, kann ich nicht?, dachte Jean. Ihr jungen Kerle müsst irgendwann auch lernen, dass ihr für den Scheiß, den ihr baut, selbst einstehen müsst.

Die Sonne brannte ihnen auf den Nacken. Laurent hatte seinen gesunden Arm um den Älteren gelegt, Jean lief der Schweiß in die Augen. Er hatte sein Hemd ausgezogen und war nun so unterwegs, wie man ihn im Dorf kannte: in seinem grauen Unterhemd, das von der Brust bis zum Saum dunkel war vom Schweiß. Lange würde Laurent das nicht durchhalten und er selbst auch nicht. Die Hitze stand über ihnen, kein Lüftchen regte sich. Laurent hing immer schwerer an ihm. Wie ein Sack. Sein Stöhnen begleitete ihren Abstieg, doch Jean gewöhnte sich mit der Zeit daran. Ein Mensch, der jammerte, war immerhin noch bei Bewusstsein und am Leben.

Einmal kreuzte eine Wachtelfamilie ihren Weg, eine Mutter mit ihren sechs Jungen. Die Vögel beeilten sich nicht einmal besonders, schnell wieder im Wald zu verschwinden, als wüssten sie genau, dass die beiden glücklosen Jäger ihnen heute nicht gefährlich werden konnten.

In dem verlassenen Dorf hielt Jean an, bettete den stiller gewordenen und immer häufiger wegdämmernden Laurent hinter eine halb eingefallene Steinmauer in den Schatten und legte seine eigene Wasserflasche neben ihn. Laurent protestierte nicht. Er hatte verstanden, dass er Kräfte sparen musste, wenn er durchhalten wollte, bis die Rettungskräfte kamen. Wenn sie denn überhaupt rechtzeitig kamen. Jean wechselte ihm noch einmal den Verband, dann machte er sich auf den Weg ins Dorf.

Der Himmel war klar und blau. Eine einzelne, fast runde Wolke zog wie ein Raumschiff durch das glatte Blau des Himmels. Jean erreichte das Dorf am späten Vormittag. Arlette, die alle Ankömmlinge im Dorf als Erste durch ihr Küchenfenster erspähte, rief ihm durch das geöffnete Fenster entgegen: »Kommst du etwa mit leeren Händen von der Jagd? Wo hast du denn Laurent gelassen? Seid ihr heute Morgen nicht zusammen aufgebrochen?«

»Dir entgeht aber auch gar nichts, Arlette«, antwortete Jean einsilbig und griesgrämig wie immer.

»Und wo ist er jetzt?«

»Wer?«, fragte Jean.

»Was heißt hier wer? Laurent natürlich! Hat er dich alten Mann vielleicht in den Bergen abgehängt? War es dir zu heiß heute?«

Ja, meckere du nur, du alte Ziege, dachte Jean. Dein Maul muss auch extra erschlagen werden, wenn du irgendwann mal den Löffel abgibst.

»Wo ist Laurent denn nun abgeblieben?«

Jean stöhnte. Arlette konnte ganz schön hartnäckig sein. Sie hatte schon das halbe Dorf, also die Frauen, für den »Club Voyage« angeworben. Was eine Frau im Dorf anfing, das mussten die anderen der Reihe nach nachmachen. Egal, ob es um Kiwis in der Erdbeermarmelade ging, um eine bestimmte Haarfarbe oder um das Stricken von Babysöckchen. Auch wenn es nur ein einziges Baby im Dorf gab, das die Söckchen tragen konnte, Frauen waren so. Dann wurden die Socken eben auf dem Gemeindebasar für einen guten Zweck verkauft oder versteigert.

»Hab ich dir was getan, dass du mir nicht antwortest, Jean Vidal?«

Und neugierig sind sie auch alle, dachte Jean. Eine wie die andere.

»Was ist denn jetzt mit Laurent?« Arlettes Stimme war so schrill geworden, dass nun auch Mado im Haus nebenan am geöffneten Fenster auftauchte.

»Ein Mufflon hat ihn angegriffen«, sagte Jean, ohne stehen zu bleiben. »Es war bewaffnet.«

Arlette reckte ihren Kopf noch weiter aus dem Fenster und sah zu Mado hinüber. Sie hob die Arme, als wolle sie sagen: Ist dein Mann verrückt geworden?

Stumm bewegte Mado ihre Lippen: Warte, bis er im Haus ist, dann werde ich es schon herausbekommen.

Jean betrat schwitzend und stinkend wie ein Waschbär das Haus.

»Was soll das für eine Geschichte sein mit dem bewaffneten Mufflon?«, fragte Mado aus der Küche, wo sie gerade dabei gewesen war, einen dünnen Tarte-Boden auszurollen.

»Ein Scherz natürlich, was denkst du denn?«, antwortete ihr Mann.

»Und wo ist Laurent jetzt?«

»Er liegt oben in dem verlassenen Weiler«, sagte Jean. »Ruf die *ambulance*, aber beeil dich. Er hat einen Streifschuss abbekommen, und sein Blutvorrat ist nicht unendlich.«

»Machst du Witze?«, fragte Mado.

»Bin ich ein Clown?«, fragte Jean zurück und ging hinauf ins Badezimmer.

Da griff Mado endlich zum Telefonhörer.

Schwarze Katze von links

Marcel hatte am Morgen verschlafen. Eigentlich hätte er schon viel früher starten wollen, bei kühlerer Luft, aber er hatte es vermasselt. Der neue Klingelton des Handyweckers war einfach nicht penetrant genug gewesen. Er hatte ihn gehört und war dann wieder eingeschlafen.

Gestern war es auch reichlich spät geworden. Nach dem Basketballtraining hatte er mit François und Jean-Luc noch ein Bier im »Café de la Gare« getrunken. Er hatte um halb zwölf gehen wollen, aber dann hatten noch Monique und Estelle vorbeigeschaut, und er war erst gegen halb eins losgekommen. Roland hatte sie hinausgeworfen, weil er endlich ins Bett wollte. Es war ein langer Tag für den jungen Wirt gewesen. Tagsüber die Cafébesucher und abends die Billardspieler und die, die auf einen Absacker vorbeikamen. Personal konnte Roland sich nicht leisten. Nach elf hatte er ihnen nichts mehr ausgeschenkt und um Mitternacht den Laden zugesperrt. Sie waren noch ein bisschen draußen sitzen geblieben und dann nach Hause gegangen.

Während er auf der Schattenseite der Straße den Berg hinauflief, musste er an Estelle mit ihren langen Beinen denken. Kein Härchen dran an diesen Beinen, bronzefarbene glatte Haut, die Oberschenkel wie von einem Bildhauer modelliert. Sie war gerade achtzehn geworden und dabei, ihre Lehre im Baumarkt abzubrechen. Marcel konnte das verstehen. Estelle war eine Schönheit, viel zu schade, um in einem grau-roten Kittel zwischen Regalreihen herumzulaufen und Kupferrohre und Anschlussstücke abzumessen. Jean-Luc hatte ein Auge auf sie geworfen, und François hätte bestimmt auch nicht Nein gesagt, obwohl er mit Monique zusammen war. Die Kleine konnte sich ihre Verehrer aussuchen.

Vielleicht hatte ihm der längere Schlaf doch gutgetan, denn ein Blick auf die Uhr bestätigte ihm, dass er heute ziemlich flott unterwegs war. Er fühlte sich stark, vom Tempo her war er absolut im Trainingsplan. Die Bergläufe machten ihn schneller und stärkten sein Durchhaltevermögen. Marcel hatte sie in seine

Vorbereitung integriert und erhoffte sich davon einen Vorteil gegenüber den Läufern, die ausschließlich in der Ebene trainierten. Die Teilnahme am New-York-Marathon Anfang November war seit vielen Jahren sein Traum, und dieses Jahr hatte er es tatsächlich geschafft. Die Startgebühr war bezahlt, der Flug gebucht. Das Geld hatte er sich von seinen Eltern geliehen und würde es im nächsten Jahr zurückzahlen. Sein Gehalt als Gendarm reichte für solche Extras leider nicht ganz. Seine Eltern hatten zwar nichts für Marcels Laufleidenschaft übrig, aber sie legten ihm auch keine Steine in den Weg. Sie hofften noch immer, dass er sich irgendwann Hals über Kopf in ein Mädchen verlieben und dann sein seltsames Hobby an den Nagel hängen würde. Laufen war Kinderkram, der vergehen würde wie die Windpocken, sobald der Ernst des Lebens endlich anfing. Und der würde dann anfangen, wenn ihr Sohn der richtigen Frau begegnete. Doch Marcel machte sich darüber keine Gedanken. Er wollte einfach nur laufen.

Auf dem Rückweg würde es vermutlich richtig heiß werden. Nicht eine Wolke war am Himmel. Es wäre besser, bis Mourvet zu laufen, dort den Fluss zu queren und dann den Weg im Wald zurückzunehmen, an der Kapelle von St. Martin vorbei. Heute hatte Marcel eine extralange Trainingseinheit eingeplant. Seine Schicht begann erst um vierzehn Uhr.

Bisher waren ihm auf der Straße erst zwei Autos begegnet. Touristen, die hinauf zur Hochebene und zu den Stauseen fuhren, wo meist ein kräftiger Wind blies und die Hitze leichter auszuhalten war. Urlaub interessierte Marcel nicht, aber New York würde er sich auf jeden Fall ansehen, nach dem Lauf. Er war noch nie in einer so großen Stadt gewesen. Paris, nein, Paris war etwas für Snobs, für typische Touristen und ein paar Verliebte. Aber New York, das war ein Traum. Der Schweiß umhüllte ihn wie eine zweite Haut. Wenn er die Bergstrecken meisterte, konnten ihm die New Yorker Straßen und Brücken auch nichts mehr anhaben. Mein innerer Motor läuft, ohne zu stottern, bergauf wie bergab. Immer wieder sagte er sich diesen Satz wie ein Mantra vor. Mentale Stärke war wichtig für jeden Läufer. Er nahm einen Schluck aus der Wasserflasche, die er in seinem Laufgürtel trug. Er musste sich nicht zurückhalten, da er seinen Vorrat am Dorfbrunnen in Mourvet wieder auffüllen konnte.

Ein leichtes Vibrieren, dann ein gedämpftes, aber gut hörbares Summen. Nein, nicht jetzt! Sie wussten doch, dass er noch nicht im Dienst war. Ab vierzehn Uhr gern, Jungs, aber jetzt lasst mich gefälligst in Ruhe. Charles, dieser Idiot, hatte bestimmt wieder Probleme mit dem Drucker oder das Passwort für das interne Netzwerk ihrer Brigade vergessen. Sie wechselten es alle paar Wochen, und immer war es Charles, der zu den Kollegen gedackelt kam, weil er von dem neuen Passwort mal wieder nichts mitgekriegt hatte. *Pardon*, Charles, aber Dienst ist Dienst, und Laufen ist Laufen.

Schon wieder die Vibration, gefolgt von dem Summton. Herrgott, dann ruft eben die Feuerwehr, wenn Mireilles Katze wieder in der Regenrinne feststeckt oder in einer Garage eine Schlange liegt, von der keiner weiß, ob sie giftig ist. Können diese Idioten sich nicht vorstellen, dass ich einen Trainingsplan habe, den ich einhalten muss, wenn ich irgendeine Chance haben will, drüben gut abzuschneiden? Erst beim dritten Summton fischte Marcel das Handy aus seinem Laufgürtel. »Ich habe frei!«

»Ich weiß, Marcel, aber kannst du trotzdem vorbeikommen?« Es war der dicke Charles, natürlich.

»Um vierzehn Uhr bin ich da, frisch rasiert und geduscht.« Marcel blieb nicht stehen, drosselte aber das Tempo.

»Ich brauche dich hier, Marcel«, jammerte Charles.

»Katze oder Hund?« Marcel wurde ungeduldig.

»Ein Jagdunfall«, sagte der Kollege. »Irgendwo in den Bergen. Der junge Laurent aus Poujol, du weißt schon, der drüben im ›Deux Pins‹ als Koch arbeitet. Er ist verletzt. Liegt in dem verlassenen Weiler.«

»Dann braucht er einen Arzt und keinen Gendarmen. Ist er allein dort oben?«

»Jetzt schon, aber Jean Vidal war bei ihm. Wir müssen den Fall doch aufnehmen.«

»Was sollen wir denn da groß aufnehmen? Der alte Jean ist vielleicht ein Großmaul und Menschenfeind, aber er schießt doch nicht auf Jagdfreunde. Schick die SAMU rauf, und wenn Laurent versorgt ist, reden wir mit ihm.« Marcel atmete tief durch. Verdammte Jagd. Wen interessierte schon ein Jagdunfall? »Warum schickst du nicht Vincent oder Kemal?«

»Sind beide heute auf Schulung. Und selbst gehen kann ich auch nicht, dann müsste ich ja zusperren, und du kennst doch die Vorschriften, Marcel. Ich kann das nicht verantworten!«

Der dicke Charles konnte es also nicht verantworten. Herrgott, was für ein blöder Beruf! Schichtdienst, Bereitschaft, Kollegen auf Schulung. Und dann auch noch Charles, der es nicht verantworten konnte!

»Wo bist du denn gerade, trainierst du?«

»Auf dem Weg nach Mourvet, den Col hinauf.«

»Bei der Hitze? *Mon Dieu!* Dann komm jetzt da runter, und zwar möglichst schnell. Ich sag denen von der SAMU, dass sie dich mit hochnehmen sollen.«

»Kannst du ihnen eine Hose und ein Hemd mitgeben?« Marcel gab sich geschlagen.

»Das lässt sich bestimmt machen«, antwortete Charles.

Mein Trainingsplan ist im Eimer, aber das interessiert ja keinen. Blöder Job, dachte Marcel wieder. Und noch blödere Jäger, die sich wahrscheinlich nur selbst ins Knie geschossen hatten. Aus der langen Trainingsrunde würde heute nichts mehr werden. Marcel machte kehrt und lief den Weg zurück, den er gekommen war, mit hohem Tempo die Bergstraße hinunter.

Kurz nach der Abzweigung ins Dorf Colombiers kam ihm der Wagen der *ambulance* entgegen. Leider hatte Charles vergessen, den Sanitätern ein Handtuch mitzugeben, also zog Marcel Laufhose und Shirt aus und wischte sich damit den Schweiß ab. Er schlüpfte in seine Uniformhose und das kurzärmelige hellblaue Hemd, dann fuhr er mit der *ambulance* den Pass hinauf und von dort über eine Forststraße, die aus Brandschutzgründen breit ausgebaut worden war, in Richtung des verlassenen Dorfes. Der Wagen rumpelte über jedes Schlagloch, und Marcel schnallte sich an. Er wollte nicht mit dem Kopf andauernd an die Decke stoßen. Der Bursche am Steuer war drauf und dran, den SAMU-Wagen zu verschrotten. Marcel rechnete schon mit den blödesten Scherereien wie Achsbruch oder einer aufgeschlitzten Ölwanne.

Aber er würde den Teufel tun und jetzt zu erkennen geben, dass er daran zweifelte, heil in dem Dorf an- und dann auch wieder ins Dorf hinunterzukommen.

Jetzt kamen die ersten Steinhäuser in Sicht, die krummen Mauern, die halb eingefallenen Dächer, dazu Torbögen zwischen einzelnen Nachbarhäusern aus hochkant gestellten Steinplatten, durch bröckelnden Mörtel verbunden und mit wildem Geißblatt überwachsen. Ein wilder Oleander hatte mit seinen Wurzeln anscheinend eine Quelle angezapft, die für üppigen Wuchs sorgte. Und über allem schwebte eine gnadenlose Hitze. Marcel konnte gut verstehen, dass die Bewohner in die Täler geflüchtet waren. Wovon wollte man hier oben auch leben? Vielleicht würden irgendwann mal wieder ein paar Aussteiger aus Deutschland oder England kommen und anfangen, die Dächer und Mauern zu reparieren. Sie würden ein einfaches Leben mit dem Geld führen, das sie anderswo verdient oder geerbt hatten. Für sich selbst konnte er sich ein solches Leben nicht vorstellen, abgeschieden von den Städten und Dörfern unten an den Flüssen und den Nationalstraßen. Es erschien ihm öde. Immer dieselben Gesichter, immer dieselbe Hitze, kein Sportplatz in der Nähe, keine Basketballhalle, keine Mannschaft, der man sich anschließen, und keine Gegner, gegen die man spielen konnte. Was interessierten ihn schon das Land, die Berge? Als Trainingsstrecke, ja. Aber Marcel träumte von New York.

Der Fahrer hatte es bis zum Eingang des Dorfes immer noch nicht geschafft, den Wagen zu Schrott zu fahren. Da die Durchfahrt des ersten Torbogens zu eng war, ging es nicht mehr weiter, das musste sogar er einsehen. Als sie ausstiegen, schlug ihnen die Hitze entgegen.

Hoffentlich lag der verletzte Laurent im Schatten. Aber der alte Jean war ja nicht blöd, nur unfreundlich bis zum Abwinken. Bestimmt hatte er den Sonnenstand richtig berechnet.

Sie fanden Laurent in einem Gebäude, das früher wahrscheinlich als Stall gedient hatte. Das Ziegeldach war fast unbeschädigt und schützte den gesamten Raum vor der Sonne, eine Tür fehlte. Laurent hatte viel Blut verloren. Ein Schwarm dicker grüner Schmeißfliegen erhob sich von seiner Schulter, als sie den Raum betraten. Er war sehr blass, hatte die Augen geschlossen. Einer der Sanitäter kniete sich neben ihn und fühlte seinen Puls. Als der Verletzte kurz die Augen öffnete, machte er eine leichte Kopfbewegung, die ihnen signalisierte, dass er sie wahrgenommen hatte. Marcel wertete das als gutes Zeichen.

Der Fahrer lief zum Auto, während sein Kollege den Ärmel von Laurents Jacke zerschnitt, die Wunde untersuchte und den Blutfluss stoppte. Solche Helden, diese Jäger, dachte Marcel. Gingen in die Berge, um Tiere zu töten, und wussten nicht einmal, wie sie mit ihren Gewehren umzugehen hatten! Marcel war als Junge ein paarmal mit seinem Vater auf die Jagd gegangen, er machte sich aber nichts daraus. Schon lange hatte er seinen Jagdschein nicht mehr erneuern lassen.

Es würde dir als Polizist gut zu Gesicht stehen, wenn du das Zielen und Schießen draußen in der Natur üben würdest, sagte sein Vater immer. Marcel musste zwar regelmäßig an Schießübungen teilnehmen, aber davon abgesehen, hatte er seine Waffe noch nie benutzt. Es machte ihm keinen Spaß und erregte ihn auch nicht, ein Tier zu töten. Nicht dass er Skrupel gehabt hätte, er war damit aufgewachsen, aber er war einfach kein Jäger.

Wieder öffnete Laurent kurz die Augen und stöhnte auf. Marcel fiel wieder ein, warum er überhaupt hier war. Mit seinem Handy machte er ein paar Bilder von dem Verletzten und dem Fundort, dann brachten die Sanitäter Laurent auch schon in der Trage zum Wagen, schnallten ihn fest und kutschierten ihn ins Tal.

An der Abzweigung nach Colombiers verabschiedete sich Marcel. Die Kleider klebten ihm am Leib, als er den halben Kilometer zu Fuß hinunter ins Dorf gelaufen war. Die Hunde von François' Baustofflager fingen sofort an zu bellen, als sie seine Witterung aufnahmen. Fünf Jagdhunde hielt François auf diesem Mini-Grundstück, und außer, wenn er sie zur Jagd mitnahm, hatten sie keinerlei Auslauf. Wahrscheinlich hätte der Tierschutzverein etwas dagegen gehabt, aber Marcel machte sich nicht viel aus Tieren im Allgemeinen und aus Hunden im Speziellen, also unterließ er es, irgendjemanden über ihre Haltung zu informieren. Er blieb stehen und wischte sich mit seinem Laufshirt den Schweiß von der Stirn. Drüben am anderen Flussufer standen die hohen Pappeln wie

Riesen und trotzten der Hitze. Dahinter erhoben sich die Hügel, auf denen Jean bis vor zwei, drei Jahren noch seinen Wein angebaut hatte. Jetzt war alles kahl und steinig. Auf den ausgelaugten Böden wuchs so gut wie nichts mehr, nicht einmal das Unkraut. Weiter drüben standen Jeans Pfirsichbäume. Es hätte eine ganze Plantage werden sollen, aber irgendwann war es ihm dann doch zu mühselig geworden, den Weg hinüberzulaufen und zu seinen Bäumen aufzusteigen. Zudem beklagten sich die Bauern über die strengen EU-Normen über Mindestgrößen und Standardmaße. Und schließlich konnten auf den steilen Hängen keine Maschinen eingesetzt werden. Alles in allem war der Obstanbau zu aufwendig, es war zu viel Handarbeit nötig, als dass er sich gelohnt hätte. Zur Erntezeit setzten sich die Frauen mit Körben voller Kirschen, Birnen und Aprikosen an die *Route National* und verkauften sie an Touristen und Einheimische, die selbst keine Gärten hatten, trotzdem blieb finanziell kaum etwas hängen.

Am Dorfeingang begegnete Marcel eine schwarze Katze. Sie kam von links, fauchte und machte einen Buckel, aber Marcel mochte weder Katzen, noch war er abergläubisch. Als im Fenster von Jeans Haus ein Kopf am Fenster auftauchte, ging er hinüber und klopfte zweimal. Er hörte Schritte, dann öffnete Jeans Frau die Tür.

»*Bonjour*, Mado«, grüßte er sie. »Ich muss zu Jean.«

»Er ist nicht hier«, antwortete sie.

»Wieso, wo ist er denn?«

»Was weiß denn ich? Hat er mir nicht gesagt, wo er hinwollte.«

»Es gibt einen Jagdunfall, bei dem Laurent schwer verletzt wurde, und Jean verschwindet einfach? Er weiß doch, dass wir den Fall aufnehmen müssen. Es handelt sich schließlich um einen Unfall mit einer Schusswaffe.«

»Ich weiß, was du jetzt denkst«, sagte Mado, »aber so ist er eben. Irgendetwas regt ihn auf, und dann läuft er weg. Meinst du vielleicht, er würde mir erzählen, wie's ihm geht?«, beklagte sie sich.

Marcel sah sie an. Was interessierte ihn schon der Rosenkrieg der Vidals? Kein Stück interessierte er ihn. Er wollte Jeans Aussage aufnehmen, sie im Büro beim dicken Charles abgeben, seinen restlichen Dienst runterreißen und dann seinen Trainingsrückstand aufholen. Mehr nicht. »Worüber hat er sich denn so aufgeregt?«

»Er war stinksauer auf Laurent«, sagte Mado.

»Und wieso?«

»Weil er das Mufflon hat entkommen lassen und ihm die Jagd vermasselt hat.«

»Und dass der arme Kerl sich in die Schulter geschossen hat, das ist ihm egal, oder wie?«

Mado zuckte mit den Achseln. »Er ist eben ein Egoist durch und durch.«

Bekloppt, diese Jäger, dachte Marcel. »Weißt du, wo Jean sein könnte?«, beharrte er. »Er kann sich doch der Befragung nicht einfach so entziehen.«

»Entweder in einem seiner Gärten oder oben im Weinberg.«

»Im Weinberg? Aber da wächst doch schon lange nichts mehr.«

»Trotzdem ist und bleibt es sein Weinberg. Womöglich sieht er die Reben noch so wie früher vor sich, grün und frisch austreibend oder voller Trauben.«

Ist jetzt etwa auch Mado vollkommen durchgedreht?, fragte sich Marcel.

»Er hat da oben eine Hütte«, fuhr Mado fort, »eigentlich ist es nicht mehr als ein Unterschlupf, in dem er früher seine Spritzmittel aufbewahrt hat. Ich glaube, da geht er manchmal hinauf und ...«

Marcel wartete, aber es kam nichts mehr. »Und was tut er dann dort oben?«

Mado sah ihn an, als müsste er das selbst wissen, und schwieg.

»Du kannst ihm ausrichten, dass er bei uns in der Brigade vorbeikommen soll, sobald er wieder zurück ist.«

»Ich weiß aber nicht, ob das heute noch der Fall sein wird. Manchmal übernachtet Jean auch da oben.«

»Und du kannst ihn nicht erreichen?«

»Du meinst, Jean hätte ein Handy? Vergiss es, Marcel! Der will doch gar nicht erreichbar sein, verstehst du es nicht?«

Nein, er verstand es nicht. Und er wollte es auch gar nicht verstehen. »Spätestens morgen früh muss er auf der Brigade seine Aussage machen. Und wenn er nicht freiwillig kommt, dann holen wir ihn.«

Marcel verabschiedete sich und rief Charles an, um sich abholen zu lassen. Als er die steile Gasse nach oben bis zum Parkplatz ging, stieg ihm der Geruch nach abgestandenem, fauligem Wasser in die Nase. Das musste der Fluss sein, der im Sommer wenig Wasser führte. In einem mit Steinplatten gepflasterten Vorgarten standen riesige Konservendosen, die mit weißen und roten Geranien bepflanzt waren, ein Kanarienvogel trällerte in seinem Käfig auf einem Fensterbrett, doch auf Marcels Laune hatte diese ländliche Idylle keinen positiven Effekt. Vor allem aber hätte er in diesem Moment nie daran gedacht, dass sie Jean am nächsten Tag wirklich abholen mussten, und er hätte sich nicht träumen lassen, in welchem Zustand er sich befinden würde. Ein Jagdunfall, mehr war es doch nicht gewesen, oder?

Jean Vidal hat nichts zu verschenken

Auch als er schon vom Berg abgestiegen und im Tal angekommen war, war er noch immer wütend. Das Unterhemd war von Schweiß durchtränkt, die Hose nass. Ein dunkler Strich markierte die Po-Ritze. Sein Herz klopfte wild. Warum war er diesmal nicht allein losgezogen, wie er es sonst meistens tat? Warum hatte er diesen Idioten mitschleppen müssen? Laurent machte nicht nur sich selbst zum Gespött der Leute, sondern auch ihn, Jean Vidal, der bei der Hitze nicht in die Berge hinaufging, um mit leeren Händen wiederzukommen. War es nicht herrlich dagestanden, genau ihnen gegenüber, das Mufflon mit seinem mehlweißen Maul? Und dieser Jungspund Laurent hatte es komplett vermasselt. Der Kerl konnte ja nicht einmal mit seinem Gewehr umgehen! Und dann musste er, der *vieil homme*, auch noch allein ins Dorf laufen und Hilfe holen. Natürlich hatte er sich beeilt. Er konnte ja nicht wissen, wie lange Laurent durchhalten würde. So schnell war er von einer Jagd noch nie zurückgekommen. Seine Frau hatte die SAMU verständigt, die würden Laurent schon rechtzeitig finden, auch wenn er ziemlich viel Blut verloren hatte. Aber er hatte sich ja nicht teilen und bei Laurent bleiben und gleichzeitig Hilfe holen können.

Jetzt wollte Jean hinauf zu seinem Weinberg und seine Wut loswerden. Vorher musste er nur noch seine Gärten gießen. Ohne Wasser würden die Bohnen und Tomaten den Tag nicht überleben. Der Fluss führte schon so wenig Wasser, dass man zum Gießen nichts mehr entnehmen durfte. Jean hatte zwar noch einen letzten Wasservorrat in der Zisterne, aber lange würde auch der nicht mehr reichen. Und wenn der August auch wieder ohne einen Regentropfen vergehen würde, dann hätte er keine andere Möglichkeit, als den Fluss über sein verstecktes Schlauchsystem anzuzapfen. Er konnte sein Gemüse und den Salat in den drei Gärten doch nicht kaputtgehen lassen.

Zuerst goss er im ersten Garten die Tomaten und erntete einen Korb mit reifen Früchten. Sie waren dunkelrot mit breiten Furchen, der Stielansatz war rau und platt wie ein Daumennagel.

Im zweiten Garten standen seine Beerensträucher: Himbeeren, Stachelbeeren, Johannisbeeren. Sie wuchsen im Schatten am Fluss und mussten kaum gegossen werden. Der Salat im dritten Garten dagegen hatte ein oder besser noch zwei Kannen Wasser bitter nötig, sonst würde er braun werden und von außen her vertrocknen.

»Wenn du Salat abzugeben hast, Jean, ich würde vielleicht welchen nehmen!«, rief Giselle, diese alte Schnepfe, jetzt zu ihm herüber. »Meinen habe ich unterpflügen müssen, alles gelb. Diese verdammte Trockenheit!«, schimpfte sie. Ihr Garten lag auf der Terrasse über seiner, und ihre Zisterne war anscheinend leer, denn sie hatte zwei volle Wassereimer vom Haus hinaufgeschleppt und bis zur Brücke wahrscheinlich schon die Hälfte verschüttet.

»Ich baue meinen Salat nicht an, um ihn zu verschenken, Giselle!«, rief Jean zurück. »Vielleicht solltest du in eine größere Zisterne investieren.« Geld genug hätte sie ja, dachte er. Aber sie waren ja alle geizig, diese Leute. Je vermögender, desto geiziger. Und dann schnorren kommen! Aber nicht mit ihm, nicht mit Jean Vidal! Alle im Dorf wussten, dass er niemals etwas verschenkte, was er auf seinem Grund und Boden gezogen hatte. Und auch Giselle Merckx hätte das wissen müssen. Vermutlich wollte sie ihn nur ein wenig aufziehen. Aber Jean war immer noch so wütend auf Laurent und die verpatzte Jagd, dass er keinen Sinn für Humor hatte. Die alte Schachtel hatte bestimmt noch nichts von dem Unfall gehört, sonst hätte sie schon einen Kommentar dazu losgelassen. Na, nichts geschossen heute, Jean, außer der Schulter eines Kameraden? Wen wolltet ihr denn erwischen? Hahaha!

Sie hatte ihrem Köter eine Glocke wie für ein mindestens einjähriges Kalb umgehängt und vergaß nie, ihn und die anderen Männer, die zur Jagd gingen, darauf hinzuweisen, dass ihr Hund brav sei und so etwas wie einen Jagdtrieb gar nicht kenne. Und dass sie auf keinen Fall schießen sollten, wenn sie sein Glöckchen, wie sie das Monstrum nannte, irgendwo hörten. Das sei dann kein Wildschwein mit Glocke, sondern nur ihre Promenadenmischung mit dem komischen Namen, an den Jean sich gerade nicht mehr erinnern konnte. Zum Glück war Giselle so schlau, den Hund während der Jagdsaison sowieso nicht von der Leine zu lassen, da konnte er ziehen und jammern, wie er wollte.

Giselle Merckx plapperte noch immer irgendetwas in Jeans Richtung, während er schon dabei war, seine Zisterne mit dem Blechdeckel zu verschließen und das Vorhängeschloss in den Riegel einzuhängen. Nicht dass noch einer der weniger cleveren Gärtner anfing, bei ihm Wasser zu klauen. Einer von denen, die nicht ausreichend vorgesorgt und Pumpschläuche in den Fluss verlegt und so gut getarnt hatten wie er.

Mit seinem Tomatenkorb stieg Jean den steilen Hang des jenseitigen Flussufers hinauf. Der steinige Mulipfad führte durch einen Wald aus Steineichen mit fast schwarzen Stämmen und silbrig glänzenden Blättern. Ein Steinmarder verschmolz fast mit dem dunklen Ast, auf dem er perfekt getarnt auf der Lauer lag. Nur sein weißer Brustfleck verriet ihn in dem Dunkel. Auch ein Jäger, aber ein sehr viel geschickterer als dieser Bauerntölpel Laurent. Jean durchquerte den Esskastanienwald und gelangte zu dem oberen Ende seines ehemaligen Weinbergs, der heute nichts mehr war als ein von Steinen übersäter kahler Hang. Auch eine der Nachwirkungen der Mittel, die er jahrzehntelang hier oben ausgebracht hatte. Sie waren jeden Centime und jeden Cent wert gewesen, den er in sie investiert hatte.

Jean öffnete das Vorhängeschloss an der Tür und ließ Luft und Sonne in den kleinen Verschlag, in dem er früher die Spritzmittel und sein Werkzeug gelagert hatte. Einiges war noch da und rostete langsam vor sich hin. Seine alte Schere zum Rebenschneiden, ein Düngemittelbehälter: Alles stand an seinem Platz. In einer Ecke hatte er sich ein Feldbett aufgestellt, der alte Schlafsack hing an der Decke in einem Netz. Außerdem gab es Kerzen, Streichhölzer, ein Fläschchen Schnaps und trockene Kekse. Sein ganzer Vorrat, sein Refugium. Jean stellte den weißen Plastikstuhl auf den ebenen Platz vor dem Eingang und setzte sich. Unter ihm, auf der anderen Seite des Flusses, lag das Dorf, dahinter ein mit grünem Urwald bewachsener Hügel, und flussaufwärts erhoben sich die Berge, aus denen er heute im Rekordtempo heruntergelaufen war. Er wischte sich den Schweiß von der Stirn, als er daran zurückdachte. In seiner Erinnerung sah er wieder das Mufflon vor sich stehen und Laurent, der in heller Panik die Hand auf die Wunde an seiner Schulter presste.

Jean hatte immer gern im Weinberg gearbeitet. Er hatte das Maximum an Ertrag herausgeholt, aber selbst das war immer noch viel zu wenig für die ständig sinkenden Preise gewesen. In der Ebene, Richtung Küste, waren die schnurgeraden Rebenreihen endlos, der Boden leicht zu bearbeiten und maschinentauglich. In den Betrieben wurden ganze Horden von Erntehelfern beschäftigt, er hingegen hatte das meiste ganz allein gemacht. Zur Ernte hatten ihm ein paar Nachbarn aus dem Dorf geholfen, sie hatten sich immer gegenseitig unter die Arme gegriffen. Wenn sie bei ihm fertig gewesen waren, hatten sie zu François gewechselt, dann zu Ferdinand und so weiter. Niemand musste bezahlen, und niemand blieb dem anderen etwas schuldig. Aber dann hatten sie Jahr für Jahr nacheinander aufgehört, einer nach dem anderen. Jean hatte den längsten Atem gehabt, aber er war kein Narr gewesen. Als er das dritte Jahr in Folge ein Minus erwirtschaftete, hatte auch er aufgegeben. Es war ihm sehr schwergefallen. In der folgenden Zeit hatte er nur noch für den Hausgebrauch gekeltert und sich geschworen, damit niemals aufzuhören, solange er gesund war. Doch schließlich hatte er auch das schweren Herzens sein lassen. Es hatte einfach keinen Sinn mehr.

Er hatte die Gärten gekauft, die näher am Dorf lagen, und trotzdem zog es ihn immer wieder hinauf zur *vigne*, zu seinem Weinberg. Dort saß er dann auf seinem weißen Plastikstuhl, trank von seinen Vorräten an Rotem und sah hinunter aufs Dorf und hinüber Richtung Berge. Hier oben fehlte es ihm an nichts. Jetzt holte sich Jean noch Salzcracker und ein Stück Salami aus seiner mäusesicheren Vorratskiste und aß dazu ein paar frisch geerntete Tomaten. Seine eigenen Tomaten. Sie hatten dieses Jahr ein ausgeprägtes Aroma, waren ausgereift und ohne Regenschaden durch den trockenen Frühsommer und Sommer gekommen.

Als es dunkel wurde, legte er sich auf sein Feldbett und dachte an Laurent. Er war wahrscheinlich mittlerweile im Krankenhaus. Vielleicht hatten sie ihn auch schon nach Hause entlassen. Wieder hatte Jean die Situation vor Augen. Das Jungtier war dem Mutterschaf an den Rand der Felswand gefolgt. Beide hatten sie zu ihm, Jean, hinübergesehen. Er hatte auf der anderen Seite auf dem Boden gelegen und auf sie gewartet. Er hatte gezielt, und dann war der Schuss gefallen. Jean schreckte noch einmal hoch, dann kapitulierte er endlich und schlief ein.

Erst am frühen Morgen wurde er wieder wach. Die Dämmerung war noch nicht angebrochen, und doch konnte er sie bereits spüren. Der Himmel war von Sternen übersät, als er aus der Hütte trat. Während er zum Pinkeln hinter die Hütte ging, schickte ein Käuzchen ein schauriges Hu-huuu der vergehenden Nacht hinterher. Jeans Urinstrahl prasselte auf die trockenen Steine, die dampften, und als er ein Grummeln in seinen Gedärmen spürte, nahm er einen Schluck seiner Hausmedizin zur Morgenhygiene. Die Schnapsflasche mit dem Bügelverschluss war schon zur Hälfte leer. Ein Kumpel aus St. Gervais hatte sie ihm geschenkt. Der brannte seinen Schnaps selbst. Aus Baumerdbeeren, den stachligen roten Früchten, die wie Erdbeeren aussahen, aber auf niedrigen Bäumen wuchsen, auch in der Nähe seines ehemaligen Weinbergs, und roh nicht genießbar waren. Mado verarbeitete sie zu einer feinen *confiture d'arbouses*, wenn er ihr einen Sack davon mitbrachte.

Jean sah in die Richtung, aus der das Käuzchen gerufen hatte, konnte aber in der Dunkelheit nichts erkennen. Er ging zurück zur Hütte und legte sich noch einmal hin. Es war noch zu früh zum Aufstehen, und das flaue Gefühl im Magen war immer noch da. War gestern doch ein ganz schön aufregender Tag gewesen, dazu das frühe Aufstehen, der Aufstieg in der Dämmerung, das Auf-der-Lauer-Liegen und dann Laurent, der sich selbst die Schulter zerfetzt hatte. Jean versuchte, die Erinnerung daran wieder abzuschütteln und noch einmal einzuschlafen. Er hatte sich eine Pause redlich verdient. Er war ein alter Mann. Er träumte von den Zeiten, in denen ihm das Jagdglück hold gewesen war, sah sich selbst mit dem erlegten Wild ins Tal hinuntersteigen, wie die Jäger es in dieser Gegend seit Urzeiten getan hatten. Bei der Vorstellung fühlte er sich wieder jung, größer als jetzt, aufrechter gehend und kräftiger, mit starken Oberarmen und einem vom Alter noch nicht gebeugten Rücken, das Kopfhaar so braun wie das Holz der Baumweide. Es war ein schöner Traum.

Es wurde Tag, als er wieder erwachte. Seine Lippen waren pelzig, aber er hoffte, dass das Gefühl spätestens beim Zähneputzen zu Hause verschwinden würde. Er legte seinen Schlafsack zusammen und stopfte ihn unter die Decke, packte seine Sachen, hängte das Vorhängeschloss in den Türriegel und schloss seine Hütte ab. Den Schlüssel steckte er in die Hosentasche. Als er losging, kroch die Sonne gerade über die Hügel, und er spürte ihre ersten wärmenden Strahlen auf der Haut. Er stieg nicht direkt über den Weinberg ab, sondern nahm den in Serpentinen angelegten Schotterweg. Als er nach einigen Kurven aus dem Esskastanienwald wieder auf freies Feld trat, ließ sich eine Biene auf dem Kragen seines alten Flanellhemds mit den dünnen Stellen an den Ellbogen nieder. Er bemerkte sie erst, als sie ihn in den Hals stach, weil sie, ungeschickt und unglücklich, zwischen Hemdkragen und Hals geraten war und dort durch Jeans Bewegung beim Bergabgehen für den Bruchteil einer Sekunde eingeklemmt wurde. Ein scharfer Schmerz wie von einem Skalpell oder einem Schuss aus dem Betäubungsgewehr.

Instinktiv fasste sich Jean an den Hals, bekam das Insekt zwischen die Finger und schnippte es zu Boden. Der Stachel steckte noch, und er versuchte, ihn mit Zeigefinger und Daumen seiner Rechten vorsichtig herauszuziehen. Der Tag beginnt wirklich seltsam, dachte er. Erst träume ich, dass ich wieder jung und ein großer Jäger bin, dann werde ich von einer Biene gestochen, die mein Obst, meine Beeren, meine Blumen und mein Gemüse bestäubt. Eigentlich von einer Verbündeten, die mir an den Kragen geht, um dann selbst zu sterben. Interessant, dachte er weiter, ich bin schon viele Jahre nicht mehr von einer Biene gestochen worden.

Auf einmal wurde ihm kalt, und er beschleunigte seinen Schritt und knöpfte die Hemdsärmel und den obersten Kragenknopf zu. Er musste sich zusammennehmen, um nicht mit den Zähnen zu klappern. Ihm war, als flösse statt Blut Eiswasser durch seine Adern. War die Biene mit einem Gift infiziert gewesen? Er schüttelte sich vor Kälte, fing an zu laufen, stolperte den Weg hinunter. Er durfte die Abzweigung ins Dorf hinter dem Fluss nicht verpassen, sonst müsste er bis zur Brücke an der Straße laufen. Der Umweg war ein paar Kilometer länger, das würde er nicht mehr schaffen, nicht, wenn es ihm nicht bald besser ging.

Er ahnte den abzweigenden Pfad mehr, als dass er ihn tatsächlich sah, und bahnte sich seinen Weg durch das Gebüsch, das schon lange niemand mehr mit der Machete klein hielt. Bald würde der Weg ganz zuwachsen, wenn sich niemand darum kümmerte. Das nächste Mal, wenn er zu seiner Hütte ging, würde er eine Machete und eine Baumsäge mitnehmen und den Weg freischneiden. Er war fast der Einzige, der ihn noch benutzte, jetzt, wo Jérôme sich das Holz nicht mehr von hier oben holte. Kaufte es lieber gebündelt im Baumarkt, der Warmduscher, und zahlte auch noch teures Geld dafür.

Der Weg verschwamm ihm kurz vor den Augen, seine Füße trampelten durch das hohe Gras, seine Hände wurden von den Brombeerranken aufgerissen. Mit aller Macht kämpfte er dagegen an, dass ihm die Augen zufielen. Warum nur war er plötzlich so müde? Er rutschte aus, fiel zur Seite, schloss die Augen, blieb liegen, öffnete die Augen wieder, sein Kopf fing an, Karussell zu fahren, sein Herz klopfte hart in der Brust. Da, hatte es jetzt etwa kurz ausgesetzt, oder bildete er sich das nur ein?

Er kam wieder auf die Beine, setzte einen Fuß vor den anderen, fiel wieder, kam auf die Knie, zog sich an einem Ast wieder hoch und stolperte weiter. Ihm war klar, dass er hier nicht liegen bleiben durfte. Niemand würde ihn je hier finden. Jérôme nicht, Mado nicht, niemand. Die alte Giselle vielleicht, sie war außer ihm die Einzige, die mit ihrem Hund noch diesen Weg auf die andere Flussseite benutzte. Aber nicht oft. Ihr Köter würde ihn entdecken, wenn er in der Nähe wäre, wenn …

Jean konnte sich nicht mehr konzentrieren, aber er wusste, dass er weitergehen musste. Bis zum Dorf konnte es nicht mehr weit sein. Die Steineichen standen jetzt freier, er glaubte schon, unter sich die Häuser zu erahnen. Die Gärten, die Blechabdeckungen der Zisternen, die bunten Plastikgießkannen. Da tauchte endlich die Brücke über den Fluss auf, die alte gewölbte Steinbrücke, zu schmal für vier Räder, aber breit genug für Hunde, Ziegen, Mulis. Er erreichte sie mit letzter Kraft, aber kein Mensch war zu sehen. Die alten Leute im Dorf standen schon lange nicht mehr mit dem ersten Hahnenschrei auf, sondern blieben im Bett liegen, bis ihnen das Kreuz wehtat.

Irgendwo bellte ein Hund. Wahrscheinlich der Köter von Giselle. Könnte jetzt vielleicht endlich einer von diesen Langschläfern hier auftauchen und ihm helfen? Jean wollte rufen, aber seine Kraft reichte nicht aus. Er stützte sich auf die Steinbrüstung, unter der der Fluss dahindümpelte. Er konnte ihn riechen. Die großen, jetzt frei liegenden Steine waren mit grünem Moos bewachsen, es stank nach Fäulnis. Ein Schwindel erfasste Jean, und mit einem Mal wusste er, dass es mit ihm zu Ende ging. Er ahnte nicht, warum, welche Krankheit ihn befallen hatte, aber er wusste, dass seine Stunde gekommen war. Musste es denn ausgerechnet hier passieren?, fragte er sich. Auf der Brücke. Ein albernes Lied fiel ihm ein: *Sur le pont d'Avignon* ... Er krallte seine Fingernägel in den Mörtel, der die Flusssteine zusammenhielt, aus denen seine Vorfahren einst die Brücke errichtet hatten. In der Mitte, an ihrem höchsten Punkt, konnte er nicht mehr weiter. Jean spürte sein Ende nahen und entdeckte tatsächlich eine große hagere Gestalt, in einen schwarzen Mantel gehüllt, die von unten, vom Fluss zu ihm heraufsah. Er war es. Er war gekommen, um ihn zu holen.

Mit einem letzten tiefen Seufzer sank er nieder. Seine Nägel kratzten über den Stein wie eine Diamantnadel über eine Glasscheibe. Der Hund, der gerade noch gebellt hatte, war jetzt verstummt. Alles wurde still, so als habe sich eine Schneedecke über das Dorf gelegt und es zugedeckt. Während das Dorf noch schlief, starb Jean Vidal auf der alten Brücke ohne Namen. Er war vielleicht kein guter Mensch gewesen, aber ein passabler Jäger.

Die Stunde der Vampire

Die Nacht war schwarz wie Teer. Dazu die Stille, an die sie sich jedes Mal neu gewöhnen musste. In diesem Dorf gab es keinen Verkehr, noch nicht einmal eine Straße. Die alten Steinwege waren so steil, dass jedes Befahren unmöglich war. Es wunderte sie, dass die alten Leutchen noch so gut zurechtkamen, schließlich mussten sie ihr Dorf ja doch ab und zu verlassen, und zum Parkplatz hinauf gab es keinen anderen als den steilen Weg. Zum Einkaufen, zum Arzt, wenigstens sonntags zur Kirche mussten sie hier raus. Der Fluss, der im Frühling weiß schäumend gegen die großen Steine donnerte, war jetzt im Sommer so gut wie nicht mehr zu hören.

Isa hatte sich noch immer nicht an die Stille gewöhnt. Ihr Schlaf war leicht wie der einer Eule. Sie hatte das Gefühl, als müsste sie die ganze Nacht über ein Auge offen halten. Und ein Ohr dazu. Gerade bildete sie sich ein Geräusch ein, das nicht von einem Tier stammte. Kein Fauchen von rolligen Katzen, kein Käuzchen, das in den Wald rief. Eher ein Dröhnen und Stampfen, das von weiter entfernt kam. Ein Geräusch wie von einer schweren Maschine. Im Dorf selbst schien alles ruhig zu sein, aber das Haus vibrierte wie von einem leichten Erdstoß. Eine Nachtbaustelle, hier? Tagsüber herrschte tote Hose, aber nachts sollte gebaut werden?

Isa machte Licht, zog sich an und stieg auf den spiegelglatten, frisch gewachsten Holzdielen hinunter in den Flur. Sie schlüpfte in ihre Turnschuhe und nahm die Fleecejacke von der Garderobe. Die Haustür war nachts immer abgesperrt, der alte schwarze Schlüssel drehte sich schwerfällig im Schloss. Sie machte einen Schritt vor die Tür und stand in der blechernen Futterschale einer der Katzen, die draußen schliefen. Sie wartete das Verklingen des Schepperns ab und lauschte, ob sie damit das halbe Dorf aufgeweckt hatte. Ein grünes Augenpaar leuchtete ihr von einer Ecke entgegen, wo das Stück Teppichrest als Schlafplatz der beiden Tiere lag. Minou und Nounours hießen sie, nur wusste Isa nie, welche welche war. Sie streichelte die Katzen zwar manchmal, traute ihnen aber nicht über den Weg. Natürlich würde sie das nie laut sagen, schon gar nicht gegenüber einer Katzenbesitzerin, wie ihre Gastgeberin Giselle es war. Sie wusste, was sich gehörte. Nicotine, der Hund von Giselle Merckx, wartete schon gähnend am Gartentor. »Nein, kein Nachtspaziergang«, flüsterte Isa der Hündin zu.

Das Tor schrappte beim Öffnen über die Steinplatten, weshalb sie es beim Schließen leicht anhob. So könnte ich nicht leben, dachte Isa. So beengt wie in diesem Dorf, wo die Häuser Mauer an Mauer standen und die Terrassen sich praktisch auf gleicher Höhe begegneten, getrennt nur durch eine schmale Gasse, aber in unmittelbarer Hör- und Sichtweite. Sie käme sich den ganzen Tag über beobachtet vor. Sogar jetzt, mitten in der Nacht, konnte es sein, dass noch andere Augen als die der Katzen hinter Fenstern und von Veranden aus jeden ihrer Schritte verfolgten. Hieß es nicht, dass alte Leute nicht mehr so gut schliefen?

Im Dorf gab es keine Straßenbeleuchtung. Isa hatte ihre Taschenlampe eingeschaltet, denn sie wollte nicht über eine Katze, einen Marder oder weiß Gott welches Raubtier hier nachts noch unterwegs war, stolpern.

Als sie den Parkplatz erreichte, wo zwischen alten Renaults und neueren Seats auch Giselles verbeulter Golf stand, sah sie etwas über den Boden huschen. Sie sah unter den Golf. Das Fauchen kannte sie bereits. Es war nur eine der vielen Katzen des Dorfes, allerdings ein besonders räudiges Exemplar. Nicht dass es noch die Leishmaniose hatte, ein Virus, mit dem viele Hunde und Katzen der Gegend infiziert waren. Isa zog ihren Kopf schnell wieder zurück. Je weiter sie sich der Straße näherte, desto lauter wurden die Geräusche, die sie als Baustellenlärm identifizierte. Sie stammten eindeutig von Motoren. Als sie an Jérômes Baumateriallager vorbeikam, fingen prompt sämtliche Hunde an zu bellen. Der kleinste mit der dünnsten Stimme begann, und nach und nach stimmten alle mit ein.

»Pscht!«, machte Isa. »Ihr weckt mir ja das ganze Dorf.« Aber die direkte Ansprache schien die Hunde nur noch wütender zu machen. Fünf oder sechs waren es, und sie gehörten einem Mann, der, wenn er auf die Jagd ging, nur einen oder zwei von ihnen mitnahm. Vielleicht waren das seine Lieblingshunde, und die anderen kamen das ganze Jahr über nicht aus ihrem Zwinger, dachte Isa. Der Kleinste, der mit der hellen Stimme, war schon ganz heiser. Mein Gott, musste man sich denn so aufregen, nur weil nachts ein Mensch vorbeiging? Als sie zum Dorf zurückschaute, um zu sehen, ob bei dem Radau bereits die ersten Lichter angingen, sah sie einen hellroten Schein über den Bergen, im Norden, nicht im Osten, denn der Sonnenaufgang war eigentlich noch fern.

Das stampfende Geräusch wurde immer lauter, dann endlich sah sie, woher der Lärm kam. Eine Karawane von Fahrzeugen wand sich die Passstraße hinauf. Lastwagen, Feuerwehrautos, Unimogs fraßen sich durch die Nacht wie ein Schaufelbagger durch eine Kohlenhalde. Dieselmotoren kämpften sich im ersten und zweiten Gang die steile Straße hinauf, und jetzt verstand Isa auch, dass es nicht die Morgendämmerung war, die im Norden ihren Schein vorausschickte, sondern ein Feuer. Oben auf dem Hügel, der mit Pinien aufgeforstet war, musste ein Waldbrand toben, und die Männer fuhren hinauf, um das Feuer zu bekämpfen, bevor es sich noch auf dem gesamten Berg ausbreitete. Dort lebten auch Menschen. Isa kannte eine Familie, die einen abgelegenen Hof dort oben bewirtschaftete. Waren sie vor dem Feuer in Sicherheit?

Am Ende der Dorfstraße setzte sich Isa auf einen Stein. Sie lauschte den Motoren, die sich den Hügel hinaufquälten, und versuchte zu erkennen, ob der rote Schein auf dem Berg kleiner oder größer wurde. Bald sehnte sie sich nach ihrem Bett. Sie lief zurück, machte dabei einen großen Bogen um die Hunde, rannte die steile Straße hinunter ins Dorf, hob das schmiedeeiserne Tor an, damit es beim Öffnen möglichst wenig Krach machte, kraulte Nicotine den Kopf und schlich sich an den beiden Sphinxen vorbei zur Haustür. Dann legte sie sich ins Bett. Morgen früh würde es eine große Aufregung geben, wenn auch die anderen im Dorf bemerkten, dass es oben auf dem Col gebrannt hatte. Alle Feuerwehren aus dem Tal, vielleicht sogar aus den Gemeinden bis hinunter zur Küste, waren im Einsatz. Hoffentlich war der Spuk bis zum Frühstück wieder vorbci. Morgen musste sie unbedingt hinauf und sehen, wie es Hannah und Luis ging. Aber zuerst musste sie noch ein paar Minuten schlafen. Isa setzte sich noch einmal auf, um die Vorhänge zuzuziehen, dann schlief sie augenblicklich ein.

Siebenundsechzig in einer Nacht

Als Arlette aus dem Bad kam, war die Sonne noch nicht ganz über den Hügel gestiegen, in dessen Schatten sich das Dorf schmiegte. Sie warf aber bereits einen ersten Blick über die Hügelkante hinunter auf das Dorf und zählte die Dörfler, die jeden Tag weniger wurden. Älter und weniger. Arlette kam es so vor, als läge ein leichter Brandgeruch in der Luft. Er kam bestimmt von Jean, dem Frühaufsteher, der schon drüben in einem seiner Gärten herumwerkelte und das dürre Kraut der Tomaten oder Erbsen verbrannte.

Arnault, Arlettes Mann, schlief noch. Der frühe Morgen war ihre Stunde, in der sie in Ruhe Kaffee trank und die Zeitung vom Vortag las. Camille brachte seit einiger Zeit so spät die Zeitung, dass Arlette sie für den nächsten Tag zur Seite legte. Es machte ihr nichts aus, dass sie die aktuellen Nachrichten erst mit einem Tag Verspätung las. Hauptsache, Arnault schlief noch und sie hatte morgens ihre Ruhe.

Später machte sie auch für ihren Mann Frühstück. Sie half ihm beim Waschen und Anziehen, las ihm aus der Zeitung vor und fragte ihn nach den verbliebenen Lücken in ihrem Kreuzworträtsel. Er selbst machte nie welche, wusste aber immer alles, wonach Arlette ihn fragte.

Wenn sie zweimal im Jahr mit ihren Freundinnen verreiste, kam eine Pflegerin aus der Stadt und kümmerte sich um Arnault. Und wenn es ihm nicht gut ging, ließ er sich vorübergehend ins Pflegeheim einweisen. Er behauptete, das mache ihm nichts aus.

Arlette sah zum Fenster hinaus und beobachtete, wie Frédéric mit seinem Jagdgewehr an ihrem Küchenfenster vorbeiging. Wie immer sah er zu Boden. Erst als er sich bereits ein Stück entfernt hatte, drehte er sich noch einmal um und das Gewehr schlenkerte bei der Drehung seines Oberkörpers mit. Immer hatte er ein Lächeln für sie, und Arlette lächelte immer zurück und suchte dabei seine kleinen Äuglein. Der größte Teil seines Gesichts war zugewachsen. Frédéric trug einen Bart, der einmal rotblond gewesen war, seine Haare hatten schon lange keinen Friseur mehr gesehen. Bart wie Haupthaar wurden täglich grauer. Jetzt sah er noch aus wie ein Seewolf, aber bald würde er nur noch ein weiterer grauhaariger Mann im Dorf sein. Wie Jean, wie Arnault, wie all die anderen alten Dackel, denen Arlette täglich begegnete.

Als sie sich Kaffee eingoss und ihre Schale zum Tisch trug, sah sie noch einen Mann an ihrem Fenster vorbeigehen. War das nicht der junge Doktor aus Ormais? Der Mann trug eine Arzttasche aus braunem Leder bei sich, ja, das musste er sein. Michelet hieß er. Wo wollte der denn in dieser frühen Morgenstunde hin? Es war doch niemand krank, also nicht kränker als sonst. War etwas passiert? Sobald der Doktor wieder zu seinem Auto gegangen war, würde sie sich bei Mado oder Giselle erkundigen, wo er gewesen war, ob bei den Verèzes oder den Moreaus. Vielleicht hatte Jacques nur wieder einmal zu viel getrunken. Sie hatte ihn gestern gar nicht gesehen. Es passierte öfter, dass er ein, zwei Tage nicht auftauchte, weil er getrunken hatte, und dann einen ganzen Tag das Haus nicht verließ. Aber dabei war ihm bisher noch nie etwas passiert.

Doch Dr. Michelet kam nicht zurück. Auch als Arlette ihre Schale Kaffee längst geleert und ihr Baguette mit Honig gegessen hatte, war er immer noch nicht wieder an ihrem Fenster vorbeigegangen. Langsam wurde Arlette unruhig. Sie putzte ihre Küche, obwohl gar nicht Samstag war. Sie konnte doch jetzt nicht hinausgehen und zu Mado oder Giselle laufen, wo jeden Augenblick der Doktor wieder vorbeikommen musste.

Arlette traute ihren Augen nicht, als weitere quälend langsam vergangene zwölf Minuten später zwei Männer die Dorfstraße herunterkamen, in schwarzen langen Hemden trotz der über zwanzig Grad, die es in der Sonne schon haben mochte. Sie hatten eine Trage mit einem schwarzen Deckel dabei, der aussah wie eine schwarz lackierte und mit einem Kreuz verzierte Käseglocke. *Mon Dieu!* Arlette bekreuzigte sich und murmelte ein Vaterunser.

Sie sah nach Arnault, der mit offenen Augen im Bett lag. »Ich muss nur kurz weg!«, rief sie ins Schlafzimmer hinein.

Nachdem seine Frau aus dem Haus gestürmt war, blieb Arnault brav im Bett liegen und schaltete das Radio ein. »Siebenundsechzig Einsatzfahrzeuge der Feuerwehren und aus dem ganzen Départment Hérault waren die ganze Nacht im Einsatz …«

Weder krank noch betrunken

Als Giselle an jenem Morgen kurz nach Sonnenaufgang erwachte, hatte sie ebenfalls als Erstes den Brandgeruch in der Nase. Rasch schlüpfte sie in den Seidenmorgenmantel, den sie von ihrer letzten Reise mit dem Club aus Korea mitgebracht hatte. Er war schwarz, mit einem Drachen, der Feuer spuckte, auf dem Rücken. Sie eilte in die Küche hinunter, um zu sehen, ob ihr ungeschickter Gast aus Deutschland vielleicht nachts am Herd hantiert und vergessen hatte, eine Elektroplatte wieder auszuschalten. Isa hatte zwei linke Hände, da konnte man nicht genug aufpassen.

Aber in der Küche war alles in Ordnung, von dort kam der Geruch nicht. Giselle schnupperte sich durch alle Zimmer. Alles wie immer, keine besonderen Vorkommnisse. Als sie zur Wohnungstür trat, fiel sie jedoch fast über die Schuhe ihres Besuchs. Besonders ordentlich war ihr Gast auch nicht, aber na ja, die jungen Frauen von heute hatten eben andere Ideale als sie. Sie drehte den Schlüssel im Schloss. Was zum Teufel …? Die Tür war nicht abgesperrt! Das hatte es in den letzten zehn Jahren nicht ein einziges Mal gegeben! Gut, dass ihr Mann, Gott hab ihn selig, das nicht mehr erleben musste. Er hätte getobt. Wo heutzutage so viel Gesindel auf den Straßen unterwegs war. Was hatte diese Person überhaupt nachts draußen zu suchen gehabt? Der würde sie was erzählen. Am liebsten wäre sie gleich in Isas Zimmer gestürmt, um ihr den Kopf zu waschen. Doch dann hatte sie wieder eine Prise von diesem Geruch in der Nase, rauchig, nicht besonders scharf, nicht unmittelbar bedrohlich, aber ganz eindeutig nach Feuer. Sie trat auf die Terrasse. Der Brandherd konnte nicht sehr nahe sein, nicht im Dorf. Hier war alles ruhig, und dennoch klopfte Giselles Herz heftig.

Nicotine kam aus dem Garten gelaufen und schleckte ihr zur Begrüßung die Hände ab. Schnell lief Giselle wieder ins Haus zurück und zog sich an. Dann eilte sie erneut nach draußen, zog das Tor hinter sich zu und lief die Dorfstraße hinauf.

Als sie den Parkplatz erreichte, sah sie ein Löschflugzeug, das

Richtung Berge flog. Heiliger Sankt Florian, wie lang waren die Feuerwehren denn schon im Einsatz? Und wieso hatte sie nichts gehört, sie hatte doch sonst so einen leichten Schlaf? Aber ja, jetzt erinnerte sie sich, sie hatte gestern nach dem Abendessen eine halbe Tablette genommen, weil sie sich nachmittags beim Unkrautjäten im Garten einen Nerv eingeklemmt hatte. Das Zeug wirkte so stark, dass sie geschlafen hatte wie ein Stein. Sie musste unbedingt Christine anrufen, die Frau des Feuerwehrkommandanten, und sie fragen, ob sie irgendwie helfen konnte: Tee und belegte Brote hinaufbringen, eine warme Suppe vielleicht. Wer weiß, wie lange die Männer schon schufteten und wie lange es noch dauern würde, bis sie das Feuer unter Kontrolle hatten. Das Löschflugzeug war rot-gelb gestreift gewesen, es kam also aus Spanien. Die Nachbarländer halfen sich gegenseitig, wenn Not am Mann war. Bis zur spanischen Grenze waren es nur hundertfünfzig Kilometer, Luftlinie noch weniger. Ein Katzensprung.

Giselle hetzte zurück ins Dorf. Bei dem Theater war Christine bestimmt wach, da konnte sie auch schon um diese Uhrzeit anrufen. Auf halbem Weg kam ihr Nicotine entgegen. Giselle hatte vergessen, sie anzuleinen. Sie schüttelte ungläubig den Kopf. Hatte sie es also wieder geschafft, das Tor mit Schnauze und Pfoten zu öffnen. Sie verdächtigte ja schon länger ihre beiden Katzen, mit dem Hund gemeinsame Sache zu machen, wenn es ums Ausbüxen ging. Nicotine versuchte, jaulend an ihr hochzuspringen, und als Giselle sie nicht beachtete, heftete sich die Hündin einfach an ihre Fersen. Da kam ihnen Mado, Jeans Frau, entgegen. Ganz entgegen ihrer Gewohnheit mit ungepflegtem, wirrem Haar und in einem unförmigen grauen Jogginganzug, der für ihre Figur gar nicht vorteilhaft war. Sie sah schrecklich aus. Hatte sie vielleicht Krach mit ihrem Alten gehabt? Jean konnte manchmal ein richtiges Ekel sein. Ein Sturkopf wie aus dem Bilderbuch. Aber warum sagte Mado denn nichts? Schimpfte nicht, beklagte sich nicht, war nicht wütend, weinte nicht? Starrte sie nur völlig verstört an?

»Was ist denn los?«, fragte Giselle. »Was machst du hier auf der Straße? Und wie siehst du eigentlich aus? Ist etwas passiert?«

Mado nahm Giselles Hand und zog sie mit sich. War sie jetzt verrückt geworden?, dachte Giselle. Mado war doch sonst eine ganz vernünftige Person. Und seit sie ihren komischen Heiligen dort oben im Wald regelmäßig mit frischen Blumen versorgte, war sie sogar ausgesprochen ruhig geworden, fast heiter, als sei sie auf dem Pfad der Erleuchtung schon ein ganzes Stück weiter vorangekommen als andere.

»Jetzt sag schon, Mado, was ist los?« Giselle konnte nun das Entsetzen spüren, das von Mado Besitz ergriffen hatte. Ihr fester Griff, ihr Schweigen, das war ja glatt zum Fürchten. Auch Nicotine schien die Aufregung zu spüren. Sie tänzelte um die beiden Frauen herum und wich ihnen nicht von der Seite.

»Ich bin plötzlich aufgewacht, wie wenn mich jemand an der Schulter gepackt und wachgerüttelt hätte«, sagte Mado schließlich mit Grabesstimme. »Jean ist nicht da. Er ist die ganze Nacht nicht nach Hause gekommen. Deshalb bin ich aufgestanden, um nach ihm zu suchen.«

»Und?«, fragte die Belgierin.

»Ich habe ihn gefunden.«

Das klang nicht besonders beruhigend, fand Giselle. Ganz und gar nicht. Sie hatten den Weg zur Brücke und zu den Gärten eingeschlagen. Giselle fröstelte. Sie spürte einen starken Drang umzukehren, war sicher, dass hier nichts Gutes auf sie wartete. Hoffentlich hatte es nichts mit dem Brandgeruch und dem Feuer in den Bergen zu tun.

Als sie um die letzte Hausecke bogen, blieb Mado stehen. »Da«, sagte sie und hob den Arm, aber es war gar nicht nötig, extra darauf hinzuweisen. Giselle sah ihn auch so. Es war Jean, der über seinem Unterhemd, das aus der Hose hervorsah, auch noch ein kariertes Flanellhemd trug, obwohl es doch schon so warm war. Er lag auf dem Rücken und hatte die Beine von sich gestreckt. Er schien weder krank noch betrunken zu sein. Es gab keinen Zweifel daran, was mit ihm los war. Er war tot. Mado sank vor ihm auf die Knie. Doch bevor sie sich über Jean beugen konnte, um ihn zu küssen, zu beweinen und zu umarmen, zog Giselle sie wieder hoch.

»Wir brauchen einen Arzt, aber schnell!«, rief sie und riss Mado mit sich fort.

Gesund wie ein Pferd

Im Gegensatz zu seinen Kollegen riss Marcel sich nicht gerade darum, nun auch noch auf den Col de Fontfroide hinaufzufahren. Zwei von ihnen waren schon seit drei Uhr morgens im Einsatz und baten immer noch nicht darum, Pause zu machen oder abgelöst zu werden. Dabei hatte die Feuerwehr doch alles im Griff. Im Gegensatz zu den meisten seiner Freunde hatte Marcel selbst nie den großen Wunsch verspürt, Feuerwehrmann zu werden. Er war es geworden, weil alle es wurden. Die Feuerwehrmänner aus seinem Dorf trafen sich einmal die Woche, vor allem zum Saufen. Marcel war der Fußballplatz lieber gewesen, und als er den Ausbildungsplatz bei der Polizei bekommen hatte, war er bei den *pompiers* wieder ausgetreten und hatte seine Feuerwehruniform zurückgegeben. Er hatte sie gegen eine andere Uniform eingetauscht.

Der dicke Charles hatte gedacht, er könne ihm eins damit auswischen, dass er Marcel nicht mit einem schweren Gefährt hinaufschickte, das bergauf sagenhafte dreißig km/h Höchstgeschwindigkeit erreichte.

»Tut mir leid, Kumpel«, zerquetschte Charles ein paar Krokodilstränen, »aber du musst ja noch den Jagdunfall bearbeiten. Wenn ich das richtig sehe, hast du den zweiten Beteiligten ja noch gar nicht gesprochen, oder täusche ich mich?«

Dieser Hund, er wusste doch genau, dass Jean sich in seinen Weinberg oder sonst wohin verzogen hatte und es nicht Marcels Pflicht war, dem Kerl hinterherzulaufen.

»Laurent geht's jedenfalls den Umständen entsprechend gut. Seine Schulter wird heute operiert«, wusste Charles zu berichten.

Da die beiden Einsatzwagen auf dem Col waren, um die Löscharbeiten zu überwachen, fuhr Marcel in seinem Privatwagen nach Colombiers hinüber.

An der Abzweigung zur Passstraße hatte sich bereits eine Autoschlange gebildet. Einheimische Pkws mit der Zahl 34 im Kennzeichen sowie ausländische Wagen krochen hinter den Feuerwehrwagen, den Unimogs und den sandgefüllten Lastwagen den

Berg hinauf. Es würde ewig dauern, bis sie oben waren, aber die Touristen hatten Ferien und viele Einheimische offenbar auch. Marcel regte das Stop-and-go der Wagenkolonne vor ihm auf, und er verfluchte es, in seinem eigenen Auto unterwegs zu sein. Sonst hätte er auf die linke Spur ziehen und mit Blaulicht an der Kolonne vorbeipreschen können. So aber zuckelte er so langsam einen Kilometer bergauf, dass er sogar zu Fuß schneller gewesen wäre. Aber Dienst war Dienst und heute sogar Frühdienst, damit er um sechzehn Uhr zu seinem Trainingslauf starten konnte. Von der Streckenlänge her war es ziemlich genau ein Halbmarathon, den er bewältigen wollte, den Col und die Blechlawine würde er dabei zum Glück links liegen lassen. Er hatte eine andere Bergstrecke gewählt, anfangs ziemlich steil, dann aber sanfter ansteigend, hinauf zum Stausee auf der Hochebene, dann an dessen Ufer entlang und an der Staumauer wieder bergab. Er durfte den Lauf nur nicht zu schnell angehen, am Anfang nicht zu viel wollen. Für den Marathon in New York hatte er sich schon eine Taktik zurechtgelegt. Das erste Drittel würde er unter seinen Fähigkeiten laufen, dann im zweiten Drittel anziehen und am Ende die letzten Reserven mobilisieren. So würde er es angehen. Marcel träumte von einer Zeit unter drei Stunden zehn.

Er öffnete das Fenster, ließ die Wärme herein. Über ihm knatterte ein Hubschrauber. Er flog nicht den Pass an, sondern stand direkt über der Brücke, wo sich das Wasser in einem relativ tiefen Becken sammelte, und ließ seinen Saugrüssel hinunter.

Marcel legte den ersten Gang ein und fuhr die nächsten Meter vorwärts. Es dauerte noch weitere zwanzig Minuten, bis er endlich Gas geben und die Schlange rechts überholen konnte, um ins Dorf abzubiegen. Auf dem Parkplatz am Dorfeingang parkten mehr Autos als sonst. Marcel erkannte unter ihnen das Auto des Doktors mit dem *Médecin*-Schild im Fenster. Die alten Leutchen mussten bestimmt öfter den Arzt rufen, einige von ihnen waren ja nicht mehr besonders gut zu Fuß. Das reinste Altersheim ist dieses Kaff, dachte Marcel, als er ausstieg, sich die Uniform glatt strich und die Dorfstraße hinunterlief.

Alles war schon auf den Beinen. Vor dem Haus der Belgierin standen zwei Kisten mit Thermoskannen und in Alufolie verpackten belegten Baguettes. Wahrscheinlich Proviant für die Rettungskräfte. Vielleicht grub die alte Dame ja gerade noch ein paar Kartoffeln aus dem Garten, die sie dazu servieren wollte, denn das Tor zu ihrem Haus stand weit offen. Ihr Hund kläffte und sprang an der Leine, die an einem Haken an der Wand befestigt war, wütend auf und ab.

Als Marcel das Haus von Mado und Jean Vidal erreichte, war dort alles ruhig, die Tür verschlossen. Er klopfte einmal, dann ein zweites Mal etwas kräftiger, bis Mado ihm öffnete. Sie sah ihn stumm an, als erkenne sie ihn nicht, dabei hatte er doch erst gestern mit ihr gesprochen und sie kannten sich, seit Marcel ein Kind gewesen war.

»*Bonjour*, Mado«, begann er und wunderte sich über ihren starren Blick. »Hier bin ich wieder. Ich müsste wirklich mit Jean sprechen, wegen der Sache gestern. Ist er jetzt da?«

Mado sagte noch immer nichts, öffnete nur die Tür ein Stück weiter und trat zur Seite. Marcel schob sich an ihr vorbei ins dunkle Hausinnere. Die Fensterläden waren geschlossen, obwohl die richtige Hitze erst im Laufe des Tages kommen würde. Marcel wartete darauf, dass Mado die Tür schließen und hinter ihm das Licht anschalten würde, aber er wartete vergeblich. Stattdessen machte sie eine Geste mit der Hand in Richtung Wohnzimmer.

Marcel trat auf eine knarzende Türschwelle aus Holz. Im Halbdunkel erkannte er die Belgierin, Madame Merckx, die steif auf einem Stuhl saß. Über das Sofa war ein weißes Laken gebreitet worden, das von der Sitzfläche bis zum Boden hing. Auf ihm lag Mados Ehemann, Jean Vidal, zu dessen Befragung Marcel Marron heute ein zweites Mal gekommen war. Doch der Polizist erkannte sofort, dass er von diesem Mann nichts mehr über den gestrigen Jagdunfall erfahren würde. Dass Jean nicht nur schlief, war unschwer an den Händen, die ihm über dem Bauch wie zum Gebet gefaltet worden waren, zu erkennen. Kein Atemzug hob und senkte Jeans Brust. Jean Vidal, der Dorfquerulant, ein gedrungener, baumstarker Mann, war ohne jeden Zweifel tot.

»Wie ist das denn passiert?«, fragte Marcel, der sich nichts aus Konventionen im Angesicht eines Toten machte. »Seit wann ist er tot?«

»Ich hab ihn heute Morgen draußen auf der Brücke gefunden«, flüsterte Mado.

»Und wie kommt er von der Brücke hierher?«

»Wir haben ihn getragen«, schaltete sich Giselle ein.

»Wer? Ihr beide?«

»Arlette war auch noch dabei. Wir haben ihn zu dritt ins Haus geschafft.«

»Habt ihr etwa keine Männer im Dorf?«, fragte Marcel, aber dann fiel ihm Dr. Michelet ein, dessen Auto er gerade erst gesehen hatte. »Ist der Doktor wegen ihm da?« Er wies mit dem Kinn zum Sofa hinüber.

»Der Doktor ist in der Küche«, flüsterte Mado und zeigte auf die andere Flurseite.

Marcel drehte sich um und verließ den Raum.

»Ah, Monsieur Marron, gut, dass Sie hier sind«, begrüßte ihn der Arzt, der noch nicht lang in der Gegend war. Die jüngeren Ärzte blieben nie sehr lang, es zog sie oder ihre Frauen immer schnell wieder weg und in die großen Städte, nach Béziers, Montpellier oder gar nach Paris. Doch meistens an die Küste, wo es sich leichter leben ließ als hier im Hinterland.

»Was hat er denn frühmorgens draußen gemacht?«, fragte Marcel. »Hat ihn im Garten der Schlag getroffen, oder war's das Herz?«

»Das Herz, ja«, sagte Dr. Michelet.

»Tja«, machte Marcel, »manchmal geht's eben schnell. Auch wenn Jean noch ziemlich fit wirkte.«

»Monsieur Vidal war fit, das kann ich Ihnen als sein Arzt bestätigen. Deshalb kommt mir sein Tod auch seltsam vor. Monsieur Vidal war gesund wie ein Pferd, würde ich sagen.«

»Aber gerade eben sagten Sie doch noch, dass es das Herz war?«

»Jean hatte noch nie ein Problem mit dem Herzen. Er hatte überhaupt keine Probleme gesundheitlicher Art.«

»Warum kannten Sie ihn dann?«

»Er kam zu mir wegen einer …«, der Doktor zögerte kurz, »einer eher intimen Angelegenheit.«

»Viagra?«, fragte Marcel geradeheraus.

»Etwas in der Art. Jedenfalls war diese Angelegenheit nichts, woran man im Normalfall sterben kann.«

»Dann untersuchen Sie ihn doch, wenn Sie meinen, dass es doch nicht das Herz war.«

»Aber es war das Herz. Allerdings kommt es mir bei einem Menschen von seiner Natur sehr seltsam vor. Außerdem bin ich kein Pathologe.«

»Pathologe?« Bei dem Wort witterte Marcel jede Menge Arbeit und Scherereien. »Wieso sollten wir einen Pathologen anfordern, wenn ein alter Mann an einem Herzinfarkt gestorben ist?«

Dr. Michelet unterschrieb schweigend den Totenschein.

»Ist denn die Todesursache nicht eindeutig zu bestimmen?«, fragte Marcel weiter.

»Doch, Jean starb eindeutig an Herzversagen.«

Marcel war erleichtert.

»Aber ich habe Zweifel, dass das Herzversagen – lassen Sie es mich so formulieren – allein durch einen Vorgang im Körper meines Patienten ausgelöst wurde.«

»Das heißt?«, fragte Marcel.

»Es könnte äußere Einflüsse gegeben haben. Etwas, das zum Herzstillstand geführt hat.«

»Aha, das vermuten Sie also? Wo war Jean überhaupt letzte Nacht?«

»Keine Ahnung, da müssen Sie Madame fragen.«

»Sie wollen tatsächlich veranlassen, dass der Körper dieses alten Mannes aufgeschnitten wird?«

»Jetzt hören Sie schon auf mit Ihrem alten Mann. Monsieur Vidal war achtundfünfzig und kerngesund. Werden Sie erst einmal selbst so alt, dann wissen Sie, dass Sie sich auch mit Ende fünfzig noch nicht uralt fühlen müssen und es auch nicht sind. Fünfzig ist das neue Dreißig, sagt man.«

»Aber aufschneiden?«

»Er wird es nicht mehr spüren.«

»Und was sagt Mado dazu?«

»Fragen Sie sie.«

Draußen im Flur knarzte der Holzboden unter Schritten. Dazu war erregtes Flüstern zu vernehmen.

»Wenn Sie schneiden müssen, dann schneiden Sie«, sagte Mado entschieden, als Marcel die Küchentür öffnete und einen Schritt auf die beiden Damen zumachte, die anscheinend vor der Tür gelauscht hatten.

»Ich möchte ihn mir noch einmal ansehen«, sagte Marcel, aber das war gelogen. Alles andere hätte er lieber getan, als einen weiteren Blick auf Jean zu werfen. Bei Leichen war er sehr empfindlich. Schon der Geruch bereitete ihm Probleme, dazu die Vorstellung von kaltem Fleisch und den Gelenken, die immer steifer wurden. Als Kind hatte er einmal eine tote Katze im Wald gefunden und versucht, sie aufzuheben, um sie zu begraben. Sie hatte sich wie ein Block Eis angefühlt, ihre Pfoten hart wie Beton. Er hatte sich ausgemalt, dass es bei seiner Oma, die im Jahr vor der Katze gestorben und begraben worden war, auch so gewesen war. Seine Oma, die ihm immer traurige Geschichten von armen Mädchen und Betteljungen erzählt und ihm am Ende immer tröstend mit ihrer warmen Hand über den Kopf gestrichen hatte, weil er ja so viel besser dran war als die Kinder aus den Geschichten. Seine Oma sollte also so hart und unbeweglich wie die Katze in ihrem hölzernen Sarg liegen, der innen mit weißer Seide ausgeschlagen war. Katze und Oma, davon hatte der kleine Marcel anschließend noch wochenlang geträumt.

»Bitte«, sagte Mado jetzt, »du kannst ihn so lange anstarren, wie du möchtest. Es stört ihn ja nun nicht mehr.«

Das fand Marcel nun auch wieder herzlos von Jeans Witwe, aber er war froh, dass sie ihn wenigstens nicht begleitete, sondern in die Küche ging, um für alle Kaffee zu kochen.

Marcel schlich um das Sofa herum und versuchte, nur durch den Mund zu atmen. Jeans Finger waren kurz und kräftig, die Handrücken sehnig, mit einigen Sommersprossen oder Altersflecken, so genau konnte Marcel das nicht unterscheiden. Er hatte noch nie gefunden, dass Leichen friedlich aussahen. Der Tod war grausam, er verwandelte den Körper von Menschen und Tieren in Stein. Wo war da Friede? Jeans Gesichtsausdruck war alles andere als heiter oder friedlich. Es war sein Gesicht, ja, aber Jean und mit ihm alles Lebendige hatte sich schon daraus verabschiedet. Die Nase stach hervor wie ein Tentakel. Marcel besah sich den Hals des Toten, als ihm einfiel, dass er keine Handschuhe dabeihatte. Natürlich. Wieso hätte er auch daran denken sollen? Er hatte ja nicht einmal gewusst, ob er Jean überhaupt antreffen würde, und auf keinen Fall hätte er damit gerechnet, ihn in diesem Zustand anzutreffen. Marcel ging zurück in die Küche.

»Hatte Jean eine Bienengift-Allergie?«, fragte er Mado.

»Du meinst wegen des Stichs am Hals?«, fragte Mado. »Hat der Doktor auch schon bemerkt. Aber nein, Jean hatte keine Allergie. Jedenfalls weiß ich davon nichts. Er hatte doch früher selbst Bienen. In den besten Zeiten vierzehn Völker. Du kannst dir vorstellen, wie oft er da gestochen wurde. Was war ich froh, als die Bienenseuche sie in den neunziger Jahren alle dahingerafft hat. Schon wegen der Kinder. Und natürlich wegen all der Zeit, die er bei ihnen, also bei den Bienen, verbracht hat, statt bei den Kindern. Aber das werden die ja herausfinden, wenn sie ihn aufschneiden und untersuchen, nicht wahr?«

Mado sah ihn nicht an, während sie mit ihm sprach, und Marcel fühlte sich überflüssig. Der Jagdunfall, wegen dem er gekommen war, interessierte überhaupt niemanden mehr. Was ja auch verständlich war, jetzt, wo der Hauptzeuge tot im Wohnzimmer lag. Und den Insektenstich hatte der Doktor natürlich auch bemerkt. Er seufzte ergeben. Dann konnte er ja gehen und sich schon mal aufs Training freuen.

Er nahm einen Durchschlag des Totenscheins mit, den Dr. Michelet ausgefüllt hatte. Um den Rest würde sich der Doktor persönlich kümmern. Er habe Beziehungen sowohl nach Montpellier als auch in die Pathologie von Béziers, hatte er gesagt. Er würde dafür sorgen, dass der Fall schnellstmöglich untersucht wurde, sodass Marcel nichts weiter zu tun blieb, als den Schein beim dicken Charles abzugeben und ihm einen schönen Gruß von Dr. Michelet auszurichten. Für einen jungen Arzt, der noch nicht lange in der Gegend war, kannte der Doktor schon überraschend viele Leute hier, dachte Marcel. Vielleicht könnte er ja für Charles einen Ernährungsplan nach neuesten medizinischen Erkenntnissen ausarbeiten. Wäre nicht das Schlechteste. Marcel verzichtete auf Mados Kaffee, und als er das Totenhaus verließ, war er ein bisschen unglücklich über seine Statistenrolle in diesem Fall, aber auch erleichtert, dass er wieder gehen durfte.

Ubi tu hortus est – Wo du bist, ist ein Garten

Isa wachte erst wieder auf, als es bereits hell war. Sie öffnete das Fenster und merkte sofort, dass sich der Brandgeruch der Nacht nicht verzogen hatte. Immerhin hatte seine Intensität nachgelassen. Wahrscheinlich war das Schlimmste überstanden und die Brände, sollten sie noch vor sich hin schwelen, zumindest unter Kontrolle.

Rasch zog sich Isa an und wappnete sich innerlich für die Begegnung mit ihrer Gastgeberin, die morgens oft mit dem falschen Fuß zuerst aus dem Bett stieg und sie schon mehr als einmal zum willkommenen Opfer ihrer Stimmung gemacht hatte. Aber das Haus war leer. In der Kanne auf dem Herd stieß sie sogar noch auf etwas lauwarmen Kaffee. Isa ging mit der Kaffeetasse in der einen und einer Madeleine aus der Tüte in der anderen Hand auf die Terrasse und passte auf, dass sie nicht wieder über die Katzen stolpere. Aber auch die hatten ihren Stammplatz bereits verlassen. Das Gartentor stand offen, was für Giselle eine ungewöhnliche Disziplinlosigkeit darstellte. Als der Hund, der mit seiner Leine an einem Haken an der Mauer festgebunden war, sie bemerkte, kläffte er sie zunächst an und versuchte es anschließend mit Winseln und Jammern. Aber sie würde den Teufel tun und ihn losbinden. Vielleicht saß er da ja eine Strafe ab, weil er etwas angestellt hatte? Vielleicht hatte er sich wieder einmal eines der Zwerghühnchen gemopst, die kleine grünliche Eierchen legten, als seien sie Wachteln und keine Hühner.

Isa beendete ihr Frühstück im Stehen und machte sich mit dem Auto zum Hof ihrer deutschen Freunde in den Kastanienwäldern auf, der hoffentlich von dem Brand verschont geblieben war.

Den Col hinauf bewegte sich immer noch eine Karawane, aber jetzt waren es Pkws von Gaffern, die sehen wollten, was das Feuer von den Pinien übrig gelassen hatte. Isa hatte etwas Ähnliches vor Jahren schon einmal erlebt. Damals hatte alles wie tot ausgesehen. Die Baumstämme waren schwarz gewesen, die Äste verbrannt und kahl, das Gras versengt und trostlos, alles Leben wie ausgelöscht.

Und doch hatten im nächsten Jahr dieselben Stämme wieder aus-
getrieben, die Asche hatte die Erde gedüngt. Sobald das erste Grün
gesprossen war, hatte jeder an ein Wunder geglaubt, dabei war es
nur die Natur, die sich wie bei den meisten Katastrophen selbst zu
helfen wusste. In ihr ging nichts verloren. Isa hatte gelesen, dass
Mammutbäume ihre Samen über lange Zeit zurückhalten und erst
nach einem Waldbrand abwerfen, weil dann die Jungpflanzen eine
Chance haben, einen Platz zum Keimen zu finden.

Sie nahm nicht die Straße hinauf zum Col, sondern fuhr im
Tal weiter Richtung Westen. Viele Kirschbäume waren dieses
Jahr nicht vollständig abgeerntet worden, genau wie in den Jahren
zuvor. Es lohnte sich nicht, weil die Kirschen so schnell reiften
und dann wurmig wurden oder verfaulten und deshalb nicht für
den Verkauf oder Export taugten. Aber die Feigen würden dieses
Jahr groß und saftig werden. Irgendetwas Köstliches wuchs hier
immer.

In der kleinen *épicerie*, die auf dem Weg lag, kaufte Isa ein paar
Stangen *bois de réglisse*, Süßholz. Sie wollte sie den Kindern von
Luis und Hannah mitbringen, die streng ökologisch und ohne
raffinierten Zucker aufwuchsen.

Nach der *épicerie* ging es auf einer engen Straße stetig in Serpentinen bergauf. Von den Kastanien, die an den Hängen wuchsen, hatte sich in früheren Zeiten ein großer Teil der Menschen
im Languedoc ernährt. Sie waren arm wie die sprichwörtlichen
Kirchenmäuse, weil die Flächen, die die meisten von ihnen be-
wirtschafteten, zu klein waren, um Gewinn abzuwerfen. Es gab
zu viele Menschen für die wenigen Böden, die man überhaupt
bearbeiten konnte. Das Thema Überbevölkerung in Zusammen-
hang mit diesem Landstrich war heute kaum mehr vorstellbar.
Man konnte kilometerweit durch die Wälder fahren, ohne einen
einzigen Menschen zu treffen. Hier stieß man mal auf ein rostiges
Schild, das auf eine *ferme*, einen Bauernhof irgendwo an einer
Schotterstraße hinwies, dort auf ein Ortsschild zu einem Dorf,
von dem man nicht mehr hören konnte als entferntes Hundegebell
oder einen krähenden Hahn. Die Kastanien waren früher so etwas
wie das Brot der Armen gewesen. Man sammelte sie, schälte und
trocknete sie, röstete sie und mahlte sie zu Mehl. Alternativ weichte

man sie in Wasser ein, um sie dann zum Füllen von Gänsen und
Enten und als Beilage zu Fleisch- und Wildgerichten aller Art zu
verwenden. Kastanien waren vom Mittelalter bis ins späte 19. Jahrhundert das Hauptnahrungsmittel der ländlichen Bevölkerung im
Languedoc gewesen.

An den Stellen, wo der Wald sich lichtete und die Straße in einer
Haarnadelkurve nahe am Abhang verlief, blieb Isa stehen und genoss den Ausblick über die sanft geschwungenen grünen Hügel der
letzten Cevennen-Ausläufer, die erst zur Küste hin in eine Ebene
mit sandigen Böden übergingen, in der Wein und Zitrusfrüchte
wuchsen, Hotels, Campingplätze, Baumärkte, Vergnügungsparks
und riesige klimatisierte *hypermarchés* sich ausbreiteten und traurige
Pferde darauf warteten, dass jemand ihren Besitzer für den nächsten
Ausritt, immer im Kreis herum, bezahlte.

Zum Glück war Isa in den Bergen weit weg von diesem Treiben. Hier oben hatte sie nicht das Gefühl, dass die Zeit still stand,
aber doch, dass die Uhren etwas langsamer gingen und man sich
nicht abmühen musste, um mit ihnen Schritt zu halten. Hier oben
schaltete man automatisch einen Gang zurück, und die Sonne
bestärkte einen in der Überzeugung, dass dieses Verhalten das
einzig vernünftige und ratsame war.

Isa sah, dass hier alles in Ordnung war. Das Feuer hatte nicht
auf den Hügel übergegriffen. Kein Trubel, keine Fahrzeuge, alles
war wie immer. Wie zur Bestätigung sah sie östlich von sich eins
der Löschflugzeuge Richtung Süden fliegen. Anscheinend hatte
es seine Mission erfüllt und steuerte nun seinen Heimatflughafen
in Béziers, in Perpignan oder schon drüben auf der katalanischen
Seite in Girona oder Figueres an.

Hinter ein paar weiteren Kurven eröffnete sich der vertraute
Anblick der Zufahrt zum Hof von Isas Freunden, die sie seit über
einem Jahr nicht mehr gesehen hatte. Einer der großen weißen
Pyrenäen-Hirtenhunde kam ihr unaufgeregt und ruhig entgegen,
wie es zur majestätischen Schulterhöhe und der Mächtigkeit seiner
Erscheinung passte. Dann blieb er stehen und beobachtete aus
einiger Entfernung, wie sie aus dem Wagen stieg.

Das alte Steinhaus war in unzähligen Stunden Handarbeit liebe-
voll restauriert und umgebaut worden. Es wirkte heiter, südlich

und lebensfroh, auch wenn es allein mitten im Wald lag. Kinder spielten auf den Kieswegen des Anwesens Fangen, erhitzte, Isa unbekannte Gesichter. Die Eltern saßen unter Sonnenschirmen auf selbst gezimmerten Gartenmöbeln, einen Krug Wasser mit Gurkenscheiben vor sich zur Erfrischung. Isa klopfte an die Tür des Haupthauses und rief, aber ihre Freunde waren nirgendwo zu sehen. Einer der Gäste zeigte nach hinten, Richtung Ziegenweide, wo Isa schließlich auf einen jungen Mann aus Hessen traf, der als Praktikant auf dem Hof lebte und sich um die Tiere kümmerte. Er war noch nicht lange da, und Isa konnte sehen, dass er die wendigen Monster hasste, die ihre Köpfe senkten und die Hörner aufstellten, wenn er versuchte, sie zum Melken in den Stall zu führen. Von ihren früheren Besuchen hier wusste sie, dass er tatsächlich Schwerstarbeit zu leisten hatte, und packte ungefragt mit an. Gemeinsam gelang es ihnen, einige der Biester auf dem holprigen, von Wurzeln zerfurchten Hanggelände einzufangen und in den Stall zu bringen. Isa sah dem jungen Mann an, dass er sich während seines Aufenthalts schon mehrfach in seine Heimat zurückgewünscht hatte und die Tage bis zum Ende seines Praktikums wahrscheinlich zählte.

»Irgendwann wird es besser«, versprach sie ihm, als sie sich etwas unterhalten hatten, »wenn sie dich kennen und Respekt vor dir haben.«

Seinem skeptischen Blick, den er ihr als Antwort zuwarf, war anzusehen, dass er ahnte, dass er sich den Respekt erst noch erwerben musste und dabei jede Menge Schweiß vergießen würde.

Sie hätten bereits in der Nacht von den Waldbränden erfahren, erzählte er. Ein Trupp der *gardes forestiers* war in ihren Geländefahrzeugen auf den Berg gefahren, um sicherzugehen, dass kein Funke des nahen Feuers übergesprungen war, und um im Bedarfsfall sofort die *sapeurs-pompiers* zu alarmieren. Dieses Mal schien alles gut gegangen zu sein, und das war eigentlich ein Grund zum Feiern. Der Praktikant, er hieß Oliver, genannt Olli, hatte bereits Zugang zu den typischen Getränken, mit denen man in der Gegend ein abgewendetes Unglück zu begießen pflegte. Zum Beispiel zu einem *Marc* aus dem Languedoc, einem Tresterschnaps, der nach Trauben und Birnen schmeckte, das

Herz erwärmte und die Plackerei mit den Ziegen vorübergehend vergessen ließ.

Die schlechte Nachricht erfuhr Isa erst nach dem zweiten Glas *Marc*. Hannah war im Winter ausgezogen und mit den Kindern zurück nach Deutschland gegangen.

»Und Luis?«, fragte sie.

»Er ist häufig im Nachbardorf, bei seiner neuen Flamme Véronique.«

»Und wer kümmert sich um das Haus, um die Gäste und Tiere, wenn er nicht da ist?«

»*C'est moi*«, sagte Olli, aber es klang nicht besonders stolz.

Isa war betroffen. Was für ein Unglück! Hannah und Luis, das war die Heilige Familie gewesen, mit einer Schar Kinder und einem florierenden Unternehmen gesegnet. Streng nach baubiologischen Kriterien renovierte Ferienwohnungen, dazu täglich selbst gebackenes Brot und selbst gemachter Ziegenkäse. Der ideale Ort und das ideale Paar. Was war bloß geschehen?

Nachdem Olli Isa den Weg zu Véroniques Haus beschrieben hatte, setzte sie sich ins Auto und fuhr nach Pradals hinüber, wo sie bisher noch nie gewesen war. Sie hatte nicht einmal gewusst, dass dieses Dorf mitsamt seinen Einwohnern überhaupt existierte, aber es war auch nicht besonders groß. Eine Straße, fünf Steinhäuser mit Gärten, zwei ältere Autos und irgendwo ein Hund. Hähne gab es vielleicht sogar mehr als fünf, Menschen sah Isa auf den ersten Blick keine.

Olli hatte ihr das Haus von Véronique beschrieben, sodass sie das Gebäude mit den bunten tibetischen Stofffähnchen, die zwischen den Fenstern des ersten Stocks gespannt waren, leicht fand. Natürlich gab es keine Klingel. Isa klopfte einmal, lauschte und ging dann um das Haus herum zum Garten. Das Gärtchen war klein, eingewachsen und schattig, in ihm standen eine Menge Möbel, alte Fahrräder und Plastikautos für Kinder. Isa erkannte die beiden nicht sofort, aber als sie es tat, machte sie unwillkürlich einen Schritt zurück und blieb im Schutz der Hausecke stehen. Doch sie war zu fasziniert, als dass sie wegsehen konnte. Und nach einer kurzen Schrecksekunde und einem leisen Aufschrei ihres

Gewissens, das ihr sagen wollte, dass man das eigentlich nicht tat, streckte Isa ihren Kopf gerade so weit vor, dass sie das Schauspiel, das etwas Stilles und Feierliches, ja fast etwas Sakrales ausstrahlte, nicht verpasste.

Der Mann, den sie kannte, aber so noch nie gesehen hatte, stand kerzengerade mit dem Rücken zu einem nicht sehr hohen Gartentisch. Er war vollkommen nackt, genau wie die zierliche Frau mit den spitzen Brüsten, die ihre Arme um seinen Hals geschlungen hatte. Er hatte sie hochgehoben, ihre Beine waren nach oben angewinkelt, während sie sich mit ihren Füßen auf dem Holztisch abstützte. Er wiederum spielte mit seinen Händen unter ihrem kleinen Po Aufzug mit ihr, ließ sie immer wieder auf- und abfahren, auf und ab. Sie seufzte und lehnte sich noch etwas weiter nach hinten, mit ihren Händen fest seinen Hals umklammernd, mit den Beinen seine Leisten. Beide waren sie ausschließlich mit ihrer Lust beschäftigt. Sie hatte die Augen geschlossen, sein Blick ruhte auf ihrem Körper, der sich immer weiter nach hinten bog.

Isa wurde heiß bei dem Schauspiel. Sie zog ihren Kopf diskret hinter die Hausmauer zurück und ließ die beiden, die sie, den Eindringling, nicht bemerkt hatten, wieder allein. Luis war also kein Kind von Traurigkeit und hatte sich ein neues Paradiesgärtchen gesucht, nachdem er aus seinem eigenen Paradies vertrieben worden war. Vielleicht hatte dieses Gärtchen und seine Bewohnerin ja sogar etwas mit Hannahs Entscheidung zu tun, Luis und den Hof zu verlassen und nach Deutschland zurückzugehen? Isa würde ihn danach fragen. Aber nicht jetzt. Jetzt ging sie zu ihrem Wagen und fuhr zurück nach Colombiers, wo die Wahrscheinlichkeit, einer solch akrobatischen Szene beizuwohnen, verschwindend gering war.

Ganz ruhig, wir kriegen ihn!

Marcel war sich sicher, dass zusätzliche Arbeit und vermutlich auch Ärger auf ihn zukommen würden. Jetzt war also zu klären, wie der Querschädel Jean zu Tode gekommen war beziehungsweise ob etwas anderes als ein Infarkt sein Herz zum Stillstand gebracht hatte. Schwachsinn! Aber war er Arzt? Hörte irgendjemand auf das, was er, der Dorfpolizist, zu sagen hatte? Zwei Mal nein. Er war ja nur das ausführende Organ. Der Befehlsempfänger. Fürs Denken und Beurteilen waren die anderen zuständig. Der junge Herr Doktor hatte Zweifel. Ach was, wirklich? Dann musste natürlich schnellstmöglich etwas in Gang gesetzt werden, was seine Zweifel zerstreuen konnte. Bekanntlich hatte der Monsieur an der altehrwürdigen Medizinischen Fakultät von Montpellier studiert, einer der ersten, wenn nicht überhaupt der ältesten der Welt. Ach, was regte er sich überhaupt auf? Das konnte ihm doch wirklich piepegal sein. Dienst war Dienst, und Laufen war Laufen. Der Doktor machte jetzt ein bisschen Wirbel, dann würde sich ein Pathologe eben Jeans Leiche ansehen, vielleicht irgendein Herr Professor, der den Y-Schnitt in Perfektion ausführen konnte.

Während des Steilstücks musste sich Marcel immer wieder auf seinen Atem konzentrieren. Der Schweiß stand ihm nicht nur auf der Stirn, er rann ihm bereits vom Nacken zwischen die Schulterblätter und von dort die Wirbelsäule entlang. Die Sonne brannte voll auf ihn herunter, obwohl es schon fast fünf Uhr nachmittags war.

Wahrscheinlich würde dann auch noch einer von der Kripo aus der Unterpräfektur Béziers seinen Hintern zu ihnen ins Hinterland bewegen müssen. Das taten sie sowieso schon immer ungern, und sie würden es hassen, wenn der Grund ihrer Anwesenheit ein Nobody aus einem Dorf von Hinterwäldlern und Rentnern und ein paar gestrandeten Ausländern war. Na ja, ihm konnte es egal sein. Er würde später noch bei Laurent in der Privatklinik in Bérieux vorbeisehen und hören, was der ihm über den Jagdausflug zu berichten hatte. Vielleicht war ihm an Jean ja irgendetwas aufgefallen.

Marcel hatte fast die Hochebene mit dem Stausee erreicht. Der Horizont weitete sich, als er quasi das Dach der Region betrat. Hier war mit einem Schlag alles anders. Es war nicht mehr so heiß, hier wuchsen kein Wein und keine Oliven mehr, dafür wogten Weizenfelder im Wind. Die Maispflanzen standen stramm wie eine Armee, daneben weideten Kühe. Die Gegend hier oben war wie ein kleines Bayern, das Marcel nur von Plakaten kannte, die für das Münchner Oktoberfest warben, oder wie die Schweiz im Miniaturformat. Selbst ihm, der aus dem *méditerranéen* kam, wo Mandeln und Granatäpfel, Pfirsiche, Aprikosen, Wein und Oliven wuchsen, kam die Umgebung merkwürdig fremd vor.

Marcel lief am Stausee entlang, über den ein kräftiger Wind fegte. Einige Surfer und Segler bewegten sich wie Insekten auf der weiten Fläche, in Ufernähe strampelten Familienväter ihre Sippe in Tretbooten von Bucht zu Bucht, die meisten Badenden standen knietief im Wasser, ohne sich zu bewegen. Wenn der Wind auf dem Col de Fontfroide ähnlich blies, dann würde er die Feuer vielleicht erneut entfachen. Regen, der die Situation hätte entspannen können, war trotz des Windes immer noch nicht in Sicht.

Jetzt begann das zweite Drittel seiner Trainingsstrecke, und Marcel zog sein Tempo an. Die höhere Schrittfrequenz, die er sich vorgenommen hatte, war gut machbar, und da es jetzt flach in der Ebene dahinging, beruhigten sich sogar sein Atem und sein Puls.

Das letzte Drittel absolvierte er als lang gezogenen Tempodauerlauf bergab. Zunächst ging es ein Stück auf alten Römerwegen dahin, dann auf einem schmalen Wanderpfad, der im Sommer von Touristen, im Herbst und Winter von Jägern begangen wurde.

Als er seinen Zielpunkt erreicht hatte, war Marcel mit seiner Trainingszeit zufrieden. Vielleicht hätte er in der Ebene das Tempo sogar noch ein bisschen forcieren können, aber das konnte er bei seinem nächsten langen Trainingslauf ja immer noch tun. Jetzt waren erst mal wieder ein paar Erholungseinheiten angesagt. Alles lief nach Plan.

Zu Hause waren alle ausgeflogen. Seine Mutter spielte freitagabends immer Bridge mit ein paar Damen aus den umliegenden Dörfern und hatte ihm seine Portion Ratatouille kalt gestellt. Marcel nahm den Teller aus dem Kühlschrank und aß ein paar Bissen im Stehen. Keine Zwiebeln, wenig Knoblauch, sie wusste seit Langem, dass er beides nicht vertrug. Sein sensibler Stoffwechsel reagierte auf beide Zutaten sofort. Auch in New York würde er auf seine Ernährung aufpassen müssen. Nicht dass seine Verdauung ihm noch einen Strich durch seinen Plan machte.

Nachdem er geduscht und sich wieder angezogen hatte, machte Marcel sich auf den Weg zur Privatklinik nach Bérieux. Dort waren die Ärzte spezialisiert auf Hände, Arme und Beine und konnten bestimmt auch ein Loch von einer Acht-Millimeter-Kugel aus einem Jagdgewehr in Laurents Schulter wieder zunähen. Marcel kannte Laurent gut. Sie spielten zusammen Basketball in einer Freizeitmannschaft, die seit Jahren jede Saison um den Klassenerhalt kämpfte. Kreisliga, aber sie wurden ja auch nicht jünger, und von den Jugendlichen kam nichts Vielversprechendes nach. Die Jungen hockten doch viel lieber vor ihren Computern und Tablets und Smartphones, als sich anzustrengen. *Le basket* war total out. Man schwitzte dabei so eklig.

Das *Verte Vallée* war in einer Villa aus den zwanziger Jahren des 20. Jahrhunderts untergebracht, die mit ihrer orange- und terrakottafarbenen Fassade freundlich, mediterran und vertrauenerweckend wirkte. Der Chefarzt war ein *beur*, in Algerien geboren, und hatte einen ziemlich guten Ruf. An der Pforte hatte Blanche Dienst, eine Freundin von Marcels Mutter.

»*Salut, mon petit chéri!*«, flötete sie. »Wen möchtest du denn besuchen? Deine Freundin?« Pause, verschwörerischer Blick. »Du hast doch eine, oder?«

Das war die übliche Begrüßung von Blanche, seit er zwölf war. Und immer noch konnte er ihr keine Freundin präsentieren. Alle dachten sie, er sei schwul und würde es nur nicht schaffen, sich zu outen.

»Ich bin wegen Laurent hier«, sagte er.

»Dein Freund?« Blanche sah ihn herausfordernd an.

»Mein Kumpel. Wir spielen zusammen Basketball. Außerdem interessieren Schusswunden uns Polizisten nun einmal immer.«

»Ach so, du bist dienstlich hier, sag das doch gleich, *chéri*. Erster Stock links, Zimmer zwölf. Der Aufzug …«

Aber Marcel war schon auf dem Weg zur breiten Mitteltreppe, die vom Foyer hinauf in den ersten Stock führte. Als er auf der letzten Stufe stand, hörte er ein Brausen wie von einem Schwarm Hummeln. Seltsam. Er folgte dem Hinweisschild für die Zimmer eins bis vierzehn nach links, und das Brausen wurde lauter. Ein älterer Herr im gestreiften Schlafanzug kam in seinem Rollstuhl auf ihn zugerast, das Gesicht von Panik verzerrt. Eine zierliche Pflegerin rannte hinter ihm um die Ecke und rief: »Halten Sie ihn auf!« Doch Marcel hatte keine Erfahrung mit aus dem Ruder gelaufenen Rollstühlen und sprang stattdessen einen Schritt zurück.

»Na los!«, rief die Kleine. »Drücken Sie auf ›Stopp‹ und halten Sie ihn fest! Monsieur Biau, ganz ruhig, wir kriegen Sie schon wieder!«

Marcel war sich da nicht so sicher, gab aber sein Bestes. Er rannte dem Fahrzeug hinterher, warf währenddessen einen Blick auf das Steuerungsdisplay und entdeckte tatsächlich den Stopp-Knopf, der aussah wie der, der in seinem Renault Scénic zur Warnblinkanlage gehörte. Schließlich warf er sich Monsieur Biau entgegen, der aufstöhnte, als er Marcels Umarmung spürte, und schlug mit seiner Faust auf den roten Knopf. Das Fahrzeug ruckelte noch einmal nach vorne, surrte wie eine im Glas gefangene Wespe und blieb dann stehen.

»*Merci*, Monsieur!« Die Pflegerin wischte sich eine dunkelblonde Haarsträhne, die ihrem Dutt entwischt war, aus dem Gesicht. Sie hatte rote Bäckchen.

Wie nach Sex, dachte Marcel, auch wenn er dieses Phänomen eher aus Filmen kannte als aus dem eigenen Leben.

»Sie haben uns gerettet!«, japste sie. »Monsieur Biau ist wirklich ein netter alter Herr, aber er ist auch ein ziemlicher Dummkopf! Immer spielt er an den Knöpfen seines Rollstuhls herum, und wenn etwas passiert, behauptet er, er ist es nicht gewesen. Aber jetzt ist Schluss damit, soll er doch in seinem Bett versauern.« Sie lachte. »Besuchen Sie jemanden?«

»Meinen Kumpel Laurent, Zimmer zwölf.«

»Den dämlichen Jäger?« Sie kicherte. »Oh, *pardon*, er ist ja Ihr Freund.«

»Kumpel«, sagte Laurent und ärgerte sich, dass er das so heraustellte. Daran war nur Blanche schuld.

»Na dann, auf Wiedersehen«, flötete die Pflegerin und ging mit drohend erhobenem Zeigefinger auf den Flitzer im Schlafanzug zu.

Marcel sah ihr nach, um zu überprüfen, ob ihr den Oberschenkel berührender weißer Kittel und ihr hüpfender Dutt irgendetwas in ihm auslösten. Doch, ja, da regte sich etwas.

Laurent war wach und hatte Besuch. Der Fernseher an der Wand lief, aber Laurent übertönte den Sprecher des Sportkanals locker. Sein linker Arm lag in einer Schlinge, und die Schulter zeichnete sich dick unter der Pyjamajacke ab, die er fast bis zum Nabel offen trug. Das machte er bestimmt nur, um die Krankenschwestern mit seinen trainierten Brustmuskeln zu beeindrucken. Marcel hatte erwartet, ihn wegen seiner Blödheit zumindest ein bisschen kleinlaut anzutreffen, aber nein, Laurent blieb Laurent. Egal, wie dumm er sich auch angestellt hatte, er machte daraus immer eine Heldentat. Gerade war er dabei, seinem Freund Robert, den Marcel nur flüchtig kannte, den Unfallhergang zu schildern. Das gesichtete Mufflon war ungefähr so groß wie ein Grizzly gewesen, und obwohl es sich um ein Muttertier mit seinem Jungen gehandelt haben musste, hatte es offenbar – wahrscheinlich eine seltsame Laune der Natur – das beeindruckende Gehörn eines ausgewachsenen Widders gehabt. Und natürlich war es auch nicht Laurents Schuld gewesen, dass er statt des Mufflons seine eigene Schulter getroffen hatte, und auch nicht die des Schafes, das bis dahin noch keine Witterung von den beiden Jägern aufgenommen hatte. Schuld war allein das Gewehr gewesen, das übersensibel reagiert hatte. Wie sein kleiner Freund in der gemischten Sauna, sagte Laurent, und er und sein Freund Robert fanden das saukomisch.

Anschließend führte Laurent ihnen sogar bildlich vor, wie sich die Sache zugetragen hatte. Er tat so, als sichte er gerade die beiden Mufflons, gab Robert, der die Rolle von Jean übernahm, einen

Stoß in die Rippen, deutete auf das Wild auf dem Felsvorsprung, legte das Gewehr an und zeigte anhand der Rückstoßbewegung, dass der Schuss nicht nach vorne, Richtung Wild, sondern nach oben, Richtung Himmel, losgegangen war. Bloß dass seine blöde Schulter sich dazwischen befunden hatte. Er verzog das Gesicht zu einer Schmerzgrimasse und jammerte so laut, dass die Tür aufging und die Dutt-Schwester den Kopf hereinstreckte. Als sie sah, dass alles in Ordnung war, drohte sie Laurent scherzhaft mit erhobenem Zeigefinger, mit dem sie zuvor schon den nicht ganz zurechnungsfähigen Monsieur Biau ermahnt hatte. Dabei lächelte sie Marcel schelmisch zu, der allerdings nur die Schultern zuckte. Er wollte sich nicht als ihr Komplize fühlen, er war nur ein Unbeteiligter, den aber anscheinend andere ständig in etwas hineinziehen wollten.

Also jammerte Laurent weiter und fragte, ob die Pflegerin ihm nicht den Verband wechseln könne, da sei eine Druckstelle, die ihn störe.

»Morgen wieder, Monsieur«, grinste die junge Frau und verschwand mitsamt ihrem Dutt aus dem Zimmer.

»Du hast natürlich einen Jagdschein«, sagte Marcel, und mit einem Mal wurde es im Zimmer mucksmäuschenstill.

»Natürlich«, antwortete Laurent nach wenigen Sekunden, »was denkst du denn?«

»Hast du ihn zufällig dabei?«

»Was denn, hier? Bist du verrückt? Hier brauche ich doch meinen Krankenschein, nicht meinen Jagdschein«, machte Laurent sich über ihn lustig, und Robert lachte. »Muss bei mir zu Hause irgendwo rumliegen, keine Ahnung, wo.«

Marcel ging darauf nicht ein. Humorlos, so war er eben.

»Frag Jean, der hätte mich ohne Jagdschein doch gar nicht mitgenommen, oder?«

»Das weiß ich nicht«, antwortete Marcel. »Und leider kann ich ihn nicht mehr fragen.«

»Wieso denn nicht?«, wollte Laurent wissen. »Wo ist er denn?«

»Da, wo wahrscheinlich auch all die Kreaturen sind, die er auf dem Gewissen hat. Wenn man mal davon ausgeht, dass auch Tiere eine Seele haben.«

Laurent und Robert starrten ihn an, als habe er Japanisch mit ihnen gesprochen.

»Wie jetzt?«, fragte Laurent. »Was ist mit Jean?«

»Ach, eigentlich nichts Besonderes«, sagte Marcel. »Er ist tot.« Die beiden anderen sahen ihn an und warteten auf die Auflösung des makabren Scherzes, aber Marcel musste sie enttäuschen. »Ich geh dann mal wieder«, sagte er stattdessen. »Und du oder deine Mutter oder dein Freund hier bringt uns dann am Montag deinen Jagdschein vorbei, damit wir die Sache abschließen können. Dein Gewehr natürlich auch, oder hast du das vielleicht zufällig hier dabei?«

Laurent schüttelte den Kopf. Sein Mund stand immer noch offen. »Jetzt hör mal, Marcel, was, äh, wie ist Jean denn …? Ich meine …?«

»Das Herz«, sagte Marcel, die Hand schon auf der Türklinke. »Aber sicher wissen wir es noch nicht. Hast du vielleicht bemerkt, dass Jean irgendwie gesundheitlich angeschlagen war oder so etwas?«

»Jean? Der hatte immer noch eine Bärenkraft. Er hat mich ein ganzes Stück bergab geschleppt, bevor er mich in der Ruine abgelegt hat. Der war fit, würde ich sagen.«

»Na gut, dann gute Besserung!« Damit verließ Marcel das Krankenzimmer und freute sich, dass Laurent nun Robert oder wen auch immer damit beauftragen musste, ihm einen Jagdschein mit gefälschtem Datum zu basteln. Auf dem Gang sah er sich schnell um, ob nicht der rasende Monsieur Biau gerade wieder eine Testfahrt unternahm, konnte aber weder ihn noch den Dutt seiner rotbackigen Betreuerin entdecken.

Beim Hinausgehen schickte Blanche ihm noch ein schmachtendes »*Bonne soirée, mon chouchou!*« hinterher, das er mit einem Winken erwiderte, dann war auch das erledigt und Marcel fuhr zurück nach Ormais, um im »Café de la Gare« noch ein Bierchen zu kippen und zu sehen, ob jemand Lust auf eine Partie Billard hatte.

Hast du keine Eier?

»Was hast du getan? Ich hab dich nicht darum gebeten! Nein, nein, mein Lieber, das ist nicht auf meinem Mist gewachsen. Das lasse ich mir nicht in die Schuhe schieben!« Herzzerreißendes Schluchzen erfüllte den Raum. »Wie konntest du mir das nur antun? Ich, eine Witwe! Wo mich Schwarz doch immer so blass macht.« Die Witwe schnäuzte sich heftig. »Kann man Heilige eigentlich belangen? Ha, nein, natürlich nicht. Aber an mir bleibt das nicht hängen, damit das klar ist! Ich werde dafür meinen Kopf nicht hinhalten! Ich hab doch nichts geahnt!« Ihre Fäuste trommelten auf die hölzerne Kirchenbank.

»Warum sprichst du nicht mit mir? Hast du keine Eier? Entschuldige!« Mado streckte sich auf der harten Kirchenbank aus und weinte hemmungslos. »Mein Jean! Ich hab ihn doch so geliebt, zumindest früher. Und ich bin ihm immer treu gewesen. Das heißt natürlich nicht, dass ich ihm immer alles erzählt hätte, aber das schadet einer langjährigen Ehe nicht, glaub mir. Du hast ja keine Ahnung, wie das ist. Bist ja auch schon lange tot und warst sicher nie verheiratet. Ich wollte ein bisschen mehr Freiheit, ja, das stimmt, darum habe ich dich gebeten. Aber doch nicht so!«, entrüstete sich Mado.

»Habe ich gesündigt? Habe ich mich schuldig gemacht? Oh, was für eine schreckliche Strafe, aber wofür? Und was kann ich jetzt tun? Ich kann mit niemandem darüber sprechen, nur mit dir. Also antworte mir, bitte!«

Sie flüsterte und flehte den Heiligen an. Doch der fromme Martin schien ausgeflogen zu sein, an einen Ort, wo er die Unglückliche und ihre Klagen nicht hören konnte. Abberufen in einen anderen Teil der *pauvre France*, vielleicht mit einer neuen Mission betraut. Oder war er etwa eingeschnappt, weil diese unglückselige Küsterin es tatsächlich für möglich hielt, dass er beim Tod ihres Mannes die Hand im Spiel gehabt hatte?

Zuhören, dachte sich der heilige Martin, ja, das war seine Spezialität. Eier segnen, wie sie es von ihm erwarteten. Wobei er das wirklich hasste. Wanderern Schatten spenden in seiner erbärmlichen Behausung und je nach Sonnenstand auch auf dem Platz vor diesem Schuppen, den sie Kapelle nannten, warum nicht? Aber Menschen vom Leben in den Tod befördern? Was fiel dieser Verrückten eigentlich ein? Er war ein heiliger Mann, kein Mörder! Zorn stieg in ihm auf. Am liebsten wäre er jetzt aus dieser elenden wurmstichigen Gestalt aus Lindenholz gefahren, die so täppisch mit Goldfarbe bemalt war, hätte diesen wüsten Ort inmitten des Waldes verlassen, an dem das ganze Jahr über nur Wildschweine, Jäger und Frauen mit Körben voller Hühnereier vorbeikamen – und natürlich diese Unglückselige, die nun drohte, vor Erschöpfung auf der harten Bank einzuschlafen und ihm etwas vorzusägen. Sie meinte es ja gut mit ihren Blumen. Fünfzehn Jahre hatte er geschwiegen, doch dann war er weich geworden und hatte einige ihrer Gebete erhört. Nein, nicht erhört, er hatte nur zu erkennen gegeben, dass er nicht aus Holz war, sondern ihre Worte zur Kenntnis nahm. Ihr Glaube hatte ihn gerührt. Und das hatte er jetzt davon. Dauernd traktierte sie ihn mit ihren lächerlichen Wünschen für diesen und jenen, für die Tochter, den Sohn, den Neffen, die Tante. Aber jetzt war sie mit ihrem Ungehorsam gegenüber ihrem Mann zu weit gegangen, und der heilige Martin sollte es irgendwie richten. Dabei hatte er über all die Wochen und Monate nichts getan. Gar nichts. Der Glaube versetzte Berge, ja, aber nicht eine kleine Figur aus Lindenholz. Doch die Menschen kannten kein Maß und kein Ziel. Dass Mado Vidal das Gute auf seinem Konto gutschrieb war eine Sache, aber jetzt das! Sie bezichtigte allen Ernstes ihn, einen Heiligen, des Mordes! Blasphemie! Ein klarer Fall von Heiligen-Missbrauch. Das musste ein Ende haben. Er musste ihr zwar weiterhin zuhören, aber er würde ihr kein Zeichen mehr geben, dass er es tat. Ab jetzt würde Mado zu einem stummen Kerl aus Lindenholz beten, dem Eiermann, wie sie ihn manchmal nannte, und irgendwann würde sie denken, dass er so tot wie ihr Jean war, weil er nicht mehr mit ihr sprach. Sie würden zurückkehren zum Status quo von vor fünf Jahren. Wenn doch Mado bloß nicht so laut schnarchen würde!

Aber Mado schnarchte nicht nur, sie träumte auch. Von überschwemmten Reisfeldern und Männern und Frauen mit Strohhüten groß wie Wagenräder, die durch die Felder pflügten, und von dünnen Schlangen, die sich um ihre eigenen Füße wanden. Das Grün der Felder war so hell und leuchtend, dass ihr beim Hinsehen die Augen brannten. Sie träumte von einer bekannten Schauspielerin, die auf einer Teeplantage in Ceylon bei der Tee-Ernte half, während sie ihre vornehme Blässe mit einem breiten Strohhut gegen die Sonne abschirmte. Die Schauspielerin kredenzte ihr eine Tasse Tee, die nach Heu mit Kornblumen und Mohn duftete, dann reiste Mado weiter, diesmal auf einem Kreuzfahrtschiff. Es war nicht die Titanic und auch nicht die Costa Concordia, aber es gab Sonnenliegen auf dem Deck, und unter Deck wurde getanzt. Ein Mann stellte ihr nach, groß und schlank, mit Händen wie ein Pianist. Sie trug ein langes Ballkleid in Flieder, und es raschelte, wenn sie damit durch die Gänge schritt, denn mit einem solchen Kleid konnte man nicht anders als schreiten. Sie hielt nur nach ihm Ausschau, dessen Augen bei ihrem Anblick vor Begierde gebrannt hatten. Oh, sie fühlte sich so jung und beschwingt, als wären die Zeiger der Uhr jahrelang rückwärts gelaufen. Ihr Haar war länger und voller und schwärzer, und jeden Tag kam ein Mädchen in ihre Kabine, um es aufzustecken, um Perlen und Zöpfe und Blumen hineinzuwinden wie bei einer Debütantin. Doch als Mado das Deck betrat und sich umdrehte, da mündete das Heck des Schiffes plötzlich in eine schmale Brücke aus Stein.

Rasch drehte sie sich um und sah nach vorne, aber vergeblich. Sie hatte ihn schon auf der Brücke liegen sehen, den Mann im karierten Holzfällerhemd. Wieder suchte sie nach ihrem Verehrer. Er sollte sie trösten, aber er war wie vom Schiffsboden verschluckt. Sie ahnte, dass irgendetwas Schlimmes geschehen sein musste, und zog die Nadeln aus ihrem Haar. Sie klingelten wie kleine Schellen, als sie auf den Boden fielen. Mit einem Mal wurde ihr langes Schneewittchenhaar vom Haaransatz her grau. Es ging so schnell, als hätte jemand Farbe über sie ausgegossen, und am Ende des Ganges lag schon wieder dieser Mann. Er lag auf dem Rücken und hatte ein Bein angewinkelt, als wolle er gleich aufstehen.

Sie kannte ihn. Auch er war grau und trug jetzt nichts als ein Unterhemd. In diesem Aufzug konnte er unmöglich auf den Ball gehen, das musste ihm doch klar sein. Wo war sein Smoking? Sie wollte ihn suchen, verirrte sich aber auf dem Schiff und fand nicht wieder zurück.

Er ist auch noch länger tot

Als Isa zu ihrer Unterkunft zurückkam und das Gartentor aufstieß, stürzte Nicotine, kurzzeitig vom Leinenzwang befreit, auf sie zu und begrüßte sie, als sei sie drei Wochen weg gewesen. Alles beim Alten, dachte Isa. Madame Merckx hantierte in der Küche herum, auch das war wie immer.

»Na, sind die Brände gelöscht?«, fragte Isa.

»Brände gelöscht, *pompiers* mit Essen und Trinken versorgt«, antwortete Giselle, ohne von ihrer Arbeit aufzusehen. Sie schnitt Bohnen fürs Mittagessen. »Und Jean ist tot.«

Das ging Isa dann doch etwas zu schnell. »Was sagst du?«

»Jean ist gestorben, heute Nacht oder heute Morgen, das wissen wir nicht genau.«

»Jean? Aber …« Isa war sprachlos.

»Er war nicht der Älteste im Dorf und auch nicht der Kränkste, da hast du recht. Ich hätte fast seine Mutter sein können. Aber das Sterben geht eben nicht nach der Reihenfolge der Geburt.«

Isa sah Jean quicklebendig vor sich. Jean, den alten Griesgram, den Haustyrannen. Meistens hatte sie ihn von hinten, mit gekrümmtem Rücken, beobachten können. Wenn er in seinen Gärten herumkrauchte, jätete, pflanzte, goss, schnitt, erntete, düngte und so weiter.

»War er gestern nicht mit Laurent auf der Jagd? Und war der Dorfpolizist nicht gestern hier, um ihn wegen des Unfalls zu vernehmen?«

»Exakt. Aber Jean war nicht mehr da, als Marcel ihn sprechen wollte, er kam zu spät. Und das, obwohl sich Marcel in jeder freien Minute die Seele aus dem Leib läuft, wenn er trainiert. Ich weiß wirklich nicht, wovor er davonläuft, aber das ist ja jetzt auch egal. Um mit Jean zu sprechen, kam er jedenfalls zu spät.«

»Wo war er denn?«, fragte Isa.

»Wer, Jean? Wir wissen es nicht. Arnault meint ja, er hätte eine Freundin gehabt, zu der er hin und wieder verschwunden sei, aber das glaube ich nicht. Jean hat doch Mado. Hatte. Eine Hübschere hätte er nicht finden können, außer für Geld. Oder meinst du, er ging zu solchen Frauen?«

»Ich habe keine Ahnung, schließlich bin ich doch hier nur zu Besuch. Trotzdem ist es auffällig, dass sich, seit ich hier bin, doch so einiges ereignet hat. Laurent hat sich mit dem Gewehr selbst in die Schulter geschossen, während der Nacht ist der halbe Hügel abgebrannt, und der Gurkenkönig mit Namen Jean hat genau dieselbe Nacht an einem unbekannten Ort verbracht und ist im Morgengrauen anscheinend nur zurückgekommen, um zu sterben«, zählte Isa auf. Dass sie soeben noch einen Live-Porno gesehen hatte, verschwieg sie, auch wenn der auf ihrer Liste besonderer Vorkommnisse der letzten zwei Tage ganz oben rangierte. Und dazu noch die potenzielle Marihuana-Plantage auf ihrem eigenen Grund und Boden. War dieser Teil Südfrankreichs gerade einer besonderen Konstellation der Gestirne ausgesetzt, oder was war los?

»Was ist mit Mado?«, erinnerte sie sich plötzlich an das Naheliegendste, die Witwe.

»Sie ist weg«, antwortete Giselle. »Ich wollte gerade nach ihr sehen, aber sie ist nicht da.«

»Wo könnte sie sein?«

»Das kann ich dir sagen. Wahrscheinlich ist sie oben bei ihrem Heiligen. Dem muss sie doch immer alles brühwarm erzählen. Aber da geh ich heute nicht rauf, auch nicht für Mado. Du weißt schon, mein Rheuma. Ich hätte nicht mithelfen sollen, Jean ins Haus zu tragen, aber wir konnten ihn ja schlecht draußen auf der Brücke liegen lassen.« Sie trocknete sich die Hände am Geschirrtuch und rieb ihre Finger aneinander, in denen sie das Rheuma oft besonders stark spürte.

»Soll ich mal nachsehen?«, fragte Isa. »Ich könnte ja dein Fahrrad nehmen.«

»Nimm lieber das von Hans«, schlug Madame Merckx vor. »Das ist immer schon leichter gefahren als meines, und er braucht es ja nicht mehr. Ja, die Männer, müssen sich immer vordrängeln, selbst wenn's um den letzten Schritt ins Grab geht«, sagte sie, während sie die Auflaufform mit Gemüse und Hackfleisch füllte.

Isa schnappte sich ein Stück Baguette vom Tisch und holte das

Rad aus dem Schuppen. Bevor sie losfuhr, lief sie noch einmal zu Giselle in die Küche zurück.

»Woran ist Jean denn gestorben?« Sie hatte ganz vergessen, danach zu fragen.

»Das Herz, sagt Dr. Michelet. Aber er kann es selbst kaum glauben.«

»Und was heißt das jetzt?«

»Das heißt, dass Jean aufgeschnitten wird.«

»Echt?«

»Ja, ihr jungen Leute«, schimpfte Giselle Merckx. »Marcel hat das auch nicht gefallen. Wo zieht ihr denn die Grenze für eine Obduktionswürdigkeit, bei fünfunddreißig Jahren? Oder noch jünger? Tststs. Jean war gesünder als du und der Läufer zusammen. Ihr müsst euch gar nicht so viel auf eure Jugend einbilden. Und außerdem gibt es im EU-Recht den Paragrafen, dass niemand wegen seines Alters diskriminiert werden darf. Der gilt auch für die Rechtsmedizin.«

Ist dieses Weib manchmal zänkisch, dachte Isa, verließ die Küche und schob das Fahrrad durchs Tor. Überall witterte Giselle bösen Willen. Aber nun mal im Ernst, so wie Jean sich über die kleinsten Kleinigkeiten aufgeregt hatte, hätte das schon auf seine Organe schlagen können.

Isa machte sich also wieder auf den Weg hinauf zum Heiligen mit den Eiern. Die Serpentinen zogen sich, und hätte die altmodische Gangschaltung des Rads von Giselles verstorbenem Ehemann im ersten Gang nicht ständig blockiert, dann wären sie um ein Vielfaches leichter zu bewältigen gewesen. Mehrmals war Isa versucht, abzusteigen und den Drahtesel zu schieben. Aber wer konnte schon wissen, welcher Gaffer drüben im Dorf mit dem Feldstecher wieder auf der Lauer lag und allen davon erzählen würde, dass sie zwar jung war, aber eine saumäßige Kondition hatte – und dass die Deutschen vor siebzig Jahren da noch anders drauf gewesen waren.

Also riss sie sich zusammen und keuchte weiter. Vor dem letzten Stück, das uneinsehbar im Wald lag, kapitulierte sie dann aber doch. Während sie das Rad schob und langsam wieder zu Atem kam, näherte sich Isa der Kapelle. Ihre Ohren waren auf Weinen und Wehklagen eingestellt, aber was sie hörten, klang eher wie ein brunftiger Kleinhirsch oder eine Kuh, die sich für einen Hirsch hielt. Geduckt schlich sie sich zum grün lackierten Tor, das konnte sie mittlerweile schon ganz gut, und linste durch das Gitter. Das Röhren kam von Mado. Sie schnarchte, dass die Wände wackelten. Wahrscheinlich sollte man frisch gebackene Witwen genauso wenig wie Babys wecken. Isa winkte dem Heiligen aus Lindenholz freundlich zu, aber wie üblich tat er so, als wäre sie Luft.

Die erschöpfte Mado würde womöglich noch länger schlafen, also setzte sich Isa vor den Eingang der Kapelle, mit dem Rücken gegen das Tor gelehnt, und wie der Teufel oder wer auch immer es wollte, schlief auch sie nach kurzer Zeit ein. Angeregt von dem vormittäglichen Freiluftkino träumte sie phantastisch und wachte erst durch einen besonders herzhaften Schnarchzug von Mado wieder auf. Als Isa ein Auge öffnete, sah sie etwa drei Meter vor sich die Verursacherin des Geräusches. Es war doch nicht Mado, sondern eine Bache, wie sie sofort erkannte, eine Wildsau ohne Hauer, dafür begleitet von fünf Sträflingen, die zwischen ihren Beinen herumwuselten. Isa wusste, dass man die Sau nicht reizen durfte, wollte man nicht angegriffen werden. Hauer hin oder her, den Hundert-Kilo-Ringkampf hätte Isa ziemlich sicher verloren. Das war absolut nicht ihre Gewichtsklasse. Der Angstschweiß trat ihr auf die Stirn, als sich das Tor hinter ihr einen Spalt öffnete. Auf Beinen, die sich wie gekochte Makkaroni anfühlten, kroch Isa dem schattigen Spalt entgegen und hoffte, dass ihr Zeitlupentempo auf die kurze Distanz noch immer schneller war als das, in dem die Synapsen der Bache schalteten. Zum Glück musste sie ja überhaupt erst einmal schnallen, dass hier ein Mensch auf allen vieren unterwegs war. Ein verunsicherter Grunzlaut erklang in Isas Rücken, dann folgte Stille, dann so etwas wie Hufescharren. Plötzlich griff sie jemand unter den Achseln und zog sie in die heilige Hütte, dann schlug das Tor zu, dass die ganze Kapelle erbebte. Im gleichen Moment hielten mindestens hundert Kilo im Trab auf das grüne Tor der Heiligenbehausung zu, drehten aber kurz davor frustriert wieder ab.

Mado und Isa hielten die Luft an und warteten. Als einige Minuten vergangen waren, streckte Mado vorsichtig ihre Nase durch das Gitter. Sie rechnete immer noch mit dem Gebiss einer wütenden Kindsmutter, gab Isa aber dann zu verstehen, dass die Luft rein war.

»Das war knapp«, sagte Mado.

»Mado, es tut mir so leid«, sagte Isa. »Ich meine, nicht das mit dem *sanglier*, sondern das mit Jean.«

»Jean?«, fragte Mado und sah Isa an, als hätte sie ihren Mann bereits vergessen.

Isa wunderte sich. Hoffentlich war Mado nicht übergeschnappt oder hatte Wahnvorstellungen entwickelt, weil sie so viel Zeit hier in der Einsamkeit mit ihrem Heiligen zubrachte.

»Jean ist tot«, flüsterte Mado jetzt, »aber ich kann nichts dafür.«

Oha, dachte Isa, hier führt ein heftiger Schuldkomplex Mados Zunge. Hoffentlich hatte ihr der Heilige den nicht eingeredet. Du sollst nicht töten. In Gedanken, Worten und Werken. »Natürlich nicht«, sprach sie beruhigend auf Mado ein.

»Ich wollte das doch nicht«, schluchzte sie.

»Und selbst wenn«, sagte Isa, »dann wäre es immer noch Magie. Und Magie ist nicht strafbar.«

»Vergiss nicht die Macht des Gebets«, sagte Mado.

»Daran kann ich leider nicht so richtig glauben«, sagte Isa, »aber mach dir nichts draus.« Und dann wollte sie nur noch raus aus diesem Heiligenstall. Sie sehnte sich nach der Sonne, mochte sie auch noch so brennen. Alles war besser als ein bedrückender Ort, der den Leuten Schuldgefühle machte, statt sie zu trösten.

Isa bot Mado den Sitz auf dem Gepäckträger an und hoffte, dass Giselle vor nicht allzu langer Zeit die Bremsen des Erbstücks überprüft hatte. Auf gut Glück rumpelten sie die Schotterstraße hinunter, und als der Vorderreifen in der letzten Kurve laut »Pssssssst« machte, stiegen sie ab und wechselten sich schwesterlich beim Schieben ab.

Währenddessen erzählte Mado Isa von Jean. Wie sie sich kennengelernt hatten, das erste Geschenk, das er ihr mitgebracht hatte, der erste Kuss, und ja, auch wie es gewesen war, als sie zum ersten Mal miteinander geschlafen hatten. Franzosen waren da nicht so prüde. Mado dachte sich nichts dabei, und Isas Hemmschwelle diesbezüglich befand sich auch schon in steilem Sinkflug, sodass sie zuhörte, schweigend genoss und ansonsten das Fahrrad anschmunzelte. Auf diesem Weg erfuhr sie außerdem noch, was Jean bei der Geburt seines ersten Kindes gesagt hatte und was, als seine Riesentomaten prämiert wurden und er mit ihnen auf einem Bild in der Zeitung erschienen war.

Als die beiden wieder im Dorf eintrafen, war Mado noch immer nicht mit ihrer Lebensgeschichte fertig, und Isa hatte im Zeitraffer einen Film vor ihrem geistigen Auge gesehen, der in Wirklichkeit dreißig Jahre gedauert hatte. Nur noch der Abspann fehlte, so schien es den beiden. Aber da täuschten sie sich gewaltig. Nur kurz darauf trafen Giselle und Arlette in Mados Haus ein, um mit ihr zu trauern, obwohl es sich eher wie feiern anfühlte. Es wurde reichlich erzählt und gelacht, auch wenn sich immer wieder jemand an den Anlass des Zusammenseins erinnerte und die anderen mit gespitzten Lippen und verdrehten Augen darauf aufmerksam machte. Mado schenkte von Jeans Schnapsvorräten aus. Selbst gebrannte Tresterschnäpse von Winzern aus dem Orb-Tal, Roquebrun, Vieussan, Cessenon, auch Obstbrände waren darunter, deren Grundlage sie mit einem Schnuppern identifizieren mussten, weil die Flaschen keine Etiketten hatten: Williams Christ, Aprikose, Haselnuss. Die Nachbarinnen stießen auf Jeans Wohl an und kicherten beim Hinunterkippen. Giselle meinte sogar, Jean neben sich sitzen zu sehen, angesäuert, weil seine Vorräte entdeckt waren und nicht mehr durch seine Kehle rinnen würden.

»Jeans gute Tropfen«, sagte Mado, als sie erneut reihum einschenkte.

»Dort oben bekommt er sicher was Besseres«, meinte Arlette.

»Was Besseres als diesen Kirschgeist gibt's nicht«, behauptete Giselle. »Auch dort oben nicht.«

»Wer weiß, ob Jean schon dort gelandet ist«, meinte Isa. »Zumindest durchs Fegefeuer muss er ja vorher durch, bei der Spur an Bosheiten, die er während seines irdischen Daseins gelegt hat.«

»Versündige dich nicht. Darüber hast nicht du zu bestimmen, nur unser Herrgott«, fuhr Mado sie an und bekreuzigte sich.

»Wisst ihr noch«, fragte Arlette, »als Giselle dachte, Jean würde ihr welche von seinen Zucchini schenken, die so üppig wuchsen, dass sie alles andere Gemüse in seinem Garten schon fast erstickt hatten?«

»Ich dachte, ich tue ihm einen Gefallen, wenn ich ihm welche abnehme«, erinnerte sich Giselle.

»Aber von wegen! Nicht eine Zucchini hat er rausgerückt, der alte Geizkragen«, sagte Arlette.

»›Wenn du Zucchini haben willst‹, hat er zu mir gesagt, ›musst du eben welche pflanzen.‹« Giselle nahm noch einen Schluck Kirschgeist und wünschte Jean eine gute Reise, wohin auch immer er momentan unterwegs war. »Er war der größte Egoist, dem ich je begegnet bin. Und ich bin durchaus herumgekommen in der Welt, so ist es nicht. Lieber hat Jean die Zucchini im Beet verfaulen und von den Mäusen anfressen lassen, als dass er mir auch nur eine abgegeben hätte. Oder weißt du noch, Isa, wie er einmal zu dir rübergeschossen kam?«

»Im grauen Unterhemd«, stieg Isa auf Giselles Vorlage ein. Die Geschichte war allseits bekannt, aber jetzt war eine gute Gelegenheit, sie noch einmal zu erzählen. »Ich hatte den Zufahrtsweg gekehrt und dabei auch Steine aus seinem Weinberg weggefegt. Daraufhin kam er wie von einer Tarantel gestochen herübergelaufen und beschwerte sich, ich hätte ihm seine Steine geklaut. Wenn ich sie wegfegte, müsste ich sie später aufheben und wieder zurücklegen, denn sie gehörten schließlich ihm.«

»Ein Hoch auf Jeans Großzügigkeit!«, rief Giselle. »Die kann er noch lernen, dort, wo er jetzt ist.«

»Und seine Abzweigungen vom Fluss, damit seine Gärten bei Wassermangel nicht vertrockneten«, lachte Arlette.

»Davon habt ihr gewusst?«, fragte Mado.

»Was glaubst denn du? Dass wir blind sind? Wenn in den trockenen Sommern alles in unseren Gärten verdorrte und nur noch Jeans Gemüse rekordverdächtig wuchs, was meinst du, was wir geglaubt haben? Vielleicht, dass ein Wunder geschehen war?«

Der Schnaps ging weg wie warme Semmeln, und die noch lauwarme Quiche, die Arlette zur Verköstigung der frisch gebackenen Witwe mitgebracht hatte, passte ausgezeichnet dazu. Die Damen waren zwar bisher nicht gewohnt, Schnaps zu trinken, fingen aber gerade damit an, sich daran zu gewöhnen.

»Wo hat der junge Doktor ihn denn jetzt hinbringen lassen?«, wollte Arlette wissen. »Nach Montpellier?«

»Nein, ins *Centre de Pathologie* nach Béziers«, antwortete Mado.
Béziers war die Unterpräfektur und nach Montpellier zweit-
größte Stadt des Département Hérault. Bei Touristen war sie
durch den Canal du Midi bekannt, der an ihr entlangführte und
zusammen mit dem Canal de Garonne das Mittelmeer mit dem
Atlantik verband. Alle Touristenboote und die *péniches*, die zu Hotels umgebauten Lastkähne, mussten bei Béziers durch die Écluses
de Fonserranes, eine Schleusentreppe aus dem 18. Jahrhundert,
die mit ihren sechs Kammern eine Höhendifferenz von mehr als
dreizehn Metern überwand.

»Aber wozu eigentlich?« Arlettes Frage riss Isa aus ihren Erinnerungen an einen Bootsurlaub mit einer hinterher nicht mehr
befreundeten Familie, bei dem sie genau diese sechs Schleusen-
kammern in einer etwa einstündigen Prozedur überstanden hatten.
»Ich meine, was soll denn dabei herauskommen?«, wollte Arlette
wissen.

»Weil Jean doch so gesund war«, sagte Mado und lallte schon
ein wenig.

»Aber was soll denn passiert sein? Meint ihr, er könnte vielleicht
was Falsches gegessen haben?«, fragte Arlette.

»Vielleicht hatte er ja eine Krankheit und wusste nichts davon«,
sagte Giselle.

»So wie unser armer Filou«, sagte Arlette. »Lief jeden Tag nach
Ormais oder auch nach Saint Julien, wenn es dort eine läufige
Hündin gab. Bis er eines Tages unterm Tisch liegen blieb und
nichts mehr essen wollte. Der Tierarzt hat schließlich festgestellt,
dass seine Leber doppelt so groß war wie normal.«

»Er hat doch nicht gesoffen?«, fragte Isa und handelte sich damit
einen bösen Blick von Arlette ein. Über tote Hunde machte man
keine Scherze.

»Er hatte Krebs, mein armer Filou. Nach drei Tagen ist er
gestorben.«

»Und jetzt meinst du, Jean könnte auch ein unerkanntes Krebs-
leiden gehabt haben?«

»Weiß man's denn?«, fragte Arlette zurück.

»Umgebracht wird ihn ja niemand haben«, sagte Giselle und
nahm noch einen kräftigen Schluck. »*A votre santé!*« Sie prostete

hinüber ins Schlafzimmer, in dem Jean noch bis zu seinem Ab-
transport in das *Centre de Pathologie* gelegen hatte.

»Soll ich noch Wein bringen?«, fragte Mado. »Jean hat jede
Menge Vorräte im Keller, er hat ihn immer gehütet wie seinen
Augapfel, also, den Weinkeller, meine ich. Sind bestimmt ein paar
gute Tropfen dabei.«

»Ich denke, für heute haben wir genug«, sagte Giselle.

»Giselle trinkt doch keinen Wein«, sagte Arlette. »Hast du das
schon vergessen?«

»Ach, stimmt ja«, fiel es Mado wieder ein. »Na ja, dann vielleicht
ein andermal.« Sie seufzte. »Jean ist ja noch länger tot, nicht wahr?«

Die anderen fanden diese Bemerkung befremdlich, ja fast ein
wenig geschmacklos, doch Mado schien es nicht zu bemerken. Sie
setzte sich an den Tisch und fing an zu weinen. Ganz leise. Dann
verbarg sie den Kopf in ihren Armen und schlief am Tisch ein.

Marché aux puces

Am Sonntag war Flohmarkt in St. Sylvain auf der Rampe du Marché, einer Straße, die, das sagte ja schon der Name, wie eine Rampe von der Hauptstraße zu einem etwas erhöhten Punkt hinauf- und von dort Richtung Kathedralenvorplatz wieder hinunterführte. Vor dem Platz befand sich eine Reihe von Straßencafés, deren Kellner die Hauptstraße überqueren mussten, wenn sie den Gästen Getränke und Speisen brachten. Sie waren daran gewöhnt und offenbar immun gegen die Abgase und den Verkehrslärm. Lastwagen bretterten durch die Stadt, deren Bewohner von einer Umgehungsstraße bestimmt noch lange träumen mussten. In St. Sylvain konnten Touristen ein kleines frühgeschichtliches Museum mit Pfeilspitzen und Donnerkeilen besuchen, ansonsten lag eine erschlossene Tropfsteinhöhle nicht weit entfernt. Hier ging es beschaulich provinziell zu, es war kein schicker Ort, es gab keine teuren Restaurants, aber alles, was man zum Leben brauchte: einen Bäcker, Fleischer, Supermarkt, Baumarkt, dazu ein paar Cafés und die Karstquelle eines kleinen Flusses, der wenige Kilometer weiter östlich in den Orb mündete. Dort markierte eine Hängebrücke den Zufluss, ein südfranzösisches blaues Wunder.

Der Flohmarkt in St. Sylvain war ein Ereignis, das die Bewohner und Touristen aus den umliegenden Dörfern und Weilern ins Tal lockte. An diesem Tag traf man hier alle, die man sehen wollte, und auch die, die man nicht unbedingt sehen wollte. Man trank ein Bier an der Straße und aß die hausgemachten gefüllten Pasteten, die an den Ständen angeboten wurden.

Auch Isa ließ sich den Markt nicht entgehen und kaufte eine *fougasse*, ein Weizenbrot mit eingebackenen Oliven in Form einer Lyra. Vielleicht sollte die Form auch einen Baum oder ein Blatt darstellen, ganz sicher war Isa sich da nicht.

An einem Stand mit Löffeln, Buttermessern und anderen praktischen Dingen aus stark gemasertem Olivenholz traf Isa auf Luis. Sie wurde ein wenig rot, als er auf sie zukam, weil sie sofort an die kompromittierende Situation mit seiner Freundin im Garten denken musste. In seiner olivgrünen Outdoorhose mit den Außentaschen sah Luis unscheinbar, fast schmächtig aus. In den übergroßen Klamotten war nicht zu sehen, nicht einmal zu erahnen, was für ein drahtiger, makelloser Körper sich unter ihnen versteckte. Durch seine braunen Locken zogen sich die ersten grauen Fäden. Er sah mager aus, was auf Kummer hindeuten könnte. Oder aber auf ein exzessives Sexualleben.

Die Blumen des Bösen

Daniel Michelet hätte Jeans Leiche gern an seine Alma mater Montpellier bringen lassen, aber Charles Malraux von der Polizeistation hatte ihn darüber aufgeklärt, dass das *Centre de Pathologie* des *Centre Hospitalier* in Béziers für diesen Teil der Hauts Cantons zuständig war. Auch recht, Hauptsache, er durfte wieder einmal Stadt- und Meerluft schnuppern. Daniel würde Hélène und den kleinen Lucas am Strand von Sérignan absetzen und dann ins Krankenhaus fahren. Seine Frau fand es übertrieben, dass er seine Patienten jetzt auch noch über ihren Tod hinaus betreute. Inklusive Hin- und Rückfahrt hatte sie ihm maximal drei Stunden Pathologie eingeräumt. Viel war das nicht.

Als er seinen Besuch telefonisch im Sekretariat angemeldet hatte, hatte man ihm gesagt, es sei nicht üblich, dass außer der Kriminalpolizei jemand Auskünfte über die Obduktion erhielt, aber da es sich bei ihm um einen Arztkollegen handle, könne man vielleicht eine Ausnahme machen. Vorausgesetzt natürlich, der diensthabende Pathologe sei damit einverstanden. Es sei aber auch möglich, dass man ihn kurzfristig bitten würde, zu Hause zu bleiben und die Abteilung nicht bei der Arbeit zu stören. Die Sekretärin hatte seine Nummer notiert und angekündigt, sich in diesem Fall noch einmal bei ihm zu melden. Damit musste Daniel sich zufriedengeben, auch sein geballter männlicher Charme hatte ihn nicht weitergebracht.

Sie stopften den Kofferraum mit Gummitieren, Eimerchen und Sonnensegel voll und verließen das Dorf, eines der schönsten Frankreichs, worauf das große Schild am Ausgang von Ormais wie immer hinwies, in Richtung Meer und Großstadt. Bis Bérieux folgten sie der Landstraße, die an manchen Stellen dreispurig ausgebaut war, sich an anderen zu einer Platanenallee verengte, die den Umschlag jedes Französisch-Lehrwerks der Welt hätte zieren können. Am besten mit einem jungen Pärchen, das in einem offenen *deux chevaux* saß und das jugendlich lange Haar flattern ließ. Zum Überholen, und sei es einer der Schmalspurtraktoren, die in den Weinbergen arbeiteten, war die Allee jedoch fatal. Nach Bérieux stieg die Straße steil an und führte unter einer betagten Eisenbahnbrücke hindurch, die noch nicht wie viele andere zum Öko-Radweg umfunktioniert worden war, sondern immer noch von Zügen befahren wurde. Auf den mit Macchia bewachsenen Hängen der Cevennen-Ausläufer standen wie Wächter Ruinen von runden Windmühlen-Türmen, zum Teil noch aus dem Mittelalter, und bei den großen Weinkellereien von Faugères, den *Caveau des Schistes*, so genannt, weil der Wein auf Schieferböden wuchs, konnte man das Meer im Dunst des Horizonts schon erahnen. Endlich! Während der kleine Lucas schlief, sprach Hélène davon, wie schön es wäre, wieder näher am Meer zu wohnen. Das Leben sei doch so viel leichter am Wasser, die Menschen seien offener als in den Bergen, lustiger, unterhaltsamer und genussfreudiger. Am Meer spielte sich das Leben mehr auf der Straße ab als in den muffigen Steinhäusern, die immer mindestens eine feuchte Wand hatten und die Sonne aussperrten. Von den Einkaufsmöglichkeiten sagte Hélène nichts, aber das Flanieren auf den Boulevards und Strandpromenaden, das Ausgehen und das Glas Pastis in einem der zahlreichen Straßencafés fehlten ihr sehr.

Daniel wusste das. Hélène stammte aus Marseille, und das Haut-Languedoc war für sie entweder Prüfung oder Strafe, je nach Tagesform. Ihre Mutter nannte die Gegend immer nur Les Cévennes, und es klang wie Ardennen oder Massif Central, jedenfalls so, als läge es irgendwo hinter den Bergen bei den Hugenotten oder Albigensern, bei irgendwelchen Ketzern, die sämtliche Nasale der herrlichen französischen Sprache falsch aussprachen und statt *pain*, Brot, *peng* sagten und statt *demain*, morgen; *demeng*. Und schreiben konnten sie die Sprache, die von einigen nicht einmal ihre Muttersprache war, auch nicht. Das hatte Hélènes Mutter bei ihrem letzten Besuch bemerkt. Zur Beweissicherung hatte sie ein Straßenschild fotografiert, auf dem Bérieu das x am Ende fehlte. Das käme davon, weil man es nicht höre, hatte ihr Schwiegersohn den Fehler verteidigt. Das sei eben ein Zeichen von Kultur – *kültür!* –, dass man Buchstaben schreibe, auch wenn man sie nicht höre, hatte Hélènes Mutter schlagfertig gekontert.

Daniel Michelet lieferte Lucas und seine Frau am Strand ab und baute das Sonnensegel auf, damit der Kleine im Schatten spielen konnte, worauf Hélène großen Wert legte. Vom Krankenhaus hatte er nichts mehr gehört, also machte er sich auf den Weg nach Béziers. Hélène entließ ihn nur widerwillig, damit er seine Nase in diese Dorfleiche, wie sie sich ausdrückte, stecken konnte.

Das *Centre Hospitalier* war ein moderner und wie alle öffentlichen Gebäude des Midi klimatisierter Bau. Ihm vorgelagert war ein kleiner Park, durch den sich Besucher mit gehfähigen oder in Rollstühlen fahrenden Patienten im langsamen Gänsemarsch vorwärtsbewegten. Dr. Michelet nahm den Aufzug ins Untergeschoss, wo das Reich der Pathologie war, und meldete sich am Empfang an.

»Docteur Pouget kommt gleich«, sagte die Sekretärin mit dem grauen Kurzhaarschnitt, der ihre dunklen Augen wie glühende Kohlen zum Leuchten brachte.

Daniel Michelet musste zweimal hinsehen, als Dr. Pouget lächelnd auf ihn zukam. War das etwa seine ehemalige Kommilitonin Sylvie Pouget? Aus der pummeligen Studentin, einer echten Streberin, würde einmal eine pummelige Ärztin werden, so hatte er immer gedacht. War sie es wirklich? Auf dem Schild an ihrem Kittel stand tatsächlich ihr Name.

»Daniel, wie lange ist das her? Sechs Jahre, acht? Du hast dich gar nicht verändert.« Sie schien ihn sofort erkannt zu haben.

Sie begrüßten sich mit Küsschen rechts und links.

»Das kann man von Ihnen allerdings nicht behaupten, schöne Frau!« Seine Bewunderung war echt.

»Seit ich genug Geld verdiene und nicht mehr drei Jobs gleichzeitig machen muss, habe ich sogar Zeit, um zum Friseur zu gehen und etwas für meine Fitness zu tun«, sagte sie.

»Aber warum gerade die Pathologie?«, wollte Daniel wissen. »Hast du hier viele Kolleginnen?«

»Keine einzige weit und breit. Vielleicht mag ich die Abteilung gerade deshalb«, lachte sie. »Ich habe mich schon immer besser mit Männern verstanden. Also, auf beruflicher Ebene. Außerdem habe ich seit einer verpfuschten Polypen-Operation als Jugendliche einen eingeschränkten Geruchssinn, wusstest du das?« Daniel schüttelte den Kopf. »Hier unten ist das ein klarer Vorteil.«

Daniel Michelet schwelgte noch zu sehr in den alten Erinnerungen, um sich um den spezifischen Geruch der Abteilung zu kümmern. Und bedauerte zugleich den Zeitdruck, dem diese Begegnung aus privaten Gründen unterworfen war.

»Hattest du denn überhaupt schon Zeit, dir meinen Toten anzusehen? Ich weiß, dass ich euch ziemlichen Stress deshalb gemacht habe.«

»Man könnte meinen, es ginge um Leben oder Tod«, sagte Sylvie und grinste.

Er lachte entschuldigend. »Ich bin immer noch ein Instinktmensch, so wie früher.«

»Was man sich in der Bibliothek aus Zeitmangel nicht anlesen kann, dafür muss dann der Instinkt herhalten, jaja«, sagte sie. »Aber ehemalige Kommilitonen und ihre Leichen werden bei mir bevorzugt behandelt, Daniel.«

»Da bin ich aber froh.«

»Du hast mich immer für eine Streberin gehalten, stimmt's?« Sie wurde ernst. »Dabei hatte ich einfach nur keine Zeit, mit euch auf ein Bier zu gehen. Meine Eltern hatten es nicht so dicke. Keines meiner anderen Geschwister hat je eine Uni von innen gesehen. Wenn du unbedingt studieren willst, dann musst du halt etwas tun dafür, so hieß es damals bei uns zu Hause.« Es klang kämpferisch. »Und jetzt krieche ich wie eine Assel im Keller herum und verbringe meine Tage mit etwas, worum mich die meisten Menschen nicht gerade beneiden.« Sie zuckte die Achseln.

»Junge Leute können grausam sein, Sylvie. Wir haben uns damals keine Gedanken gemacht, warum jemand nicht mit in die Bar geht. Wir haben nicht danach gefragt. Es tut mir leid.«

»Das muss es nicht, Daniel. Ich hab's ja auch ohne euch und die Barbesuche geschafft.« Sie waren im Sektionsraum angekommen, und Sylvie blieb an ihrem Arbeitstisch stehen, auf dem Jean Vidal lag. »Also, außer der Halswunde von dem Bienenstich kann ich keine Anzeichen äußerer Einwirkungen erkennen. Und an dem Bienenstich ist er nicht gestorben. Er war kein Allergiker.«

Daniel Michelet betrachtete den Kopf der Leiche, von dem Sylvie gerade das Tuch gezogen hatte. Das Gesicht sah dem Jean Vidal, den er gekannt hatte, nicht mehr ähnlich. Seine Seele war nicht mehr an diesem Ort, an dem Sylvie an den Überbleibseln seines Körpers herumgeschnitten hatte.

»Also doch ein Herzinfarkt?«, fragte Daniel.

»Ich habe mir das Herz angesehen«, sagte die Pathologin. »Es hätte noch mindestens zwanzig Jahre durchgehalten, vielleicht sogar länger. Du hattest also recht mit deiner Einschätzung.«

Siehst du, Jean, ich kenne meine Patienten, dachte er zufrieden.

»Und was hast du noch gefunden?«

Sylvie lächelte, und Daniel Michelet wunderte sich, wie er damals hatte übersehen können, wie attraktiv sie war.

»Der Herzstillstand, an dem Monsieur Vidal gestorben ist, ging mit einer Atemlähmung einher. Beides geschah gleichzeitig, weshalb auch die typischen Anzeichen einer Erstickung fehlen, die du sicher bemerkt hättest.«

»Danke, dass du mir das als Wald- und Wiesenarzt zutraust.« Daniel überlegte. »Hört sich nach einer Vergiftung an. Aber Jean Vidal starb im Freien, was also könnte zu der Vergiftung geführt haben? Hast du in seinem Magen etwas gefunden? Pilze vielleicht?«

»Keine Pilze.«

»Und einen Schlangenbiss hätten wir gesehen.«

Sylvie nickte. »Außerdem hätte ich den im Blut feststellen können.«

Daniel sah sie an. Sie wusste doch etwas. Wann würde sie endlich die Katze aus dem Sack lassen? »Was dann?«

»›Les Fleurs du Mal‹«, sagte sie schließlich wie ein antikes Orakel.

Die Blumen des Bösen. »Belladonna, Digitalis, Eibe, Oleander …«, zählte Daniel auf. »Aber Monsieur Vidal kannte sich bestens mit Pflanzen aus. Wie konnte ihm da so eine Verwechslung passieren? Und welches Kraut war es denn nun, das zu seinem Tod geführt hat? Du weißt es doch, oder?«

»Ich weiß es.« Sylvie nickte wieder auf ihre charakteristische Weise, mit vorgerecktem Kinn. »Alle Routineuntersuchungen im

Blut und Urin waren zunächst negativ. Erst durch eine spezielle LC-MS/MS-Methode …«

»Moment«, unterbrach der Allgemeinarzt. »MS versteh ich, Massenspektrometrie. Aber LC?«

»*Liquid chromatography.* Flüssigchromatographie mit einer Massenspektrometrie-Kopplung.«

»Wow, du bist wirklich ein Genie, Sylvie!«

Sie nickte zustimmend. »Damit konnte ich im Blut deines Patienten eine sehr hohe Konzentration eines giftigen Alkaloids nachweisen. Vierundzwanzig Mikrogramm pro Liter, wenn du es genau wissen willst.«

»Ein Alkaloid? Welches? Jetzt spann mich doch nicht länger auf die Folter.«

»Aconitin. Ganz eindeutig.«

»Aconitin?«, fragte er.

»Hast du denn damals in der Giftpflanzenvorlesung bei Professeur Pérec nicht aufgepasst?«

»Doch. Das ist diese blaue Staudenblume mit den auffälligen Blüten, die aussehen wie …

»Wie Mönchskapuzen, genau. So wird die Pflanze im Volksmund auch *capuches de moine* genannt. Und Eisenhut oder Sturmhut oder Ziegentod, eben weil sie so giftig ist. Und zwar sämtliche Teile von ihr: Blüten, Blätter und vor allem die Wurzelknollen, die manchmal mit Meerrettich oder Sellerie verwechselt werden. Eisenhut ist eine der giftigsten Pflanzen, die bei uns wachsen. Vielleicht die giftigste überhaupt. Fünf Milligramm reichen als letale Dosis aus.«

»Fünf Milligramm Gift? Hilfe! Und sie kommt auch im Languedoc vor?«

»Eigentlich eher selten«, sagte Sylvie, »und wenn, dann eher in den Höhenlagen. Aber Eisenhut wächst als Zierpflanze auch in Gärten. Sieht mit ihren dunkelblauen Blüten ausgesprochen schön aus.«

»Und muss man etwas davon essen, um sich zu vergiften?«

»Um daran zu sterben, ja. Du kannst dich aber auch schon durch das Berühren der Pflanze vergiften. Dann wird das Aconitin über die gesunde Haut aufgenommen und kann Vergiftungserscheinungen auslösen, besonders bei Kleinkindern oder älteren Menschen.«

»Und wie viel muss man essen, um daran zu sterben?«

»Vier bis fünf Gramm der getrockneten Knolle reichen für die tödliche Dosis Gift. Von der frischen Knolle oder von den Blättern muss es etwas mehr sein.«

»Also ein Alkaloid, sagst du?«

Docteur Sylvie Pouget nickte. »Es wirkt auf die Natriumkanäle der Zellen im ersten Stadium anregend, danach lähmend. Ein Nervengift, das viel stärker als Strychnin ist. Professeur Pérec hat uns damals die Symptome der Aconitin-Vergiftung ziemlich drastisch geschildert, kannst du dich nicht erinnern?«

»Ich glaube, an dem Tag war ich krank.« Daniel war nie der fleißigste Student gewesen. Im Gegensatz zu Sylvie.

»Es beginnt mit Übelkeit, Erbrechen und kolikartigem Durchfall. Dann folgen Schweißausbrüche und kalter Schweiß und Frösteln. Ganz typisch ist, dass der Vergiftete das Gefühl hat, anstelle von Blut fließe Eiswasser in seinen Adern. Der Mund wird trocken, Finger und Zehen beginnen zu kribbeln. Hör- und Sehvermögen können gestört sein. Dazu kommen Krämpfe, die Atmung wird schneller, Herzrhythmusstörungen, der Blutdruck sinkt ab, Bewusstseinsstörungen stellen sich ein, und schließlich kommt es zu Lähmungen der Muskulatur.«

»Das hört sich wirklich schlimm an. Monsieur Vidal hatte also keinen leichten Tod?«

»Du kannst davon ausgehen, dass der Vergiftete äußerst starke Schmerzen hatte und bis zum Schluss immer wieder bei Bewusstsein war.«

»Und der Tod, sagtest du, tritt durch Atemlähmung und gleichzeitiges Herzversagen ein. Das ist ja grauenhaft, armer Monsieur Vidal! Er war kein Engel, was ich so gehört habe, aber dieser Tod ist selbst für einen notorischen Querulanten eine unverhältnismäßig hohe Strafe. Wie lange dauert das denn?«

»Das hängt vom Grad der Vergiftung ab. Aber in der Regel würde ich so auf drei Stunden tippen«, sagte Sylvie.

Daniel schüttelte den Kopf. »Und diese Pflanzen stehen bei uns einfach so in den Gärten herum? Für Kinder ist das doch extrem gefährlich.« Hélène war von Anfang an immer sehr darauf bedacht gewesen, dass keine auch nur schwach giftigen Gartenpflanzen in Lucas' Reichweite waren

»Das ist richtig. Hast du Kinder?«

»Ja, einen Sohn, Lucas, er ist gerade drei geworden. Und du?«

»Nein, und ich fürchte, dafür werde ich auch in Zukunft zu wenig Zeit haben – oder zu viel Arbeit, wie man's nimmt.«

»Ist dein Mann auch Arzt?«, fragte Michelet.

»Mein Mann? Welchen meinst du, den, der vor zwei Monaten bei mir ausgezogen ist? Sonst gibt es da gerade keinen.«

Daniel machte ein bedauerndes Gesicht.

»Egal. Jedenfalls ist das alles, was ich dir momentan zu deinem Patienten sagen kann. Du hattest recht mit der ›ungeklärten Todesursache‹, und jetzt haben wir wohl auch geklärt, woran er gestorben ist beziehungsweise womit er sich vergiftet hat.«

»Vielleicht finden wir ja sogar noch die Pflanze bei ihm im Garten oder oben in den Bergen, wo er gern auf die Jagd ging.«

»Ach ja, ich habe noch etwas untersucht: An seinen Händen fanden sich keine Spuren von Aconitin, weder vom Gift noch von der Pflanze selbst.«

»Wie jetzt?« An diese Möglichkeit hatte Daniel noch gar nicht gedacht.

»Ich bin zwar kein Polizist, aber es hat mich natürlich interessiert, wie das Gift in den Körper des Mannes gelangt ist. Ich habe mir seine Hände genau angesehen und kann zweifelsfrei sagen, dass sie nicht mit dem Gift in Berührung gekommen sind.«

»Könnte es denn sein, dass Monsieur Vidal nur mit den schwach toxischen Pflanzenteilen Kontakt hatte?«

»Nein, ein direkter Hautkontakt wäre immer nachweisbar. Das Gift muss also auf einem anderen Weg in seinen Körper gelangt sein.«

»Er könnte einen Salat mit Aconitum-Blättern gegessen haben, mit Messer und Gabel, dann gäbe es keinen Nachweis einer Hautberührung«, meinte Michelet.

»Das wäre denkbar. Aber dann hätte ich Reste von diesen Feststoffen im Magen finden müssen. Hab ich aber nicht.«

»Kannst du sagen, um welche Art Eisenhut es sich genau handelt? Dann könnten wir die Pflanze eventuell finden und identifizieren.«

»Dafür brauche ich noch ein paar Tage, weil spezielle Analysen angestellt werden müssen. Und mein Wochenende ist mir mittlerweile auch heilig, heute höre ich mittags auf.«

»Na klar, das verstehe ich.« Daniel sah auf die Uhr.

»Und was hast du heute noch vor?«, fragte Sylvie.

»Lucas ist mit Hélène am Strand in Sérignan, ich habe versprochen ...«

»Hélène, schöner Name. Ist sie nett, deine Frau? Oh, Entschuldigung, was für eine dumme Frage! Sicher ist sie nett, sonst hättest du sie ja nicht geheiratet.«

»Sie ist sehr nett und eine echte Marseillaise. Das Languedoc ist für sie die Vorhölle. Ich hoffe, sie hält es dort noch eine Weile aus, mir zuliebe. Vor einem halben Jahr habe ich meine Praxis eröffnet und möchte schon noch ein wenig bleiben. Wir haben ein Haus gekauft, für Lucas gibt es eine *maternelle* ...« Er kam sich geschwätzig vor und hielt mitten im Satz inne. »Ja, ich muss dann los. War wirklich nett, dich wiedergetroffen zu haben, Sylvie, und vielen Dank für deine Hilfe! Ich hab immer gewusst, dass du eine großartige Ärztin werden wirst, und ich finde, du siehst heute so viel besser aus als damals. Du hast dich richtig zum Guten verändert, was man nicht von allen Kommilitonen sagen kann. Aber jetzt höre ich auf mit dem Süßholzraspeln, okay? Du hast was bei mir gut, vielleicht kann ich mich irgendwann revanchieren, keine Ahnung, womit, aber ... Jedenfalls mach's gut, Sylvie, und pass auf dich auf!«

Zwei Küsschen zum Abschied, er fand, ihr Kittel roch ein bisschen streng, und mit dem Geruch in der Nase stolperte er aus der Pathologie. Das Wochenende wartete, seine Familie am Strand, ein Mittagessen auf einer schattigen Terrasse. Vielleicht konnte er das nächste Mal, wenn er in Béziers zu tun hatte, mit Sylvie einen Kaffee trinken gehen. Es war doch schön, eine ehemalige Kommilitonin hier in seiner Nähe zu wissen, noch dazu eine so attraktive.

Im Geiste verabschiedete er sich von der sterblichen Hülle seines Patienten Jean Vidal, der qualvoll, wie Sylvie es geschildert hatte, an einer Aconitin-Vergiftung gestorben war. Erst als Daniel Michelet wieder auf dem Parkplatz stand und in der sengenden Mittagshitze nach seinem Wagen Ausschau hielt, traf ihn der Gedanke wie eine Keule: Und wenn Jean Vidal sich die Vergiftung durch eine Verwechslung mit einer essbaren Pflanze gar nicht selbst zugezogen hatte? Wenn jemand anderer ihm das Aconitin verabreicht hatte? Dann wäre Jean vergiftet worden. Und dann lauteten die nächsten Fragen: von wem? Und: warum?

Der Papagei war ein Satansbraten

»Dass du mich überhaupt noch erkennst!«, sagte Isa.

»Wieso denn nicht?«, fragte Luis.

»Ich dachte, Frauen über fünfundzwanzig nimmst du gar nicht mehr wahr.«

Luis war verunsichert, wirkte sogar ein bisschen verärgert. »Wie kommst du denn darauf?«, fragte er.

»Ach, was die Leute so reden.«

»Was reden sie denn?«

»Dass du eine neue Freundin hast.«

»Und was noch?« Er wartete, aber Isa bereute jetzt schon das Thema dieses Small Talks, den sie aus reiner Verlegenheit begonnen hatte.

»Ach, lass sie doch reden«, sagte Luis schließlich und lud Isa auf einen Aperitif in eines der Straßencafés ein. Sie setzten sich an einen Tisch in der zweiten Reihe und sahen zu, wie die Kellner sich mit ihren vollen Tabletts unter Lebensgefahr zwischen den vorbeidonnernden Lastwagen hindurchschlängelten. Luis bestellte einen giftgrünen Perroquet, einen Pastis mit einem Schuss Menthe, der seinem Namen »Papagei« farblich alle Ehre machte. Isa war kein Anisschnaps-Wasser-Eis-Fan und orderte stattdessen ein ordinäres internationales Bier. Beide stürzten sich auf das Schälchen Reis-cracker und die schwarzen Oliven, die zu den Getränken serviert wurden, als hätten sie seit Ewigkeiten nichts gegessen. Dann fing Luis an zu erzählen.

Er konnte ihr nicht erklären, wieso seine Frau eigentlich weg-gegangen war. Er versuchte es, brach aber immer wieder ab. Sie hätten sich auseinandergelebt. Vielleicht sei ihr auch alles zu viel geworden, der Hof, die Kinder, die Gäste, die Tiere. Sie hätten sich viel gestritten und zu selten wieder versöhnt, es sei kein schönes Leben mehr gewesen. Nicht so wie früher, als die Kinder noch klein gewesen waren, sie sich geliebt und gedacht hatten, sie blie-ben für immer zusammen. Inzwischen, so Luis, habe er alle Phasen der Trennung und alle dazugehörigen Gefühle durchgemacht.

»Erst willst du es nicht wahrhaben. Sie sagt, sie will dich verlassen, aber du glaubst es einfach nicht. Du glaubst nicht, dass sie das wirklich fertigbringt«, sagte er und nahm einen Schluck von seinem Papagei. »Dann, solange es dir noch realistisch erscheint, fängst du an zu kämpfen, weil du dir einbildest, du könntest ihre Entscheidung rückgängig machen. Dabei hatte sie sie dir doch erst mitgeteilt, als sie sich bereits ganz sicher war und alles haargenau durchgeplant hatte. Es ist also total sinnlos, aber du kämpfst trotzdem und hast keine Chance. Und dann kommt die Wut.« Er sah Isa an, als wüsste sie nicht, was Wut bedeutete.

Doch Isa nickte, während sie vergeblich in der kleinen Schüssel nach den Wasabi-Nüssen suchte, ihrem Lieblingssnack.

»Die Wut macht nur noch mehr kaputt, aber eigentlich ist das auch schon egal, weil sowieso schon nichts mehr so ist, wie es mal war. Nach außen hin ist natürlich alles noch gut. Sie kümmert sich weiterhin um die Kinder und die Gäste, aber ich bin fort, in die Bars im Tal, trinke, treibe mich rum. Ich habe mir die Bestätigung gesucht, die ich von ihr nicht mehr bekommen habe. Ein Scheißspiel«, sagte er und trank seinen Pastis aus. »Ich war weg, und sie hat in Ruhe die nächsten Schritte geplant. Als sie dann wirklich fort war, war ich noch wütender. Und manchmal bin ich es heute noch. Die Trauer ist erst sehr viel später gekommen. Aber vom Trauern kommt sie auch nicht wieder zurück.«

Über die Kinder sagte Luis nichts, und Isa sprach das Thema auch nicht an. Die Situation war schon so traurig genug.

»Dabei geht es gar nicht um Wut oder Trauer oder Liebe oder den ganzen Mist. Weißt du, worum es wirklich geht?«

Isa zuckte die Achseln, sie war hier nur die Schulter zum Ausweinen. Sie warf einen Blick Richtung Kathedrale. Auf dem Vorplatz gab es Streit. Zwei Jugendliche zankten sich um ein Smartphone oder Tablet. Sie sahen sich sehr ähnlich, waren wahrscheinlich Brüder.

»Es geht einzig und allein darum, loszulassen«, sagte Luis. »Nur darum geht es. Erst wenn man das kann, tut es nicht mehr weh. Aber«, er sah Isa an, als würde er ihr gerade eines der größten Geheimnisse der Menschheit verraten, »loszulassen ist das Schwerste im Leben, was man lernen kann.« Er hielt in seinem Monolog inne und bestellte noch zwei Bier. »Man erträumt sich so vieles im Leben, hört nie mit dem Träumen auf. Dabei sollte man überhaupt nicht träumen, nicht an die Zukunft denken, nicht an später, nicht an das Alter, an nichts von alledem. Alles, was du für mehr als drei Tage in die Zukunft planst, geht sowieso nur schief.«

Plötzlich herrschte Aufregung. Der Kellner schimpfte laut einem Autofahrer hinterher, der ihn angehupt hatte, weil er mit seinem vollen Tablett seiner Meinung nach einen Tick zu langsam über die Straße gelaufen war. Jetzt brachte er ihr Bier und eine neue Schüssel mit Knabbereien. Diesmal schnappte Isa sich sofort die beiden einzigen Wasabi-Nüsse darin.

»Weißt du«, sagte Luis, »ich habe mir immer vorgestellt, gemeinsam mit Hannah alt zu werden, die Kinder aus dem Haus gehen zu sehen, zu erleben, wie wir beide grau und krumm werden, und irgendwann alles an die Kinder zu übergeben, um selbst frei zu sein, für was auch immer uns im Alter Spaß machen würde.« Er seufzte. »Man soll einfach nicht träumen. Es kommt sowieso anders, als man denkt. Man sollte einfach loslassen.« Er starrte in sein fast schon wieder leeres Bierglas. »Nichts festhalten wollen, stimmt's nicht?«

»Und was ist mit Véronique?«, fragte Isa.

»Véronique?« Luis tat so, als wüsste er nicht, wer das sein sollte. »Die will doch nur Sex«, sagte er schließlich.

»Na ja«, sagte Isa, »es gibt Schlimmeres.«

»Sie hat ein Kind, einen Job, das Kind hat einen Vater. Sie braucht mich für sonst nichts.«

»Dann musst du in dieser Beziehung wenigstens nicht träumen«, sagte Isa, aber darüber konnte Luis nicht einmal schmunzeln. »Und wie geht's jetzt weiter?«

»Es geht so weiter, wie es ist. Hannah ist mit den Kindern in Deutschland, und ich vögele Véronique, so lange es uns beiden Spaß macht.«

»Und der Hof? Du kannst ihn ja schlecht einem Praktikanten überlassen.«

»Olli kennt sich mit jedem Tag besser aus. Und wenn Olli geht, kommt Pia, und wenn Pia geht, kommt Nico, und so weiter und so fort. Praktikanten, die auf einem Ökohof in Südfrankreich für

Kost und Logis arbeiten wollen, findest du in Deutschland genug. Oder willst vielleicht du bei mir einziehen?«

Isa lehnte das freundliche Angebot ab.

»Wo wohnst du überhaupt? Dein Haus ist doch vermietet, oder nicht?«

»Im Dorf bei Giselle Merckx«, antwortete Isa.

»Bei der alten Hexe?«, fragte er.

»Bisher habe ich immer gedacht, sie ist Belgierin.«

»In dem Kaff ist nichts los, oder?«

»Du glaubst gar nicht, was in diesem Dorf alles los ist.«

»In Colombiers?« Luis grinste zum ersten Mal während ihres Gesprächs. »Ist vielleicht ein Tonziegel vom Dach gefallen?«

»Quatsch. Erst hatte Laurent oben in den Bergen beim Jagen einen Unfall«, zählte Isa auf, »dann der Waldbrand auf dem Col, von dem ihr ja Gott sei Dank verschont geblieben seid. Ich finde, das ist schon ganz schön viel.«

»Laurent, der Basketballer?«, fragte Luis. »Was ist ihm denn passiert?«

»Der Dussel war mit Jean auf Mufflonjagd und hat sich in die Schulter geschossen.«

»Selbst schuld. Was müssen sie auch Tiere totschießen? Ich sammle lieber Pilze, dafür brauche ich kein Gewehr, und es ist weniger gefährlich. Aber du hast recht: Das ist tatsächlich viel Aufregung für so ein kleines Dorf.«

»Und dabei hast du die Sache mit Jean wahrscheinlich noch gar nicht gehört. Kennst du Jean?«

»Vidal, den alten Sturkopf? Wer kennt den nicht?«

»Er ist tot.«

»Siehst du? Irgendwann kommt für jeden der Punkt, an dem du nicht mehr gefragt wirst, ob du so weit bist loszulassen. Dann musst du es einfach tun, und es ist vorbei«, sagte Luis resigniert und starrte von seinem leeren Glas zur leeren Schüssel und wieder zurück.

»Die nächste Runde geht auf mich«, sagte Isa und bestellte noch einmal das Gleiche, während die Händler auf der Rampe du Marché schon anfingen zusammenzupacken. »Jetzt taucht schon täglich der Dorfpolizist bei uns auf. Kennst du Marcel?«

»Natürlich kenne ich ihn. Er spielt doch auch Basketball.«

»Stimmt, aber meistens trainiert er für seinen Marathon, also, natürlich außerhalb seines Dienstes. Wer weiß, vielleicht wird bald noch jemand von der Kriminalpolizei im Dorf aufkreuzen.«

»Wieso denn das?«, wollte Luis wissen.

»Weil nicht klar ist, woran Jean gestorben ist. Er wird obduziert. Mado, seine Witwe, hat es erlaubt.«

»Die fromme Mado«, höhnte Luis. »Hat ihr Heiliger einer Obduktion auch zugestimmt? Die Leute drehen sich doch alles genau so hin, wie sie es brauchen. Eine Bande von Heuchlern, alle!« Das klang nun nicht mehr besonders erleuchtet, von wegen Loslassen und so weiter.

Vor der nächsten Getränkerunde verabschiedete sich Isa und wünschte Luis alles Gute.

Er lachte höhnisch auf. »Loslassen«, wiederholte er und hatte bereits Mühe mit dem Sprechen. Entweder vertrug er nichts, oder der Papagei vor den zwei Bier war ein Satansbraten gewesen.

Alle Kosaken mausetot

»*Allô?*«

»Sylvie? Hier Daniel. Entschuldige, da haben wir uns so lange nicht gesehen, und jetzt rücke ich dir schon wieder auf die Pelle.«

»Bleiben wir bei der Wahrheit, Daniel. Du rückst nicht mir auf die Pelle, sondern der Pathologin, in deren Kühlfach die Leiche aus deinem Dorf liegt. Gibt's denn irgendwelche Neuigkeiten?«

»Ich habe mich übers Wochenende etwas schlaugemacht. Dazu muss man ja heutzutage nicht mehr in eine Bibliothek gehen …«

»Gott sei Dank, nicht wahr? Bibliotheken hast du ja damals gemieden wie der Teufel das Weihwasser.«

»Ich sehe schon, du weißt mehr über mich, als ich gedacht habe. Wie auch immer, zum Glück funktioniert das Internet sogar in meinem abgelegenen Dorf, das übrigens eines der hundert schönsten Frankreichs ist, wusstest du das?«

»Nein, wusste ich nicht. Und was hast du jetzt recherchiert?«

»Auf der Fahrt von Béziers nach Sérignan habe ich darüber nachgedacht, dass es ja sein könnte, also zumindest theoretisch, dass Jean sich gar nicht selbst vergiftet hat …«

»Sondern vergiftet wurde«, sagte Sylvie. »Das habe ich auch schon in Erwägung gezogen. Eigentlich muss man diese Möglichkeit immer mit bedenken.«

»Wusstest du, dass Eisenhut die giftigste Pflanze in Europa ist?«

»Ja, das ist wohl so.«

»Damit kann man Menschen und Tiere umbringen. Ich habe gelesen, dass Aconitin bis in die Neuzeit als Pfeilgift eingesetzt wurde, um auch große Tiere wie Bären zu jagen. 1814 hat ein Köhlerehepaar im Elsass sogar eine Bande Kosaken mit einer Eisenhutsuppe vergiftet, weil die ihre Kinder getötet hatten. Alle Kosaken mausetot. Das ist belegt.«

»Mhm«, machte Sylvie. »Ich weiß, dass mit Aconitin gemordet wurde und es diese Unglücksfälle von Selbstvergiftungen gab. Ist vor ein paar Jahren auch einem kanadischen Schauspieler passiert. Er hatte Pflanzensaft der Eisenhutpflanze an den Händen und hat kurz darauf Beeren gegessen und mit ihnen das Gift aufgenommen. Der Junge war fünfundzwanzig.«

»Davon habe ich auch gelesen«, sagte Daniel.

»Gut, dass heute alles nachweisbar ist und dokumentiert wird. Eigentlich sollten wir eindeutig feststellen können, ob es sich bei dem jeweiligen Fall um ein Unglück oder um Mord handelt. Daniel, bist du noch da?«

»Na klar.«

»Wenn du denkst, dass es schon was Neues gibt, dann muss ich dich enttäuschen. Aber wir sind dran. Ach so, ja, das hätte ich beinahe vergessen. Wir haben eine Meldung an die *police judiciaire* rausgeschickt. Das müssen wir tun, wenn eine Vergiftung nicht eindeutig als Unfall eingeordnet werden kann. Wenn also das Vergiftungsopfer nicht mehr lebt und nicht erzählen kann, was passiert ist. Wundere dich also nicht, wenn bei dir im Dorf demnächst ein Commissaire aus Béziers auftaucht und ein paar Fragen stellt.«

»Ah, okay. Du als Pathologin musst aber nicht hier vor Ort erscheinen und Standorte der Eisenhutpflanze ermitteln, oder?«

»Das ist richtig.«

»Aber vielleicht willst du ja trotzdem mal das Hinterland kennenlernen? Dann bist du jederzeit herzlich eingeladen, uns zu besuchen. Hélène würde sich freuen, dich kennenzulernen«, log er.

»Ich glaube dir kein Wort, Daniel. Ich weiß, wie du früher während unserer Studentenzeit warst. Man wird kein völlig anderer Mensch, bloß weil man verheiratet ist und ein Kind hat.«

»Das meinst du nicht im Ernst, Sylvie!«, protestierte er.

»Nein, natürlich nicht«, sagte sie, aber es klang nicht überzeugend. »Vielleicht komme ich euch wirklich einmal besuchen. Ich habe eine finstere Vorstellung vom Parc naturel du Haut-Languedoc: Wanderer, Jäger, Rafting, Kajaks, ein kleines Kanada, nur hoffentlich wärmer.«

»Dann komm und sieh es dir an«, lud Daniel Michelet sie noch einmal ein.

Sylvie versprach, sie würde sich diesbezüglich melden, und natürlich auch dann, wenn die genauen Untersuchungsergebnisse vorlägen.

Nach Marokko, der dunkeläugigen Männer wegen

»Hast du gar nichts gekauft?«, fragte Giselle, als Isa zurück ins Dorf kam.

Isa war in Gedanken gewesen, sie hatte keine Ahnung, was Giselle meinte.

»Du warst doch auf dem Flohmarkt. Da kauft man häufig etwas«, erklärte sie ihr. »Die Händler müssen doch auch von irgendetwas leben.«

Isa sah sich in Giselles Haus um. Da war der ganze Krimskrams, der sämtliche Fensterbretter der Wohnung, Regale und Schrankdecken zierte, die Spanierinnen aus Plastik in den gepunkteten Kleidern, die Korkenzieher, die in einem krummen, auf Hochglanz polierten Stück Olivenholz steckten, und die nur leicht angeschlagenen Salz- und Pfefferstreuer in Henkelkörbchen, und alles war wahrscheinlich nur aus Mitleid mit den Händlern angeschafft worden. »Wie geht's Mado?«, wechselte sie das Thema.

»Sie war heute schon wieder oben bei ihrem Heiligen. Ich verstehe das einfach nicht. Mado macht doch sonst einen ganz vernünftigen Eindruck, aber damit übertreibt sie es wirklich.«

»Wart ihr nicht letztes Jahr gemeinsam mit eurem Club in Lourdes? Da bist du doch auch freiwillig mitgefahren, oder hat dich jemand gezwungen?«, fragte Isa.

»Lourdes ist doch was ganz anderes«, behauptete sie. »Lourdes ist Weltkulturerbe. Wie der Louvre in Paris oder die schwarzen Strände von Lanzarote. Das muss man einmal im Leben gesehen haben, auch wenn man nicht besonders gläubig ist.«

»Du hast also kein Fläschchen mit dem Wasser aus der Grotte mitgebracht?«

»Doch, natürlich«, antwortete sie. »Kann ja nichts schaden. Wenn du mal so alt bist wie ich, wirst auch du mehrere Körperstellen mit dem Wasser einreiben wollen. Egal ob gläubig oder nicht. Und wer weiß, vielleicht wäre mein Rheuma in den Händen heute noch schlimmer, wenn ich die Finger nicht in die Quelle getaucht hätte.«

»Wenn das so ist: Vielleicht wäre das mit Jean gar nicht passiert, wenn Mado damals schon Mitglied im Club und in Lourdes mit dabei gewesen wäre und ihm ein Fläschchen Heilwasser mitgebracht hätte.«

»Du meinst, der alte Querkopf hätte das Wasser getrunken? Das glaubst du doch selbst nicht!«

»Stimmt, wahrscheinlich wäre daran alles gescheitert. Aber es ist sowieso Blödsinn, daran einen Gedanken zu verschwenden. Jean hätte nie zugestimmt, dass Mado mitfährt. Ist sie jetzt eigentlich beigetreten?«

»Offiziell wartet sie damit noch. Wegen der Trauerzeit und so. Hat ja auch noch ein bisschen Zeit.«

»Und inoffiziell?«, fragte Isa.

»Inoffiziell ist sie schon Mitglied.«

»Und was, bitte, ist an dem Beitritt noch inoffiziell?«

»Eigentlich nichts. Nur Jean hat es noch nicht gewusst. Mado hat sich schon für die nächste Reise angemeldet.«

»Wohin?«, fragte Isa.

»Nach Marokko.« Giselle strahlte sie mit seligem Gesichtsausdruck an. Richtig entrückt war sie.

»Märkte mit duftenden Gewürzen, Kamele, hübsche dunkeläugige Männer«, schwärmte sie.

Die lustigen Witwen aus Colombiers, dachte Isa und verdrehte die Augen. Sieh mal einer an. Fuhren nach Marokko der dunkeläugigen Männer wegen.

»Ist doch alles nur platonische Schwärmerei, oder traust du uns was anderes zu?«, fragte Giselle.

»Was weiß denn ich, was ihr da treibt.« Wenn sie ehrlich war, traute Isa ihnen allerhand zu.

»Morgen gehst du aber endlich hinüber zu deinen Mietern«, wechselte Giselle plötzlich das Thema. »Du musst das endlich anpacken.«

»Na klar.«

»Hast du Angst?«

»Quatsch«, sagte Isa. »Ich werde mich doch nicht vor meinen Mietern fürchten.«

»Nicht?«, fragte Giselle. »Und warum sonst bist du nicht

schon längst rübergegangen? Hörst du nicht jeden Tag dieses verdammte Stromaggregat laufen? Mich würde das ja verrückt machen. Die Laissacs ihnen gegenüber sind auch schon ziemlich sauer. Sag ihnen das mal, dass sie sich endlich Strom legen lassen sollen, damit der Krach aufhört. Wieso habt ihr das eigentlich nie gemacht?«

»Wir haben Solarstrom aus südfranzösischer Sonne, der reicht für den üblichen Verbraucher. Nur wenn du schwere Maschinen betreiben willst, brauchst du das Aggregat.«

»Schwere Maschinen? Meinst du so etwas wie einen Staubsauger oder einen Fön?«

Giselle wollte Isa provozieren.

»Alle Geräte, die mit zwölf Volt Spannung auskommen, funktionieren auch mit Solarstrom.«

»Also so gut wie nichts«, sagte Giselle, die nie ein Blatt vor den Mund nahm. »Ich habe gar nichts im Haus, was mit zwölf Volt läuft.«

»Musst du auch nicht«, sagte Isa. »Du hast ja normale Steckdosen.«

»Und warum verwendest du Solarstrom?«, fragte sie. »Weil du sparen musst?«

»Aus ökologischen Gründen«, antwortete Isa. »Solarstrom, regenerative Energien, Knappheit der fossilen Brennstoffe, CO_2-Ausstoß, Umweltschutz, Klimawandel, verstehst du?«

»Und jetzt?«, fragte Giselle.

»Jetzt wohnen fremde Leute in meinem Haus, und da sie von Solarenergie und Quellwasser leben, denken sie, sie müssten auch keine Miete zahlen.« Isa seufzte. Ihr war klar, dass sie am nächsten Tag tatsächlich endlich etwas unternehmen musste. Länger konnte sie es nicht mehr hinausschieben.

»Es heißt, sie hätten Hunde auf dem Grundstück.«

»Und? Hast du sie schon gesehen oder gehört?«

Giselle nickte. »Also zumindest einen hab ich mal gehört.«

»Ich werde dir morgen jedenfalls alles berichten.«

»Aber pass auf dich auf«, sagte Giselle und ging dann in ihr mit Mitleidskäufen vollgestopftes Wohnzimmer. Sie schaltete den Fernseher an, in dem eine Quizsendung lief. Wahrscheinlich wieder *»Qui veut gagner des millions?«*, das kam ziemlich oft, und die Musik hörte sich auch danach an. Nur dass hier in Frankreich der Moderator nicht Jauch hieß, sondern Foucault – so wie der Typ mit dem Pendel.

Für jeden kommt einmal die Stunde

Spätabends, als sich Isa und Giselle schon in ihre Schlafzimmer zurückgezogen hatten, wollte auch Mado zu Bett gehen, als sie plötzlich meinte, jemand habe an ihre Tür geklopft. *Mon Dieu*, dachte sie, er lässt mich noch nicht in Frieden. Und wenn er umgeht, heißt das, dass seine Seele noch hier ist. Bestimmt will sie sich noch von mir verabschieden, auf der Brücke war ihm ja dafür keine Zeit geblieben. Wahrscheinlich möchte seine Seele noch einmal in sein Haus, bevor sie es für immer verlassen muss, so dachte Mado. Sie machte sich auf den Weg zur Tür, als ihr einfiel, wie töricht sie war. Eine Seele mochte zwar anklopfen, aber man musste ihr doch nicht die Tür öffnen. Sie war ja ein Geistwesen und sollte eigentlich genauso gut durch die geschlossene Tür eintreten können.

»Heiliger Martin von den Eiern«, betete Mado, »beschütze Jeans Seele auf ihrem Weg ins Jenseits und gib ihr ewigen Frieden.«

Noch während sie sich bekreuzigte, klopfte es erneut. Diesmal sogar noch eindringlicher, so kam es Mado jedenfalls vor.

»Mado«, flüsterte eine Stimme, »bist du noch wach?«

Es war nicht Jeans Stimme, das stand fest. Aber es war die eines Mannes. Um diese Uhrzeit? Schnell warf sie einen Blick in den Spiegel, strich sich reflexartig über ihr hübsches braun gefärbtes Haar und den dunklen Rock, den sie zur kurzen schwarzen Bluse trug. Trotz der flachen Sandalen sah sie immer noch aus wie eine Juliette Gréco vom Lande. Danach zu fragen, wer der späte Besucher war, erschien ihr überflüssig. Er kannte sie, hatte ihren Namen genannt, und sie würde ohnehin gleich sehen, wer er war.

»Laurent«, begrüßte sie ihn, nachdem sie die Tür geöffnet hatte, »ich dachte, du bist im Krankenhaus?«

»Bin ich offiziell auch«, flüsterte er. »Kann ich reinkommen?«

Sein rechter Arm steckte in einer dünnen Sportjacke, die an der linken Schulter nur lose über dem dicken weißen Verband hing. Dazu trug er ein dunkelblaues Muskelshirt mit der Nummer dreizehn auf der Brust.

»Er ist doch nicht mehr da?«, fragte Laurent.

»Wer?«, fragte Mado.

»Na, Jean.«

»Nein, höchstens seine Seele«, antwortete Mado. »Sie haben dich also noch nicht entlassen?«

»Ich bin ausgebüxt. Ein Freund hat mich gefahren. Er wartet oben auf dem Parkplatz. Ich wollte dir etwas sagen, Mado ...« Er schluckte. »Es tut mir so schrecklich leid. Ich bin wirklich der schlechteste Jäger im ganzen Haut-Languedoc.«

Er folgte Mado ins Esszimmer und setzte sich an den Tisch. Sie schenkte ihm von dem *eau de vie* ein, das von dem Gelage mit den Nachbarinnen übrig geblieben war.

»Trink«, sagte sie. »Du musst ja nicht fahren.«

»Jean hatte total recht. Ich bin ein Jammerlappen, ein Schwächling und all das andere auch, womit er mich dort oben beschimpft hat. Ich habe ihm alles vermasselt, und er hat mir das Leben gerettet. Dein Jean ...« Ein paar Tränen liefen Laurent die Wange hinunter. »Das Mufflon stand genau vor uns, und ich hab's nicht fertiggebracht, abzudrücken. Ich war so konfus, dass ich das verdammte Gewehr verrissen habe, und dabei hat sich der Schuss gelöst.«

»Vielleicht wolltest du das Mufflon einfach nicht töten«, sagte Mado und setzte sich ihm gegenüber. »Vielleicht hat es dir leidgetan.«

An diese Erklärung hatte Laurent noch gar nicht gedacht. Er sah Mado an, als habe sie gerade in sein Innerstes geschaut, wohin er selbst schon lange keinen Blick mehr geworfen hatte.

»Ich hab ihm alles vermasselt«, wiederholte Laurent. »Und dann musste er auch noch ins Tal laufen, um Hilfe zu holen. Ehrlich gesagt, dachte ich, er ist so wütend auf mich, dass er mich dort oben verbluten lässt. Ich will wirklich nichts Schlechtes über deinen Mann sagen, aber du weißt ja, wie er manchmal sein konnte.«

»Ja, ich weiß«, sagte Mado. »Aber er hat dich nicht verbluten lassen, sondern Hilfe geholt. Das war seine gute Tat. Vielleicht seine Fahrkarte in den Himmel.«

Laurent trank seinen Schnaps auf ex.

»»Wenn ein Gottloser fromm wird, so soll's ihm nicht schaden, dass er gottlos gewesen ist««, rezitierte Mado und bekreuzigte sich.

Laurent sah sie fragend an.

»Ezechiel 33:12«, sagte sie. »Ich bin eine gläubige Frau.«

Laurent stützte den Kopf in die rechte Hand. »Bin ich schuld daran, dass Jean tot ist?«, fragte er. »Hat sein Herz deshalb ausgesetzt, weil es ihn so angestrengt hat, den Weg ins Tal hinunterzulaufen, um die Sanitäter zu verständigen? Hat ihn das sein Leben gekostet?«

Ach so, dachte Mado, also hat dich das schlechte Gewissen hergetrieben. Deshalb hast du dich nachts aus der Klinik geschlichen. »Du darfst dir keine Schuld geben, Laurent. Für jeden von uns kommt einmal die Stunde, und daran ist in der Regel niemand schuld. Wenn du auf Jean geschossen hättest, wäre das natürlich etwas anderes, aber es war ja deine Schulter, die getroffen wurde, nicht seine, oder? Mach dich also nicht verrückt. Außerdem glaubt der Doktor nicht daran, dass Jeans Herz schwach war. Er sagt, dafür gäbe es keinen Hinweis.«

»Aber warum ist er dann gestorben?«, flüsterte Laurent.

»Vielleicht finden sie es heraus, wenn sie ihn aufmachen, vielleicht auch nicht.« Mado sah ihn an. »Du bist jedenfalls nicht verdächtig, denn du hast ja ein astreines Alibi, nicht wahr?«, versuchte sie zu scherzen.

»Alibi?« Laurent zuckte zusammen. »Er ist doch eines natürlichen Todes gestorben, oder?«

»Natürlich«, sagte Mado. »Ich wollte dich nur ein bisschen aufmuntern. Hast du Hunger? Ist das Essen in der Klinik genießbar?«

»Es geht so«, antwortete Laurent. »Natürlich bekommen wir nicht solche Leckereien wie deine *tarte de pommes* oder dein *clafoutis aux cérises*, den du immer zur *fête des cérises* machst.« Laurent lächelte zum ersten Mal während ihres Gesprächs.

»Dann schmeckt dir also mein Gebäck? Das Rezept für den *clafoutis* habe ich übrigens von meiner Tante Julie aus Limoges«, sagte Mado. »Wenn du aus dem Krankenhaus entlassen wirst, kannst du gern wieder bei mir vorbeikommen. Dann backe ich den Auflauf für dich.«

Laurent sah Mado jetzt mit einem anderen Blick an. Von Schuldgefühlen war darin nichts mehr zu erkennen. Schließlich entließ sie ihn durch die Hintertür. Ihr Mann war noch nicht unter der Erde, und Gerede brauchte sie jetzt am allerwenigsten.

Il n'est pas méchant? – Er tut doch nichts?

Als Isa am nächsten Morgen zum Frühstück in die Küche kam, war
Giselle schon weg. Sie habe einen Termin bei Dr. Michelet, hatte
sie gestern gesagt. Routinekontrolle. Isa machte sich einen *café au
lait*, griff sich ein paar Kekse und brach früh auf. Diesmal nahm
sie nicht den schmalen zugewachsenen Weg über den Fluss und
das Steilufer, sondern ging auf der Straße auf die andere Flussseite
hinüber. Die Temperatur war noch angenehm, das Licht auf den
Hügeln sanft. Die Kastanienwälder wirkten so grün, als wären sie
frisch lackiert. Wenn die Provence lila vom Lavendel ist und das
Roussillon ockerfarben vom Lehm, dann ist das Languedoc grün,
dachte Isa. Aber nicht einfach nur grün, es schimmerte in vielen
verschiedenen Nuancen.

Kurz vor der Brücke fuhr Frédéric im Wagen an ihr vorüber und
winkte. Isa hatte noch nie mehr als zwei Sätze mit ihm gewechselt.
Sein Haus stand am Eingang des Dorfes, etwas abgelegen von den
anderen. Frédéric lebte allein, arbeitete für eine Winzergenos-
senschaft und war viel unterwegs. Was genau seine Aufgabe war,
wusste sie nicht. Sie war überrascht, dass er sie erkannt hatte.

Nach der Brücke führte die Straße wieder bergauf und durch
eine Siedlung aus flachen Bungalows, die erst in den letzten Jahren
gebaut worden waren. Dünne Wände aus grauen Betonsteinen,
aber alle Häuser verfügten über Wasser-, Strom- und Kanalisati-
onsanschluss. Einige von ihnen hatten sogar einen Swimmingpool.
Tagsüber traf man dort kaum jemanden.

Dann machte der betonierte Weg einen scharfen Rechtsknick
und führte nach Ormais hinunter. Links bog der Weg zur Kapelle
und zu zwei Häusern ab – oder zu maximal drei, wenn man Jeans
Verschlag im Weinberg mitzählte. Erst kam das Haus des Archi-
tekten, das noch immer nach ihm benannt wurde, obwohl schon
lange kein Architekt mehr darin wohnte. Das Haus lag abseits des
Höhenwegs und war über eine eigene Zufahrt weiter unten, von
der Brücke her, zu erreichen. Zwischen Architektenhaus und
Jeans Weinberg war der Weg noch betoniert. Er schmiegte sich

an die Steinmauer, die den Weinberg sicherte, und folgte jeder ihrer Biegungen und Ecken. Eine weitere Steinmauer grenzte den Weg zur nächsten Terrasse hin ab, auf der das Gras im Schatten der zwanzig Meter hohen Pappeln bis auf Hüfthöhe wuchs. Wo Pappeln wuchsen, gab es auch Wasser, und es gab viele Quellen auf dieser Terrasse. Die Bäume sogen das Wasser über ihre armdicken Wurzeln aus dem Boden in sich auf.

Als Isa ihr Haus erreichte, schien es, als seien die Bewohner ausgeflogen. Sie hatte einen Satz Schlüssel dabei und war neugierig, wie das Haus jetzt von innen aussah. Sie wollte die Tür aufschließen, aber so weit kam sie gar nicht.

Sie bemerkte ein Huschen, eine schnelle Bewegung, konnte sie aber nicht zuordnen. Dann ein Geräusch, das sie ebenfalls nicht identifizieren konnte, das aber gerade deshalb in ihren Ohren gefährlich klang. Blitzschnell wandte sie sich um. Woher war das Geräusch gekommen? Als sie sich wieder umdrehte, stand er bereits vor ihr, so nahe, dass sein Mundgeruch ihr fast den Atem nahm. Ein Rottweiler, war das möglich? Sie hatte vorher noch nie einen solchen Hund in dieser Gegend gesehen. Jagdhunde, ja, aber keine Monster wie dieses Exemplar. Bleib stehen und sieh dem Vieh bloß nicht in die Augen, sagte sie sich. Nicht in Panik geraten. Den Muskelprotz nicht provozieren. Sie hätte einen Stock mitbringen sollen, nur als Drohmittel, denn es wäre bestimmt keine gute Idee gewesen, auf den Rottweiler einzuprügeln.

»*Il n'est pas méchant?*«, rief Isa. Er tut doch nichts?

»*Oui, il est méchant!*«, antwortete ihr jemand, aber sie traute sich nicht, in seine Richtung zu sehen und so den Riesenhund auch nur einen Moment aus den Augen zu lassen. Üblicherweise behaupteten Hundebesitzer ja etwas anderes, nämlich: *Il n'est pas méchant.* Er tut nichts. Aber das hier war auch keine übliche Situation.

»Nehmen Sie den Hund an die Leine!«, rief Isa.

»Was wollen Sie hier?«, fuhr der Mann sie an und rührte sich nicht.

»Mir gehört das Haus, in dem Sie wohnen, ohne Miete zu zahlen!«, schrie Isa. Sie hatte das Haus über eine französische Maklerin vermietet und hatte ihre Mieter selbst nie kennengelernt. Und ihre Mieter hatten sie nie gesehen.

»Sie müssen sich anmelden, bevor Sie auftauchen!«, rief der Kerl, dessen graue Mähne ihm bis auf die Schultern fiel.

»Ich melde mich jetzt an«, sagte Isa.

»Sie müssen vierzehn Tage vorher Bescheid geben. Auch in Frankreich haben wir Gesetze.«

Vierzehn Tage? Dann wäre Isas Urlaub zu Ende. »Ich habe mich angemeldet, schriftlich«, sagte sie.

»Wir haben nichts bekommen«, behauptete er.

Natürlich nicht, dachte Isa, weil ihr den Briefträger, der die beiden Einschreiben bringen wollte, gar nicht erst hereingelassen habt. Sie versuchte, einen Blick in den Garten und auf die Plantage zu werfen, doch sie kam nicht an dem Hund vorbei, der ihr nicht von der Seite wich.

»Gehen Sie jetzt«, sagte der Mann, »oder ich sage Bruno, dass er gleich ein bisschen üben darf. Er kennt seine Kommandos.«

Bruno, dachte Isa, das klingt wie der Name eines kahl gewordenen Mönchs. So harmlos.

»Ich komme wieder«, sagte Isa, »verlassen Sie sich drauf. Aber das nächste Mal nicht allein.« Den Mann schien das nicht sonderlich zu beeindrucken. Isa nahm allen Mut zusammen und drehte Bruno den Rücken zu. Hinter ihr hörte sie das Kommando: *»Bruno, reste là!«* Bleib! Sie hoffte sehr, dass Bruno ein folgsames Hündchen war und seine Kommandos tatsächlich kannte.

Anstatt gleich wieder ins Dorf zurückzukehren, schlug Isa den Weg nach Ormais ein. Sie wollte sich auf den Ärger und den Schrecken hin, den Bruno ihr eingejagt hatte, etwas gönnen. Einen Kuchen in der *pâtisserie* der beiden Schwestern Miriam und Monique oder einen Kaffee und ein Eis im »Café de la Gare« oder vielleicht besser gleich einen Cognac, der hoffentlich gegen die Nachwirkungen des Rottweilers und anderer Bestien helfen würde. Sie entschied sich für alles zusammen und fand, das hatte sie sich verdient.

Als Isa ihren Ärger hinuntergespült hatte, war es Zeit, zur *mairie* zu gehen, dem gelb gestrichenen Rathaus aus der Zeit der Französischen Revolution mit vier Kanonenrohröffnungen, die in dem schwarzen Schieferdach deutlich zu erkennen waren. Über dem Eingang hing die *tricolore* schlaff in der sommerlichen Flaute und darüber eine Uhr, die schon seit der Revolution anzeigte, was die Stunde geschlagen hatte.

Monsieur le maire war leider außer Haus, also blieb Isa nichts anderes übrig, als dessen Assistentin Christine ins Vertrauen zu ziehen und sich ein wenig bei ihr auszujammern. Mieter, die nicht zahlten, Mietnomaden, *oh là là*, sagte Christine immer wieder und schüttelte ratlos den Kopf. Sie bedauerte Isa, konnte ihr aber leider auch nicht helfen. Für Mietsachen waren sie im Rathaus nicht zuständig, da würde sie einen Anwalt einschalten müssen. Oder vielleicht doch gleich die Polizei?, überlegte Isa und gab die Bedenken weiter, die Giselle ihr gegenüber in Bezug auf die blühende Felderwirtschaft auf dem Stück Land, das einmal ihr Garten gewesen war, geäußert hatte.

»*Oh là là*«, sagte Christine erneut, dann folgte wieder großes Kopfgewackel. Isa könne das zwar der Polizei mitteilen, aber Verleumdung sei eine schwerwiegende Sache, und sie an Isas Stelle wäre da auf jeden Fall vorsichtig. Ob man mit den Leuten denn nicht reden könne? Aber nachdem Isa von ihrer Begegnung mit Bruno erzählt hatte, war das Thema »Reden« auch vom Tisch.

Auf dem Weg nach Hause kam Isa praktischerweise an der Polizeibrigade vorbei. Die Dienststelle, die bis auf den fehlenden Swimmingpool aussah wie die anderen Einfamilienhäuser aus schmalen Betonsteinen, war mit zwei Beamten besetzt, von denen Isa einen kannte. Neben einem dickeren mit dunklem, kräftigem Kraushaar, der trotz Ventilator heftig transpirierte, saß der Marathonläufer Marcel, der im Dorf aufgetaucht war, um Jean zu vernehmen. Isa fragte ihn, ob es denn schon etwas Neues in dieser Sache gäbe, obwohl sie eigentlich ein ganz anderes Anliegen hatte.

»Darüber dürfen wir im Moment mit Zivilisten nicht sprechen«, sagte der Dickere.

Als sie dazu nicht mehr erfuhr, äußerte sie sehr vorsichtig ihren Verdacht oder die Andeutung eines Verdachts in Bezug auf die landwirtschaftliche Nebenerwerbstätigkeit ihrer Hausbesetzer. Er werde ein Auge darauf haben, sobald Zeit dazu sei, versprach Marcel, kenne sich selbst jedoch nicht mit Marihuana aus. Er sei Sportler. Außerdem sei Geldeintreiben Sache der Justiz und nicht der Polizei, fügte der mollige Polizist hinzu. Man wolle da auf keinen Fall die polizeilichen Kompetenzen überschreiten, gerade jetzt, wo vielleicht schon morgen der Commissaire aus Béziers hier auftauchen würde.

»Oha«, sagte Isa. »Und was beschert uns den hohen Besuch?«

Schweigen. Marcel rollte die Stifte von einer Seite seines Schreibtischs auf die andere, und der Dicke zupfte ein paar Fussel von seiner blauen Uniformhose. »Das werdet ihr schon bald genug erfahren«, sagte er schließlich, »wenn er zu euch ins Dorf kommt und Fragen stellt.«

Natürlich, dachte Isa, es geht um Jean, denn einen anderen Fall gibt es im Dorf nicht. »Heißt das«, fragte sie, »dass Jean doch nicht eines natürlichen Todes gestorben ist?«

»Haltet euch zur Verfügung«, sagte der Dicke. »Ihr werdet bestimmt alle befragt werden.«

Mit dieser Neuigkeit im Gepäck machte Isa sich auf den Weg zurück ins Dorf. Ein echter Kommissar in Colombiers, wie aufregend!

Als sie auf die Landstraße einbog, blieb ein Wagen mit 34er-Kennzeichen, den sie auf dem Hinweg schon einmal gesehen hatte, neben ihr stehen. Die Rückbank war umgeklappt, zwei Gewehre lagen im offenen Kofferraum. Es war wieder Frédéric. Er beugte sich zur Beifahrerseite hinüber, um ihr die Tür zu öffnen.

»Möchtest du mitfahren?«, fragte er oder so etwas in der Art. Sein struppiger Vollbart verschluckte jede zweite Silbe. Als Isa eingestiegen war, wollte er wissen, ob sie ihr Haus jetzt verkauft habe.

»Es ist vermietet«, sagte Isa, »aber bisher habe ich von der Miete keinen Cent gesehen.«

»Dann hast du ein Problem«, sagte er, und damit hatte er vollkommen recht. Die restliche Fahrt fiel ihnen nicht mehr viel zu reden ein, aber zum Abschied lächelte er sie selig an, und Isa hatte keine Ahnung, warum.

Im Haus war Giselle wie üblich in der Küche. Sie kochte Marmelade ein, was man an dem bekleckerten Herd erkennen konnte. Für Nicotine hatte das auch sein Gutes. Die Hündin schleckte alle süßen Kleckse auf, die auf dem Boden landeten. Den Geräuschen nach, die sie von sich gab, schmeckte es ihr.

»Erdbeeren?«, fragte Isa.

»Ja, schon die zweite Ernte dieses Jahr. Ich mische dazu, was gerade da ist: Himbeeren und Feigen.«

Schade eigentlich, dachte Isa. Sie hasste Feigenmarmelade.

»Die Feigen stammen von Jeans Bäumen, von denen ich früher nie etwas abbekommen habe, obwohl ich jedes Jahr danach gefragt habe. Jetzt hat Mado mir erlaubt, mich zu bedienen. Sie sagt, dass sie dieses Jahr gar nichts einkochen wird, weil sie vom letzten Jahr noch genug hat. Ich sage dir, mit Jeans Tod sind hier im Dorf neue Zeiten angebrochen! Jetzt darf ich sogar einen Feigenbaum abernten.«

»Wir werden bald Besuch aus der Stadt bekommen«, sagte Isa. »Es heißt, ein echter Kommissar der *police judiciaire* sei zu uns unterwegs.«

»Das weiß ich schon«, sagte Giselle. »Dr. Michelet hat es mir erzählt. Er war in der Pathologie und hat Jean noch einmal gesehen. Eine Kollegin aus Montpellier, die er von der Uni kennt, hat ihn aufgeschnitten.«

»Eine Frau?«, fragte Isa.

»Zunähen können wir Frauen doch sowieso besser als jeder Mann, meinst du nicht? Und das Schneiden kann auch nicht so schwer sein. Denk doch nur an den Truthahn zu Weihnachten!«, sagte Giselle.

»Was sagt denn der Doktor, woran Jean nun gestorben ist?«

»Das durfte er mir nicht verraten. Schweigepflicht und so.«

Isa konnte es kaum glauben, dass Giselle ihm die Information nicht trotzdem aus den Rippen geleiert hatte.

»Schade«, sagte sie. »Dann hatte Jean also keinen Infarkt?«

»Irgendetwas hat sein Herz zum Stillstand gebracht, und das war nicht der Ärger mit Laurent oben in den Bergen. Er war übrigens gestern Nacht hier.«

»Wer, Jean?«

Giselle schnaubte. »Jean doch nicht, der ist doch in Béziers, in den Händen dieser Frau, der Patho … wie auch immer. Laurent war hier!«

»Ich denke, der ist im Krankenhaus?«

»Ich hab ihn jedenfalls gesehen, wie er nachts um Mados Haus geschlichen ist. An dem dicken Verband an der Schulter habe ich ihn erkannt.«

»Vielleicht solltest du doch einmal ein schönes Glas Rotwein am Abend trinken, Giselle? Natürlich nur, damit du besser schlafen kannst.«

Giselle sah Isa über die Brillengläser hinweg streng an. Sie musste gar nichts sagen, denn Isa wusste es schon lange und jetzt fiel es ihr auch wieder ein: Giselle Merckx trank keinen Wein. Nie.

»Was kann Laurent denn hier gewollt haben?«, fragte Isa, um das Thema zu wechseln.

»Sein Beileid aussprechen? Das macht man hier so«, antwortete Giselle. »So wie in Belgien auch. In Deutschland vielleicht nicht?«

»Doch, klar. Aber hätte Laurent damit nicht warten können, bis er aus dem Krankenhaus entlassen wird oder zumindest bis morgen? Dann hätte er auch tagsüber kommen können. Meinst du, er weiß irgendetwas über Jean?«

Giselle zuckte die Achseln.

»Wieso hast du eigentlich in der Nacht oder an dem Morgen, als Jean starb, nichts mitgekriegt? Dir entgeht doch sonst nichts und niemand.«

»Im Normalfall hast du damit natürlich recht, aber mein Auge und leider auch mein Ohr reichen nicht bis hinüber zur Brücke. Da hätte sich Jean schon lauter bemerkbar machen müssen. Ein Seufzer auf der Brücke war dafür zu schwach, leider.«

So hatte die bislang namenlose Dorfbrücke nun endlich einen Namen bekommen: die Seufzerbrücke von Colombiers.

Mufflon? Wie wird das zubereitet?

Eigentlich war es ja eine Schande. Raymond Riquet war ein waschechter *Biterrois*, in Béziers geboren und aufgewachsen, und außerdem Spross der weitverzweigten Familie des Erbauers des Canal du Midi, Ingenieur Pierre-Paul Riquet, kannte aber das Haut-Languedoc bisher nur vom Hörensagen. Er war noch nie in den Bergen gewesen, und er hätte die Gegend womöglich auch nie aus freien Stücken besucht. Später vielleicht mal, wenn er in Pension wäre, aber nicht jetzt.

Bis auf einige Jahre, die er als junger Kriminalbeamter nach seiner Ausbildung in Marseille verbracht hatte, hatte er die letzten dreißig Jahre wieder in seiner Heimatstadt gelebt und dort seine gemächliche Beamtenkarriere ohne großes Auf und Ab durchlaufen. Es hatte Frauen gegeben in seinem Leben, aber keine war bei ihm geblieben. Vielleicht deshalb, weil er einen Hang zu Frauen hatte, die zu allem Möglichen geeignet waren, nur nicht dafür, als Ehefrauen an der Seite eines Beamten in einer eher kleinen südfranzösischen Großstadt zu leben. Raymond Riquet fühlte sich zu den Diven und den Launenhaften hingezogen. Sie konnten rothaarig oder blond sein, echt oder gefärbt, das spielte für ihn keine Rolle. Sie konnten sehr klein oder sehr groß sein, gern auch größer als er selbst mit seinen eins vierundsiebzig, damit hatte er kein Problem. Nur eines durften sie nicht sein: durchschnittlich, praktisch veranlagt, ihm intellektuell ebenbürtig und von ausgeglichenem Charakter. Er liebte Frauen, die man unmöglich heiraten konnte und die auch gar nicht daran dachten, geheiratet zu werden. Zumindest nicht von ihm. Die Art von Frauen wartete noch immer auf ihren Rick, der in irgendeiner Kneipe in Casablanca herumhing und einer verflossenen Liebe hinterherweinte. Und an dessen Seite sie sich zwar eine unglückliche, aber immerhin filmwürdige Rolle zusammenträumen konnte, die sie in ihrem Leben spielen würde.

Es ist wirklich eine Schande, dachte Raymond Riquet, als er in seinem beigen Mégane von den Weinfeldern der Ebene nach

Faugères hinauffuhr, dass erst ein Todesfall mich ins Hinterland verschlägt, das ich so viele Jahre schon hätte besuchen können.

Die *Caveau des Schistes* kannte er noch. Hier war er einmal zu einer *dégustation* gewesen. Der Wein hatte ihn allerdings nicht ganz überzeugt, ein bisschen zu rau für seinen Gaumen, der Feineres gewohnt war. Hinter Faugères begann für ihn die Terra incognita. Haut-Languedoc, das klang in seinen Ohren nach Saubohnen mit Speck und fetten Würsten, nach rustikalen Eintöpfen, die stundenlang vor sich hin schmorten. Erst in den Causses, in den höheren Lagen der Cevennen, gab es wieder ein nennenswertes kulinarisches Ziel: die Höhlen von Roquefort, geadelt durch eine der besten Käsesorten, die auf keinem *plateau de fromage* fehlen durfte. Er bezweifelte ernsthaft, dass diese abgelegene Gegend kulinarisch oder önologisch Großes zu bieten hatte. Wenn deren Bewohner es nach so vielen Jahrhunderten immer noch nicht geschafft hatten, ihre Domaines und die Spezialitäten der regionalen Küche einem breiteren Umfeld bekannt zu machen, dann gab es die Qualität wahrscheinlich einfach nicht her. Sein Freund Serge, mit dem er am Sonntagvormittag stets *pétanque* spielte, hatte gemeint, im Orb-Tal, das eng und landschaftlich beeindruckend sei, gäbe es auch passablen Wein. Roquebrun hatte er ihm empfohlen, ihn aber gleichzeitig vor den Touristenlokalen mit ihren Terrassen über dem Fluss gewarnt. Teuer und nichts dahinter, hatte er gesagt. *Escargots* mit Knoblauch und Fleisch mit dicken Soßen. Es hatte sich grausam angehört. Raymond Riquet stellte sich auf das Schlimmste ein, war aber sehr überrascht, als nach der Durchfahrt durch Bérieux, einem verschlafenen Nest, in dem es immerhin einen passablen *café* gab, ein Felsmassiv an die tausend Meter hoch vor ihm aufragte. Von der Ebene sah es uneinnehmbar aus. Es riegelte das Land nach Norden hin ab, sodass Riquet sich klein und unbedeutend fühlte, und dieses Gefühl gefiel ihm überhaupt nicht.

Am Scheitelpunkt der zweispurigen Passstraße, die sich durch dichte Macchia hinaufwand, fand sich prompt eine *auberge*, die Lkw-Fahrer mit Riesensteaks und *entrecôte de sanglier*, Wildschweinkotelett, lockte, und das anscheinend überaus erfolgreich. Wenn Wildschweine in dieser Wildnis lebten, dann konnte es vielleicht auch Wachteln, Rebhühner und Fasane geben, schöpfte Commissaire Riquet Hoffnung. Besserer Stimmung fuhr er die Passstraße hinunter in ein Tal, in dem er wieder auf Zivilisation traf: kleine Dörfer mit Steinhäusern, die die Durchfahrtsstraße säumten, und mit Steinkirchen, die anstelle des Glockenturms einen bizarren Aufbau aus nicht ganz rostfreiem Stahl besaßen. Das Gestänge, in dem die Glocke hing, sah eher aus wie ein Galgen. Die Dörfer ähnelten sich, und in jedem entdeckte er mindestens eine, meist zwei Bäckereien. Um eine bessere Auswahl zu haben, das leuchtete ihm ein und entsprach auch seinen eigenen Bedürfnissen. Außerdem gab es überall einen Platz mit Platanen und einer Boule-Fläche, dazu ein »Café du Commerce« oder ein »Café du Marché«. Bestimmt gab es auch Märkte, auf denen man sich mit den nötigen Rohstoffen eindecken konnte. Und eigentlich war der Weg herauf von der Küste auch nicht allzu weit, sodass man vielleicht sogar auf einigermaßen fangfrischen Fisch hoffen durfte. Ein Lichtblick. Falls das Eintopf-Unwesen es nötig machen sollte, würde er auf Meeresfrüchte zurückgreifen. Ein paar Tage konnte er notfalls auch nur mit Austern und Roquefortkäse überstehen.

Hoffentlich würde es nicht allzu lange dauern, bis er herausgefunden hatte, wer diesem Bauern aus dem kleinsten Dorf, das auf der Landkarte eingezeichnet war, den Aconitin-Auszug verabreicht hatte, der sein Herz zum Stillstand gebracht hatte. Das passte zu diesen Provinzlern, dass sogar das Gift, mit dem sie mordeten, aus ihrem Garten oder vom Wegrand stammte. Bloß nichts, was aus den Städten kam. Die Bewohner der Gegend mussten genügsam sein, denn wären sie es nicht, wären sie bestimmt nicht mehr hier. So war es doch, oder? Hier gab es keine Arbeit, keine *haute cuisine*, keine Geschäfte mit Mode aus den Metropolen. Was Raymond Riquet hier sah, waren ausschließlich große Supermärkte auf grüner Wiese mit noch größeren Parkplätzen davor, dazu Großgärtnereien und Baumärkte mit Gartenmöbeln aus Plastik. Erst der Hinweis auf einer Werbetafel eines Baumarktes auf eine Abteilung für Jagd und Fischerei nährte wieder Riquets Hoffnungen, und er gab sich Phantasien von Rebhühnern mit Pilzen und Omeletten aus Wachteleiern hin.

Dass bei diesem Dörfler überhaupt eine Obduktion angeordnet

worden war, war doch nur diesem übereifrigen jungen Mediziner zu verdanken, der hoffte, damit einen Posten bei einer Behörde fern der Provinz zu ergattern. Und er, Riquet, musste sich jetzt damit herumschlagen. Dabei hatte er gedacht, von solch vulgären Straftaten wie Mord und Totschlag bis zu seiner Pensionierung, die bereits in eine absehbare zeitliche Nähe gerückt war, nicht mehr behelligt zu werden. Er hatte andere Interessen: Wein und gutes Essen. Zwar war Raymond Riquet selbst ein passabler bis guter Koch, aber mehr, als selbst zu kochen, liebte er es, von einem Spitzenkoch und zuvorkommendem Personal verköstigt und umsorgt zu werden. Er war nicht nur Weinkenner, sondern wusste auch sehr viel über die Herstellung von qualitativ hochwertigen Tropfen. Hauptsächlich hatte er sich dieses Wissen angelesen, da er einer Familie von Ingenieuren und Kaufleuten und nicht von Winzern entstammte. Da er aber beruflich in der Stadt wohnen musste, hob er sich den Großteil seiner Leidenschaft für die Pensionierung auf.

Wegen seiner mitunter etwas kostspieligen amourösen Abenteuer in Montpellier, in Perpignan oder Narbonne, wo die von ihm verehrten echten Rothaarigen und falschen Blondinen lebten, und wegen seiner ebenfalls nicht preiswerten Vorliebe für die *haute cuisine* hatte er sich kein Vermögen zusammengespart wie vielleicht andere höhere Beamte in zweiunddreißig Dienstjahren. Das war auch nie sein Ziel gewesen, hätte es doch Verzicht bedeutet, und Verzicht war etwas, das in seiner Auffassung vom Leben nicht vorkam. Hätte er über ein solches Vermögen verfügt, so hätte er keine zehn Minuten darüber nachgedacht, es in den Kauf eines Châteaus mit den entsprechenden Weinflächen zu investieren. Patron und Schlossherr, das hätte seiner Vorstellung von einer würdigen Position im Pensionsalter am ehesten entsprochen. Mit weiß beschürztem Personal und einem tüchtigen Verwalter, der täglich zum Rapport antrat, um ihn über seine Weinberge zu unterrichten. In seinen Tagträumen sah er sein Château Riquet vor sich, aus Naturstein gemauert, mit filigranen Türmchen und Weinfeldern rundherum, so weit das Auge reichte. Das Bild wärmte ihm das Herz. Riquet träumte immer groß, die Wirklichkeit war schließlich klein genug. Ein kleines Leben war keine Schande, natürlich nicht, das passierte fast jedem, aber klein zu träumen, das war unverzeihlich, fand Riquet. Ein Zeugnis von schlechtem Stil und großer Mutlosigkeit.

Die Landstraße wurde wieder enger. Sie schlängelte sich parallel zum Fluss durch das Tal, und auch die Dörfer wurden wieder kleiner. Die wenigen einstöckigen Häuser präsentierten zur Straße hin abweisende Fassaden mit gegen die Hitze geschlossenen Fenstern und Türen, ein bisschen ärmlich vielleicht, aber immerhin gepflegt und meist mit Blumenschmuck in Blechkübeln oder schmalen Holzkästen an den Eingängen. Von einer ehemaligen Bahnstrecke hatten Brücken, ein Tunnel und mehrere Bahnwärterhäuser überlebt.

Das GPS im Mégane meldete, dass der nächste Ort Ormais sein musste, als hinter dem Fluss auch schon ein grüner Hügel mit Burgmauern und einem Turm auftauchte, der, anders als die im Tal, sogar einen Steinaufbau besaß, der eine Glocke beherbergen mochte. Riquet fuhr nicht über die erste Brücke in den Ort hinein, sondern weiter am Fluss entlang, der hier eine Schleife machte, und folgte dann dem blauen Hinweisschild »Poste de Police« in eine Seitenstraße.

Dass der Commissaire ein Schnösel war, sah Marcel auf den ersten Blick. Charles, dieser Schleimer, buckelte wie ein Lakai vor ihm. Es war wirklich nicht mehr schön anzusehen, wie er sich anbiederte. Den Morgen hatte er damit verbracht, die Espressomaschine zu putzen und zu polieren, und extra feinen Kaffee eingekauft, nicht die billige Eigenmarke des Supermarktes, die sie sonst tranken. Bei der unnahbaren Miriam, wie Marcel sie in Gedanken nannte, und ihrer pummeligen Schwester hatte Charles sogar kleine *pains au chocolat* und *pains aux raisins* besorgt, dabei war er sonst nie so freigiebig. Und ganz bestimmt nicht mit Essen. Einmal hatte Marcel einen Blick in Charles' Schublade erhascht. Die Menge an Leckereien, die dieser dort hortete, hätte für die ganze Mannschaft wochenlang gereicht. Aber irgendwoher musste der Speckbauch des Dicken ja kommen. Die Schilddrüse war es bei ihm jedenfalls nicht.

Marcel informierte Commissaire Riquet aus Béziers über den

Jagdunfall und darüber, dass Laurent immer noch im Krankenhaus lag, ihm aber nichts Ungewöhnliches an Jean aufgefallen sei. Auch machte er ihm klar, dass der Unfall und Jeans Tod seiner Meinung nach nichts miteinander zu tun hätten. Daraufhin warf der Commissaire ihm einen Blick zu, als wollte er sagen, er solle die Schlussfolgerungen bitte ihm überlassen. Wie beim Arzt, dachte Marcel. Da durfte man als Patient auch keine Vermutungen darüber anstellen, was einem möglicherweise fehlte, sondern musste warten, bis der Herr Doktor seine Diagnose stellte, und dann am besten ganz überrascht tun, auch wenn man die dreiundzwanzigste Seitenstrang-Angina schon selbst diagnostiziert hatte, weil sie sich genauso anfühlte wie die zweiundzwanzig davor.

»Wir statten zuerst der Witwe des Verstorbenen einen Besuch ab und informieren sie über das Ergebnis der Obduktion.«

Marcel hatte nichts anderes erwartet, sich aber gehütet, selbst den Vorschlag zu machen. Er hatte eine Ahnung, wie er den Commissaire nehmen musste. Es schien absolut ratsam, ihm die Initiative zu überlassen. In seinen Augen war er bestimmt nur der junge Dorfpolizist, der von Kriminalistik keine Ahnung hatte und sich nicht mal Mühe gab, seine Herkunft sprachlich zu verschleiern – im Gegensatz zu dieser schleimigen Schnecke Charles. Außerdem interessierte Marcel sich sowieso hauptsächlich für seinen Trainingsplan und sein Projekt New-York-Marathon. Hoffentlich würde der Commissaire seinen Fall bis dahin gelöst haben. Egal, wenn nicht, dann würde Charles eben jemand anderen einteilen müssen, der Riquet als Chauffeur, Dolmetscher und Türöffner dienen würde. Zum Glück war ein einfacher Dorfpolizist leicht durch einen anderen einfachen Dorfpolizisten auszutauschen.

»Marcel wird Sie fahren«, sagte da auch schon dieser Bauchfüßler aus dem Stamm der Weichtiere. »Er kennt sich im Dorf aus und steht Ihnen auch als Dolmetscher zur Verfügung, falls das nötig sein sollte«, näselte Charles und fand seinen Kommentar selbst am allerlustigsten. Beim Lachen hüpfte sein Bäuchlein auf und ab.

Bevor sie den Dienstwagen gemeinsam bestiegen, räumte der Commissaire einen Sack voller persönlicher Bekleidungsstücke, darunter turnschuhartige, über die Knöchel reichende Sneakers

und einen Parka, wie ihn Jäger im Winter trugen, auf die Rückbank des Polizeiautos.

»Haben Sie's auch auf ein Mufflon in den Bergen abgesehen?«,
fragte Marcel.

»Mufflon?«, fragte Riquet geschäftig. »Wie wird das zubereitet?«

»Wie Wild«, sagte Marcel, verblüfft über Riquets Interesse. Die
Zubereitung war bei ihnen daheim Frauensache, wieso fragte ihn
der Commissaire danach? Die Köchin bei Marcel zu Hause war
seine Mutter. Er setzte sich an den Tisch und aß. Der Commissaire
war da offenbar anders.

»Ich bin Gourmet«, sagte Riquet. »Einen Jagdschein habe ich
nicht.«

»Oh, den haben bei uns auch längst nicht alle, die in den
Bergen herumballern«, sagte Marcel salopp. »Und manche haben
einen, der aber schon Jahre abgelaufen ist.« Marcel sah, wie der
Commissaire die Stirn runzelte und sich dabei seine schwarzen
Augenbrauen zu Warndreiecken aufstellten. Allerdings war er
Kriminalbeamter, fehlende Jagdscheine dürften eigentlich nicht
in sein Ressort fallen.

»Ich gehe nicht auf die Jagd, aber ich esse gern, was Jäger und
Fischer erbeuten. Und die Schuhe habe ich mitgebracht, weil ich
mir meine Lederschuhe nicht ruinieren möchte.«

»Ach so«, sagte Marcel und dachte, dass sie auch ein paar Teer-
straßen hatten und außerdem im Sommer regelmäßig eine Temperatur von über dreißig Grad herrschte, die auch nachts nicht auf
oder unter den Gefrierpunkt sank wie etwa in der Wüste Gobi.
Doch Marcel hütete sich, auch nur irgendetwas in der Art dem
Commissaire gegenüber zu äußern. Würde ihm wahrscheinlich
nichts als Ärger bringen. Dienst nach Vorschrift war ihm sowieso
das Liebste, und Freunde würden sie kaum werden: der ältere
Herr, dem sein Gourmetleben einen beachtlichen Leibesumfang
beschert hatte und der wahrscheinlich schon auf der steilen Straße
hinunter zum Dorf ins Schwitzen kommen würde, und der zu-
künftige Marathonläufer mit dem unverkennbaren Slang eines
südfranzösischen Provinzlers.

Auf dem Dorfparkplatz versicherte Marcel dem Commissaire
dann doch, dass die Wege zwar nicht geteert, aber immerhin

aus Beton gegossen seien, konnte ihn aber dennoch nicht davon abhalten, die Schuhe zu wechseln. Auch hatte Riquet sogleich die Steilheit des Sträßchens bemerkt und daraus Konsequenzen gezogen. Ledersohlen waren hier nicht ratsam, vor allem nicht bei einem Mann seiner Statur.

Schon der Schuhwechsel bedeutete eine gewisse Anstrengung, bei der auf seiner Stirn die ersten Schweißtropfen perlten. Das Ergebnis sah seltsam aus. Riquet trug ein weißes Hemd, eine Krawatte, Nadelstreifenweste, eine braune Stoffhose und dazu die Sneakers in Schwarz, die an Boxerstiefel erinnerten. Ein wahrlich abenteuerlicher Look.

Als Mado ihnen ganz in Schwarz, wie es sich für eine Witwe gehörte, die Tür öffnete, trug sie Bleistiftrock und Bluse und dazu offene Sandalen wegen der Hitze. Nun war Mado zwar nicht rothaarig und auch nicht blond, sondern war auch im Alter bei ihrer angeborenen Haarfarbe, einem warmen Nussbraun, geblieben, trotzdem hätte sie dem Commissaire durchaus gefallen können. Vielleicht hätte er mit ihr sogar seine übliche Serie durchbrochen, aber seine zart aufkeimenden Gefühle wurden sogleich im Keim erstickt, und das hatte sich Mado wiederum selbst zuzuschreiben.

Sie musterte den Mann von oben bis unten, beginnend mit dem Kragen über das Hemd und die Weste bis zu seinem Schuhwerk, das in ihr ein Staunen auslöste, das sie spontan äußern musste. »Trägt man so etwas jetzt in der Stadt?«, fragte sie, und aus ihrem Ton hätte man noch schließen können, dass die Frage keine Ironie war, sondern sie es tatsächlich für möglich hielt. Dann aber fügte sie hinzu: »Bequem sind die Schuhe bestimmt«, und das war es, was sie besser nicht gesagt hätte und was dem Commissaire eine Röte ins Gesicht trieb, die anfänglich Scham war, aber schnell in Wut umschlug.

Nach der Sache mit den Schuhen fasste Commissaire Riquet eine andere Vernehmungsstrategie ins Auge. Eigentlich hatte er es mit der Witwe langsam angehen wollen, aber die Forschheit, um nicht zu sagen die Unverschämtheit, mit der sie ihn auf sein Schuhwerk angesprochen hatte, ließ ihn davon Abstand nehmen. Großen Abstand. Weshalb er, nachdem sie ihn in ihr Haus gelassen hatte, ohne weitere Umschweife und Schonung in medias res ging.

»Wir haben Grund zu der Annahme, dass Ihr Mann nicht auf natürliche Weise gestorben ist, Madame.« Mado hatte ihm einen Stuhl angeboten und sich selbst an den Tisch gesetzt. Marcel war ihrem Beispiel gefolgt, doch Riquet blieb stehen und sah auf sie herab. Die Wirkung war nicht sonderlich bedrohlich, der Commissaire war kein Riese, dennoch musste Mado zu ihm aufsehen. Während sie ihn anstarrte, veränderte sich in ihrem Gesicht nicht viel, nur ihr Hals färbte sich langsam von unten nach oben von rosé zu rot.

»Genauer gesagt, wurde er vergiftet«, schoss Riquet einen Pfeil in den Erkenntnisnebel, denn davon konnte er noch gar nichts wissen. Genauso gut hätte sich der Bauer selbst mit einem Stück Eisenhutwurzel, das er für Meerrettich gehalten hatte, vergiftet haben können. Aber in Gegenwart der schnippischen Witwe wollte er diese Möglichkeit im Augenblick nicht erwähnen. Die Röte hatte nun schon auf Mados Kinn übergegriffen. Sie sah aus, als trüge sie einen scharlachroten Rollkragenpulli. Und das bei der Hitze.

»Und wir haben Grund zu der Annahme, Madame, dass Sie etwas mit dieser scheußlichen Tat zu tun haben.« Nun war die Katze aus dem Sack. Auch ein Versuchsballon, denn Marcel hatte Riquet auf der Fahrt nur das erzählt, was ohnehin schon alle wussten: Jean sei ein Tyrann gewesen, und Mado hätte gern mehr mit anderen unternommen, was Jean aber nicht zugelassen habe. Damit waren Jean und Mado nun wirklich nicht das einzige Ehepaar auf der Welt, das so einen Zwist über die Jahrzehnte mitschleppte, ohne dass einer den anderen irgendwann vergiftet hätte, trotzdem ließ es Riquet so aussehen, als habe Mado in seinen Augen damit ein Motiv.

»Ich?«, keuchte Mado, und nun wanderte die Röte so rasch zum Haaransatz hinauf, als wäre ihr Gesicht ein Lackmus-Teststreifen, der in die passende Flüssigkeit getaucht worden war. »Wieso denn ich?«, fragte sie verwirrt. Ihr Kopf leuchtete jetzt wie eine Boje auf hoher See.

Die Reaktion überraschte nun auch Marcel, und er musterte Mado erschrocken.

»Wieso nicht Sie?«, stocherte Riquet weiter. »Wollten Sie Ihren Mann, der Sie einschränkte, wie man so hört, nicht schon längst loswerden? Gift gilt gemeinhin als feige Mordmethode und wird überwiegend von Frauen verwendet, die zum Beispiel lieber Witwen als Ehefrauen ungeliebter Männer sein wollen.« Riquet plapperte seine unbewiesenen Gemeinplätze dahin. Trotzdem: Er hatte sich für einen unkonventionellen Frontalangriff entschieden, und niemand würde ihn auf dem einmal eingeschlagenen Pfad zurückhalten. Der Dorfpolizist glotzte, die Witwe wechselte erneut die Farbe und wurde weiß.

»Wann haben Sie Ihren Gatten zum letzten Mal gesehen?«, feuerte Riquet weiter.

»Das war …« Mado zögerte. »Das war nach dem Jagdunfall mit Laurent. Jean kam allein ins Dorf zurück, ohne Beute, und erzählte mir kurz, was passiert war. Dann rief ich die SAMU. Er duschte, zog ein frisches Unterhemd an, nahm sich aus der Küche etwas Brot und Käse und ging dann fort.«

»Wussten Sie, wohin er wollte?«

»Nicht sicher, er hatte ja nichts gesagt. Aber wenn er sich ärgerte – und das tat er, das dürfen Sie mir glauben –, ging er oft in seinen Weinberg auf der anderen Flussseite. Dort steht eine Hütte, mehr ein Verschlag, in der er früher seine Werkzeuge und die Spritzmittel aufbewahrte.«

»Spritzmittel?« Riquet sah Mado angewidert an. Dann hatte dieser Bauer seine Trauben also mit Chemie malträtiert.

»Für die Weinstöcke, ja. In dem Verschlag gibt es auch ein Feldbett. Gelegentlich übernachtete Jean dort.«

»Gelegentlich, sagen Sie? Und bei welchen Gelegenheiten zum Beispiel?« Das interessierte Riquet nun tatsächlich.

Doch Mado blitzte den Commissaire nur aus ihren dunklen Augen an. »Das geht Sie überhaupt nichts an«, antwortete sie, und es war förmlich zu spüren, wie das Blatt sich langsam wendete. Mado schlug mit der flachen Hand auf den Tisch, dass es krachte, und die beiden Polizisten zuckten zusammen. »Jetzt ist aber Schluss mit dem Unsinn!« Sie sprach laut und deutlich. »Was erlauben Sie sich eigentlich? Mein Mann ist vor Kurzem gestorben, Sie befinden sich im Haus eines Toten und einer trauernden Witwe. Und jetzt gehen Sie bitte auf demselben Weg, auf dem Sie hereingekommen sind, und belästigen Sie mich nicht länger. Ich bin müde. Es war ein langer Tag für mich. Tun Sie Ihre Arbeit, und ich tue die meine. Ich werde mich jetzt durch alle Papiere lesen, die Jean bisher vor mir unter Verschluss gehalten hat. Ich habe keine Ahnung, wie viel Geld wir haben, wie viel Grund wir besitzen, ob ich Schulden habe, und wenn ja, bei wem und in welcher Höhe. Um all das hat sich Jean gekümmert. Das war seine Sache, ich weiß nichts davon. Aber ich habe mit dreiundvierzig den Führerschein gemacht, und Jean hat geblutet, als er die Fahrstunden bezahlen musste. Ihre Zahl war meinem Alter durchaus angemessen, aber ich hab's geschafft. Also werde ich es auch schaffen, eine Beerdigung zu organisieren und mich wie eine Ratte durch Jeans und meine Dokumente zu nagen. Mit Hilfe dieser Papiere werde ich mein Leben neu ordnen, und ich habe keinen Zweifel, dass mir das gelingen wird, *Monsieur le Commissaire.*« Damit stand Mado, deren Gesichtsfarbe sich mittlerweile wieder normalisiert hatte, auf und begleitete die beiden Männer zur Tür. Als Marcel und Riquet schon draußen auf der Dorfstraße standen, rief sie ihnen noch hinterher: »Und wen lassen Sie zurück, Monsieur, sollten Sie einmal vergiftet werden?« Dann fiel die Tür ins Schloss.

Marcel hatte das Gefühl, dass Riquet es gründlich verbockt hatte. Das hob seine Laune gewaltig. *»Bonjour, Madame Merckx!«,* flötete er daher gegen jede Gewohnheit zur Terrasse der Belgierin hinauf, als deren Kopf über der Brüstung erschien.

»Bonjour, Marcel, ça va?«, flötete sie zurück. »Wer ist denn der feine Herr, der dich da begleitet?«, wollte sie wissen. »Wart ihr bei Mado?«

»Wer ist das?«, fragte Riquet, bevor Marcel antworten konnte, und er erklärte ihm, dass Giselle Merckx so etwas wie die zentrale Anlaufstelle im Dorf war.

»Dann führt sie also quasi den Dorfkiosk? Wir gehen zu ihr hinauf«, entschied der Commissaire. »Hat sie etwas mit Eddie zu tun?«

»Eddie? Welchem Eddie? Ach so, Sie meinen den Radfahrer? Keine Ahnung.« Marcel zuckte mit den Achseln. »Madame, hätten Sie einen Moment Zeit?«, fragte er dann zu Giselle hinauf.

135

»Stets zu Diensten. Das Gartentor ist nicht abgeschlossen.«

Das Quietschen des Tors brachte Nicotine auf den Plan. Wie ein Phantom tauchte sie aus dem dunklen Hinterhof auf und stürmte bellend und knurrend auf die beiden Eindringlinge los.

»*Arrête!*«, schrie Giselle. »Das sind nur zwei harmlose Polizisten, Nicotine. Sie werden uns bestimmt nichts tun. Habe ich nicht recht, Marcel?«

Marcel nickte, während Commissaire Riquet den Hund verächtlich anstarrte. Er hatte keine Ader für Haustiere jedweder Sorte und noch weniger für solche mit einer aggressiven Haltung ihm gegenüber. Wenn nötig, würde er sich den Pinscher mit einem Fußtritt vom Leib halten, oder mit zweien, auch wenn er damit bei der alten Dame keinen guten Eindruck machen würde. Doch der Hund schien auf sein Frauchen zu hören, denn er verzog sich wieder dahin, woher er gekommen war.

»Und Sie sind also der Commissaire der *police judiciaire* aus Béziers?«

»Raymond Riquet, Madame. Bin ich Ihnen bereits angekündigt worden?«

»Alle Welt spricht von Ihnen, Monsieur.«

»Ich hoffe, nur Gutes.«

»Warum hat Mado Ihnen denn gerade die Tür vor der Nase zugeschlagen?« Giselle zupfte verblühte Geranienblüten aus den Blumentöpfen auf ihrer Terrasse und vergaß darüber, den Männern einen Stuhl anzubieten.

Riquet ignorierte ihre Frage. »Madame, wann haben Sie Monsieur Vidal zuletzt gesehen?«

»Am Freitag, als er von der Jagd zurückkam.«

Der Ermittler fand es demütigend, hinter der Frau stehen und ihren Rücken anstarren zu müssen, der zum Großteil aus einer lilafarbenen Kleiderschürze mit kleinen weißen Blüten bestand. Dazu trug sie ausgetretene weiße Gesundheitssandalen. Genauso hatte er sich diese Hinterwäldler vorgestellt. »Haben Sie gesehen, wohin er ging, als er danach wieder aus dem Haus kam?«

»Nein, aber er muss wohl hinten, Richtung Brücke, rausgegangen sein, sonst hätte ich ihn wahrscheinlich gesehen. Woran ist Jean denn nun gestorben?«

Auch darauf ging Riquet nicht ein. »Wissen Sie, was Monsieur Vidals Witwe an diesem Tag oder Abend gemacht hat?«

Endlich drehte sich Giselle Merckx zu ihnen um und stopfte sich die abgezupften Blumenreste in die Schürzentaschen. »Mado? Was soll sie schon groß gemacht haben? Wahrscheinlich hat sie sich etwas gekocht, die Portion für Jean in den Kühlschrank gestellt und dann ›*Qui veut gagner des millions?*‹ geguckt.«

»Haben Sie gesehen, dass Madame Vidal am Abend zu Hause war, oder nehmen Sie das nur an?«

»Gesehen habe ich es nicht. Ich habe ja auch in den Fernseher gestarrt. Aber woran ist Jean denn nun gestorben?«

»Das können wir Ihnen leider nicht sagen.«

»Natürlich war Mado zu Hause, wo sollte sie denn sonst gewesen sein!« Giselle musterte zuerst Riquet, dann Marcel, ob wenigstens aus ihm etwas herauszuholen wäre, wenn schon nicht aus dem Schnösel aus der Stadt.

»Und am nächsten Morgen, haben Sie da etwas von Madame Vidal gesehen oder gehört?« Riquet ließ nicht locker.

»Und ob, sie ist zu mir gekommen und hat mich gebeten, ihr zu helfen, Jean ins Haus zu tragen. Er war auf der Brücke zusammengebrochen, und sie hatte ihn dort gefunden.«

»Und was haben Sie da gedacht?«

»Dass ich den Kaffee von der Herdplatte nehmen und mich beeilen muss, was sonst?«

»Fiel Ihnen irgendetwas an Madame Vidal auf?«

»Sie war in Sorge um ihren Mann, wie Sie bestimmt verstehen werden. Ich glaube, sie dachte, dass er vielleicht noch lebt. Jedenfalls hat sie zu mir nicht gesagt, dass er tot ist.«

»Kennen Sie Monsieur Vidals Unterschlupf im Weinfeld?«

»Natürlich. Den kennen wir alle noch aus den Zeiten, als er dort oben noch seinen Wein anbaute.«

»Apropos Weinfelder, etwas ganz anderes, wenn Sie gestatten. Wie sind denn die Erträge hier in der Gegend, und wie steht es mit der Qualität des Weins?« Commissaire Riquet wollte die Gunst der Stunde nutzen, um auch zu diesem Thema Erkundigungen einzuziehen.

»Da fragen Sie jetzt die Falsche«, schaltete Marcel sich ein.

»Madame Merckx trinkt keinen Wein, das weiß jeder in der Gegend.«

»Keinen Wein?«, fragte Riquet entsetzt. Der Umstand war so bedauerlich, dass er nicht einmal wissen wollte, warum.

»Unsere Weine waren nie so gut oder so gefragt wie die aus dem Orb-Tal. Vielleicht ist das Klima hier oben doch zu rau, oder die Böden sind zu steinig, aber davon verstehe ich nicht viel. Was die Leute eben so reden.«

Das passte immerhin zu dem, was Riquet sich schon gedacht hatte. »Marcel, Sie kennen den Weg zu diesem Unterstand?«, fragte er.

Marcel nickte.

»Dann sehen wir uns diesen Ort jetzt näher an. Danke für Ihre Auskünfte, Madame!«

»Dafür waren Sie mit Ihren Auskünften sehr sparsam. Aber keine Sorge, in der Regel finde ich schnell heraus, was ich wissen möchte.«

»Davon bin ich überzeugt.« Alles, was Riquet zustande brachte, war ein hässliches Haifischgrinsen. Damit verabschiedete er sich.

Der Commissaire hatte schon befürchtet, ein längerer Fußmarsch käme auf ihn zu, wenn er den Unterschlupf dieses ehemaligen Weinbauern erreichen wollte, und war angenehm überrascht, als der Dorfpolizist Marcel ihn zum Dienstwagen zurückführte und auf der anderen Flussseite auf eine Schotterstraße einbog, die in Serpentinen den Hügel hinaufführte, aber einwandfrei befahrbar war.

Es war heiß, und im Außenspiegel konnte Riquet erkennen, dass sie eine Staubspur hinter sich herzogen wie die Rennwagen bei der Rallye Paris–Dakar.

»Wie gut, dass Sie hier Allrad-Fahrzeuge haben«, sagte Riquet, der seine Arme überkreuzt auf dem Bauch abgelegt hatte. Die Klimaanlage leistete ganze Arbeit.

»Wir haben keine Allrad-Fahrzeuge und würden sie auf dieser Straße auch nicht brauchen. Da kommt sogar unser *monsieur le curé* mit seinem alten Fiat Panda hoch. Und der Panda weiß nicht einmal, wie man Allrad buchstabiert«, sagte Marcel.

»Was hat denn der Priester hier oben verloren? Ist er auch Winzer?«

»Wie kommen Sie denn auf die Idee? Nein, Père Célestin kommt hier einmal im Jahr herauf, um eine Messe zu halten.«

»Hier?«, fragte Riquet. Zwischen den Serpentinen standen Kastanienbäume, er konnte keine Spur von einer Kirche entdecken.

»Am Ende der Straße steht eine Kapelle.«

»Nur für den Priester?«

»Für den Priester und die Wallfahrer, die dem Heiligen ihre Eier zum Segnen bringen.«

»Eier«, wiederholte Riquet verständnislos.

»Die Kapelle ist dem heiligen Martin *des œufs* geweiht«, sagte Marcel.

»*Des œufs*«, echote Riquet. »Von den Eiern. Nie gehört.« Diese Dörfler hatten doch wirklich einen an der Waffel.

Marcel stellte den Wagen neben der Straße ab, und Commissaire Riquet war doch froh, die knöchelhohen Sneakers angezogen zu haben. Hier gab es bestimmt Zecken, Fuchsbandwürmer und womöglich sogar giftige Skorpione und Schlangen, gegen die ihn seine Schuhe schützen würden. Die Kappe! Jetzt fiel ihm ein, dass er das schicke braun-beige karierte Modell in seinem Wagen liegen gelassen hatte. Für den Fall, dass er von oben angegriffen wurde, war er ungeschützt und sein kahler Schädel sozusagen eine beleuchtete Landebahn für Insekten und Blutsauger. Insekten waren die Tiere, die dem Commissaire am meisten Angst machten.

Marcel führte den Ermittler einige Meter durch den Wald auf einem Weg, der erkennbar begangen, wenn auch nicht gepflegt war. Dann betraten sie freies Gelände, das Riquet schnell als ehemaligen Weinberg identifizierte. Der Boden war voller Steine. Dass an dieser Stelle einmal etwas angebaut worden war, davon zeugte nur noch ein Haufen am Boden liegender Weinreben. Das Gelände war steil, und das Schneiden der Reben und das Ernten der Trauben waren bestimmt kein Sonntagsspaziergang gewesen. Riquet blieb stehen und wischte sich mit einem großen karierten Stofftaschentuch den Schweiß von der Stirn.

»Früher, als ich klein war«, sagte Marcel, der den Commissaire beobachtete und seine Gedanken zu erraten schien, »war zur

Weinernte das ganze Dorf auf den Beinen. Alle mussten reihum mithelfen. Allein hätten die Weinbauern mit ihren Familien das nicht geschafft.«

»Hatten Sie hier denn keine Erntehelfer? Die Spanier von der anderen Seite der Pyrenäen oder die Marokkaner, Tunesier …?«

»Die konnte sich hier noch nie jemand leisten«, sagte Marcel. »Haben Sie eine Ahnung, was Erntehelfer bei der *vendange* heutzutage verdienen?«

Der Commissaire schüttelte den Kopf. Damit hatte er sich noch nie beschäftigt. Erst musste ja einmal ein Weinberg her, der vielversprechend war. »Gibt es denn einen Mindestlohn?«, fragte er.

»Einen Standardlohn. Der liegt dieses Jahr bei um die zehn Euro die Stunde. Die Schnitter bekommen etwas weniger, die Träger etwas mehr, und am meisten bekommen die, die die Körbe in die Wannen leeren. Ein Knochenjob, das kann ich Ihnen sagen. Früher mussten wir Kinder, die Alten, die noch arbeiten konnten, und die Frauen ran.«

»Und alle Leute haben diesem Kerl, diesem Vidal, geholfen, obwohl er so ein Ekel war?«

»Na ja, wir haben ihm eher wegen Mado geholfen. Sie kocht sehr gut und sie ist nett und sehr fromm.«

»Ach ja?«, bemerkte Riquet sarkastisch.

»Sie kümmert sich das ganze Jahr um die Kapelle …«

»Krault dem Heiligen die Eier, oder wie?« Riquet hatte sich den Kalauer nicht verkneifen können.

Marcel fand das nicht lustig. Er sah zum Dorf hinüber, auf die andere Flussseite. »Warum haben Sie das eigentlich zu Mado gesagt?«

»Was?«, fragte Riquet.

»Dass Sie sie verdächtigen, ihren Mann vergiftet zu haben.«

»Ach so, das. Das ist nur meine etwas unkonventionelle Verhörmethode. Wenn sie's war, bekommen wir das raus, und wenn sie's nicht war, dann war es eben ein Versuch. Eine kleine Provokation. Nichts Schlimmes. In der Liebe und in der Vernehmung ist alles erlaubt. Das können Sie sich merken, Marcel. Für Ihr ganzes Leben.«

»Mit solchen Provokationen werden Sie sich im Dorf keine Freunde machen.«

»Ich muss einen ungeklärten Todesfall aufklären, keine Freunde finden«, sagte Riquet.

»Machen Sie sich Mado nicht zur Feindin, mit ihr haben Sie gleich noch ein paar andere aus dem Dorf an der Backe.«

»So? Wen denn? Sie machen mir ja richtig Angst«, feixte Riquet.

»Arlette, die Belgierin Madame Merckx und Isa sicher auch, das ist eine deutsche Freundin, die bei ihr wohnt. Sie besitzt ein Haus auf dieser Seite des Flusses.«

»Na, na, Marcel, das hört sich ja an, als hätten wir es mit einer ganzen Frauenbande zu tun. Vielleicht haben sich ja alle vier als Giftmischerinnen betätigt und dem armen Jean Vidal das Licht ausgeblasen. Und wahrscheinlich steckt der Heilige mit dem halben Mantel und den doppelten Eiern auch noch mit ihnen unter einer Decke.« Riquet glückste vor Vergnügen.

»Da hinten ist übrigens Jeans Unterschlupf, sehen Sie?«, wechselte Marcel das Thema.

Riquet sah in die Richtung, in die Marcel deutete. Unterschlupf war das passende Wort, denn als Hütte konnte man diesen fensterlosen Verschlag aus unverputztem Betonstein wirklich nicht bezeichnen. An der Blechtür hing ein Vorhängeschloss.

»Wir hätten Mado nach dem Schlüssel fragen sollen«, sagte Marcel und ging dann zum Auto zurück, um eine Zange zu holen, mit der er das Schloss knackte.

Drinnen war es stickig warm und roch nach einem Gemisch aus Schweiß und Pestiziden, von denen kleinere Reste immer noch in Plastikkanistern lagerten. Eine schmale Pritsche stand an der Wand, maximal einen Meter achtzig lang. Alles Ess- und Trinkbare, das die Männer in den Regalen fanden, packten sie in eine Klappkiste und nahmen es mit: eine angebrochene Mineralwasserflasche, eine Packung Kekse in einer Blechdose, ein paar Scheiben Knäckebrot in einem verschließbaren Plastikbeutel. Riquet öffnete auch eine Holztruhe, die Jean Vidal entweder von einem zur See fahrenden Vorfahren geerbt oder auf dem *marché aux puces* oder bei einem der vielen *brocantes*, die ihm hier in jedem zweiten Dorf aufgefallen waren, erworben haben musste. Der Kiste entströmte ein Mief nach getragenen Arbeitskleidern, und als Riquet ein bisschen wühlte, stieß er auf Arbeitsschuhe mit Stahlkappen, Gummihandschuhe und einen grauen Arbeitskittel, den er ganz bestimmt nie anziehen würde. Aber er hatte ja auch nicht vor, selbst auf seinen zukünftigen Weinbergen zu arbeiten. Er würde ihnen nur einen Besuch abstatten, um nach dem Rechten zu sehen und die Qualität der Trauben zu prüfen. Die Hände schmutzig machen sollten sich andere. Die Erntehelfer zum Beispiel. Man würde ja sehen, ob man tatsächlich diese horrenden Löhne zahlen musste oder ob es da nicht irgendwo ein Schlupfloch gab, ein legales Schlupfloch, natürlich. Je weiter südlich man sich orientierte, desto billiger mussten die Helfer doch werden. Ganz sicher würde etwas Billigeres als die Tarif-Spanier zu finden sein, etwas, was die Festung Europa tagtäglich von Gibraltar und anderen Orten aus versuchte zu erstürmen. Und wenn Jean Vidal gedacht hatte, er sei besonders schlau, wenn er die Holzkiste zur Aufbewahrung seiner Kleider und Schuhe benutzte, so hatten ihn die Insekten und Nager doch längst überlistet.

Neben einer wahrscheinlich mit Gift gefüllten Plastikschale fand Riquet einen Haufen toter Ameisen. Bei den pinkfarbenen schlanken Körnern tippte er auf Mäusegift, konnte jedoch keinen Mauskadaver entdecken, nicht einmal einen mumifizierten. Dafür waren die Fingerkuppen der Arbeitshandschuhe mit Ausnahme von zweien abgenagt und der Boden der Truhe mit schwarzen Mäusekötteln übersät. Nachdem er alles ausgeräumt und eine Probe des Mäusegifts in eine Tüte getan hatte, warf er die Sachen zurück in die Truhe und trat an die frische Luft. Die Sonne brannte herunter, am Himmel war keine einzige Wolke zu sehen. Vom Dorf war Maschinenlärm zu hören, der nach einem Dieselaggregat klang.

»Ihr habt aber doch Strom im Dorf?«, wunderte sich Riquet.

»Der Lärm kommt nicht vom Dorf«, antwortete Marcel, »sondern von Isas Haus. Sie hat Solarstrom und eben das Aggregat.«

»Und wer lebt in dem Haus, wo sie doch bei dieser Madame Merckx wohnt.«

»Isas Mieter.«

»Franzosen?«, fragte Riquet.

»Ja.«

»Und was treiben die da unten?«

»Keine Ahnung«, sagte Marcel. »Ich kenne sie nicht.«

»Aber Sie kennen doch sonst jeden hier in der Gegend.«

Marcel zuckte mit den Achseln. »Die stammen nicht von hier, also kenne ich sie auch nicht.«

»Aha, dann packen wir jetzt also mal alles zusammen und nehmen unsere Proben mit. Und dann statten wir den unbekannten Mietern einen Besuch ab. Liegt das Haus nicht auf dem Weg zum Dorf?«

»Nein, eigentlich nicht«, antwortete Marcel.

»Aber es gibt doch eine Zufahrt zu dem Haus?«

»Ja, aber sie ist sehr schmal und führt an der Mauer entlang, die Jeans Weinberg begrenzt.« Er zeigte nach unten.

»Und da kommen wir mit dem Wagen durch?«

»Wird schon gehen«, meinte Marcel. »Wär nicht der erste Kratzer, den der Wagen abkriegt.«

Sie packten ihre Proben ein und verschlossen den Unterstand mit einem Klebeband. Vor dem Einsteigen ins Auto strich sich Riquet mehrfach über seine Glatze und überprüfte seine Waden auf Zecken und andere Blutsauger. Sie fuhren die staubigen Serpentinen wieder nach unten, bogen am Fuß des Weinbergs rechts ab und arbeiteten sich auf dem betonierten Weg vorwärts, immer an der Steinmauer entlang. Links endete die Terrasse, auf der der Weg errichtet worden war, jäh an einer Kante, von der es circa eineinhalb Meter nach unten auf eine Wiese ging. Marcel hatte den rechten Seitenspiegel eingeklappt und bewegte sich Zentimeter für Zentimeter an der Mauer entlang. Riquet beugte sich vorsichtig aus dem Seitenfenster und überwachte die Flanke. Er schwitzte.

»Um Himmels willen, Marcel, Sie werden den Wagen ruinieren. Der Panda eures Curé wäre dafür wirklich besser geeignet gewesen. Sind Sie sicher, dass wir nicht stecken bleiben?«

»Da müssen wir jetzt durch, Commissaire. Im Rückwärtsgang schaffe ich es jedenfalls nicht zurück, das werden Sie doch einsehen.«

Riquet nickte und atmete tief durch. Die Augen zu schließen war keine Option, er wollte von dem Geräusch, das er sich ausmalte, wenn der Wagen an der Mauer entlangschrappte, nicht überrascht werden.

Als sie eine Biegung bewältigt hatten, die Marcel als Schlüsselstelle ausgemacht hatte, kam ihnen ein Renault 4-Kastenwagen in einem ehemals hellen Gelb entgegen und musste quietschend bremsen. Der Fahrer, ein graubärtiger Alt-Hippie, streckte den Kopf zum Fenster hinaus, aussteigen konnte er auf seiner Seite ebenso wenig wie Commissaire Riquet, der auch schon realisiert hatte, dass der lächerliche Spalt zwischen Tür und Mauer niemals ausreichen würde, um seinen Körperumfang hindurchzuquetschen – selbst wenn er eine vollständig zerkratzte Beifahrertür in Kauf genommen hätte. Riquet gelang es nicht einmal, seinen Kopf aus dem Fenster zu strecken und dabei aufzustehen, damit der andere ihn auch sehen und hören konnte. »Sagen Sie ihm, er soll zurückfahren, sonst stehen wir morgen noch hier«, wies er Marcel an.

Der öffnete kurz die Tür, sah, dass er auf dem letzten Absatz der Terrasse, der zudem noch mit Brombeerranken bewachsen war, kaum stehen konnte, und streckte deshalb auch nur seinen Kopf aus dem Fahrerfenster. »Fahren Sie zurück, Monsieur. Ich bin Polizist, kein Velodromfahrer vom Jahrmarkt.«

Konnte gut sein, dass genau das einer der Jobs war, die der Hippie in seinem früheren Leben ausgeübt hatte, als er noch nicht Einsiedler in dieser abgelegenen Gegend gewesen war. Krachend legte er den Rückwärtsgang ein und lotste sein historisches Gefährt, das bestimmt schon einige Jahre in Weinbergen und auf Gemüsefeldern auf dem Buckel hatte, dafür aber immer noch top in Schuss war, zurück zur Hauseinfahrt. Dort gab es genügend Platz für zwei Wagen, wie Marcel und Riquet, die langsam folgten, erleichtert feststellten. Die Gültigkeit der Zulassung würden sie später prüfen, aber so, wie die Karre abzog, war sie auf jeden Fall fahrtüchtig. Der R4 war rückwärts immer noch doppelt so schnell gefahren wie Marcels Polizeiauto vorwärts.

»Er fährt die Strecke eben oft«, rechtfertigte sich Marcel, »und nimmt nicht besonders viel Rücksicht auf seinen Oldtimer.«

Der Graubärtige war inzwischen ausgestiegen und kam ihnen zu Fuß entgegen. »Passen Sie nur auf, dass Sie die letzten Meter auch noch schaffen, ohne sich die rechte Seite aufzuschlitzen oder links vom Weg abzukommen. Zurück wird's leichter«, sagte er.

»Wieso?«, fragte Marcel.

»Dann haben Sie die Mauer auf der Fahrerseite und können genau sehen, wie nahe Sie ranfahren dürfen. Wenn Sie links fünf Zentimeter Abstand halten, müsste es rechts passen«, sagte der Alt-Hippie, der sich ihnen als Monsieur Albert Iniguez vorstellte, als sie endlich in die Einfahrt fuhren.

Riquet fragte ihn, ob ihm am Freitagabend oder am Samstagmorgen etwas aufgefallen sei, ob er etwas oder jemanden auf Vidals Weinfeld gehört habe, doch Iniguez verneinte und wollte stattdessen wissen, ob denn etwas passiert sei. Natürlich gab ihm Riquet auf diese Frage keine Antwort.

Er kümmere sich nicht um die anderen, sagte Iniguez dann noch. Er kenne die Dorfleute nicht einmal. Hätte er mit ihnen etwas zu tun haben wollen, wäre er ins Dorf gezogen. Freie Wohnungen und Häuser gäbe es derzeit genügend, als Mieter habe man eine große Auswahl. Die Alten starben weg, die Jungen zogen weg, und viele der Ausländer, die hier wohnten, gingen wieder zurück in ihre Heimat, weil sie ihre Renten lieber zu Hause ausgaben oder etwa dem deutschen Gesundheitssystem mehr Vertrauen entgegenbrachten als dem französischen. Es sei eine gute Zeit und eine gute Gegend für Mieter, sagte Iniguez und drehte sich im Stehen eine Zigarette.

»Mit Weinbau haben Sie aber nichts zu tun?«, fragte Commissaire Riquet.

»Hat doch keinen Zweck hier«, antwortete Iniguez. »Zu kleine Flächen, zu steile Lagen, die Böden sind karg und schlecht zu bearbeiten. Dazu die fehlende Infrastruktur.«

»Aha«, sagte Riquet. Allmählich kam er zu dem Schluss, dass Weinanbau hier vergebliche Liebesmüh war.

»Drüben in St. Chinian wird guter Wein gemacht. Da gibt es feine Lagen, und die Erträge sind auch gut. Wollen Sie sich beruflich verändern?«

»Nein, es ist nur eine Idee von mir, für später.«

»Verstehe. Ich müsste dann langsam wieder los. Fahren Sie nur voraus, ich folge Ihnen. Dann kann ich eventuell eingreifen, wenn es Probleme gibt. Ich kenne meine Hausstrecke inzwischen. Das Rausfahren ist viel einfacher als das Reinfahren, Sie werden schon sehen.« Der Hippie klopfte Marcel aufmunternd auf die Schulter.

Marcel war so gestresst, dass er ganz vergaß, dass Isa ihn gebeten hatte, sich auf dem Grundstück umzusehen, ob dort vielleicht eine nicht heimische Pflanze angebaut wurde. Er wollte nur noch heil zurück auf die Landstraße. Isas Anliegen fiel ihm erst in dem Moment wieder ein, als er den Polizeiwagen mit dem ein oder anderen neuen Kratzer von den Brombeerranken schon auf dem Parkplatz seiner Dienststelle abgestellt hatte. Und da war es schon zu spät

Wer schenkt mir Rosen?

»Achtung, Mesdames! Wir müssen unsere Deckung verlassen. Taschenlampen ab jetzt nur noch bei Flankenschutz.«

»Flankenschutz? Was meinst du damit, Isa?«

»Jeweils eine von euch geht mit dem Rücken zur Dorfseite, die andere parallel zu ihr wie im Gleichschritt. Dazwischen die Taschenlampe, kapiert?«

»Wir bilden zwei Paare«, sprang Giselle ihr zur Seite. »Die Lampen halten wir nur zwischen uns, damit man sie vom anderen Hang aus nicht sieht.«

»Und auch von unten nicht, von meinem Haus aus.«

»Meinst du vielleicht, deine Pseudomieter haben nichts anderes zu tun, als hier heraufzuglotzen?«, fragte Arlette.

»Weiß man's? Vielleicht hängen sie gerade bekifft auf der Terrasse ab und warten auf die ersten Sternschnuppen, damit sie sich etwas wünschen dürfen.«

»Ich weiß schon, was die sich wünschen«, sagte Giselle.

»Was denn? Noch mehr Marihuana in meinem Garten?«

»Dass sie für immer dort wohnen bleiben dürfen, ohne auch nur einen Centime Miete zu zahlen.« Giselle lachte höhnisch auf.

»Ziel Nummer eins haben sie jedenfalls schon erreicht«, schaltete Mado sich ein. »Du glaubst doch nicht, dass du die jemals wieder aus deinem Haus rausbringst, es sei denn, sie gehen freiwillig. Aber sonst: keine Chance!«

Insgeheim befürchtete Isa das auch schon. »Sie sollen wenigstens Miete bezahlen«, sagte sie, »diese …«

»Schmarotzer?«, schlug Giselle vor.

»Scheißschmarotzer«, sagte Isa.

»Mesdames, darf ich euch erinnern, warum wir hier sind?«, schaltete Mado sich ein. »Ich stehe unter Mordverdacht, falls ihr das vergessen haben solltet.«

»Genau, deswegen sind wir hier«, sagte Giselle.

»Na also. Und worauf warten wir dann noch? Wir pirschen uns jetzt an. Hier ist der Schlüssel für das Schloss.«

Sie traten aus dem Schutz der Bäume auf den Weg und arbeiteten sich paarweise voran, ihre Lichtquellen mit dem Körper abdeckend, bis sie die Blechtür zu Jeans Unterstand erreicht hatten. Auf der anderen Flussseite sah man die Lichter des Dorfes, von Isas Haus war nichts zu entdecken, nicht der kleinste Lichtschimmer. Das Gebäude wurde vollkommen von den Zedern und den hohen Pappeln auf ihrem Grundstück verdeckt.

»Hier ist gar kein Schloss mehr«, sagte Mado, als sie die Tür erreichten.

»Logisch. Die beiden Schlauberger haben es aufgestemmt, nachdem sie vergessen hatten, dich nach dem Schlüssel zu fragen«, sagte Giselle. »Und nachdem du sie mehr oder weniger unsanft hinausgeworfen hattest, haben sie sich nicht getraut, noch mal zurückzukommen.«

Im Lichtkegel von Mados Taschenlampe erschien das Klebeband mit dem Aufdruck »Police«, das sie nur aus den Krimis im Fernsehen kannten.

»Und nun?«, fragte Mado.

»Na, was schon? Runter damit«, sagte Giselle. »Ganz vorsichtig, mit dem Fingernagel, damit es hinterher noch klebt.«

»Meint ihr wirklich?«, fragte Arlette. »Das ist doch bestimmt illegal.«

»Hallo? Hast du schon wieder vergessen, dass ich unter Mordverdacht stehe? Einem Unschuldigen ist jedes Mittel recht, seine Unschuld zu beweisen.« Mado pfriemelte bereits die erste Ecke des Klebebands ab. »Dieser Commissaire Riquet taucht einfach so bei mir auf, und statt mir auch nur einmal, und sei es aus reiner Konvention, sein Beileid auszusprechen, behauptet er, ich hätte meinen Mann vergiftet. Mitten ins Gesicht hat er es mir gesagt.«

»Ich habe sofort gemerkt, dass er ein Problem mit Frauen hat«, behauptete Giselle. »Er ist einer von der enttäuschten Sorte, die entweder nie verheiratet war oder verlassen wurde und das immer noch nicht verdaut hat. Glaubt mir, ich bin Spezialistin für Selbstmitleid und erkenne es sozusagen bei jedem an der Nasenspitze. Dieser Commissaire aus Béziers fällt auf jeden Fall in diese Kategorie.«

»Du hättest aber auch netter zu ihm sein können«, sagte Arlette.

»Netter? Weißt du denn, wie nett ich war? Warst du vielleicht dabei?«, regte Mado sich auf, hörte aber nicht auf, das Klebeband zu bearbeiten.

»Natürlich nicht. Aber ich kenne dich schon ziemlich lang, und wenn du jemanden nicht magst, kannst du ziemlich ungemütlich werden.«

»Er hat doch keine Ahnung, dieses Klößchen, und dann war er auch noch superempfindlich, nur weil ich ihn auf seine blöden Schuhe angesprochen hab. Er dachte wohl, wir leben im Urwald. Das ganze Haut-Languedoc ist noch immer bedeckt von dichten Kastanienwäldern, und seine Ureinwohner, also wir, sammeln in Holzschuhen Kastanien, mit rissigen Händen und schwarzen Rändern unter den Fingernägeln.«

»Na, diese Vorstellung hat er ja gleich korrigieren können, als er dich sah«, warf Isa ein.

»Er hat doch überhaupt keine Beweise«, sagte Arlette.

»Wir aber auch nicht«, sagte Giselle, »und deshalb sind wir hier. Bist du jetzt endlich mit dem Absperrband fertig, Mado?«

»Ich habe es euch doch schon erklärt: Ich mache das so vorsichtig, damit es hinterher noch klebt. Und jetzt rein in die gute Stube, und macht die Lampe erst an, wenn die Tür zu ist.«

»Können wir die Tür nicht einen Spalt auflassen?«, fragte Arlette. »Es stinkt.«

»Das wirst du wohl noch aushalten«, meinte Giselle. »Jean hat sich freiwillig hier oben aufgehalten, obwohl er es zu Hause bei Mado so schön hatte und es dort bekanntlich nicht stinkt. Es war wohl so etwas wie sein Refugium, wo er schmutzen und riechen durfte, wie er wollte.«

»Igitt«, sagte Arlette. »Was suchen wir hier überhaupt?«

»Das, was der Kommissar und der Marathonmann übersehen haben«, antwortete Isa.

»Und wenn sie gar nichts übersehen haben?«

Auf dem angestaubten Regal konnten sie dunklere Standstellen von Gegenständen erkennen, die die beiden Männer anscheinend mitgenommen hatten. Viel blieb da nicht mehr übrig. Mado öffnete die Truhe und durchsuchte ihren Inhalt. Arlette leuchtete ihr.

»Ekelhaft«, sagte sie, »lauter alte Lumpen und dazwischen Mäusescheiße.«

Giselle strich mit den Fingerspitzen an den Innenwänden der Truhe entlang.

»Was machst du da?«, fragte Arlette. »Pass auf, dass du nicht von irgendeinem Viehzeug gebissen wirst oder dir noch einen Holzsplitter einziehst.«

»Jede alte Truhe hat ein Geheimfach«, behauptete Giselle, nahm Arlette die Lampe aus der Hand und leuchtete damit in die Truhe hinein. An der Rückwand gab es eine doppelte Leiste, die aussah wie eine Verstärkung, aber als Giselle daran herumfummelte, ließ sie sich tatsächlich abheben und gab einen Hohlraum frei. Vorsichtig nahm Giselle den Inhalt des verborgenen Fachs in die Hand. Es war ein Glasfläschchen mit Bügelverschluss, zu zwei Dritteln geleert. Die verbliebene Flüssigkeit sah aus wie klarer Schnaps und roch auch so, als Giselle das Fläschchen öffnete und ihre Nase an die Öffnung hielt.

»Was ist das?«, fragte Arlette.

»Es riecht nach Trauben, aber ich glaube, es ist besser, wenn ich jetzt nichts davon probiere.«

»Du meinst, es könnte das Gift sein?« Mado starrte auf die Flasche.

»Möglich. Zumindest aber etwas, was die zwei Polizisten nicht entdeckt haben. Und darum nehmen wir es jetzt mit.«

»Und wer soll das untersuchen? Wir wissen ja noch nicht einmal, welches Gift Jean genommen hat. Und das Obduktionsergebnis werden uns die Herren Beamten kaum vorlegen«, bemerkte Isa.

»Abwarten«, sagte Giselle. »Das kriegen wir schon noch raus.« Keine von ihnen hatte eine Ahnung, wie, aber wenn Madame Merckx das sagte, dann wollten sie es einfach glauben.

Mado fummelte das Klebeband wieder an die Tür. Es sah keinesfalls perfekt aus, aber das war nicht die größte Sorge der nächtlichen Einsatzgruppe. Der Commissaire würde die Tür schon nicht nach Fingerabdrücken untersuchen, oder etwa doch? Indem sie einander wieder Flankenschutz gaben, bewegten sich die vier Frauen zurück in das Waldstück und dann auf den Schotterweg.

»Sollen wir noch zum heiligen Martin hinaufgehen?«, fragte Mado.

»Pffft!«, machte Giselle. »Um unseren Diebstahl gleich zu beichten? *Mais non*, Mado, bei allem, was recht ist! Zu meinen Einbrüchen stehe ich. Dafür brauche ich keine Absolution.«

»Außerdem ist das doch gruselig im Dunkeln.« Es war klar, dass auch Arlette etwas dagegen hatte.

»Und denkt bloß an die Wildschweine dort oben. Also ich hab schon am Tag Angst vor ihnen, denen möchte ich nicht in der Nacht begegnen.« Keine zehn Pferde würden Isa da hinaufbringen.

Drei zu eins, damit war der Antrag abgeschmettert.

»Beten funktioniert doch eigentlich rein telepathisch. Du musst also gar nicht in der Kapelle sein, um mit deinem Heiligen zu quatschen«, sagte Isa noch zur Güte.

»Du hast ja keine Ahnung, du Ungläubige. Er wohnt da oben. Er ist dort, das merken sensible Menschen wie ich. Du vielleicht nicht.«

»Schluss, wir gehen jetzt runter und nicht rauf. Ich bin doch nicht zur Nachtwanderung hier«, sprach Giselle das abschließende Machtwort.

Sie hatten Giselles Auto so gut versteckt neben der Straße zum Architektenhaus geparkt, dass sie es selbst kaum wiederfanden. Zudem sah nachts alles komplett anders aus als am Tag.

Zurück im Dorf verabschiedeten sie sich an Giselles Gartentor, hinter dem Nicotine schon winselnd und schwanzwedelnd auf ihr Frauchen wartete. Eine der Katzen machte auf der Terrassenmauer einen Buckel zur Begrüßung: Guten Morgen, Madame!

»Ihr kommt doch alle morgen zu Jeans Beerdigung in St. Julien, oder?«, vergewisserte sich Mado, bevor sie sich trennten.

»Natürlich«, sagten sie wie aus einem Mund.

»Na dann, schlaft gut.«

Arlette ging schon zu ihrem Haus hinüber, Mado hinunter zu ihrem, als Giselle in den Briefkasten griff und einen Schrei ausstieß.

»Was ist denn jetzt schon wieder?« Mado und Arlette kamen zurückgelaufen.

Vorsichtig zog Giselle etwas aus der Zeitungsrolle ihres gelb lackierten *La-poste*-Briefkastens mit dem Postillionhörnchen. Es

151

war eine weiße Rose, deren Blütenblätter sich nach innen rosa färbten. »Wer schenkt mir denn Rosen?«, fragte Giselle.

»Jetzt übertreib mal nicht, es ist ja nur eine«, antwortete Mado. »Und außerdem, ich will dich ja nicht kränken, Giselle, aber du bist nicht die einzige Bewohnerin deines Hauses.«

»Stimmt, Nicotine wohnt zum Beispiel auch hier«, meinte Arlette, »ach ja, und Isa, *la petite Allemande.*«

Giselle sah zu Isa, die stumm neben ihr stand, und reichte ihr die Rose. »*Bonne nuit*«, sagte sie, dann verschwand sie mit Nicotine im Hof.

»Du hast dir einen Verehrer angelacht, während wir einen Todesfall aufklären?«, fragte Mado. Sie klang vor allem eifersüchtig.

»Verehrer?«, sagte Isa. »Ich habe keine Ahnung, was die Rose zu bedeuten hat.«

»Duftet sie denn wenigstens?« Arlette immer mit ihrer feinen Nase.

Ja, die Rose roch wundervoll nach der Sonne des Südens, ein wenig nach Orangenblüte und einer Spur Lavendel. Isa nahm sich eine Vase aus der Küche und trug ihre Rose hinauf in ihr Zimmer. Sie hatte keine Ahnung, von wem und für wen sie war. Sicher eine Verwechslung, aber eine angenehm duftende.

Du bist einer von uns

Zwei Uhr nachmittags. Hitze lag über dem Vorplatz der Kirche wie in der Sahara, und die Trauergäste drängten sich unter den beiden Maulbeerbäumen zusammen wie Büffel an der einzigen Wasserstelle weit und breit. Eine plötzliche Windböe trieb ein Büschel trockenes Gras vor sich her über den Platz. Fehlte nur noch eine Mundharmonika, die das Lied vom Tod spielte.

Isa verfluchte Giselle, die viel zu früh nach St. Julien aufgebrochen war. Die Beerdigung würde im besten Fall in einer Dreiviertelstunde beginnen, die Kirche war noch abgeschlossen, der Pfarrer wahrscheinlich noch beim Mittagessen. Giselle hatte Isa von ihrem Strohhut mit den bunten Bändern abgeraten, ihren schwarzen trug sie selbst auf dem Kopf. Ohne Kopfbedeckung bekam Isa bestimmt gleich Kopfschmerzen. Mado stand am Eingang zur Kirche und sah mit ihrem Hütchen mit kleinem Schleier und in dem engen Kostüm hinreißend aus. Der Stoff wirkte wie Seide und war schwarz mit kleinen braunen Karos. Wo bekam sie nur immer diese Sachen her? Neben ihr standen ihre beiden Kinder, von denen Mado Isa zwar immer wieder erzählt, die sie aber ewig nicht gesehen hatte. Aus dem kleinen Yves war ein schmaler junger Mann um die fünfundzwanzig geworden, vom Typus her ganz die Mama. Aus Rebecca eine junge Frau mit rotblondem Haar und einem Gesicht voller Sommersprossen, die von ihrem Vater das Gedrungene und etwas Bodenständig-Bäuerliche geerbt hatte, das ihr aber gar nicht schlecht stand. Sie strahlte etwas Kraftvolles, Zupackendes aus. Ein Energiebündel wie ihr Vater, aber hoffentlich im Alltag ein bisschen besser gelaunt und kommunikativer.

Isa zählte die Gäste durch und dachte schon, sie seien vollzählig. Giselle, Arlette, die Holländer aus dem Dorf, an deren Namen sie sich gerade nicht erinnern konnte – Griet und Jan? –, dann Jamie und sein Vater, der gerade zu Besuch war, und noch ein paar alte Leute, deren Namen ihr Giselle zuflüsterte. Isa wusste, dass sie sie bestimmt nicht alle behalten würde.

Es schien, als warteten alle nur noch auf den Pfarrer, Père Célestin. Der Mann hatte den passenden Namen zu seinem Job, Célestin, der Himmlische. Sobald er da wäre, würde die Zeremonie beginnen, dachte auch Isa, aber sie täuschte sich. Sie hatte Jeans Beliebtheit oder vielmehr seine Position im Dorf und in der Gemeinde unterschätzt. Plötzlich waren die Geräusche von Autos zu vernehmen, die die Straße heraufkamen, Stoßstange an Stoßstange, wie zum Ferienbeginn. In ihnen ganze Trauben von Menschen, Frauen wie Männer. Der Parkplatz vor dem Friedhof reichte für die Zahl der Wagen nicht aus, und so säumten sie die Dorfstraße wie Ameisen. Nach dem Aussteigen formierten sich die Gäste zu festen Gruppen und ordneten sich nach einem Plan, den jeder zu kennen schien. Die Gruppen bestanden aus je drei Personen, von denen die mittlere ein Blumenbouquet trug, um das ein Stoffband in den Nationalfarben Blau, Weiß und Rot geschlungen war. Auf dem Band der ersten Gruppe von Männern stand in Goldschrift: »Association la Gaule du Caroux«.

»*La Gaule?*«, flüsterte Isa.

Giselle holte mit dem Arm aus, als würde sie eine Angelschnur weit hinaus auf den Kirchenvorplatz werfen. »Fischer und Jäger«, sagte sie erklärend.

Der nächste Vereinsname war zu lang für das Band gewesen und wurde deshalb abgekürzt. »Ass. cult. et apic. biol. de l'Hérault«.

»*Association culture et apiculture biologique*«, flüsterte Giselle. »Biologischer Landbau und Bienenzucht. Aus der Zeit, als Jean noch Bienen hatte.«

Dann kam die *Association des sapeurs pompiers* in ihren Feuerwehruniformen, dahinter die *Anciens combattants et victimes de guerre*, von der selbst Giselle nicht wusste, warum sie Blumen gebracht hatten. Jean hatte weder zu den »Alten Kämpfern« noch zu den »Opfern des Krieges« gehört, aber vielleicht sein Vater oder Großvater. Die *Association Œnologie* war wieder selbsterklärend. *Gastronomie, produits du terroir.* Wein, lokale Produkte, ja, das war Jeans Welt gewesen. Als die *Association pétanque cheminote* an ihr vorbeischritt, erklärte Giselle Isa, dass es sich bei ihr um einen Verein von Boulespielern handelte, genauer gesagt: von Boule spielenden Eisenbahnern. Seltsamerweise war Jean jedoch nie bei den Spielern auf dem ehemaligen Bahnhof von Ormais, der schon lang keine Gleise mehr hatte, gesehen worden. Und von seiner Vergangenheit bei den SNCF wusste auch niemand etwas. Am meisten überrascht war Isa von der letzten Gruppe, die nur aus Frauen bestand. Eigentlich nicht verwunderlich, denn die Männer waren entweder schon in der Gruppe der Feuerwehr, der Jäger, der Önologen oder der Boulespieler dabei gewesen. »Association les amis de Saint Martin des Œufs«, stand auf dem Band in kleiner Schrift. Das Bouquet sah selbst gesteckt aus.

»Die Freunde des heiligen Martin von den Eiern sind natürlich nur wegen Mado da«, sagte Giselle leise. »Jean war in dem Club ja höchstens eine Karteileiche.«

Die allergrößte Überraschung erlebten die Anwesenden aber, als das vorerst letzte Auto auf dem Kirchenvorplatz von St. Julien eintraf. Es war der weiße Renault mit blauen Seitenstreifen und Blaulichtbalken der *police municipale* auf dem Dach. Alle drehten die Köpfe und reckten ihre Hälse. Es waren schon die ersten Gerüchte im Umlauf, dass Jean möglicherweise keines natürlichen Todes gestorben war, aber niemand wusste, was an dem Getuschel wirklich dran war.

Marcel, der am Steuer saß, reihte sich nicht in die Parkschlange am Rand der Dorfstraße ein, sondern blieb in der zweiten Reihe und mit so viel Platz zu den Fahrzeugen am rechten Fahrbahnrand stehen, dass Commissaire Riquet noch bequem aussteigen konnte. Riquet war der einzige Anwesende, der nicht Schwarz, Braun oder Dunkelblau trug, sondern eine helle Leinenhose mit Bügelfalten und dazu cognacbraune Slipper. Marcel hatte wie immer die dunkelblaue Leger-Uniform der *police municipale* an: Hose mit aufgesetzten Seitentaschen, Poloshirt mit weißen Bruststreifen und eine blaue Kappe, die er beim Aussteigen abgenommen hatte und nun zwischen den Fingern knetete. Riquet stellte sich breitbeinig an den Rand des Platzes, und die Wartenden machten ihm Platz, indem sie zur Seite wichen. Als sei er der lang erwartete Revolverheld, der endlich zum Duell erscheint, dachten Giselle und Isa und sahen sich an. Was wollten die hier? Das ging jetzt aber wirklich zu weit.

Mado begann vor Ärger erneut krebsrot anzulaufen. Riquet war ihr erklärter Feind, seit sie ihn wegen seiner Sneakers angemacht und er sie als Mörderin verdächtigt hatte. Sie rührte sich nicht vom Fleck und wartete weiterhin auf die Ankunft des Priesters. Wer sich allerdings in Bewegung setzte, und zwar nicht gerade zaghaft, sondern sehr energisch und entschlossen, war Mados Tochter Rebecca. Wie ein Stier ging sie auf die beiden *policiers* los und blieb erst vor dem Commissaire in seiner eleganten Leinenhose stehen.

»Was tun Sie hier?«, fragte sie grußlos, und alle Anwesenden waren Zeugen, denn sie sprach sehr laut und sehr deutlich.

»Nur meine Pflicht, Mademoiselle«, sagte der Commissaire und deutete eine Verbeugung an.

»Es ist also Ihre Pflicht, meine Mutter zu beleidigen?«, zischte die junge Frau.

»Keineswegs«, antwortete Riquet.

»Die Familie möchte nicht, dass Sie am Begräbnis meines Vaters teilnehmen«, teilte sie ihm mit. »Lassen Sie uns in Frieden von ihm Abschied nehmen und tun Sie anderswo Ihre Pflicht. Dies ist eine Feier im engsten Familienkreis.«

Der Commissaire ließ seinen Blick über den Platz schweifen, der voller Menschen war, die unmöglich zum engsten Kreis des Toten und schon gar nicht zu seiner Familie gehören konnten. Er entschied sich dennoch für eine Strategie der Deeskalation und kam der Aufforderung von Mados Tochter nach. Sein weißes Hemd hatte bereits hässliche Schweißflecke unter den Achseln, es war unerträglich heiß hier oben in der Mittagszeit. »Wie Sie wünschen, Mademoiselle«, gab er klein bei.

Schau an, aus dieser jungen Frau kann aber noch was werden, dachte Isa, sie ist ja höchstens dreiundzwanzig.

Marcel, der seine Mütze mittlerweile zu einem Knäuel zusammengedrückt hatte, wendete sich ab und machte den ersten Schritt Richtung Auto.

»Du«, sprach Rebecca ihn hinter seinem Rücken an, und er zuckte zusammen, »du darfst gern bleiben. Du bist einer von uns.«

Marcel drehte sich um und starrte sie an.

»Wir möchten sogar, dass du bleibst«, fügte Rebecca hinzu und griff nach seinem Arm. Er ließ es willenlos geschehen, und sie hakte sich bei ihm unter und ging mit ihm zurück zu ihrer Mutter und ihrem Bruder. Kurz davor machte Marcel sich von ihr los und reihte sich seitlich in die Schlange der Wartenden ein. Er sah sich nach dem Commissaire um. Als sich ihre Blicke trafen, hatte Riquet wegen der Sonne und der unvorhergesehenen Wendung der Situation die Augen zusammengekniffen und machte eine Kopfbewegung Richtung Wagen. Marcel hatte den Schlüssel stecken lassen.

Endlich öffnete sich das Kirchenportal, und Père Célestin trat aus der Kirche. Er begrüßte Mado und die Kinder und bat sie hinein. Sie nahmen in der ersten Reihe Platz, in unmittelbarer Nähe zum Sarg aus Eichenholz, in dem Jean ruhte. Auch Isa setzte sich neben die Witwe in die vorderste Bank. Sie konnte nichts dagegen machen, aber wenn sie zu dem Sarg hinsah, sah sie Jean im grauen Unterhemd, mit nackten, sonnengebräunten Schultern und Armen und einem Büschel grauer Brusthaare, das aus dem Ausschnitt hervorsah, darin liegen.

Während alle ihre Plätze einnahmen und sich die Kirche all- mählich füllte, entdeckte Isa zwei weitere alte Bekannte unter den Trauergästen: den scheuen Frédéric aus dem Dorf, der sie im Auto mitgenommen hatte und ihr jetzt trotz des traurigen Anlasses ein schüchternes Lächeln herüberschickte, und ihren Freund Luis, den verlassenen Ehemann und Mehrfachvater, der sich bei schönem Wetter mit seiner Nachbarin Véronique im Garten tröstete. Seine Anwesenheit überraschte Isa. Vielleicht hatte er Jean ja doch näher gekannt. Oder Mado. Sie hing diesen Gedanken noch nach, als Père Célestin mit der Totenmesse begann und ihre Aufmerksamkeit auf sich zog.

Marcel hatte sich in die Bank zu den Bienenzüchtern gesetzt und wusste immer noch nicht recht, wie ihm geschah. Rebecca, die kleine Becky, hatte seinen Arm genommen, und er hätte sie fast nicht wiedererkannt. Sie waren zusammen zur Schule gegan- gen, bis sie ins Internat gewechselt hatte. Die etwas pummelige Becky mit dem roten Haar, das sie gern zu einem dicken Zopf geflochten trug, und er, der spindeldürre, schüchterne Junge, der zu diesem Zeitpunkt weder das Laufen noch sonst etwas Besonderes für sich entdeckt hatte, waren Freunde gewesen. Als sie mit vierzehn ins Internat nach Montpellier ging, waren sie beide ziemlich traurig gewesen, aber Becky hatte sich dem Wunsch ihrer Eltern nicht widersetzt. Vielleicht war es sogar ihr eigener Wunsch gewesen, in die Stadt zu gehen, weg vom Land. Marcel konnte sich nicht mehr erinnern, wie er sich damals genau gefühlt hatte, wahrscheinlich hatte er es hingenommen wie alles andere auch, was ihm widerfahren war. Nie wäre er auf die Idee gekommen, dass er sein Schicksal selbst beeinflussen könnte. Becky hatte ihm aus Montpellier Briefe geschrieben, das fiel ihm jetzt wieder ein, als er in seiner Kirchenbank saß, den Blick auf die vorderste Reihe gerichtet, in der Rebeccas rotes Haar wie ein Feuer in dem Schwarz der Jacken, Jacketts, Boleros und Schultertücher loderte.

Er hatte ihr nie geantwortet. Wieso, hätte er nicht erklären können. Anfangs wollte er ihr schon schreiben, dachte tagelang darüber nach, was er schreiben konnte und wie, aber dann zerriss er alle Entwürfe in kleine Stückchen, die er zum Angeln an den Fluss mitnahm und dort ins Wasser warf. Beckys Briefe blieben unbeantwortet, aber eine Zeit lang schrieb sie trotzdem weiter. Er las all ihre Briefe, und es tat ihm leid, dass es sie so offensichtlich traurig machte, dass sie ohne Antwort blieben. Sie berichtete ihm von alten Nonnen und jungen Lehrerinnen, die sie unterrichteten, von Freundinnen, die sie fand, und solchen, die sie wieder verlor, von guten und nicht so guten Noten, vom Nähunterricht, den sie hasste, und von einem Theaterstück, in dem sie wegen ihres roten Haars eine Hexe spielen musste. Irgendwann machte es sie wütend, dass er stumm blieb wie ein Fisch, erst machte sie ihm Vorwürfe, dann hörte sie auf, ihm zu schreiben.

Das alles war ihm nun wieder eingefallen. Ein Teilchen legte sich zum nächsten, und die Erinnerungen, die so lange vergraben waren, fanden wieder zusammen und ergaben ein Bild. Ihre Anwesenheit fühlte sich gut und vertraut an, und sein Arm brannte immer noch an der Stelle, wo sie ihn berührt hatte. Becky war wieder da. Sie war eine Frau geworden, und sie hatte ihn eingeladen zu bleiben. Plötzlich dachte Marcel an Jean, der dort vorne stocksteif in seinem Eichensarg lag, und war ihm dankbar. Nicht dafür, dass er gestorben war, sondern dafür, dass er der Anlass war, der ihm Becky zurückgebracht hatte. Bei dem Gedanken bekam

Marcel rote Ohren und hoffte, sie würde sich nicht gerade jetzt zu ihm umdrehen. Sein Hoffen wurde erhört.

Dann erinnerte er sich wieder an das Amt, das er bekleidete. Schließlich war er so etwas wie Riquets Vertretung, weil Rebecca den Commissaire aktuell daran gehindert hatte, seine Ermittlungen während des Begräbnisses fortzusetzen. Die Beerdigung eines Menschen, der möglicherweise nicht von selbst gestorben war, war natürlich eine interessante Sache. So wie ein Brandstifter häufig wieder am Ort seines Verbrechens auftauchte, um sich sein Werk der Zerstörung mit eigenen Augen anzusehen, so war eine Beerdigung des Opfers ein bedeutsamer Ort für einen Täter. Hier sah er sein Werk vollendet, wurde mit dem unwiderruflichen Resultat seiner Handlungen oder seiner im Affekt begangenen Untat konfrontiert. Marcel durfte sich durch seine plötzlichen romantischen Gefühle nicht blenden lassen, und er durfte die Augen nicht von den anderen Trauergästen wenden, wenn sie später am Grab Mado und ihren Kindern kondolierten. Er musste genau aufpassen, wenn sie danach ihre Blumen oder eine Handvoll Erde ins offene Grab warfen. Er würde sie alle beobachten und dem Commissaire Bericht erstatten.

Das war doch nicht auszuhalten, selbst wenn man tot war

Als Kind hatte Isa Todesfälle kaum ertragen können. Da war ein Mensch gestorben und wurde in eine Holzkiste gelegt, die dann in einem Wagen mit schwarzen Vorhängen weggefahren wurde. Auf dem Friedhof buddelten zwei Männer ein tiefes Loch, in dem sie aufrecht stehen konnten. Sie waren immer zu zweit, nie zu dritt oder zu viert. Die Arbeit war anstrengend, und zwischendurch mussten sie sich immer wieder ausruhen. Wenn es regnete, legten sie eine Plane über das Loch, damit es nicht mit Wasser volllief, sonst wären sie beim anschließenden Graben ertrunken, und war das Loch endlich tief genug, kam der Pfarrer in einem weißen Kleid, unter dem er noch ein zweites Kleid, diesmal ein schwarzes, trug. Der Pfarrer brachte sechs weitere Männer mit, die die Holzkiste dann zu dem Loch schleppten, sie aber nicht einfach hineinplumpsen ließen, sonst wäre sie ja kaputtgegangen, und das Durcheinander hätte in dem Loch nicht gut ausgesehen, das die beiden Männer doch so schön ausgehoben und leer geräumt und dessen Lehmwände sie glatt gestrichen hatten. Also wurde die Kiste auf zwei Bretter über dem Loch gestellt. Daneben lagen schon drei Bänder aus einem Stoff bereit, der auch großes Gewicht aushielt. Sie verliefen von rechts nach links hinunter in die Grube, unten am Boden entlang und auf der anderen Seite wieder hinauf. Dann wurden die Bretter entfernt, und die Kiste, auf der ein Kreuz und ein kleiner Teppich aus Blumen lagen, den jemand eng zusammengesteckt hatte, damit er ohne Vase nicht auseinanderfiel, hing wackelig in den Stoffbändern. Die Gesichter der Männer, die die Enden der Bänder hielten, verzerrten sich. Die Arbeit schien ihnen nicht besonders zu gefallen, wahrscheinlich wollten sie deshalb die Kiste nun ganz schnell loswerden und ließen sie auf ihren Bändern in das Loch hinunter. Genau in diesem Moment fingen die Menschen, die um das Loch herumstanden, normalerweise an zu weinen. Der Pfarrer sagte etwas und tauchte dann eine kleine Bürste in ein Schälchen mit geweihtem Wasser. Es tropfte, als er

sie wieder herauszog, dann spritzte er das Wasser aus der Bürste
über das Loch und goss damit den Blumenteppich, der bereits
unten auf der Kiste lag. Bis dahin war alles noch zu ertragen, doch
dann hörten die Menschen plötzlich auf zu weinen, schüttelten
sich die Hände und gingen einer nach dem anderen an den Rand
des Lochs, wo sie mit einer kleinen Schaufel Erde aus einem
Kübel schaufelten und diese auf die Kiste und das Kreuz und den
Blumenteppich warfen. Platsch, landeten die Erdbrocken unten
auf dem Sarg. Es folgte immer mehr Erde, bis alles hässlich aussah
und unter der nassen Erde aus dem Kübel begraben war. Deshalb
nannte man es wohl ein Begräbnis oder eine Beerdigung, wegen
der Erde. Früher hatte Isa gedacht, sie würde das nie wollen, dass
vielleicht einmal jemand Erde auf die Kiste warf, in der sie lag.
Unter der Erde musste es doch schrecklich kalt sein, und auf
jeden Fall schwitzte sie lieber, als dass sie fror. Und noch dazu
dieses schreckliche Geräusch: platsch, platsch! Das war doch nicht
auszuhalten, selbst wenn man tot war.

Isa konnte sich auch dieses Mal nicht überwinden. Sie gab Mado
und ihren Kindern die Hand, dann trat sie zur Seite, ohne einen
letzten Blick auf den hinabgelassenen Sarg zu werfen. Sie hoffte,
Jeans Seele sei schon längst woanders, irgendwo, wo es wärmer
war als in der Grube. Sie ließ ihren Blick über die Steinwüste des
Friedhofs schweifen. Franzosen hielten nicht viel von permanen-
ter Grabpflege und aufwendiger Bepflanzung. Die Wege waren
gekiest, die Gräber mit Steinplatten abgedeckt, auf denen sich
maximal ein Blumenstock mit gelben oder weißen Chrysanthemen
oder ein Strauß mit den gleichen Blumen in einer Vase befand.
Ein Stück entfernt sah sie den Kommissar in seiner hellen Hose
an einem fremden Grab stehen und aus gebührender Entfernung
zu ihnen hinübersehen. Luis entdeckte sie in der letzten Reihe
der Trauernden. Er trug eine Schultertasche aus gewebtem Stoff,
die selbst gemacht aussah. Wieso hatte er die bei einer Beerdigung
dabei? Jetzt fiel ihr auch Laurent auf, der mit Jean am Tag vor
seinem Tod auf die Jagd gegangen war. Er trug seinen linken
abgewinkelten Arm in einer Schlinge und sah zerknirscht aus. So
als habe er nicht sich selbst auf der Jagd in die Schulter geschossen,
sondern versehentlich Jean getötet, genau so sah er aus. Er reihte

sich in die Schlange der Kondolierenden ein und gab Mado, Yves und Rebecca die Hand. Sein rechter Arm war ja einwandfrei beweglich.

Während Isa ihre Beobachtungen anstellte, wurde sie wiederum von einem sehr dunklen Augenpaar beobachtet. Es gehörte Frédéric, der sie schon beim Eintreten in die Kirche so seltsam angesehen hatte. Warum starrte er sie denn so an? Oder meinte er jemand anderen? Isa blickte sich um, entdeckte aber niemanden, dem sein Blick sonst gelten konnte.

Marcel hatte alles ganz genau beobachtet. Laurent war zu spät zur Messe erschienen und dann zum Friedhof nachgekommen. Sein Vater hatte ihn gefahren, denn mit seiner operierten Schulter durfte er sich noch nicht hinter das Steuer setzen. Das hätte er sich auch nicht getraut, denn er wusste, dass Marcel ihn wegen des abgelaufenen Jagdscheins sowieso schon auf dem Kieker hatte. Marcel hatte sein Eintreffen verfolgt, hatte gesehen, wie er auf Mado zugegangen war, um ihr sein Beileid auszusprechen, und wie Laurent dann mit einem Mal wie angewurzelt stehen geblieben war.

Und Marcel kannte auch den Grund dafür. Er hieß Rebecca, das war ihm sofort klar. Plötzlich erinnerte sich Marcel, dass Becky später, mit siebzehn, achtzehn, mindestens einen Sommer lang mit Laurent zusammen gewesen war. Und jetzt hatte Laurent sie wiedergesehen, und wie es schien, fand er genau wie Marcel, dass die pummelige Becky von einst sich in eine attraktive junge Frau verwandelt hatte. Rebecca war eine Schönheit, das wurde ihm auch jetzt wieder bewusst, als er sie, quasi mit Laurents Augen, betrachtete. Etwas ballte sich in ihm zusammen. Er hatte dieses süße Gefühl gekostet, an ihrem Arm über den Kirchenvorplatz zu gehen. Er hatte ihre Blicke gespürt, ihre Worte gehört, er sei einer der ihren und solle deshalb bleiben. Trotz all der unbeantworteten Briefe. Und jetzt war da dieser schmierige Laurent mit seinem gierigen Blick.

Marcel spürte, dass er an einem Wendepunkt stand, der so unvermutet vor ihm aufgetaucht war, dass er mit seinen Gefühlen nicht hinterherkam. Aber er fühlte doch, dass es wichtig sein würde, was er jetzt tat, wofür er sich entschied. Er hatte seine Becky wiedergefunden. Sie hatte seinen Arm genommen, obwohl er ihr nie geschrieben und sich ihr nie erklärt hatte. Sie hatte nichts von ihm verlangt. Plötzlich hatte sie vor ihm gestanden, und ihre Schönheit hatte ihn fast umgehauen. Er wusste, dass das der entscheidende Punkt war. Wenn er sie jetzt losließ und lautlos wieder verschwand, würde er nie wieder eine Chance bei ihr bekommen, denn das jetzt war seine zweite und zugleich seine letzte. Und die würde er sich von diesem hirnlosen Basketballspieler und Möchtegernjäger nicht vermasseln lassen. Nein, dieses Mal würde er kämpfen. Er wusste zwar noch nicht, wie und womit, aber er war fest entschlossen. Also arbeitete er sich zu Laurent vor.

Marcel baute sich vor Laurent auf, aber da er nichts sagte, schaute Laurent an ihm vorbei zu dem offenen Grab, an dem Becky mit ihrer Mutter und ihrem Bruder stand und die Beileidsbezeugungen der Freunde und Nachbarn entgegennahm. Marcel stand mit dem Rücken zu ihnen, und Laurent verrenkte sich den Hals, um an ihm vorbei Becky eindeutige Blicke zuzuwerfen.

Kurz entschlossen griff Marcel zu einer etwas kopflosen, aber doch wirkungsvollen Methode und packte Laurent an seiner wunden Stelle, sprich, am linken Ellbogen, und verdrehte ihn kaum merklich, aber so, dass ihm der Schmerz in die lädierte Schulter fahren musste. Marcel rechtfertigte sein Vorgehen vor sich als pure Notwehr.

Laurent schrie auf und wäre schon fast auf Marcel losgegangen, erinnerte sich aber anscheinend noch an dessen Amt und Funktion und daran, dass er wegen des Jagdscheins auf Marcels Wohlwollen angewiesen war. Nachdem sich sein schmerzverzerrtes Gesicht wieder etwas entspannt hatte, sah er Marcel an. *What the fuck ...?*, formten seine Lippen lautlos.

Marcel verstand ihn genau, gab aber keine Antwort. Er machte sich los und schob sich in der Schlange der Kondolierenden nach vorne, um Becky sozusagen als ihr Bodyguard gegen die Blicke seines Rivalen abzuschirmen. Sicher kein durchschlagendes Allheilmittel für alle Lebenslagen, aber etwas Besseres fiel ihm nicht ein, und er war an einem Punkt, an dem ihm jedes Mittel recht war. Für den Moment ging es nur darum zu handeln, irgendetwas zu tun. Hätte er untätig zusehen müssen, was geschah, wäre er geplatzt.

Und entweder hatte Laurent Marcels primitive Rivalensprache tatsächlich verstanden, oder die Schulter tat ihm zu weh, jedenfalls flüsterte er seinem Vater etwas zu und verließ dann mit ihm zusammen den Friedhof. Es war das erste Mal, dass Marcel sich erfolgreich gegen einen Nebenbuhler zur Wehr gesetzt hatte, und es fühlte sich grandios an. Er war der Platzhirsch, zumindest heute. Im Geiste bedankte er sich dafür auch bei Jean, denn ohne Jean oder Jeans Ableben wäre ihm das alles nie passiert.

Der Leichenschmaus, *le repas d'enterrement*, fand im Nachbarort Poujol statt, im Restaurant »Grands pins«, dessen Terrasse zwei mächtige Schirmpinien beschatteten, daher der Name. Es würde ein einfaches, bodenständiges Menü werden, das dem Anlass entsprach und Mados Geldbeutel schonte. Sie hatte noch immer keinen vollständigen Überblick über ihre finanzielle Situation gewonnen und hielt es für ratsam, erst einmal umsichtig und sparsam hauszuhalten. Zudem wäre Prahlerei bei einer Beerdigung nicht angebracht gewesen, wie Giselle bemerkt hatte.

Es würde Lauchsuppe, Truthahnbrust mit Gemüse und einem Stück Kartoffelgratin geben und als Dessert ein *feuilleté tiède aux pommes*, hinter dem sich ein mit Äpfeln gefülltes und lauwarm serviertes Blätterteiggebäck verbarg, dazu Kaffee. Isa saß zwischen Giselle und Arlette eingeklemmt am Tisch und konnte nur aus der Entfernung beobachten, wie Luis sich an Mado heranpirschte, als sie aus der Küche zurückkam, wo sie Albert, dem Restaurantchef, das Zeichen gegeben hatte, dass die Suppe serviert werden konnte. Luis redete auf Mado ein, sie nickte und lächelte ihn freundlich an. Doch noch ehe Isa aufstehen und Luis begrüßen konnte, hatte er sich auch schon wieder verabschiedet.

Als Isa Mado fragte, was Luis denn gewollt habe und warum er überhaupt mit ins Lokal gekommen sei, erzählte sie, er habe angeboten, ihr ein Stück Land oben in den Bergen abzukaufen. Sie hatte nicht einmal gewusst, dass es ihr gehörte, weil Jean ihr nie zuvor etwas davon erzählt hatte. Für den Fall, dass sie Geld brauche, und weil sie wahrscheinlich nichts mit dem Land dort oben anfangen könne, hatte Luis gesagt. Das fand Mado sehr nett, aber Isa kam das Angebot merkwürdig vor. Hatte er ihr auf dem Flohmarkt nicht erzählt, er plane, sein Haus und seine anderen Grundstücke zu verkaufen?

Du weißt, ich muss davon!

Er wäre gern noch etwas geblieben. Der Abschied von seinem Dörfchen fiel ihm schwer. Die Sonne stand hoch am Himmel, in den Gärten hingen die Tomatenstauden voller Früchte, eine besonders große Frucht musste bald geerntet werden, sonst würde der Ast, an dem sie hing, abknicken.

Idiot, schalt er sich, musst du jetzt auf die Tomaten starren, statt nach deiner Frau und den Kindern zu sehen. Yves und Rebecca sind doch erst gestern angekommen. Es blieb ihm nur noch wenig Zeit. Plötzlich ging alles so schnell. Auf der Brücke hatte er ewig herumgelegen, bis endlich Hilfe gekommen war. Zu spät. Dann hatten sie ihn ins Haus transportiert, das von da an tagsüber dunkel geblieben war. Trotzdem hatte er mitbekommen, dass die Dorfladys sich an seinen Schnapsvorräten bedient hatten und seine Frau ihnen sogar Wein aus seinem heiligen Keller angeboten hatte. Zum Glück trank die Belgierin keinen, also hatten die anderen auch abgelehnt, und der Wein war dieses Mal noch verschont geblieben.

Gedanken, Erinnerungen, lauter Kleinigkeiten fielen ihm ein, nichts wirklich Wichtiges, aber er konnte seine Gedanken einfach nicht abstellen. Jetzt war er schon weg vom Dorf. Wenn er sich umgedreht hätte, hätte er es noch einmal aus der Ferne sehen können, aber er blickte nach vorn, wo jetzt sein Weinberg auftauchte. Oder das, was von seinem Weinberg noch übrig war. Gott sei Dank wurde das Tempo, mit dem er unterwegs war, nun langsamer. Es war, als zöge jemand an einer Leine, an der er wie ein Papierdrachen hing. Der Drachenlenker hatte ihn relativ schnell aus dem Dorf weggezogen, ließ ihm jetzt aber Zeit zum Verschnaufen, was Jean sehr recht war. Er wollte sich seinen Weinberg gern noch einmal vorstellen, wie er damals gewesen war, als er ihn noch bebaut und gepflegt hatte, als er noch die Trauben geerntet hatte. Was waren das für schöne Zeiten gewesen! Alle waren sie zur Weinlese gekommen, und Mado hatte für sie alle gekocht. Sie hatte ihnen *quiche* und *tarte aux pommes* hinaufgebracht, ach, war das nicht eine wunderbare Zeit gewesen? Die Kinder noch so klein.

Doch schon wurde er weitergezogen, und es ging noch höher hinauf. Die Kapelle da unten, der heilige Martin von den Eiern. Jean driftete langsam darauf zu, bis er in der Luft innehielt. Was hatte dieser Stopp zu bedeuten? Sollte er sich die Zeit nehmen, um etwas zu bereuen? Vielleicht, dass er nicht gewollt hatte, dass seine Frau Blumen aus seinem Garten hier heraufbrachte? Dass sie darüber immer wieder in Streit geraten waren? Aber er hatte es doch nie böse gemeint und die Blumen letztlich für sie beziehungsweise für den Heiligen selbst ausgesät und gegossen. Außerdem hatte sie sich doch sowieso meistens gegen ihn durchgesetzt, auch wenn es nach außen vielleicht anders ausgesehen hatte.

»Jaja, du hast viel gepoltert im Leben«, hörte er jetzt ganz deutlich eine Stimme. »Aber das war nicht das Schlimmste, Jean-Baptiste Vidal.«

Obwohl er seinen Körper, der dort unten, auf dem Friedhof von St. Julien, gerade begraben worden war, schon verlassen hatte, spürte er doch, wie eine Gänsehaut ihn erschauern ließ. Der reinste Phantomschmerz.

Er wusste, wer da mit ihm sprach. Saint Martin, der Erste aus der anderen Welt, der unter ihnen wohnte und sich von seiner Frau mit Blumen versorgen ließ.

»Ja, ich weiß«, flüsterte Jean. »Richtig gläubig war ich nie, und nur ganz selten habe ich mich in eine Kirche verlaufen.«

»Das ist nicht schlimm«, antwortete der Heilige. »Für wie kleinlich hältst du uns? Wir sind immer da, besonders für die, die nicht glauben. Diese Menschen sind für uns die wichtigsten. Lieber eine verlorene Seele zurückgewinnen als tausend, die aus reiner Bequemlichkeit, aus Angst oder Feigheit glauben.«

Jean witterte Morgenluft. Er freute sich zu hören, dass es bei den Heiligen also doch gar nicht so streng zuging.

»Aber was ist dann das Schlimmste?«, flüsterte er. Er spürte, dass er nicht mehr viel Zeit hatte. Seine Seele wollte weiter hinauf und das Tal hinter sich lassen, in dem er geboren worden und aufgewachsen war. Sein ganzes Leben hatte er hier verbracht und sich nie fortgewünscht. Doch jetzt drängte seine Seele: »Auf geht's, wir müssen weiter. Halte dich nicht mit Lappalien oder dem Lindenholzheiligen mit seinen paar Eiern auf. Der will dir nur noch ein paar Ratschläge mit auf den Weg geben, und hast du vielleicht sonst je im Leben auf die Ratschläge anderer gehört? Verboten hast du sie dir, und zwar vehement. Was ist eigentlich auf einmal mit dir los, Läuterung oder was?«

»Ich weiß es doch selbst nicht«, sagte oder dachte Jean, so genau wusste er es nicht. »Man verändert sich halt, wenn man alt wird. Sogar ich. Und erst recht, wenn man tot ist.« Und zum Heiligen, der ihm immer noch eine Antwort schuldig war, sagte er: »Eigentlich habe ich ja immer gedacht, dass ich richtig alt werde.«

»Ich weiß«, antwortete der Heilige. »Das dachte ich auch. In deiner Familie sind die Menschen alle erst im hohen Alter gestorben. Ein Opa mit vierundneunzig und ein Onkel mit neunundachtzig Jahren, stimmt's? Jetzt kann ich es dir ja sagen, der Plan war eigentlich, dass du fünfundachtzig werden solltest.«

»Und warum nicht über neunzig wie mein Opa?«, fragte Jean, obwohl er wusste, dass das jetzt schäbig klang und seine Fragerei außerdem komplett sinnlos war.

»Das hast du dir selbst zuzuschreiben, Jean. Wärst du mal nicht so jähzornig durchs Leben getrampelt, dann hätte das vielleicht anders ausgesehen. Und boshaft konntest du sein, tststs! Du weißt genau, was deine Frau und die Kinder mit dir und deinen Launen mitgemacht haben. Und ein paar andere Menschen auch noch. So etwas kann nicht gut ausgehen.«

Jetzt wurde Jean noch pedantischer. »Und wieso ist mein Onkel Alphonse dann neunundachtzig geworden, wo er doch das größte Ekel der Familie war?«

»Für ihn war das Altwerden eine Strafe. Deshalb.«

»So kleinlich seid ihr?«, fragte Jean.

»Wir haben unsere Prinzipien«, antwortete der heilige Martin. »Also, im Prinzip jedenfalls.«

Jean fiel seine Frage von vorhin wieder ein, die immer noch unbeantwortet war. »Du wolltest mir noch sagen, was das Schlimmste war, das ich im Leben angestellt habe.«

»Du warst ein Tyrann, Jean. Du hast Mado, dein Weib, das dir treu ergeben war …«

»War sie das denn wirklich immer?« Der Zweifel hatte viele Jahre lang an Jeans Herz genagt.

»Sagen wir, fast immer, aber das spielt hier keine Rolle, Jean. Denn nur, wer frei von Schuld ist, der werfe den ersten Stein, du erinnerst dich?« Der Heilige war im Bilde. »Mado war dir also ganz überwiegend treu gewesen, sie hat für dich gesorgt, hat dir manch leiblichen Genuss beschert, und das nicht nur auf dem Teller und im Glas, stimmt es nicht, Jean?«

»Oh ja«, sagte Jean und kam dabei fast ein bisschen ins Träumen. »War das nun schon das Schlimmste, oder gibt es noch etwas Schlimmeres? Martin, sag es mir, du weißt, ich habe nicht mehr ewig Zeit.«

»Ach ja, richtig, das Schlimmste: Du hast Mado verboten, in den ›Club Voyage‹ einzutreten. Du hast versucht, ihr wie einer Sklavin Fesseln anzulegen. Als sei sie dein Eigentum!«

»Hat sie mich deshalb um die Ecke gebracht?«, fragte Jean.

»Das weißt du nicht?«

»Noch nicht. Ich weiß zwar, was mich umgebracht hat, aber noch nicht, wer. Und dieser dämliche Marathonläufer Marcel wird es bestimmt nicht rauskriegen. Jetzt hat er nicht nur New York im Kopf, sondern auch noch meine schöne Rebecca. Ist sie nicht ein Prachtweib geworden, Martin?«

In diesem Punkt wollte sich der Heilige nicht zu weit aus dem Fenster lehnen und schwieg.

»Und dieser Dämlack aus der Stadt wird es auch nicht herausfinden. Wenn ich nur noch da unten wäre, dann hätte ich dem Commissaire meinen Weinberg zu einem sagenhaften Preis angedreht, darauf kannst du Gift …« Das Satzende blieb ihm im Hals stecken.

»Jean, ich bitte dich, mach dich jetzt vom Acker, es ist Zeit. Deine letzten Worte habe ich nicht gehört.«

»Das mit dem ›Club Voyage‹ tut mir echt leid!«, rief Jean noch im Wegfliegen.

»Sie ist sowieso schon beigetreten!«, rief St. Martin ihm hinterher, aber Jean war schon zu weit entfernt, um es noch zu hören.

Ist ja auch egal, wenn er es nicht mehr gehört hat, dachte der Heilige und sah sich um. Auf dem Vorplatz seiner Behausung, die die Leute aus Colombiers »Kapelle« nannten, säugte eine Bache ihre Jungen. Ein friedliches Bild, fand er. Ganz ohne Gift und Intrigen.

Monsieur Riquet entdeckt den Charme der Provinz

Die Kollegen vor Ort hatten Commissaire Riquet ein Zimmer im »Campotel« gebucht, nicht weit entfernt von der Polizeidienststelle und in der Nähe des Flusses. Er fand es grässlich. Es war ein Apartment-Hotel für Autoreisende, Familienclans und Geschäftsleute. Ein stilloser Bau mit geschmacklos eingerichteten Apartments mit Standard-Einbauküchen in Beige und Blau und einem in die Jahre gekommenen Badezimmer mit dem Geruch einer Lagerhalle. Es gab kein Personal, er hatte jedenfalls nur bei seiner Ankunft, zur Schlüsselübergabe, jemanden gesehen, dann nie wieder. Keine Rezeption, keine Bar, nichts. Auf dem Parkplatz standen noch zwei, drei Autos, doch anderen Gästen war er nicht begegnet. Das alles gefiel ihm nicht, aber wahrscheinlich gab es in dem Kaff eben nichts anderes. Nie und nimmer würde er sich in dieser stillosen Küche, die zudem nur rudimentär ausgestattet war, selbst ein Essen zubereiten. Ein Restaurant musste es hier doch wohl geben. Wenn es schon eines der hundert schönsten Dörfer Frankreichs war, verirrte sich doch wohl ab und zu auch mal ein Tourist mit Ansprüchen hierher.

Am Abend machte er sich auf die Suche danach. Er verlor mehrfach die Orientierung in dem Gewirr von krummen Altstadtgässchen, die einen Hügel hinauf- und hinabführten und für Autos viel zu schmal waren. Die Häuser waren aus Natursteinen gebaut und größtenteils unverputzt. Die Ziegeldächer sahen aus wie Flickenteppiche in verschiedenen Orange- und Terrakottatönen, Kübelpflanzen flankierten die Haustüren. Als er den Hügel zur Hälfte erklommen hatte, konnte er auf kleine Dachgärten hinuntersehen. Rosa blühender Oleander in großen Blecheimern, Zitronenbäumchen, eine Bananenstaude, dazu weiße Tischchen und Stühlchen. Tomatenstauden in Pflanzkästen. Der Anblick verströmte einen zauberhaften Charme, der Riquet allmählich milder stimmte und die Erinnerung an sein tristes »Campotel« vorübergehend auslöschte. Der Charme der Provinz.

In den steilen Gassen kam er fast ins Schwitzen, aber je weiter er hinaufstieg, desto sanfter liefen sie ringförmig auf den höchsten Punkt des Dorfes zu, wo ein Glockenturm wie eine Felsnadel aufragte. Seine Fassade sah restauriert aus, aber er war verschlossen. »12. Jahrhundert«, las Riquet auf einem Hinweisschild. Vom Gipfel der Erhebung schweifte sein Blick weit über das Flusstal und über sanfte grüne Hügel, die sich wie Wolken Richtung Horizont türmten. Die Aussicht war lieblich und konnte einem durchaus gefallen. Als Wind aufkam, wurde dem Commissaire fast ein bisschen kühl. Bergab nahm er einen anderen Weg als bergauf, stattete einem *pont vieux* seinen Besuch ab, der sich als Schmuckstück mittelalterlicher Baukunst entpuppte. Eine Bogenbrücke mit über dreißig Metern Spannweite, nur etwa drei Meter breit und von einer hüfthohen steinernen Brüstung eingefasst. Der seichte Fluss, den die Brücke überspannte, schimmerte grün von den vielen Pflanzen, die in der Strömung trieben, als wollten sie nichts sehnlicher, als sich von ihren Wurzeln befreien und einen Ausflug ans Meer unternehmen.

Riquet schritt einmal die gesamte Spannweite der Brücke ab. Im Flussbett spielten Kinder mit Kieseln. Lachend schubsten sie sich ins seichte Wasser, ihre sehnigen Körper waren braun gebrannt. Am anderen Ufer schien es, als habe der Commissaire gefunden, wonach er gesucht hatte. »Les Mimosas«, auf einem handgemalten Schild eine gezeichnete Blüte, die dem zarten Federschmuck einer Indianerprinzessin ähnelte. »Restaurant, belle terrasse au bord de la rivière«. Eine Terrasse mit fünf oder sechs Tischen mit geblümten Tischdecken unter einer Weinlaube. Eine Verheißung auch der gepinselte Zusatz »Chambres d'hôtes«, Gästezimmer.

In der Tür erschien eine Frau mit weißer Schürze über dem geblümten Wickelkleid, das die Reize ihrer Figur betonte: schmale Taille, Brüste wie Kürbisse. Die dunkelblonden Locken trug sie im Nacken zu einer Schnecke zusammengedreht. Das alles konnte Riquet von seinem Logenplatz auf der Brücke beobachten, wo er über deren Brüstung gelehnt stand. Diese Augenweide gab den Ausschlag, dass der Ermittler wusste, dass er das Lokal für sein Abendessen gefunden hatte. Aus den von der Mimosen-Wirtin mündlich vorgetragenen Speisen wählte er die *côtelettes d'agneau caramélisées aux herbes*, im Ofen gebackene Lammkoteletts in Kräutern, wozu sie ihm einen Roten aus St. Chinian empfahl. Der Wein, zu dem sie eine hausgemachte *tapenade* aus schwarzen Oliven und frisch gebackenes Brot reichte, und der folgende Hauptgang versöhnten Riquet fast mit seinem Einsatz in den Hauts Cantons. Die alte Brücke war für den Verkehr gesperrt, was ihr eine Beschaulichkeit bescherte, die den Großstädter in vergangene Zeiten entführte, dazu wehte ein laues sommerabendwarmes Lüftchen. Das Muster des Wickelkleides der Wirtin verschwamm ihm schon vor den Augen, und die Kurven, denen er nun schon so oft mit seinen kleiner werdenden Äuglein gefolgt war, waren davon schon ganz ausgefahren.

Auf der Käseplatte, von der er sich drei Stückchen von unterschiedlichen Sorten nahm, überraschte ihn der Tomme aus der Region, ein aus Rohmilch hergestellter Weichkäse, aber geradezu entzückt war er von dem Pélardon, einem Ziegenkäse, den Claudine, seine Gastgeberin, ihm besonders ans Herz gelegt hatte. Sie versprach, ihm den Ziegenkäse warm als Vorspeise zuzubereiten, wenn er am nächsten Tag wieder vorbeikäme. Leicht paniert, in Olivenöl ausgebacken und mit frischem Salat serviert. Keine Frage, natürlich würde er morgen wiederkommen. Raymond Riquet fühlte sich schon ganz zu Hause im »Les Mimosas«.

Als die dunkelblonde Schönheit – von Gang zu Gang war sie noch schöner geworden – ihm nach dem Essen noch die *chambres d'hôtes* zeigte, wäre Riquet am liebsten noch in derselben Nacht umgezogen, war dafür aber bereits zu betrunken. Hohe Räume mit dezentem Stuck an der Decke, einfach und doch geschmackvoll möbliert und mit Blick auf die Brücke und den Fluss. Doch er musste sein Umzugsvorhaben wohl oder übel auf den nächsten Morgen verschieben.

Riquet bedachte Claudine für die Köstlichkeit des Mahls mit einem angemessenen Trinkgeld und hätte sie zum Abschied gern auch noch geküsst, erinnerte sich aber im letzten Moment an seine gute Kinderstube. Ihm war aufgefallen, dass er unter Holländern, Deutschen und einem älteren britischen Ehepaar der einzige Franzose in Claudines Gourmet-Tempel gewesen war. Es schien unzweifelhaft mit den Franzosen bergab zu gehen, wenn sie nicht einmal mehr kulinarische Genüsse wie diesen zu schätzen wussten.

So schwankte Commissaire Riquet nach diesem Abend und der Entdeckung der Schönheiten der Provinz, waren sie nun aus Stein wie die alte Brücke oder aus Fleisch und Blut wie die schöne Wirtin, ins »Campotel«, das ihm plötzlich in einem sehr viel friedlicheren Licht erschien als noch wenige Stunden zuvor.

Suzanne also. Ist sie hübsch?

»Gérard, wie konntest du nur?« Kopfschüttelnd betrat Giselle Merckx die Apotheke in einer Seitengasse von Ormais, die man nur finden konnte, wenn man Einheimischer war oder einen Einheimischen danach fragte. Kein Schild, kein grün blinkendes Kreuz. Ein einziges Schaufenster, in dem eine alte Feinwaage mit Gewichten und ein Messingmörser standen. Der Laden hätte genauso gut ein *brocante* mit altem Hausrat oder anderen *antiquités* sein können.

»*Bonjour*, Giselle, was habe ich denn angestellt?«

»Du hast dir denselben schrecklichen Türgong angeschafft wie Ernestine oben in der Bäckerei. Seitdem boykottiere ich ihren Laden. Nur die *fougasse* hole ich noch bei ihr, meine *baguettes* und *pains au chocolat* kaufe ich jetzt bei Miriam und Monique.«

»Wegen des Türgongs? Findest du ihn denn so schlimm?«

»Das Pfeifen ist absolut grässlich. Hört sich an, als würde ein alter Lüstling einem jungen Mädchen hinterherpfeifen. Findest du das vielleicht lustig?«

»Der Gong war ein Sonderangebot im Baumarkt, und Ernestine hat ihn mit Mengenrabatt noch günstiger bekommen. Dann hat sie die Dinger im Dorf verkauft.«

»Und einen anderen Ton gab es nicht?«

»Keine Ahnung, aber außer dir hat sich noch niemand beschwert. Ich hoffe, du bleibst mir trotzdem als Kundin treu.«

»Du bist der einzige Apotheker im Umkreis von fünfundzwanzig Kilometern, Gérard, das wird dich wohl retten.«

»Und womit kann ich dir heute helfen, Giselle? Hast du ein Rezept?«

Giselle sah zur Tür. Immerhin würde die Türglocke ankündigen, wenn jemand den Laden betrat, das war tatsächlich ganz praktisch. »Ich habe hier ein Fläschchen«, flüsterte sie, »das ich dich bitten wollte zu untersuchen. Also, natürlich nicht das Fläschchen, sondern seinen Inhalt.«

»Warum?«, fragte Gérard. »Was vermutest du denn, dass drin sein könnte?«

175

»Gift«, sagte Giselle.

»Gift? Du meinst irgendein Pestizid oder ein Insektizid? Geht's um Landwirtschaft oder Lebensmittel?«

»Es geht vielleicht um Mord.«

Jetzt pfiff Gérard ungefähr so dämlich wie seine Türglocke. »Das ist nicht dein Ernst. Wo hast du es her?«

»Musst du das wissen?«, fragte Giselle.

»Ich muss gar nichts, auch nicht dir helfen. Aber du hast mich um Hilfe gebeten, und das kommt nur in Frage, wenn du ehrlich bist und ich dir vertrauen kann. Sonst müsste ich dich bitten, wieder zu gehen.«

Giselle zog eine Grimasse. »Musst du gleich so auf den Putz hauen, Gérard? Wie lange kennen wir uns jetzt schon?«

»Sehr lange, und genau deshalb brauchst du auch nicht plötzlich damit anzufangen, so geheimnisvoll zu tun. Sonst müsste ich ja annehmen, dass es hier um illegale Sachen geht. Aber natürlich würdest du mich nie in so etwas hineinziehen, oder?«

»Jetzt pass mal auf, du südfranzösischer Sturkopf.« Giselle stand nun so, dass sie die Tür im Auge behalten konnte. »Dr. Michelet weiß, an welchem Gift Jean gestorben ist, aber er will es mir nicht verraten. Er sagt, das falle unter die ärztliche Schweigepflicht. Und bei der Polizei ist es dasselbe: laufende Ermittlungen. Aber dieser Commissaire aus Béziers, der sich für oberschlau hält, beschuldigt jetzt plötzlich Mado, Jean vergiftet zu haben. Stell dir das mal vor!«

»Mado? Das ist doch Blödsinn! Obwohl …«

»Was?«, blaffte Giselle.

»Grund dazu hätte sie gehabt.«

»Den haben viele Ehefrauen wie Ehemänner, aber greifen sie deshalb zum Gift?«

»Und wo kommt jetzt dieses Fläschchen her?«

»Aus Jeans Hütte im Weinberg.«

»War die Polizei dort nicht schon?«

»Doch. Aber sie haben es übersehen.«

»Sag bloß. Und hinterher bist du hinaufgegangen, um das zu untersuchen, was sie übersehen haben?«

»Ich war nicht allein. Wir waren ein paar Frauen aus dem Dorf.«

»Da wäre ich aber gern dabei gewesen. Und habt ihr keine Angst gehabt, erwischt zu werden?«

»Doch, außerdem war es schon ein bisschen dunkel und unheimlich.«

»Ihr schleicht in der Nacht da draußen herum? Pass mal auf, Giselle, bevor du mir noch Dinge verrätst, die ich eigentlich lieber gar nicht wissen will, muss ich dir gleich sagen, dass ich dir nicht wirklich weiterhelfen kann. Ich bin Apotheker, kein Chemiker …«

»Aber vielleicht kann ich Madame Merckx helfen.« Zwischen dem Vorhang, der den Verkaufsraum vom Warenlager und Büro des Apothekers trennte, streckte Gérards Sohn seinen Kopf heraus.

»*Bonjour*, Madame.«

»*Bonjour*, David. Wie geht's dir, alles okay?«

David war zwölf und besuchte die Schule nur unregelmäßig. Meist unterrichtete sein Vater ihn zu Hause. Der Junge hatte Probleme mit dem Gleichgewichtssinn, die in Schüben auftraten und mit der Zeit immer stärker wurden. Ein genetischer Defekt.

»Wir probieren gerade ein neues Medikament aus. Aus den USA. Bei einigen Patienten hat es schon gut angeschlagen. Eine neue Hoffnung.« Der Apotheker seufzte. Sie hatten im kurzen Leben des Jungen schon so vieles ausprobiert.

»Das ist ja toll«, sagte Giselle. »Ich drücke dir die Daumen, dass es bei dir auch gut wirkt.«

David war auf seinem Bürostuhl in den Verkaufsraum gerollt, für ihn war das einfacher, als zu gehen.

»David möchte Chemiker werden«, sagte Gérard. »Bis zum Abitur hat er zwar noch ein paar Jahre, aber er weiß heute schon mehr als mancher Chemiestudent und experimentiert jeden Tag herum wie ein Weltmeister. Irgendwann wird uns noch die Apotheke um die Ohren fliegen.«

»Aber würde das denn überhaupt gehen, dass David sich an diese Arbeit macht? Ich meine, das sind doch wahrscheinlich ganz kleine Mengen, mit denen man es bei so einer Analyse zu tun hat, Tröpfchen, Milligramm und so.« Giselle stellte sich vor, wie David mit seinen Gleichgewichtsstörungen, die ihn manchmal wie ein Matrose auf hoher See vorwärtswanken ließen, mit mikroskopisch kleinen Mengen und Zutaten herumhantierte. Nicht dass der Junge noch den gesamten Inhalt des Fläschchens verschüttete.

»David hat natürlich einen Assistenten. Einen Helfer, den er herumschicken und schikanieren kann: mich!«

Das beruhigte Giselle.

»Außerdem hat er eine Sekretärin. Sie heißt Suzanne.«

»*Oh là là*«, sagte Giselle. »Suzanne also. Ist sie hübsch?«

David grinste und versuchte, seinen Kopf dabei ganz still zu halten. Bewegungen waren problematisch für das Gleichgewicht. »Damit meint Papa meinen Computer mit Sprachsteuerung.«

»Ah, alles klar. Und du glaubst also, du könntest mir helfen, David? Bist du dir auch sicher, dass dein Assistent dichthält?«

»Ich hoffe nur, wir machen uns damit nicht strafbar. Das fehlte mir noch«, sagte Gérard.

»Wir tun doch nichts Böses«, entrüstete sich Giselle.

»Ich glaube schon, dass ihr euren Fund eigentlich bei der Polizei abgeben solltet und nicht bei mir. Aber ich sehe meinem Chemiker an der Nasenspitze an, wie scharf er darauf ist, die Substanz herauszufinden, die in deiner Probe stecken soll. Wenn denn euer Verdacht begründet ist.«

Hinter dem Vorhang befanden sich nicht nur die Schubladenschränke voller Medikamente und ein winziger Büroraum, sondern auch Davids Labor. Auch Suzanne hatte dort ihren Platz. Bei einer ersten Geruchsprobe, zu der Gérard seinem Sohn das Fläschchen unter die Nase hielt, stellte der sogleich fest, dass es sich nicht um Kaliumcyanid handeln konnte, da der typische Blausäure-Bittermandel-Geruch fehlte.

»Zyankali können wir also ausschließen. Für Arsen müsste ich die Marsh'sche-Probe machen, die dauert aber ein bisschen«, sagte David. »Strychnin kann man nicht riechen, aber es würde sehr bitter schmecken.«

»Du wirst das Zeug doch nicht probieren, David?« Giselle sah ihn schockiert an. »Wahrscheinlich wäre davon schon die kleinste Menge giftig.«

»Dreißig bis fünfzig Milligramm sind tödlich«, sagte David. »Das ist als Pulver ungefähr so viel, wie auf ein Centime-Stück passt.«

»Okay, ich sehe, du kennst dich aus. Dann kann ich dir also beruhigt die Analyse überlassen.«

»Also ist das Gift in Alkohol aufgelöst«, sagte David. »Das habe ich mir schon gedacht.«

»Wie lange wirst du brauchen, bis du mehr weißt?«, fragte Giselle.

»Sobald ich was Neues habe, ruft mein Assistent an.« David sauste auf seinem rollenden Bürostuhl zu Suzanne hinüber und hackte in die Tastatur, als sitze er im Rechenzentrum der NASA und steuere eine Sonde zur Landung auf dem Mars. Giselle hatte er schon vergessen.

Gérard begleitete sie zur Tür. Bevor er sich verabschiedete, zog er einen Stuhl heran und nahm vorsorglich die Batterie aus der Türklingel. »Sonst bestellst du deine Medikamente noch im Internet«, sagte er.

Divide et impera – Teile und herrsche

Gestärkt durch ein phantastisches Gourmet-Menü und die Aussicht, nur eine Nacht im »Campotel« zubringen zu müssen, und zu Bett gebracht vom roten St. Chinian, schlief Riquet den Schlaf des Gerechten und hatte beim Erwachen die unschöne Szene auf dem Friedhof schon fast vergessen.

Erst unter der Dusche, die für Warmduscher wie Riquet nicht geeignet war, weil sie nur kochend heiß oder eiskalt konnte, dachte er wieder daran zurück und spürte die Wut in sich heraufkriechen. Diese Frau! Sie hatte ihn vor allen Leuten bloßgestellt. Ihn! Nur um einen Skandal zu vermeiden, hatte er sich wegschicken lassen von diesem Ort, an dem sein Amt zwar nicht endete, aber doch hinter den gesellschaftlichen, ja menschlichen Erfordernissen zurückzutreten hatte, zumindest in seiner Berufs- und Lebensauffassung.

Dennoch hatte ihm diese Person den Fehdehandschuh hingeworfen, und er würde ihn aufnehmen, was denn sonst? Er war schließlich ein Riquet, ein waschechter *Biterrois*, und diese Behandlung konnte er nicht auf sich sitzen lassen. Er würde ihr eine Falle stellen, dieser Schwarzen Witwe, und dann würde er sie aufspüren und ihr am Ende die Handschellen anlegen, die sie verdiente, diese Schlange.

Ohne Frühstück setzte er sich in seinen Mégane und fuhr in die Kreisstadt Bérieux, wo er bei der Durchfahrt eine Gärtnerei gesehen hatte. Den Dorfpolizisten, der wahrscheinlich gerade entweder einen seiner läppischen Trainingsläufe durchs Gebirge machte oder sich sogar selbst in der Schlangengrube aufhielt, brauchte er dazu nicht. *Divide et impera*, hah! Das hatte sich diese Mado fein ausgedacht, sie beide gegeneinander auszuspielen. Marcel, du bist der Gute, du darfst hierbleiben, Sie aber, Monsieur, sind der Böse, Sie müssen gehen. Ach, diese Weiber! Es war wirklich besser, sich auf eine Sorte von ihnen zu konzentrieren: auf die jungen, attraktiven nämlich. Wenn sie älter wurden, wurden sie nicht nur dicker und hässlicher, sondern auch anspruchsvoller und zänkischer, ja geradezu selbstherrlich. Jean Vidals Witwe war eine von dieser Sorte. Und außerdem eine Mörderin. Aber er, Riquet, würde ihr das Handwerk legen. Darauf konnte sie sich gefasst machen.

Du würdest doch einen Heiligen nicht anlügen?

»Soll ich deine Gärten auch gießen?«, fragte Nachbar Jérôme. »Es vertrocknet ja alles, wenn niemand sich darum kümmert.«

»Meine Gärten«, echote Mado. »Ich habe in meinem ganzen Leben noch keinen Garten gehabt, geschweige denn gleich mehrere. Es waren Jeans, nicht meine.«

»Trotzdem müssen sie gegossen werden«, beharrte Jérôme. »Egal, wem sie gehören.«

»Dann kannst du auch alles ernten«, sagte Mado, »damit sich die Plackerei mit dem Gießen für dich wenigstens lohnt.«

»Danke, aber wir brauchen nichts mehr. Unser eigener Garten wirft genug ab. Mehr können wir gar nicht essen.«

Doch Mado brauchte auch keine drei Gärten, und Jean hatte sie eigentlich auch nie gebraucht. Nicht einmal zusammen hatten sie das Gemüse aus drei Gärten aufessen können. Alle Vorratsschränke waren voll, und im Keller stapelte sich das eingemachte Gemüse. Rebecca nahm fast nie etwas mit, sie kochte kaum und aß unter der Woche in der Mensa. Und ihr Bruder konnte sich gerade mal ein Spiegelei braten, das war's dann aber auch mit seinen Kochkünsten.

»Ich möchte die Gärten aufgeben, Jérôme. Könntest du dir vorstellen, dass jemand sie haben will?«

»Jemand aus dem Dorf? Ich wüsste wirklich nicht, wer.«

Plötzlich fiel Mado auf, wie alt Jérôme geworden war. Alles an ihm war grau geworden, sogar seine Augen, die einmal blau wie das Meer gewesen waren. Sie konnte sich noch so gut daran erinnern, als er noch jünger gewesen war. Ein temperamentvoller, attraktiver Kerl mit dunklem Haar und hellen Augen. Ein guter Tänzer, und singen hatte er gekonnt! Es ging so verdammt schnell mit dem Altwerden. Höchste Zeit, noch etwas zu erleben im Leben, bevor man darauf achten musste, dass die Gießkanne nicht zu voll war, damit man sie überhaupt noch tragen konnte.

Nachdem Jérôme das großzügige Geschenk von insgesamt drei Gärten ausgeschlagen hatte, verschaffte Mado sich persönlich ein Bild der Lage. Die Gärten lagen jeweils ein Stück voneinander entfernt und waren alle der Sonne ausgesetzt. Sie hatte ihren Hut vergessen, und es fühlte sich an, als bohre die Sonne ein Loch in ihren Kopf, um ihr das Gehirn aufzukochen. Gurken, reihenweise Tomatenstauden mit riesigen Früchten, Bohnen, die an krummen Stangen rankten, die Jean weiß Gott wo aufgelesen hatte. Büschelweise hingen die Schoten an den Pflanzen und färbten sich schon langsam gelb. Salatköpfe, Mado zählte zwanzig allein im ersten der drei Gärten. Wer sollte das alles essen? Wer das Gemüse verarbeiten? Und wozu? Sie spürte, wie Panik in ihr aufstieg. Sie konnte doch nicht einfach alles kaputtgehen lassen. Was würden die anderen sagen, die täglich in ihren Gärten arbeiteten, wenn sie das sahen? Sie pflückte eine große Schüssel voll Tomaten, die schließlich mehrere Kilo wog, doch am liebsten hätte Mado die Früchte einzeln unter die Stauden gelegt und in den Boden eingeharkt. Was sollte sie mit all dem Zeug, jetzt, wo sie allein war? So viel konnte ein Mensch in Jahren nicht essen! Salat hatte sie noch zu Hause im Kühlschrank, und von den *crudités* bekam sie abends immer schreckliche Blähungen. Nur Blumen hatte Jean in ähnlichen Mengen nie angepflanzt. Aber ganz hinten, in der Furche unterhalb der Zisterne, wuchsen ein paar, die sich vielleicht selbst ausgesät hatten.

Mado ging hinüber und schnitt sie mit dem Messer ab, das zwischen den Salatköpfen steckte. Sie waren nicht sehr schön und würden nicht lange halten, ihre Stängel fühlten sich schon ganz weich an. Die Blütenköpfe leuchteten orange, es war eine Art gelber Margeriten. Sie würde sie dem heiligen Martin bringen, vielleicht noch heute, solange sie frisch waren. Kurz dachte sie an die Beerdigung zurück. Jeans Grab war immer noch voller Blumen, schöner Blumen, gekaufter Blumen, exotischer Blumen, so ein gelbes Sträußchen würde gar nicht zu ihnen passen. Außerdem waren es ja streng genommen Jeans Blumen, selbst wenn er sie nicht aktiv angepflanzt hatte, das hätte nun auch irgendwie nicht gepasst. Mado hatte sich entschieden. Der heilige Martin sollte sie bekommen.

Als sie mit den Blumen im Arm den Garten verließ, hatte sie die Schüssel mit den Tomaten ganz vergessen. Sie blieb tagelang an Ort und Stelle stehen, als augenfälliges Indiz dafür, dass der

Liaison zwischen Mado und den Gärten, die nun ihr gehörten, keine glorreiche Zukunft bevorstand. Die Tomaten bemühten sich als stummer Vorwurf um Hilfe und Unterstützung aus der gärtnerischen Nachbarschaft, doch auch vierzehn Tage später würde niemand über seinen Schatten gesprungen sein und weder die Bohnen- noch die Tomatenfelder adoptiert haben, die Jean nach seinem Abflug der sengenden Sonne des Midi überlassen hatte. Und obwohl den Nachbarn die reifen Früchte, die sich in der Blechschüssel langsam in vergorenen Ketchup verwandelten, leidtaten, billigten sie einer Witwe doch zu, dass sie nicht jeden Spleen ihres verstorbenen Gatten bis in alle Ewigkeit weiterpflegen musste.

»Na? Ich ahne schon, was dich hertreibt.«

»Meine Frömmigkeit treibt mich her, was denn sonst?«

Der Heilige lachte schallend. »Ich würde es nicht Frömmigkeit nennen, sondern schlechtes Gewissen.«

»Ich weiß gar nicht, was du meinst«, behauptete Mado.

»Du weißt es ganz genau.«

Mado arrangierte den Strauß gelber Zisternenrandblumen. Ein Stiel war schon umgeknickt, also stellte sie ihn in die Mitte.

»Du meinst, weil ich dich in Verdacht hatte, dass du Jean …?«

»Ah, du erinnerst dich also doch. Genau das meine ich.«

»Ich geb's ja zu, das war, ich weiß nicht, ein Gedanke im Affekt vielleicht? Ich war ja so durcheinander.«

»Du hast dich so oft bei mir über ihn beklagt. Hast gejammert und geschimpft.«

»Geschimpft? Ich? Also, so kann man das doch auch nicht sagen. Ich habe dir von meinen Alltagssorgen erzählt. Mein Gott, wenn ich gewusst hätte, dass du das als Jammern und Schimpfen auffassen würdest, dann hätte ich lieber gar nichts gesagt.«

»Jetzt sei doch nicht gleich beleidigt. Du weißt, ich sage die Wahrheit. Uns Heiligen ist es sogar verboten zu lügen. Und noch weniger dürfen wir Leute um die Ecke bringen, bloß weil sich irgendjemand über sie beschwert. Madeleine, das glaubst du doch nicht wirklich, dass ich da meine Finger im Spiel gehabt habe?«

Der Heilige nannte sie gern bei ihrem vollen Namen. Das hatte ihr Vater auch immer getan. Es klang so vornehm, dass Mado unwillkürlich den Rücken durchstreckte und gleich um ein paar Zentimeter größer wurde.

»Ich sage ja, es war ein Gedanke im Affekt. Ich war durcheinander. Ich habe deine Kräfte einfach überschätzt.«

»Madeleine, lass es dir gesagt sein, wir mischen uns im Normalfall nicht in eure irdischen Angelegenheiten ein.«

»Ja, aber was ist dann mit Jean passiert?«

»Habt ihr nicht seinen Unterschlupf durchsucht, Luftlinie hundert Meter westlich von meiner Behausung? Fällt dir etwas auf, Madeleine? Ihr drüben im Dorf habt Häuser, wir hier auf der anderen Flussseite haben nur Unterschlüpfe und Hütten, die eigentlich keines Menschen würdig sind, und schon gar keines Heiligen.«

»Aber ich denke, du warst mal Soldat? Bist du von damals nicht an so etwas gewöhnt?«

»Habt ihr nun Jeans Unterstand durchsucht oder nicht?«

»Doch, das haben wir. Wir haben ein verdächtiges Fläschchen gefunden, und Giselle hat es zum Apotheker gebracht.«

»Die Belgierin? Das war klar, dass die bei so etwas mitmacht. Und, ist schon etwas herausgekommen?«

»Nein, noch nicht. Und du weißt wirklich nicht, was da passiert ist? Was Jean gegessen oder getrunken hat? Giselle hat gesagt, es war irgendein Gift. Aber was genau kann es denn gewesen sein?«

Da der Heilige nicht antwortete, wusste er es also auch nicht. Mado lächelte. Er gab sein Unwissen ihr gegenüber nur ungern zu. Da war er wie alle Männer.

»Ich weiß nur, dass ich nichts damit zu tun habe«, sagte er schließlich.

»Na, ich auch nicht, aber das weißt du ja hoffentlich.«

»Ich nehme es an, da du mich ja in Verdacht hattest. Also kannst du es selbst nicht gewesen sein, Madeleine. So eine gute Lügnerin bist du nicht. Außerdem würdest du einen Heiligen nie anlügen, nicht wahr?«

Mado kniete nieder und bekreuzigte sich. »Niemals«, sagte sie.

»Dann geh zum Apotheker und frag nach, ob er etwas herausgefunden hat.«

Mado wunderte sich, denn der Heilige klang ungewohnt ungeduldig. Sie stand auf.

»Und nimm die Blumen wieder mit. Aus ihnen kann man Salbe herstellen, eine wirklich gute Wundsalbe. Früher, als ich noch beim Militär war, habe ich das selbst gemacht. Aber wenn man Ringelblumen in eine Vase stellt, stinken sie einfach nur gotterbärmlich zum Himmel.«

Mado nahm die Vase mit nach draußen und stellte sie vor die grün gestrichene Eisentür, die sie sorgfältig verschloss, bevor sie den Rückweg antrat.

Als Mado ins Dorf zurückkam, begegnete ihr Frédéric, der Jäger. Sie musste zweimal hinsehen, bis sie ihn erkannte. »Was ist passiert, bist du verliebt?«, fragte sie ihn geradeheraus.

Er grinste verlegen. »Kann man nicht mal ohne Grund zum Friseur gehen?«

»Zum Friseur bist du die letzten zehn Jahre auch gegangen, wenngleich selten. Aber deinen Vollbart hat dir Jean-Luc bisher nie abnehmen dürfen.«

»Einmal in zehn Jahren gönne ich ihm die Freude. Und der Bart wächst ja schnell wieder nach.«

»Jaja, Frédéric, erzähl mir nichts. Vollbärte werden doch nur wegen Frauen abgenommen. Kenn ich sie?«

»Einen schönen Abend noch, Mado. *Bonne soirée!*« Er winkte zum Abschied und verschwand unter der Geißblattlaube, die den Eingang zu seinem Haus überwucherte.

Die Laube könnte auch mal eine Totalrasur vertragen, dachte Mado. Wer weiß, wie viele Generationen von Spatzen, Meisen und womöglich Eidechsen, Spinnen und sonstigem Getier schon darin gebrütet haben. Ein ziemlich schattiges Plätzchen, der Eingang zu Frédérics Junggesellenhaushalt.

Als sie zu ihrem Haus kam, entdeckte sie vor dem Eingang einen Blumenstrauß. Eine weiße Lilie und drei lange Stiele mit blaulila Blüten, die wie kleine Hütchen aussahen. Mado kannte die Pflanze nicht, sie musste aus einem Blumenladen stammen. Aber wer schenkte ihr Blumen? Hatte sie jetzt wie Isa einen Verehrer? Frédéric vielleicht? Aber hätte der die Blumen gebracht, dann wäre er in die falsche Richtung gegangen. Außerdem kannten sie sich seit zwanzig Jahren, und er war ein ganzes Stück jünger als sie. Mado nahm die Blumen mit ins Haus und stellte sie in eine Vase. Vielleicht hatte sie jemand für Jeans Grab vorbeigebracht. Oder für den heiligen Martin. Sie nahm sich Käse aus der Speisekammer und schenkte sich ein Gläschen von dem Picpoul ein, der offen im Kühlschrank stand. Seit sie allein war, hatte sie keine Lust mehr zu kochen. Nicht einmal Hunger hatte sie mehr, aber der kalte goldgelbe Wein tat ihr gut.

Vielleicht waren die Blumen auch für Rebecca, dachte sie plötzlich. Momentan war sie ja nicht die einzige Frau im Haus. Aber ihre Tochter war dauernd mit Freunden und Freundinnen unterwegs, das war es jedenfalls, was sie ihrer Mutter erzählte. Doch Mado hatte da so eine Ahnung, mit wem Rebecca in Wirklichkeit jede freie Minute verbrachte. Wenn ihr Instinkt sie nicht täuschte, dann konnte es sich eigentlich nur um den Dorfbullen Marcel handeln, der sich wieder in Rebeccas Herz geschlichen hatte, obwohl er immer noch so ungeschickt war wie damals als Jugendlicher. Trotzdem hatte sie den Eindruck, dass Rebecca die Sache nun ernsthaft in die Hand nehmen wollte. Und wenn ihre Tochter etwas wirklich wollte, dann gab es für Marcel so gut wie keine Möglichkeit mehr, ihr zu entrinnen. Falls er denn überhaupt entrinnen wollte.

Als Mado den Käse wieder in die Speisekammer zurücklegte, bemerkte sie einen roten Ausschlag an ihren Händen, der in diesem Augenblick anfing zu jucken. Sie wusch sich die Hände und rieb sie mit Olivenöl ein, aber es half nichts. Stattdessen begannen die roten Stellen jetzt auch noch anzuschwellen.

Sie machte den Fernseher an, zappte sich durch die Programme und blieb bei einer Quizsendung hängen, konnte sich aber nicht darauf konzentrieren. Sie musste an Jean denken, der immer wie ein Uhrwerk funktioniert hatte. Sobald es hell wurde, war er auf den Beinen und den ganzen Tag über draußen unterwegs gewesen: in den Bergen, auf der Jagd, drüben auf seinem Weinfeld, in den Gärten. Vor Einbruch der Dunkelheit war er selten heimgekommen. Sie hatte sich mit den Mahlzeiten diesem Rhythmus angepasst, so gut es eben ging. Im Winter wurde im Haus Vidal früher, im Sommer sehr spät zu Abend gegessen. Dann war Jeans Tagwerk erfüllt. Fürs Fernsehen vor dem Zubettgehen hatte er keine Geduld. Eher suchte er sich kleine Reparaturarbeiten oder er las die Zeitung, bis er müde wurde. Einen Wecker stellte er sich nie. Seine Uhr war der Sonnenstand.

Später am Abend kam Giselle bei Mado vorbei. Vom Apotheker gab es noch nichts Neues.

»Wo hast du denn die Blumen her?«, fragte Giselle neugierig, als sie ins Zimmer trat.

»Sie lagen vor meiner Tür«, sagte Mado. »Vielleicht habe ich jetzt auch einen Verehrer.«

»Isa bekommt immer nur eine einzige Rose«, sagte Giselle, »dafür aber jeden Tag.«

Mado ging in die Küche und ließ sich im Waschbecken kaltes Wasser über ihre brennenden Hände laufen.

»Was hast du denn gemacht?« Giselle sah ihr über die Schulter. Mado zuckte die Achseln.

»Sieht ja schlimm aus.« Dann schlug sie die Hand auf die Stirn und lief zurück ins Wohnzimmer. »*Mon Dieu*, dass ich das übersehen konnte. Weißt du nicht, was das für Blumen sind?«

Mado schüttelte den Kopf.

»Das sieht dir ähnlich, kannst gerade eine Rose von einer Lilie unterscheiden, aber das war's dann auch schon. Das ist Eisenhut.«

»Was?«, fragte Mado.

»Das Blaue da in deiner Vase.«

»Eisenhut? Ach so, wahrscheinlich, weil die Blüten wie Hüte aussehen. Na ja, und?«

»Die Pflanze ist giftig, du Schaf! Hast du sie etwa mit bloßen Händen angefasst?«

Mado verstand überhaupt nichts mehr. »Wieso giftig?«

»Na, giftig eben. Schon mal gehört, dass da draußen nicht nur *cèpes* und *girolles*, Steinpilze und Pfifferlinge, wachsen, die man essen kann, sondern auch so etwas wie der Knollenblätterpilz oder der hübsche Fliegenpilz, die so giftig sind, dass man davon sterben kann?«

»Ja, schon, aber das kann ich mir bei den schönen Blumen da gar nicht vorstellen. Bist du sicher?«

»Ja, das bin ich. Ich rufe sofort Dr. Michelet an.«

»Jetzt übertreib mal nicht, Giselle, mir fehlt doch nichts. Es juckt halt ein bisschen, aber das hört bestimmt bald auf.«

»Deine Hände sind geschwollen, Mado, nur weil du den Eisenhut berührt hast.« Giselle war schon am Telefon und wählte eine Nummer, die sie auswendig kannte.

Daniel Michelet staunte nicht schlecht, als er schon wieder wegen einer möglichen Vergiftung mit Eisenhut ins Haus der Vidals gerufen wurde. Glücklicherweise war sie dieses Mal nur äußerlich, und dank seiner Kollegin Sylvie aus der Pathologie war er gut vorbereitet, was in einem Fall wie diesem zu tun war. Aber was zum Teufel hatten die Vidals mit dem Eisenhut zu schaffen? Was für ein Fluch lag auf diesen Leuten, wer hatte es jetzt auf Mado Vidal abgesehen und wählte schon wieder dasselbe Mittel?

Er eilte nach Colombiers und traf auf dem Parkplatz vor dem Dorf auf Commissaire Riquet, der ihn gleich nach seiner Ankunft in seiner Praxis aufgesucht hatte, um mit ihm über seinen Patienten Jean Vidal zu sprechen.

»*Bonsoir, Monsieur le Docteur*«, begrüßte ihn der Commissaire. »Sie machen noch einen späten Hausbesuch im Dorf?«

»Ein Notfall«, antwortete Daniel und nahm seine Tasche aus dem Kofferraum.

»Bei einem der Dorfbewohner?«, fragte Riquet und bemühte sich um einen mitfühlenden Ton.

»Bei Madame Vidal«, sagte Daniel. »Am besten kommen Sie gleich mit, es scheint, hier gehen merkwürdige Dinge vor sich.«

»Merkwürdig? Wie meinen Sie das?«

»Kommen Sie! Na los, es handelt sich um einen Notfall.« Er rannte in seinen Turnschuhen voraus, und Riquet hatte Mühe mitzuhalten. »Sie kennen ja das Haus!«, rief Daniel ihm zu und war weg.

Als Riquet an die Tür des Vidal'schen Hauses klopfte, öffnete ihm Giselle Merckx, die resolute Belgierin. Er erwartete eine frostige Begrüßung.

»Wir haben hier einen Notfall«, bellte sie ihn dann tatsächlich auch an. »Kommen Sie ein andermal vorbei, das heißt, wenn Mado oder ihre Tochter Sie überhaupt empfangen.«

Mit einem Rums flog die lavendelblau gestrichene Tür vor seiner Nase zu.

»Das werden sie wohl müssen, Madame!«, rief Riquet durch die geschlossene Tür, dann hämmerte er mit den Fäusten gegen das Holz wie ein abgewiesener Liebhaber. »Machen Sie auf, Madame, ich vertrete die Staatsgewalt.« Dass er außerdem ein Nachfahre des Canal-du-Midi-Erbauers war, sparte er sich. Vermutlich war dessen Name noch nicht bis in diesen entlegenen Winkel der Hauts Cantons vorgedrungen.

Es dauerte eine Weile, bis die Tür ein zweites Mal aufflog und eine jüngere Dame, Riquet schätzte sie in etwa halb so alt wie Madame Merckx, ihn hereinbat, freilich auch solidarisch mit ihrer Gastgeberin und den anderen Damen im Dorf, nämlich wortlos.

Madeleine Vidal lag auf dem Sofa im Wohnzimmer unter einer Wolldecke. Sie weigerte sich, eine schwarze Brühe zu trinken, die Dr. Michelet ihr in einem Glas an den Mund hielt. Madame Merckx hatte sich über sie gebeugt und redete ihr gut zu.

»Mach den Mund auf, Mado! Das ist doch nur Kohle. Wie kann man nur so störrisch sein?« Sie fasste nach Madame Vidals Händen und hielt sie fest.

Als Riquet bemerkte, dass ihre Hände mit roten Flecken übersät und geschwollen waren, wurde ihm selbst ganz heiß. »Madame, ich bitte Sie«, stammelte er, »so nehmen Sie doch die Medizin, die der Doktor Ihnen gibt. Seien Sie doch vernünftig!«

Sie warf ihm einen eisigen Blick zu, ließ sich die Flüssigkeit dann aber doch widerwillig einflößen.

Daniel Michelet maß ihren Puls und hörte die Herztöne ab. »Sagen Sie uns, wenn Sie Durst haben, Madame, oder wenn Ihnen kalt ist. Es ist wichtig, dass Sie ausreichend trinken. Ich gebe Ihnen noch Magnesium. Und wenn Sie schlafen können, schlafen Sie.«

»Wie soll ich denn schlafen, wenn Sie alle hier herumstehen?«

Ihre beiden Freundinnen begleiteten sie schließlich hinauf ins Schlafzimmer und halfen ihr beim Ausziehen. Der Doktor wusch sich in der Küche die Hände.

»Was ist denn passiert?«, fragte Riquet. »Jetzt erzählen Sie endlich.«

Daniel Michelet öffnete den Abfalleimer unter der Spüle und zeigte Riquet eine Plastiktüte, in der zusammengeknickt ein Strauß aus weißen und lila Blumen lag, daneben ein Paar Einweghandschuhe.

»Jemand hat ihr diese Blumen vor die Tür gelegt, und sie hat sie mit hereingenommen und in eine Vase gestellt.«

»Mit den Handschuhen?«, fragte Riquet und zeigte darauf.

»Natürlich ohne, sonst hätte sie ja auch keine Vergiftung erlitten. Die Handschuhe gehören mir. Sie sagte, sie kannte die Blumen nicht und wusste daher auch nicht, dass sie giftig sind. Und wenn Sie mich jetzt fragen, ob ich ihr das glaube, dann muss ich sagen, ja, ich glaube ihr das. Mado Vidal ist bestimmt nicht so dumm, sich selbst zu vergiften, wenn sie Eisenhut kennt und um seine Giftigkeit weiß.«

»Oder sie ist besonders schlau und will uns eben nur glauben machen, sie wüsste nicht Bescheid. Es könnte ein besonders übler Trick sein, um von sich abzulenken.«

Michelet schüttelte den Kopf. »Ich glaube, Sie verrennen sich da in was, Commissaire. Viel interessanter wäre doch zu wissen, wer diese Blumen des Bösen vor ihre Tür gelegt hat.«

»Vielleicht ja sie selbst?«, fing Riquet wieder an. »Wer sollte es denn sonst gewesen sein?«

»Der Mörder ihres Mannes zum Beispiel? Falls er ermordet wurde und sich nicht doch versehentlich selbst vergiftet hat.« Er räumte seinen Arztkoffer wieder ein. »Haben Sie in Monsieur Vidals Hütte eigentlich etwas Interessantes gefunden?«

»Es wird alles noch ausgewertet, aber bis jetzt war leider nichts Verdächtiges dabei.«

»Das Gift muss in einer Flüssigkeit gelöst gewesen sein. Meine Kollegin hat keine pflanzlichen Feststoffe im Magen des Toten gefunden.«

»Es scheint fast so, aber wie gesagt, wir haben noch nichts finden können. Vielleicht wurde das Gift noch rechtzeitig entsorgt. Zwischen der Einnahme und dem Versterben können bis zu drei Stunden vergehen, hat mir die Pathologin gesagt. Übrigens eine sehr kompetente Ärztin. Sie schätzt den Todeszeitpunkt von Monsieur Vidal auf halb sieben Uhr morgens. Gefunden hat ihn seine

Gattin aber erst etwa eine Stunde später. Es wäre also genügend Zeit gewesen, um etwaige Spuren zu beseitigen.«

Michelet schüttelte den Kopf. »Wahrscheinlich müssen Sie auch in diese Richtung ermitteln, aber ich glaube, dass Sie auf dem Holzweg sind.«

»Und was haben Sie für eine Erklärung, *Monsieur le Docteur*?«

»Gar keine. Aber ich glaube, dass ein Mensch, der mit Aconitin einen Menschen tötet, sich ausreichend gut damit auskennt. Er weiß, dass das Gift nicht nur innerlich, sondern auch äußerlich wirkt, durch bloßes Berühren, und zwar auch bei intakter Haut, und dass es nicht nur über Schleimhäute und Hautwunden aufgenommen werden kann.«

»Und er weiß auch, dass es äußerlich vergleichsweise harmlose Vergiftungserscheinungen hervorruft. Ein Hautausschlag, ich bitte Sie, das ist doch nichts.«

»Das ist ein äußerliches Symptom. Nur ein äußerliches Symptom, das möchte ich betonen. Was glauben Sie, warum ich heute Nacht hier mein Lager aufschlage? Der Kreislauf der Patientin und ihr Herzrhythmus müssen überwacht werden. Das Aconitin kann, wenn es in die Nervenbahnen gelangt, großen Schaden im Körper und in den Organen hervorrufen. Eigentlich wollte ich Madame Vidal auf die Intensivstation eines Krankenhauses zur Überwachung bringen lassen, aber sie weigert sich.«

»Und trotzdem: Wir ermitteln in alle Richtungen und befragen Leute, aber bis jetzt haben wir keinen wirklichen Feind von Monsieur Vidal gefunden. Finden Sie nicht auch, dass diese eine Möglichkeit dann naheliegt?«

»Tja, dazu kann und will ich Ihnen nichts sagen. Ich muss mich jetzt auch wieder um meine Patientin kümmern.«

»Tun Sie das, Monsieur.«

»Sie bleiben noch?«, fragte Daniel Michelet, als er schon an der Treppe zum ersten Stock stand.

»Nein«, sagte Riquet. »Ich empfehle mich hiermit und wünsche Madame eine baldige Genesung.«

Als der Doktor im ersten Stock verschwunden war, ging Riquet in die Küche und holte den Beutel mit den Blumen aus dem Müll. Dann entfernte er sich mit seinem Beutegut, bevor jemand aus dem ersten Stockwerk sich noch an ihn erinnerte und ihn hinauskomplimentierte.

Als er aus dem Haus trat und die Tür leise hinter sich schloss, war es bereits dunkel. Straßenlaternen gab es nicht im Dorf, nur aus den Fenstern fiel etwas Licht auf den schmalen Weg. Riquet hörte zuerst nur Fernsehgeräte, deren Ton ziemlich laut eingestellt war, dann, auf halber Strecke zum Parkplatz, auch Schritte und leises Lachen. Ein junges Paar kam ihm entgegen, und er erkannte die rothaarige Frau sofort wieder. Es war Madame Vidals Tochter, die ihn der Beerdigung verwiesen hatte. Und an ihrer Seite, sie hatte sich bei ihm untergehakt, der Dorfpolizist Marcel, der sogleich Haltung annahm, als er den Commissaire erkannte.

»*Bonsoir, Monsieur le Commissaire.*« Er blieb stehen, salutierte und zwang damit auch seine Begleiterin, stehen zu bleiben.

»Was machen Sie denn hier?«, fuhr Rebecca den Commissaire an.

»Das tut nichts zur Sache, Mademoiselle«, sagte Riquet. »Gehen Sie nach Hause. Ihrer Mutter geht es nicht gut. Der Doktor ist bei ihr.«

»Bei meiner Mutter? Was ist denn los? Sie ist doch nicht …?«

»Nein, Mademoiselle, es ist nichts Schlimmes. Sie wird bereits versorgt.«

Rebecca nahm Marcels Hand und wollte ihn schon mit sich fortziehen. »Komm, Marcel, so komm doch!«

Doch Marcel war zu neugierig. »Was haben Sie denn da in der Tüte?«, fragte er den Commissaire.

»Nichts, Marcel. Gehen Sie nur mit Ihrer Freundin. Mademoiselle braucht Sie jetzt. *Bonsoir.*«

»*Bonsoir, Monsieur le Commissaire.*« Marcel stolperte Rebecca hinterher, die bereits den schmalen Weg hinunterrannte.

Dieser Marcel ist doch eindeutig befangen, dachte Riquet. Schwiegersohn in spe sowohl des Opfers wie auch der Hauptverdächtigen. Eigentlich sollte man ihn von diesem Fall abziehen. Andererseits würde er, der Commissaire, den Fall kaum ohne ihn lösen können, denn Marcel war derjenige, der die Dorfleute seit seiner Kindheit kannte. Marcel vertrauten sie, ihn hingegen betrachteten sie als Fremden.

Riquet ging hinauf zum Parkplatz und freute sich auf sein Zimmer, das er im zweiten Stock von Claudines Pension am Fluss bezogen hatte. Er freute sich auf die hohen Räume, sein hübsches Messingbett und die frei stehende Badewanne mit den Löwenpfoten. Heute würde er sich beim Weingenuss zurückhalten, denn er musste nachdenken, und das gelang ihm am besten bei einem herzhaften Abendessen – vorzugsweise von Claudine zubereitet – und nur in Maßen alkoholisiert.

Auf der Motorhaube seines Wagens hatte es sich eine Katze gemütlich gemacht. Ihre Spuren konnte er über die Windschutzscheibe, das Dach und den Kofferraum bis ans Heck des Wagens verfolgen. »Schscht!«, machte Riquet, um sie zu vertreiben. Notgedrungen räumte sie das Feld und sprang vom Auto, nicht jedoch, ohne ihm im Weggehen mit erhobenem Schwanz ihren Allerwertesten zu präsentieren.

Madame Curie war Polin

»Es ist unglaublich, aber dieses Kind kann offenbar seinen Schlafbe-
darf nach Belieben selbst steuern.« Der Apotheker empfing Giselle
an der Tür, als habe er dort schon seit Stunden auf sie gewartet.
»Sieh ihn dir an.«

Giselle folgte ihm ins Hinterzimmer, wo David zusammengerollt
auf zwei zusammengeschobenen Bürostühlen mit angewinkelten
Armen unter dem Kopf schlief. Sein Gesicht und seine Haltung
strahlten absolute Zufriedenheit aus. Er sieht aus wie ein Tiger
nach einer erfolgreichen Jagd, dachte Giselle. »Und, was hat unser
junger Sherlock Holmes herausgefunden?«, fragte sie.

»Curie«, sagte der Apotheker. »In den Internetforen, in denen
er mitliest und mitdiskutiert, nennt er sich Curie, äh, Madame
Curie.«

»Madame Curie? Der junge Mann hat Mut, würde ich sagen.
Wird er denn noch lange schlafen?«

Madame Curies Vater ging zum Schreibtisch und bewegte die
Computermaus, woraufhin die sich bewegende Planetenkonstel-
lation auf dem Bildschirm verschwand und stattdessen mehrere
bunte Icons erschienen, von denen er eins anklickte. Seltsame
Klagelaute drangen aus den Lautsprechern.

»Sein Wecker«, sagte der Apotheker.

»Was ist das Schreckliches?«, fragte Giselle.

»Walgesänge.« Gérard zuckte hilflos die Achseln. Er hatte sich
damit abgefunden, dass sein Sohn ein bisschen anders war als andere
Zwölfjährige.

David öffnete erst ein Auge, dann das zweite und richtete sich
schließlich in seinem Stuhlbett auf. »*Bonjour*, Madame Merckx«,
sagte er und strich sich eine blonde Locke aus der Stirn.

»*Bonjour*, David. Dein Assistent hat mich angerufen, um mir
zu sagen, dass du etwas herausgefunden hast.«

»So ist es«, antwortete der Junge und rollte auf seinem Stuhl
zum Schreibtisch. Mit einer Affengeschwindigkeit klickte er auf
seinem Computer herum, die Maus ruckte hin und her. Giselle

musste wegsehen, es ging so schnell, dass ihr fast schwindlig wurde. Immerhin in Bezug auf die Feinmotorik schien bei David alles in Ordnung zu sein.

Auf dem Bildschirm erschien eine chemische Strukturformel:

Die Hs und OHs und CH_3s tanzten über den Monitor, dann nahmen sie ihre endgültige Position ein.

»$C_{34}H_{47}No_{11}$«, sagte David triumphierend.

»Gibt's dafür auch ein französisches Wort?«, fragte Giselle.

»*Aconitine!*«, rief er begeistert, zauberte per Mausklick das Foto einer blauen Blume auf den Bildschirm und zog es größer, bis auch Giselle es erkannte.

»Ist das nicht Eisenhut?«, fragte Giselle.

»Sie kennen sich aus!«

»Ich weiß, dass das eine der giftigsten Pflanzen ist, die bei uns wachsen.« Sie strich sich über das Kinn und zwirbelte mit dem Finger an einem borstigen Hexenhaar herum, das jeden Tag länger wurde. »Dann war das Aconitin also in dem Alkohol aufgelöst?«

»Genau! Ein intensiver, hoch wirksamer Auszug aus der Wurzelknolle, in der das meiste Gift sitzt, wurde in dem Tresterschnaps gelöst.«

»Genial! Ich meine, wie hast du das herausbekommen, du kleines Genie?«

»Ach, das war gar nicht so schwer, eigentlich schon eher Routine. Man stellt ein Reagenz aus Bismutoxidnitrat, Weinsäure und Kaliumiodid her, wodurch ein Kalium-Tetraiodobismutat-Komplex entsteht und –«

»Stopp!«, fuhr Giselle dazwischen. »Es klingt wirklich beeindruckend, aber ich kann dir nicht folgen.«

»Dragendorff-Reagenz«, glänzte nun auch der Apotheker mit seinem Wissen, »benannt nach einem deutschen Chemiker. Ach, die Deutschen! Was sie nicht alles erfunden haben!«

»Ein bisschen mehr Patriotismus, Gérard, bitte!«, unterbrach Giselle seine Schwärmerei. »Denk an die Curies, Marie und ihren Mann, die Tochter, den Schwiegersohn, ich weiß nicht, vielleicht auch an deren Enkel.«

»Marie Curie war Polin«, warf David ein.

»Aber sie hat als Französin den Nobelpreis bekommen und ist als Französin gestorben, oder etwa nicht? Und du wirst ihn auch irgendwann bekommen, mein Junge, da bin ich mir sicher.« Sie legte David feierlich eine Hand auf die Schulter, als wäre es schon morgen so weit. »Jetzt aber von Marie Curie zurück zu Sherlock Holmes. Um so einen Wurzelauszug zu machen, muss man in der Pflanzenheilkunde bewandert sein, nicht wahr?«

Die beiden Männer nickten.

»Man muss die Pflanze kennen, man muss wissen, wo sie wächst, was ihre giftigsten Teile sind und wie man einen Auszug herstellt. Wenn man ihn dann in dieser hohen Konzentration in Alkohol löst und in eine Flasche füllt, die in die Hände eines Menschen gerät, dann tut man das ganz sicher in der eindeutigen Absicht, jemanden um die Ecke zu bringen. Richtig?«

Wieder nickten die beiden synchron.

»Und jetzt die Preisfrage: Wer ist so ein Spezialist, wer weiß das alles? Mado jedenfalls nicht. Sie schleppt zwar jede Woche Blumen hinauf zu ihrem Heiligen, aber sie weiß nicht einmal, welche. Schöne, würde sie sagen, wenn du sie danach fragst. Aber wie sie heißen? Also ...« Sie stockte, sah sich um. »Darf ich?« Sie setzte sich auf Davids Schlafsessel und wurde mit einem Mal ganz blass.

Gérard schenkte ihr ein Glas Wasser ein. »Trink, Giselle.«

»Wer hat ihr dann gestern diese Blumen vor die Tür gelegt?«

»Welche Blumen?«, fragte Gérard.

»Es war ein ganzer Strauß. Eine Lilie und drei Stängel Eisenhut.«

»*Mais non!*« Gérard war entsetzt.

David starrte Giselle gebannt und wegen des fehlenden Gleichgewichtsorgans vollkommen regungslos an.

»Und Mado, die sie nicht kannte, hat die Blumen einfach angefasst und sie in eine Vase gestellt. Natürlich ohne Handschuhe, denn sie wusste ja nicht, dass sie giftig waren.«

»Ist sie jetzt auch tot?« David sah sie entsetzt an.

»Nein, nein, sie hat nur einen Ausschlag an den Händen bekommen. Zum Glück bin ich bei ihr vorbeigekommen. Als ich das gesehen habe, habe ich gleich Dr. Michelet geholt. Er hat sich um sie gekümmert und ist die ganze Nacht bei ihr geblieben.«

»Und du meinst, derselbe Täter, der Jean auf dem Gewissen hat, ist jetzt zurückgekommen und hat es auf Mado abgesehen?« Gérard konnte es nicht glauben.

»Die äußeren Teile der Pflanze sind lange nicht so wirksam wie ein Auszug. Sie sind nicht tödlich«, sagte David. »Und wenn der Täter Experte ist, dann weiß er das auch.«

»Oder sie, die Täterin«, sagte sein Vater. »Vergesst nicht die vielen Giftmischerinnen in der Kriminalgeschichte.«

»Das ist wirklich seltsam«, sagte Giselle, »es scheint ja gerade so, als wollte uns jemand aufmerksam machen: Seht her, schon wieder diese Giftpflanze. Also, ich kapier das nicht.«

»Wer aus dem Dorf kennt sich denn mit Kräutern und Pflanzen aus?«, fragte Sherlock Holmes alias Madame Curie.

»Also, Mado auf keinen Fall. Arlette züchtet Rosmarin, Salbei, Thymian, Pfefferminze für den Tee und Kamille, mehr nicht. Und beide können keinen medizinischen Auszug herstellen. Ich hab das früher mal gemacht, natürlich nicht von Giftpflanzen.«

»Dann passen Sie auf, Madame Merckx, dass der Commissaire aus Béziers das nicht erfährt, sonst sind ab sofort Sie hochgradig verdächtig.«

»Zu einem Verdacht gehört ja auch immer ein Motiv, mein lieber Sherlock, und das wird er bei mir nicht finden. Mado ist meine Freundin, wieso sollte ich ihren Mann umbringen?«

»Tja, aber wenn es außer dir niemanden gibt, der sich damit auskennt …« Der Apotheker ließ den Satz unvollendet.

»Ihr beide seid auch Experten«, konterte Giselle. »Der Mini-

Sherlock ist noch nicht geschäftsfähig beziehungsweise strafmündig, aber vielleicht hattest du ja irgendeinen Händel mit Jean?«

»Ich? Wie kommst du denn darauf? Jean hab ich höchstens mal auf der *fête de la cérise* oder beim Maronenfest im Herbst getroffen. Meine Apotheke hat er quasi nicht mehr betreten, seit seine Kinder Masern, Windpocken und Mumps überstanden hatten. Er selbst war so gut wie nie krank, und wenn, dann hat er sich selbst kuriert. Mit Schnaps, nehme ich an, mit Zwiebeln oder Zitrone, den üblichen Hausmitteln eben. Ernsthaft krank war er meines Wissens nie.«

Na, siehst du, dachte Giselle, und was hat es ihm genutzt? Doch sie sprach ihre Gedanken nicht laut aus, denn es war nicht recht, so über einen Toten zu sprechen. »Ich muss jetzt jedenfalls mal eine Runde nachdenken. Ich gehe nach Hause. Es wäre schön, Sherlock, wenn du dich zur Verfügung halten würdest. Es könnte sein, dass ich deine Dienste noch einmal brauche. Wenn die Sache ausgestanden ist, darfst du dir was wünschen. Ein großer Chemiker wie du hat sicher Wünsche, die über das vorhandene Budget hinausreichen. Vielleicht kann ich da ein bisschen aushelfen und in einen zukünftigen *Prix Nobel* investieren. Ich werde jetzt mit meiner Nicotine Gassi gehen und mein Hirn durchlüften. Vielleicht hilft's ja. *Au revoir, mes amis.*« Sie ging zur Tür. »Ach, und ich zähle auf eure Diskretion.«

»Giselle …« Gérard hatte noch etwas auf dem Herzen. »Es ist doch sicher nicht in Ordnung, dieses Fläschchen hierzubehalten. Das ist ein Beweisstück, das dürfen wir nicht unterschlagen. Damit würden wir uns strafbar machen.« Den letzten Satz flüsterte er, damit sein Sohn nichts davon mitbekam.

»Das ist mir auch klar, Gérard. Ich verspreche dir, auch darüber nachzudenken. Aber«, jetzt flüsterte Giselle auch, »ich kann dem Commissaire doch nicht erzählen, dass wir nachts Jeans Hütte durchsucht haben. Das muss alles wohlüberlegt sein. In so einem Fall, wenn es um gesetzlich oder ungesetzlich geht, darf nichts überstürzt werden. Gib mir noch etwas Zeit, bis ich eine Lösung gefunden habe, *d'accord*?«

»Gut, aber lass dir nicht zu lange Zeit. Sollte der Commissaire hier auftauchen und mich direkt fragen, werde ich nicht lügen.«

»Du musst tun, was du für richtig hältst, Gérard. Und ich muss nachdenken.« Damit trat Giselle auf die Straße und eilte zu ihrem Auto, das sie gegenüber der *mairie* abgestellt hatte. Auf dem Platz kam Christine auf sie zu, die im Katasteramt der Gemeinde arbeitete. Sie erkundigte sich nach Mado und hätte überhaupt ganz gern ein Schwätzchen mit Giselle gehalten, aber die schützte schreckliche Kopfschmerzen vor, da sie so schnell wie möglich nach Hause wollte.

»Mado soll sich bei mir melden, wenn sie Hilfe braucht!«, rief Christine ihr noch hinterher. »Vielleicht weiß ich besser Bescheid über ihre Vermögensverhältnisse als sie selbst, zumindest was die Grundstücke betrifft, die Jean besessen hat. Manchmal sind Witwen in dieser Hinsicht ein bisschen blauäugig.«

»Gut zu wissen, Christine. Ich werde es ihr ausrichten. *Salut!*«

Als hätte ihr jemand ihre kleine Lüge übel genommen, bekam Giselle kurz darauf wirklich Kopfschmerzen. Sie fuhr zurück nach Colombiers, befreite Nicotine von ihrer Leine, die sie seit dem dreisten Überfall auf ein eierlegendes Zwerghuhn vor einigen Wochen tragen musste, wenn sie allein im Garten war, und zog mit ihr los. Die große Runde: über den Fluss, das Ufer hinauf und Richtung Kapelle.

Giselle hatte sich vorgenommen, das Problem der Identität des Giftpflanzenexperten, der gleichzeitig akuten Streit mit Jean gehabt oder eine längerfristige Feindschaft mit ihm gehegt hatte, allein durch Nachdenken zu lösen. Im Geiste ging sie jeden der Dorfbewohner durch und auch alle aus den Nachbarorten, die irgendwann irgendetwas mit Jean zu tun gehabt hatten. Zwar waren das nicht gerade wenige, aber es war kein Einziger darunter, bei dem Giselle irgendeine Regung, eine Ahnung oder Ähnliches verspürt hätte. Kein Einziger. Überall nur Sackgassen, wie sie es auch drehte und wendete. Manche hatten Jean nicht gemocht, manchen war er auf die Nerven gegangen, aber eine tödliche Feindschaft? Das hätte sie doch mitbekommen! Das lange, zielgerichtete Nachdenken verstärkte ihre Kopfschmerzen. Sie quälte sich. Gerade, als sie den Versuch, den Täter durch Denken zu ermitteln, abbrechen wollte, sauste Nicotine, die immer in Sichtweite vor ihr gelaufen war, ins Unterholz.

Giselle rief nach ihr, erst leise und lockend, schließlich laut und ärgerlich, aber Nicotine blieb verschwunden. Sie verfluchte den Jagdtrieb ihres Findlingshundes. Es schien, als müsse sie die Hündin in Zukunft auch im Wald an die Leine nehmen. Nach einer weiteren Wegbiegung trat sie auf die Lichtung, wo mehrere Wege zusammenliefen und die Kapelle des heiligen Martin stand. Eine Vase mit orangefarbenen Calendula, von denen die meisten schon die Köpfe hängen ließen, stand vor dem Eingang, der wie immer verschlossen war. Giselle setzte sich auf eine der Eingangsstufen und rief erneut nach Nicotine. Noch immer nichts. Dann würde sie eben hier ein bisschen entspannen, Nicotine würde schon wieder auftauchen. Sie schloss die Augen und nickte kurz ein, wachte aber bald wieder auf. Als sie sich umschaute, lag Nicotine auf der Wegkreuzung im Schatten einer Kastanie und sah zu ihr herüber, als warte sie schon seit Stunden darauf, dass ihr Frauchen endlich wieder zu Bewusstsein käme.

Giselle war froh, dass Nicotine offenbar keine Beute gemacht hatte. Sie stand auf, blickte noch einmal durch die Gitterstäbe zum Heiligen hinein, wünschte ihm einen schönen Tag und wollte den Rückweg antreten. Doch Nicotine machte keine Anstalten, sich zu erheben.

»Los, komm, du Hühnchenjägerin!«, forderte Giselle sie zum Mitgehen auf.

Die Hündin winselte als Antwort, als wolle sie sagen: Jetzt schau doch endlich, was ich gefunden habe.

Neben ihren Vorderpfoten lag eine kleine schwarze Kugel. Ein Pilz, dachte Giselle und hob die Kugel auf. Sie roch nach feuchter Erde und Trockenfrüchten, nach Kakao und auch irgendwie bitter. Giselle musste nicht lange nachdenken, bis sie wusste, was sie da in Händen hielt: eine schwarze Trüffel, nicht sehr groß, aber fest. Überaus ungewöhnlich, so früh in der Saison. Das ist mal wieder typisch, dachte sie. Man findet sie, wenn man nicht nach ihr sucht. Was natürlich nicht ganz richtig war, denn nicht Giselle hatte sie gefunden, sondern Nicotine, und wer wusste denn, ob die Hündin sich nicht schon zu Beginn des gemeinsamen Spaziergangs vorgenommen hatte, nach einer schwarzen Trüffel zu suchen. Vielleicht war das ihre Art der Wiedergutmachung für den nicht mehr zu reparierenden Schaden an dem Zwerghühnchen. Nicotine wurde gestreichelt, und die Trüffel verschwand in Giselles Westentasche.

Giselle musste nicht lange darüber nachdenken, für welches Gericht sie die kleine Trüffel verwenden würde: Omelette oder Rührei und darauf fein geraspelt die *truffe noire*. Und dazu würde sie Arlette, Isa und Mado einladen.

Mado hingegen, die sich von ihrer Beinahe-Vergiftung dank Dr. Michelets guter Betreuung schon wieder erholt hatte, schwor auf Eiernudeln mit Butter zusammen mit einigen Spänen der Trüffel und Giselle ließ sich überzeugen. Schließlich war Mado frischgebackene Witwe und gerade eben einem Giftanschlag entronnen. Rebecca war auch eingeladen worden, aber schon wieder mit ihren Freunden oder mit dem Dorfpolizisten unterwegs. Beim Essen erzählte Giselle den Freundinnen, was der Sohn des Apothekers herausgefunden hatte, und Mado verstand die Welt nicht mehr. Dieser Eisenhut entpuppte sich allmählich als ihr Schicksal beziehungsweise das der Vidals. Aber weder bei ihr noch bei Arlette, Giselle oder Isa klingelte etwas. Niemand hatte eine Ahnung, wer es auf die Vidals abgesehen haben könnte.

»Gibt es irgendjemanden im Dorf, der sich mit Kräutern, Heilpflanzen und so Zeug auskennt?«, fragte Isa.

»Ja, die gibt es«, antwortete Arlette. »Sie sitzt hier am Tisch.« Sie sah Giselle an.

»*Bon*, aber Giselle scheidet ja wohl als Verdächtige aus. Wer noch?«

»Niemand«, sagte Giselle. »Und wenn es jemanden gäbe, dann wüsste ich das.«

Sie machten sich über die Eiernudeln mit Trüffeln her.

»Wisst ihr eigentlich, was die Trüffel, die ihr gerade verspeist, auf dem Markt kosten würde, meine Damen?«, fragte Giselle. »Bis zu zweitausend Euro das Kilo, nur damit ihr Bescheid wisst.«

»Ein Geschenk von Saint Martin«, sagte Mado mit vollem Mund. »Um ein Haar meine Henkersmahlzeit.«

»Hör auf«, schimpfte Arlette. »Darüber macht man keine Scherze.«

»Außerdem hat Nicotinc mir das Geschenk gemacht, nicht dein

Heiliger. Der kann sein Kapellchen ja nicht verlassen.« Giselle hatte nicht so viel übrig für den Heiligen wie Mado.

»Ein Heiliger findet immer Mittel und Wege«, behauptete Mado. »Und manchmal auch Trüffel.«

»Was guckst du so seltsam, Isa? Bist du vielleicht gerade gläubig geworden?«, wollte Giselle wissen.

»Natürlich nicht, mir ist nur gerade jemand eingefallen, der sich mit Kräutern und Medizin gut auskennt.«

»Und wer?«, fragte Giselle.

»Hannah Kunkel, die Frau von Luis. Sie hat ihre Kinder, die Familie und selbst ihre Gäste auf dem Hof immer mit homöopathischen Kügelchen und Kräutern aus der eigenen Apotheke behandelt. Allerdings lebt sie schon ein halbes Jahr nicht mehr auf dem Hof, sondern in Deutschland.«

»Und ihre Kräuterapotheke hat sie bestimmt mitgenommen«, sagte Giselle.

»Bestimmt«, meinte Arlette.

»Wahrscheinlich habt ihr recht.« Isa nahm sich die letzten Nudeln aus der Pfanne. »Außerdem ist das ja absurd. Was hatte Hannah denn mit Jean zu tun? Nichts.«

»Nein, nichts«, bestätigte Mado und wischte mit einem Stück Baguette die Reste der Trüffel aus der Pfanne. »Ich habe sie nicht einmal persönlich gekannt und bin mir ziemlich sicher, dass Jean auch keinen Kontakt zu ihr hatte.«

Sie hatten Mineralwasser zu den Nudeln getrunken, denn Giselle mochte ja keinen Wein, Mado sollte nach der Aconitin-Vergiftung noch keinen Alkohol trinken, und Arlette erklärte sich solidarisch. Nur Isa genehmigte sich nach dem Essen einen Schnaps, den sie auf Mados Wohl trank. Den zweiten trank sie auf alle Witwen, woraufhin die drei sich schließlich trotz aller guten Vorsätze ebenfalls einen kleinen genehmigten.

Ein Hund ist kein Kater

Am darauffolgenden Tag legte Isa sich gleich nach dem Frühstück nahe den ersten Häusern am Dorfeingang auf die Lauer. Auf dem Grundstück der Grosjeans setzte sie sich auf einen Gartenstuhl und nahm mit einem Fernglas ihr Häuschen auf der anderen Flussseite ins Visier.

Es stand ein Auto auf dem Grundstück, aber sie konnte keine Bewegung vor oder in dem Haus ausmachen. Doch sie hatte sich vorgenommen zu warten, bis sich etwas tat, und wenn es den ganzen Vormittag dauern würde. Sie inspizierte den Hügel, fand Jeans Weinberg, seinen Unterstand und weiter unten die Haufen ausgerissener Weinstöcke. Sie glänzten silbergrau wie Krokodile in der Sonne. Isa richtete das Fernglas weiter nach oben und konnte gerade noch ein Stück des Kapellendaches erkennen, das mit Steinschindeln gedeckt war, die dieselbe Farbe hatten wie die alten Reben. Sie dachte an den vorangegangenen Abend zurück. Dort oben gab es also nicht nur Wildschweine und Heilige, sondern auch schwarze Trüffeln. Man musste sie nur aufspüren, bevor die Wildschweine darüber herfielen. Vielleicht sollte sie sich bei Gelegenheit auf die Suche machen.

Eine halbe Stunde verging, eine Stunde verging. Isa hatte schon alle Bäume und Sträucher gezählt, aber noch immer hatte sich auf dem Grundstück nichts getan. Egal, sie würde die Flinte nicht ins Korn werfen. Nach einer weiteren halben Stunde hörte sie, wie ein Motor gestartet wurde, aber das Geräusch kam vom Parkplatz, der hinter ihr lag. Sie ging um das Haus herum und sah Giselle gerade noch in ihrer Rostlaube wegfahren. Isa winkte ihr nach, aber ihre Gastgeberin blickte mit verkniffenem Mund stur geradeaus und schien nichts um sich herum zu bemerken.

Nach einer weiteren geschlagenen halben Stunde öffnete sich endlich die hellblau gestrichene Tür ihres Hauses und der langhaarige Knecht Ruprecht trat in Unterhose und Unterhemd auf die Terrasse. In diesem Aufzug sah er weder besonders sexy noch bedrohlich aus. Er rief nach seinem Hund, der auf seinen

Pfiff hin aus dem Garten angeschossen kam und sich mitten auf der Terrasse in die Sonne legte. Isa wartete weiter und sah dem Mann beim Kaffeetrinken zu. Irgendwann war er endlich angezogen, schloss die Haustür ab und ging zum Auto. Hund Bruno rannte hinterher, und Isa betete, dass er ihn mitnehmen würde. Tatsächlich sprang Bruno ins geöffnete Heck des Wagens, und beide fuhren los.

Isa schüttelte ihre taub gewordenen Beine aus, verstaute das Fernglas und machte sich mit Hausschlüssel und Kamera bewaffnet auf den Weg, um den Zustand ihres Hauses und Grundstücks zu dokumentieren. Sie nahm den direkten Weg über den Fluss und kletterte das Steilufer auf der anderen Seite hinauf. Eine Stunde würde der Typ bestimmt wegbleiben, schätzte sie, selbst wenn er nur einkaufen fuhr. Schwitzend und keuchend erreichte sie ihr Grundstück und betrat die Terrasse über die breite, geschwungene Steintreppe, die die Zufahrts- mit der Gartenetage des Hauses verband. Mit der Hand strich sie über die dunkle Rinde der Eiche, die Schatten spendete und sich zum Einhängen einer Hängematte anbot. Auf der Terrasse vor dem Eingang befand sich der Außenkamin mit Feuerstelle. Dort, wo früher Walderdbeeren gewachsen und Sträucher sich ausgebreitet hatten, war nun ein Beet oder eher eine Plantage. Was darauf angebaut worden war, ließ sich nicht mehr eindeutig bestimmen, denn es war vor Kurzem geerntet worden. Nur noch die Strünke standen da. Ein Stoppelfeld, sonst nichts. Isa würde keine Chance haben, den Plantagenbesitzern etwas Illegales nachzuweisen. Auf jeden Fall nicht in flagranti. Sie machte trotzdem für alle Fälle Fotos.

Dann holte sie den Schlüssel, den sie immer noch von ihrem Haus besaß, aus der Tasche. Doch er passte nicht richtig ins Schloss und ließ sich auch nicht umdrehen. Sie probierte es an der Tür zum Nebengebäude, an der ganz offensichtlich ebenfalls ein neues Vorhängeschloss angebracht worden war. Auch hier passte ihr Schlüssel nicht. Vielleicht lagerte darin ja die Ernte zum Trocknen.

Es war nichts zu machen. Zärtlich strich Isa über die großen Flusssteine in den Außenmauern ihres Hauses. Eidechsen liefen die Wände hinauf, auf dem Naturstein perfekt getarnt. Wie Aufziehspielzeuge bewegten sie sich so schnell, dass man die Bewegung ihrer Beine nicht wirklich verfolgen konnte. Dann wieder hielten sie reglos inne, und Isa konnte das Herz erkennen, das wie ein kleiner Ball unter der Lederhaut auf und ab sprang.

Sie streifte über das Gelände, vorbei an der Quelle, aus der als fingerdicker Strahl das Wasser sprudelte. Vielleicht gab es ja hier auch Trüffel, unter den hohen Pappeln? Sie hatte nie danach gesucht. Frustriert gestand sie sich ein, dass sie hier und jetzt nichts weiter tun konnte. Nur sehen, dass sie wieder verschwunden war, bevor dieser Irre mit dem großen Hund zurückkam.

Schließlich ging sie denselben Weg zurück, den sie gekommen war. Als sie das Dorf erreichte, war sie erschöpft und enttäuscht. Sie hatte sich von der Aktion mehr erwartet. Giselle war noch nicht wieder zurück, und Nicotine bellte, weil sie von ihrer Leine befreit werden wollte.

Sie aß auf der Terrasse ein paar Happen und legte sich dann für ein kurzes Nickerchen in einen Liegestuhl in den Schatten. Sie wusste nicht, wie lange sie geschlafen hatte, und wieder war es Nicotines Bellen, das sie weckte. Isa beugte sich über die Terrassenbrüstung. Jemand machte sich am Briefkasten zu schaffen, drehte sich jedoch gerade weg, um die Dorfstraße hinauf Richtung Parkplatz zu verschwinden. Isa hatte ihn nur kurz von der Seite gesehen, aber trotzdem erkannt und registriert, dass er sich verändert hatte, seit sie ihm das letzte Mal begegnet war. Sie stieg die Treppe hinunter, öffnete das Tor und fischte aus der Zeitungsrolle eine Rose, deren Blüte aussah wie aus Porzellan, mit hauchdünnen zartgelben Blättern und einem feinen Duft nach Tee.

Dann ging sie ins Haus, stellte die Rose ins Wasser, duschte und zog ihr gelbes Sommerkleid mit den dünnen blauen Linien an. Dann schnappte sie sich eine Flasche Corbières aus dem Weinkeller, der noch von Giselles Mann übrig war. Schließlich gereichte es nicht jedem Wein zum Vorteil, wenn er jahrelang gelagert wurde. Ein Hauch Parfum, dann machte sie sich auf den Weg zum Gegenbesuch. Sie hatte es nicht weit, Luftlinie trennten sie nicht mehr als fünfzig Meter.

Nicht nur er, auch sein Haus oder zumindest der Hauseingang hatte sich verändert. Die Geißblattlaube war verschwunden und mit ihr hoffentlich auch alles Ungeziefer, das darin gehaust hatte. Frédéric schien nicht überrascht, als er ihr die Tür öffnete.

»Endlich bist du da«, sagte er und bat sie herein. Sie reichte ihm die Weinflasche. »*Pas mal*«, sagte er mit Blick auf das Etikett. Dann sah er sie an, folgte dem Schnitt ihres Kleides und sagte noch einmal: »*Pas mal, pas du tout.*«

Er öffnete den Wein und bot ihr Schinken und Oliven und einen Teller voller kleiner, mit Erdbeersahne gefüllter Windbeutel an, die niemand so gut machen konnte wie Miriam und Monique.

»Wo bekommt man hier solche Rosen?«, fragte Isa.

Frédéric nahm sie bei der Hand und führte sie auf eine kleine Dachterrasse, auf der er seine private Rosenzucht betrieb. Die gelbe Teerose war die schönste von allen, ihr Duft lag wie ein zarter Schleier in der Luft.

Nahe den Rosen tauschten sie die ersten Küsse, dann gingen sie zurück ins Haus. Später genoss Isa das frisch bezogene Bett, die saubere Dusche und sogar die selbst gedrehte Zigarette danach, die sie bei offenem Fenster rauchten. Bei jedem Zug glomm die Zigarettenspitze auf wie ein Glühwürmchen, das sich in das dunkle Zimmer verirrt hatte.

»Warum hast du dir den Bart abrasiert?«, fragte Isa.

»Wenn man will, dass sich etwas ändert, muss man bei sich selbst beginnen, stimmt's nicht?«, antwortete Frédéric.

»Ich muss jetzt nach Giselle sehen«, sagte Isa. »Sie war den ganzen Nachmittag nicht zu Hause und hat auch keine Nachricht hinterlassen. Ich habe ein komisches Gefühl.«

»Kannst du sie nicht anrufen?«

»Ihr Handy liegt im Haus, sie hat es vergessen.«

»Soll ich mitkommen?«

»Nein, das musst du nicht.« Isa stand auf und zog sich an. »Ich danke dir für den schönen Abend.«

»*À toi*. Ich hoffe, wir sehen uns wieder.«

»Hilfst du mir mit meinem Mieterproblem?«

»Natürlich. Du musst mir nur sagen, wie.«

Aber das wusste Isa ja selbst nicht. Sie beschloss, später darüber nachzudenken. Jetzt war es wichtig, dass Giselle wieder auftauchte.

Isa konnte an nichts anderes mehr denken. Dieser Eisenhutvergifter lief schließlich noch immer frei herum.

»Ich komme trotzdem mit«, sagte Frédéric, der Isas Unruhe spürte.

Das Haus war dunkel. Nicotine lag im Garten und stand nicht einmal auf, als sie das Gartentor öffneten. Das war nicht normal.

»Vielleicht war sie ja zwischendurch hier und hat dir eine Nachricht hinterlassen.« Frédéric schob Isa vor sich die Treppe hinauf. Sie öffnete die Tür, machte Licht, dann suchten sie gemeinsam alle Räume ab. Nichts.

»Vielleicht ist sie bei Mado oder bei Arlette?«

Sie machten sich wieder auf den Weg und stießen bei Arlette auf Mado, die zu Besuch war, doch von Giselle keine Spur. Niemand wusste, wo sie war, sie hatten sie seit dem Morgen nicht gesehen.

»Mal was anderes«, sagte Mado und nahm Isa zur Seite. »Du und dieser ehemalige Bartträger hier? Wie kommt das?«

»Ist doch jetzt total egal«, sagte Isa. »Wichtig ist nur, wo Giselle ist. Wir müssen sie suchen!«

»Und wo sollen wir damit anfangen?«, fragte Arlette. »Wir haben nicht die geringste Ahnung, wo sie sein könnte. Ist sie vielleicht zum Arzt gefahren, als du sie gesehen hast?«

Sie riefen Dr. Michelet an, aber Giselle Merckx war nicht bei ihm gewesen. Sie kontaktierten alle Leute, die ihnen in den Sinn kamen: den Apotheker Gérard, Miriam und Monique, Ernestine von der Bäckerei, Père Célestin, die Bekannten aus Ormais, mit denen Giselle früher Bridge gespielt hatte, die Fußpflegerin. Nichts.

»Zieht deine Tochter eigentlich wieder mit diesem Polizisten um die Häuser?«, fragte Isa.

»Gut möglich. Die beiden haben viel nachzuholen, praktisch sämtliche Jahre, die Rebecca in Montpellier war und Marcel trainiert hat wie ein Bekloppter. Aber wie könnte Rebecca jetzt helfen?«, fragte Mado.

»Nicht Rebecca, du Muttertier. Der Polizist natürlich! Oder willst du lieber gleich den Commissaire aus Béziers aus dem Bett klingeln?«

»Den? Um Himmels willen, nein! Wahrscheinlich würde er mich gleich wieder verdächtigen, dass ich etwas mit Giselles Verschwinden zu tun habe.«

»Aber warum denn? Was hättest du für einen Grund?«

»Vielleicht ist sie mir auf die Schliche gekommen und hat entdeckt, dass ich die Giftmischerin bin, die Jean die Eisenhutessenz in die Flasche gefüllt hat. Und deshalb musste sie weg.«

»Hör doch auf, Mado, das finde ich überhaupt nicht lustig.«

»Schluss mit dem Streit«, mischte sich jetzt auch Frédéric ein.

»Wir streiten uns nicht«, behauptete Mado. »Wir reden immer so miteinander. Wir Frauen sind so. So direkt, meine ich.«

»Los, Mado«, unterbrach Isa sie, »ruf jetzt deine Tochter an. Sie soll mit ihrem Marcel herkommen, und er soll sich auf seiner Dienststelle erkundigen, ob irgendein Unfall gemeldet wurde. Die Polizei kann doch sicher in den Krankenhäusern nachfragen, in Privatkliniken, Gesundheitszentren …«

»Soll Marcel jetzt herkommen oder in seine Dienststelle fahren, Isa? Du musst dich schon entscheiden.« Mado nahm die Sache noch immer nicht so furchtbar ernst.

»Ruf ihn an, dann rede ich mit ihm. Er sollte doch am besten wissen, was zu tun ist, wenn jemand verschwindet.«

»Er ist Dorfpolizist«, sagte Mado. »In Südfrankreich. Du solltest dir nicht zu viel von ihm erwarten.« Aber sie rief Rebecca an, reichte Marcel an Isa weiter, und beide versprachen, gleich herzukommen.

»Und du bist sicher, dass Giselle keine Nachricht hinterlassen hat?«, fragte Arlette. »Vielleicht hat sie sie auf eine Zeitung gekritzelt oder auf einen von ihren Schmierzetteln, der einfach nur runtergefallen ist?«

»Bitte, Arlette, wir haben alles durchsucht.«

»Wir?«

»Ich und er, Frédéric.«

»Ich verstehe.« Arlette zwinkerte Frédéric zu. »Ich finde es wirklich gut, dass du mal wieder eine Frau in dein Leben lässt. Sonst wärst du doch nur ein alter Kauz geworden, der Rosen züchtet und auf Hasen schießt.«

»Du bist also auch Jäger?«, seufzte Isa.

»Das wäre jetzt aber sehr ungewöhnlich«, sagte Mado, »wenn er kein Jäger wäre. Zumindest in dieser Gegend.«

Als Rebecca und ihr Polizist eintrafen, hatte Marcel bereits bei seinen Kollegen angerufen. Es war kein Unfall gemeldet worden, und auch in den Privatkliniken im Umkreis gab es keine Giselle Merckx als Neuzugang.

»Vielleicht hat sie einen Familienbesuch gemacht, von dem ihr nichts wisst«, meinte Marcel.

»Dann müsste Giselle aber eine Familie haben, von der wir ebenfalls nichts wissen. Sie ist Witwe und kinderlos. Und falls es doch noch eine Cousine oder einen Neffen gibt, dann sehr wahrscheinlich in Belgien, aber nicht hier.« Mado fuhr ihrem Schwiegersohn in spe über den Mund.

»Aber wo soll sie denn sonst sein? Wann ist sie überhaupt weggefahren?«

»So gegen neun, halb zehn«, sagte Isa. »Ich hab sie gesehen, sie sah ziemlich verbiestert aus. Als hätte sie etwas Bestimmtes vor, jedenfalls keine fröhliche Einkaufstour und keinen Kaffeeklatsch mit ihren Bridge-Damen.«

»Glaubt ihr, es könnte etwas mit diesem Gift und dem Eisenhut-Täter zu tun haben?«, fragte Rebecca.

»Wieso?«, fragte Mado. »Die Giftmörderin bin doch ich, wenn es nach dem Commissaire geht, und ich war heute den ganzen Tag zu Hause. Ich habe Giselle nur morgens kurz gesehen, als sie mit dem Hund rausging, danach nicht mehr. Ihr Auto ist nicht wieder zurückgekommen, oder?«

Isa sah Frédéric an. »Wir haben nicht nachgesehen.«

»Aber wir«, sagte Rebecca. »Ich hatte gehofft, sie wäre in der Zwischenzeit wiedergekommen. Fehlanzeige.«

»Vielleicht sollten wir dann doch den Kommissar benachrichtigen?«, schlug Isa vor.

»Es ist schon ziemlich spät«, meinte Marcel. »Bestimmt sitzt er schon vor seiner zweiten Flasche Wein bei Claudine. Er wohnt jetzt bei ihr in der Pension. Viel würde der in seinem Zustand sowieso nicht mehr zusammenbringen. Ich denke, es ist besser, wenn ich morgen früh mit ihm spreche.«

»Und jetzt?«

»Jetzt gehen wir alle schlafen. Vielleicht fällt uns ja im Schlaf oder im Traum ein, wo Giselle sein könnte. Oder sie meldet sich. Und morgen sehen wir dann weiter«, entschied Mado.

»Als ich noch hier im Dorf gewohnt habe, war nie so viel los«, sagte Rebecca und verabschiedete sich von Marcel mit einem schnellen Kuss. Sie wollte die Nacht bei ihrer Mutter im Haus verbringen.

Auch Isa war es fast unheimlich allein in dem großen Haus, nur mit Nicotine und den beiden Katzen, die sich aber nicht blicken ließen. So als seien sie beleidigt, dass Giselle sich nicht höchstpersönlich um sie kümmerte. Frédéric versprach, bei ihr zu bleiben, zumindest bis sie eingeschlafen war. Um sechs Uhr morgens schlich er sich aus Isas Zimmer, um zur Arbeit zu fahren. Er küsste sie zum Abschied, sie murmelte »*Au revoir*« und schlief weiter.

Nach dem Aufstehen ging Isa eine kleine Runde mit Nicotine, so wie Giselle es jeden Morgen tat. Ein Hund ist schließlich kein Kater, dachte Isa. Für Nicotine war ihr morgendlicher Spaziergang das Allerwichtigste. Ihre Begleitung dabei war zweitrangig.

Am Vormittag rief Christine von der *mairie* an. Es gäbe eine Grundstücksneuordnung auf der anderen Flussseite. Das Architektenhaus sei verkauft worden, und der neue Besitzer wolle weitere Grundstücke erwerben, die an ihres grenzten. Sie müsse schriftlich ihr Einverständnis erklären, ob sie nicht vorbeischauen könne. Isa sagte zu, sie habe sowieso vorgehabt, ihr in den nächsten Tagen einen Besuch abzustatten, da könne sie auch gleich fahren.

Von Giselle Merckx gab es noch immer keine Spur, kein Zeichen, auch Mado und Arlette hatten nichts von ihr gehört. Vielleicht war sie ja doch zu jemandem gefahren, von dem sie nichts wussten, vielleicht zu einer neuen Bekanntschaft. Oder sie war zum Meer aufgebrochen, weil sie vom Dorf die Schnauze voll hatte, von der Aufregung mit dem Aconitin, dem erst Jean zum Opfer gefallen war und das dann auch Mado fast dahingerafft hatte. Aber nein, das war eher unwahrscheinlich. Die ungeklärten Vorfälle, der Verdacht, den der Kommissar auf Mado gelenkt hatte – Giselle wäre in dieser Situation doch nie ans Meer verschwunden und hätte ihre Freundin ihrem Schicksal oder dem Kommissar aus Béziers überlassen. Niemals! Das passte nicht zu ihr. Vielleicht wusste Gérard, der Apotheker, ja etwas Neues.

Isa setzte sich aufs Rad und fuhr nach Ormais. Der Hinweg dauerte nicht einmal fünfzehn Minuten, es ging hauptsächlich bergab. Erst als sie den Fluss überquert hatte, musste sie noch ein kurzes Stück in den Ort hinaufstrampeln.

Doch auch Gérard wusste nicht, wo Giselle sich aufhalten konnte. Einen Ausflug ans Meer schloss er kategorisch aus. Sie sei ihm vorgekommen wie eine Art belgische Miss Marple auf Verbrecherjagd. Sie hatte sich nur dafür interessiert, den Fall zu lösen, sagte Gérard und tippte darauf, dass sie einer Spur folgte. Welche das sein sollte, wusste er allerdings auch nicht, sie hatte ihn nicht eingeweiht.

In der *mairie* nahm Isa im Beisein von Christine Einsicht in die Katasterpläne der Gemeinde. Sie hatte erwartet, dass Christine ihr im Halbdunkel ihres Büros mit den holzvertäfelten Wänden, in einem Gebäude, das noch die Französische Revolution miterlebt hatte, Berge von unhandlichen Pergamenten und handgezeichneten Karten mit verblasster Tinte vorlegen würde, aber nichts davon. Christine klickte sich auf dem PC mit der Maus durch ein paar Programme und Menüs, und schon nach wenigen Sekunden erschien auf ihrem riesigen Bildschirm ein Plan mit Flächen und Wegen in unterschiedlichen Farben und mit eingetragenen Flurnummern.

»Mado und du, ihr seid jetzt Nachbarn«, sagte Christine und deutete auf Jeans Weinberg. »Ich glaube, sie hat noch gar keinen Überblick, was Jean alles gehörte und nun an sie und die Kinder übergegangen ist.«

»Ein aufgegebener Weinberg und dazu ehemalige landwirtschaftliche Flächen, das ist ja kein so rasend attraktives Erbe«, meinte Isa.

»Na ja, Jean besaß auch noch andere Grundstücke. Der Weinberg nahe deinem Grundstück ist tatsächlich nicht viel wert, aber es gibt weitere.«

»So? Aber nicht bei uns im Dorf, oder?«

»Nein, oben in den Bergen, da liegen die Preise auch höher.«

»In den oberen Lagen sind die Grundstücke tatsächlich mehr wert?« Isa kam das seltsam vor.

»Na ja«, sagte Christine, »wenn es jemanden gibt, der das Grundstück haben will, dann steigt es automatisch im Wert, oder nicht?«

»Und wer möchte es haben?«

Christine hätte gern wieder einen Rückzieher gemacht, denn es war eins, mit einer Bekannten über dies und jenes zu reden, aber etwas anderes, Dinge auszuplaudern, die nicht jeder von seinen Nachbarn wissen musste. Doch nun hatte sie sich schon zu weit vorgewagt, um noch den Rückwärtsgang einzulegen. Sie sah sich um, ob auch kein Besucher vor der Glastür ihres Büros wartete, dann gab sie ein paar Kriterien in die Suchmaske ihres Computers ein, und sofort baute sich auf dem Bildschirm ein neues Bild auf, das von der Form her wie eine Frankreichkarte aussah, zusammengesetzt aus Flächen, die zusammenhingen und royalblau eingefärbt waren. Ganz Frankreich? Nein, etwa in der Mitte oder etwas westlich davon gab es noch eine graue Fläche, ein gallisches Dorf inmitten der römischen Provinz.

»Der kleine Gallier ist in diesem Fall offensichtlich Jean«, sagte Isa. »Aber wer ist der Cäsar, dem die blauen Flächen gehören?«

»Das sollte ich dir eigentlich nicht sagen, obwohl es natürlich auch kein Geheimnis ist.« Christine nannte tatsächlich keinen Namen, wechselte aber zu einer anderen Ansicht, in der die einzelnen Grundstücksflächen farbig abgeschwächt und auf eine Straßenkarte gelegt waren.

Jetzt konnte Isa auch erkennen, um wessen Hof es sich bei den Gebäuden in den Bergen handelte. »Luis«, sagte Isa, »Luis Kunkel?«

»Ein Landsmann von dir, nicht wahr?«, sagte Christine beiläufig, um von ihrem Verrat abzulenken.

»Aber wie kommt es, dass Jeans Grundstück ganz von Luis' Landflächen umgeben ist?«

»So was kommt schon mal vor. Monsieur Kunkel hat nicht alle Grundstücke auf einmal gekauft. Zuerst nur das Haus mit Grund, dann nach und nach immer mehr Flächen von unterschiedlichen Besitzern. Und einer davon war eben Jean Vidal.«

»Und warum ist genau dieses eine Stück da noch übrig?«

»Ich nehme an, Jean wollte es ihm nicht verkaufen.«

»Und warum nicht?«

»Vielleicht, weil der *Allemand* ihm nicht genug Geld dafür geboten hat?«

»Ist an diesem Grundstück denn irgendetwas besonders? Ich meine, es besteht nur aus Wald und Wiesen, oder?«

»Wald und Wiesen und ein paar Quellen, soviel ich weiß.«

»Davon besitze ich auf meinem Grundstück auch genug, trotzdem will es mir im Moment niemand abkaufen. Stattdessen wohnen in dem Haus Leute, die keine Miete zahlen.«

»Ich schätze, du brauchst einen Anwalt. Oder such dir einen *huissier de justice.*«

»Einen Gerichtsvollzieher?«

»Ja, bei uns macht den Job eine Frau. Sie soll sehr gut sein. Soll ich dir ihre Nummer geben?«

Isa notierte sich Adresse und Telefonnummer, dann unterschrieb sie das Formular, das Christine ihr vorlegte.

Als sie die *mairie* verlassen hatte, trank Isa noch einen *café au lait* auf der Terrasse des »Café de la Gare« und dachte an die Gerichtsvollzieherin, die natürlich zunächst einmal Geld kosten würde. Aber wenn sie erreichte, dass ihre Mieter endlich zahlten, würde sich die Investition langfristig lohnen. Sie musste bald mit der Dame reden. Unten am ehemaligen Bahnhof spielten einige ältere Herren *pétanque*. Isa sah ihnen von der Terrasse aus zu, wie sie gestikulierten, lachten und sich gegenseitig auf die Schultern klopften. Es war, als sähe sie Fernsehen ohne Ton. Isas Gedanken wanderten hin und her. Es sah alles so friedlich aus, die platanengesäumte Straße, das Café mit den grünen Metalltischen und Stühlen mit Lochmuster in der Lehne, das gelbe Postgebäude, vor dem ein ausgeblichener, ehemals roter *deux chevaux*, ein Citroën 2 CV, stand, die blau gestrichenen Balkone und Brüstungen am Wohnhaus des Doktors mit seinen in aufwendiger Handarbeit restaurierten Steinmauern. Eine richtige Idylle. Für Rätsel und Geheimnisse schien dies absolut nicht der passende Ort zu sein. Eines der hundert schönsten Dörfer Frankreichs, im sonnigen Midi, aber irgendwer hatte Jean

214

Aconitin in den Schnaps gemischt und Mado die schrecklichen Blumen vor die Tür gelegt. Und jetzt war auch noch Giselle verschwunden. Herrgott, sie musste auf jeden Fall zum Kommissar gehen! Er musste erfahren, dass Giselle verschwunden war. Der junge Marcel war für Dinge dieser Art einfach nicht der Richtige.

Isa zahlte, setzte sich wieder aufs Rad und fuhr zum Fluss hinunter. Claudines Restaurant an der alten Brücke war noch nicht geöffnet, aber die Chefin stand schon in der Küche, um das Mittagessen vorzubereiten. Sie wusste nur, dass der Herr Commissaire früh aufgestanden war und sich zum kleinen Frühstück eine in Wasser aufgelöste Aspirin-Tablette bestellt hatte. Dann hatte er sich auf den Weg gemacht.

»Abends trinkt er sich durch meine Weinkarte«, sagte sie. »Ich muss sagen, er verträgt so einiges, aber meistens doch nicht so viel, wie er hofft.« Sie lächelte.

Isas nächste Station war der *poste de police*. Marcel hatte heute Spätdienst und war noch nicht da. Der Commissaire habe nur morgens kurz vorbeigeschaut und sei dann gleich weitergefahren, sagte ihr Charles. Wohin, wisse er nicht. Aber dass Monsieur Riquet einen Kater gehabt habe, sei nicht zu übersehen gewesen.

In der Mittagshitze strampelte Isa zurück ins Dorf, diesmal konstant bergauf. Ein Mountainbike mit siebenundzwanzig Gängen wäre für die Strecke nicht übertrieben gewesen, aber das Rad von Giselles verstorbenem Mann hatte ganze drei, was immerhin besser war als nichts, aber auch nicht so richtig toll. Sie hoffte, der eigenhändig geflickte Reifen würde halten, und quälte sich schwitzend den Berg hinauf, die Schaltung knackte. Kurz bevor sie den Scheitelpunkt erreicht hatte, von dem es dann wieder leicht abfallend zum Dorf hinunterging, fiel ihr ihr Besuch auf dem Berghof wieder ein, als sie Luis hatte sprechen wollen, ihn aber nicht angetroffen hatte. Nur der Praktikant war da gewesen.

Trotz der Hitze bekam Isa plötzlich eine Gänsehaut und spürte ein Kribbeln auf der Kopfhaut und in den Händen. Gestern Abend hatten sie beim Trüffelessen noch darüber gesprochen. Sie hatten gedacht, Hannah habe ihre Kräuter mitgenommen, aber vielleicht war das gar nicht der Fall. War das nun eine Spur oder nicht? Und hatte Giselle sich einfach selbst davon überzeugen wollen, ob diese private Kräuterapotheke dort oben noch vorhanden war oder nicht? Auf eigene Faust, ohne jemandem Bescheid zu sagen?

Frédéric war auf der Arbeit, und Arlette konnte wegen Arnault nicht weg. Marcel lief mal wieder die Halbmarathondistanz als Training und war deshalb schon sehr zeitig aufgestanden. Mado und Rebecca saßen zu Hause und sahen sich alte Fotoalben an aus der Zeit, als Rebecca und ihr Bruder klein gewesen waren und Mado eine junge Mutter und Jean, wer hätte es gedacht, ein netter, na ja, zumindest ein ganz normaler junger Vater gewesen war.

Isa platzte in die Familienidylle mit ihrer Ahnung und dem dringend geäußerten Wunsch nach einem Auto und Begleitschutz hinein. Sie wollte mit den beiden zu Luis' Hof hinauffahren, wenn möglich sofort, weil diese Spur vielleicht zu Giselle führen würde.

»Du glaubst, dass sie dort ist?«, fragte Rebecca.

»Das weiß ich nicht, aber ich glaube, wir müssen dort anfangen, nach ihr zu suchen.«

Un, deux, trois, je m'en vais au bois

Ein Bündel Lichtstrahlen fiel wie durch ein Brennglas in den kleinen Raum, dessen Wände mit Regalen vollgestellt waren. In ihre weiße Strickjacke gehüllt war sie auf dem einzigen vorhandenen Stuhl eingeschlafen und rieb sich nun den Nacken. Alles tat ihr weh. Wann hatte sie zuletzt eine ganze Nacht im Sitzen geschlafen? Sie stand auf und drückte den Rücken durch. Ach Gott, wenn sie nicht so alt wäre, würde sie vielleicht versuchen, durch das kleine Fenster oben unter der Decke zu entkommen. Aber mit ihren über siebzig Lenzen auf dem Buckel ließ sie es lieber bleiben. Sie wollte noch nicht sterben, nicht jetzt, wo sie vielleicht kurz davorstand, einen Mörder zu stellen. So viel Aufregung war selten in ihrem Leben, und ein bisschen genoss sie sie sogar. Natürlich hätte sie auch daran denken können, ihr *portable* einzustecken, und daran gedacht hatte sie sogar, es dann aber wie immer auf dem Esszimmertisch liegen lassen.

Das Licht im Raum war noch zu schwach, um die Regale weiter zu durchsuchen. Das Drücken des Lichtschalters schaltete die Deckenlampe auch heute nicht ein. Schon gestern hatte sie einen Sicherungskasten gesucht, aber nicht gefunden. Wahrscheinlich war er draußen oder im Haupthaus. Hier drinnen gab es keinen Strom, weil ihn anscheinend jemand abgestellt hatte. Eine Wasserflasche hatte sie gefunden, alt und bereits geöffnet, aber egal. Alles war besser als gar kein Wasser.

Sie hatte nicht gesehen, wer sie gestern Mittag hier eingesperrt hatte, aber sie zweifelte nicht daran, dass es Monsieur Kunkel gewesen war. Wie hatte er sie nur so schnell entdeckt? Sie war morgens durch die Kastanienwälder auf einer engen Straße, die herrliche Ausblicke hinunter ins Tal bot, heraufgefahren. Sie hatte außerhalb des Grundstücks geparkt und war dann zum Haupthaus gegangen. Den Besitzer traf sie nicht an, dafür aber zwei Familien mit kleinen, sich zankenden Kindern, die als Gäste auf dem Hof waren. Der Hausbesitzer war anscheinend nicht anwesend, Giselle war nur dem Praktikanten begegnet, von dem Isa schon erzählt hatte. Er war gerade damit beschäftigt gewesen, mehrere Hefe-teigklumpen auf einer bemehlten Arbeitsfläche durchzukneten.

»Was soll denn das werden?«, fragte Giselle.

»Brot«, sagte der Praktikant und stellte sich als Oliver vor. »Ich kann gar nicht genug backen. Die Gäste lieben es frisch aus dem Ofen. Sie reißen es mir fast aus der Hand.«

Giselle unterhielt sich über alles Mögliche mit ihm, erkundigte sich, wie lange er schon hier war, wie lange er bleiben würde et cetera. Nur auf die Frage, wo sein Chef gerade sei, zuckte Oliver mit den Schultern und schwieg.

»Das geht niemanden etwas an«, sagte er schließlich, und Giselle vermutete, dass sein Chef ihn angehalten hatte, diese Antwort zu geben. Sie passte nicht zu dem jungen Mann, der froh über ihre Gesellschaft zu sein schien und gern von sich erzählte.

Giselle hatte ihm gesagt, sie nutze den Vormittag, um ein wenig wandern zu gehen. Ob es denn auch Pilze gebe in den Wäldern?

Eigentlich schon, sagte Olli, aber es sei verboten, sie zu pflücken. Überall hingen entsprechende Schilder. Sie wolle sie ja nicht auf dem Markt verkaufen, erwiderte Giselle und erzählte, dass sie gestern eine schwarze Trüffel gefunden habe, heute aber eher auf der Suche nach *cèpes*, Steinpilzen, sei.

Olli wünschte ihr viel Glück und lud sie ein, auf dem Rückweg sein frisch gebackenes Hefebrot zu kosten. Für Giselle war der Anblick eines mit Schürze backenden Mannes ungewohnt. Für ihren eigenen Mann hatte sie damals die Küche zum Sperrgebiet erklärt. Sie hatten sich darauf geeinigt, dass er in ihrem Bereich nichts zu suchen hatte und sie sich dafür beim Papierkram und den Behörden raushielt. Diese Aufgabenteilung hatten sie bis zu seinem Tod beibehalten, aber heute machte sie den Bürokram nicht einmal ungern. Geldzählen, Kontoauszüge prüfen, das machte ihr Spaß. Und den Rest, der keinen Spaß machte, überließ sie ihrem Steuerberater.

Nachdem sie sich von Olli verabschiedet hatte, lief sie über eine Weide, auf der zwei magere Kühe und ein Esel grasten, und kam zu einem eingezäunten Grundstück, auf dem eine gefasste Quelle sprudelte, dessen Wasser man jedoch nicht trinken sollte. »Eau non potable«, stand auf einem selbst gemalten Schild. Wer's glaubt, dachte Giselle und ging in einem weiten Bogen parallel zur Landstraße wieder zum Gehöft zurück. Sie sah sich verschiedene Nebengebäude an, darunter eine Werkstatt, eine Garage für einen alten Traktor, ein kleines Ein-Zimmer-Häuschen, in dem früher anscheinend die Backstube untergebracht gewesen war. Heute war es das Haus des Praktikanten, der sich sein Türschild selbst getöpfert hatte. Als sie schon fast wieder ihr Auto erreicht hatte, entdeckte sie ein Stück weiter bergauf im Kastanienwald ein weiteres Gebäude, das sie zunächst für einen Geräteschuppen hielt. Schnell stieg sie die paar Meter hinauf. Die Tür war abgesperrt, aber nach kurzem Suchen fand Giselle den Schlüssel unter einem der beiden großen Steine am Eingang. Der Schuppen bestand aus einem Raum mit Regalen, in dem sie jetzt seit ungefähr zwanzig Stunden saß und immer dringender auf die Toilette musste.

Beim Eintreten hatte sie die Tür einen Spalt breit offen stehen gelassen, um mehr Licht zu haben. Sie hatte schnell bemerkt, dass es drinnen keinen Strom gab oder die Glühbirne kaputt war. Giselles Entdeckung war weitaus mehr als nur eine Hausapotheke. Es handelte sich um eine komplett ausgestattete homöopathische Apotheke mit getrockneten Kräutern, Wurzeln und Auszügen in Wasser und in Alkohol. Giselle war auf einen wahren Schatz gestoßen. Nur an einer alphabetischen Ordnung fehlte es, sodass ihr nichts anderes übrig blieb, als systematisch Regal für Regal zu überprüfen. Schon kurze Zeit später war sie auf zwei interessante Dinge gestoßen: Bilsenkraut-Samen und Blätter der Tollkirsche. Sieh an, sieh an, dachte Giselle, das ist schon eher heiß als warm. Sie war gespannt, was neben halluzinogenen Pflanzen hier noch zu finden sein würde.

Plötzlich war mit einem Rums die Tür hinter ihr ins Schloss gefallen, und jemand hatte den Schlüssel außen im Schloss umgedreht. Sie hatte gerufen und gegen die Tür gehämmert, und als sie niemand befreit hatte, hatte sie sich an die Untersuchung der weiteren Regalinhalte gemacht. Bis zum Abend, als das Licht so diffus wurde, dass sie auch mit Brille nichts mehr erkennen konnte, hatte sie etwa zwei Drittel der Mittelchen durchsucht. Und wenn sie im Halbdunkel nichts übersehen hatte, war kein Aconitin darunter gewesen, nur Aconitum D30 Globuli, ein Medikament, das bei Fieberanfällen und Schockzuständen verwendet wurde, wenn sie sich recht erinnerte. Zudem waren die Globuli nicht selbst hergestellt worden, sondern stammten laut Etikett aus einer Apotheke in Österreich.

Das Tageslicht wurde schwächer und schwächer, und ihre Augen brannten. Noch einmal klopfte sie gegen die Tür und rief um Hilfe, aber niemand hörte sie. Ein paarmal fuhr ein Auto unten auf der Straße vorbei. Wahrscheinlich hätte ihr *portable* hier sowieso kein Netz gehabt, dachte sie wie zum Trost. Sie rationierte die halb volle Wasserflasche und machte es sich auf dem Stuhl so bequem, wie es eben ging. Im diffusen Dämmerlicht, mit der Aufregung des Tages in den Knochen, war sie recht schnell eingeschlafen und hatte damit ihre drückende Blase überlistet.

Jetzt allerdings, als sie beim ersten in den Schuppen dringenden Sonnenlicht erwachte, war ihr Widerstand gebrochen. Sie zählte die vier Ecken des Raumes: *»Un, deux, trois, je m'en vais au bois, quatre, cinq, six, cueillir des cérises.«* Bei *»cérises«* hockte Giselle sich nieder und verrichtete ihr kleines Geschäft, das keinen weiteren Aufschub mehr geduldet hätte. Sie war unmittelbar erleichtert, andererseits erschwerte der immer intensiver werdende Ammoniak-Geruch auf Dauer die Arbeitsbedingungen. Sie reckte und streckte sich, und als es ausreichend hell war, untersuchte sie die Inhalte der Regale, zu denen sie am Vortag nicht mehr gekommen war.

Es war schon kurz vor elf am Vormittag, als sie glaubte, draußen ein Geräusch wahrzunehmen. Wieder begann sie, gegen die Tür zu hämmern und zu rufen: »Lassen Sie mich raus!«

Tatsächlich wurde der Schlüssel im Schloss umgedreht. Giselle trat einen Schritt zurück und griff nach dem Stuhl. Besser als nichts, dachte sie. Als die Tür aufging, stand ein nicht sonderlich großer, in der Körpermitte fülliger Mann im prallen Sonnenlicht.

»Sie?«, rief er.

»Ja, ich. Meinen Retter hätte ich mir jetzt allerdings auch anders vorgestellt, wenn ich ehrlich bin«, antwortete Giselle.

»Wie denn? Vielleicht in Strumpfhosen und auf einem weißen Pferd?«, fragte Commissaire Riquet. »Wie kommen Sie überhaupt hier rein? Und wieso, verzeihen Sie die Frage, stinkt es hier so entsetzlich?«

»Was soll ich Ihnen sagen, Monsieur? Dieses Hotelzimmer wurde mir ohne Toilette vermietet. Ein Skandal. Und was führt Sie hierher?«

»Ich tue nur meine Arbeit, Madame. Allerdings war ich nicht auf der Suche nach Ihnen.«

»Nicht? Ich bin immerhin seit fast vierundzwanzig Stunden abgängig.«

»Ist das so? Nun, selbst wenn ich davon gewusst hätte, hätte mich das nicht besonders beunruhigt. Bis jetzt dachte ich ja, Sie hätten Ihre Sinne noch alle beieinander. Und wenn dem so ist, dürfen Sie in einem freien Land so lange von der Bildfläche verschwinden, wie Sie wollen.« Er sah sich in dem Schuppen um und rümpfte angesichts des Rinnsals, das von einer kleinen Pfütze ausgehend schon die Mitte des Raumes erreicht hatte, die Nase. »Was tun Sie hier, zum Kuckuck?«

»Ich suche nach dem Aconitin.«

»Woher wissen Sie davon?«, empörte sich Riquet. »Hat *Monsieur le Docteur* geplaudert, oder sind Sie in seine Praxis eingestiegen? Oder haben Sie etwa den kleinen Marcel mit irgendetwas unter Druck gesetzt?«

»Dreimal nein.«

»Woher dann?«

»Eine sehr begabte Person, um nicht zu sagen ein Genie, hat eigene Forschungen angestellt und es herausgefunden«, sagte Giselle.

»Und was genau hat diese Person untersucht, bitte?«

»Ein Schnapsfläschchen, das einen hochgiftigen Aconitin-Auszug enthielt.«

»Hätten Sie jetzt noch die Güte, mir zu sagen, wo Sie dieses Fläschchen gefunden haben, Madame?«

Giselle beobachtete, wie Riquets Gesicht rot anlief. Der Commissaire war anscheinend ein verkappter Choleriker. Sie entschloss sich zur Flucht nach vorne.

»Da, wo Sie selbst auch schon gesucht, aber nichts gefunden haben.«

»Madame, ich werde Sie dafür belangen, darauf können Sie sich verlassen! Sie haben sich strafbar gemacht, verstehen Sie? Und denken Sie bloß nicht, dass für Sie eine Extrawurst gebraten wird, nur weil Sie schon Rentnerin sind.«

»Was kann ich denn dafür? Hätten Sie gründlicher gesucht, hätten wir auch nichts finden können.«

»Wir? Wer zum Teufel ist denn jetzt plötzlich wir?«

»Darüber muss ich Ihnen keine Auskunft geben. Ich nehme alles auf meine Kappe.«

»Sie geben also zu, die Anführerin einer Bande zu sein?«

Giselle Merckx zog es vor, darauf nicht zu antworten. Sie würde den Teufel tun, sich selbst oder ihre Freundinnen zu belasten.

»Und wer war das Genie, das dieses Aconitin nachgewiesen hat? Sagen Sie bloß, das sitzt auch da drüben in Ihrem mittelalterlichen Dörfchen.«

»Es handelt sich um ein minderjähriges Genie, das auch in einigen Jahren noch nicht strafmündig sein wird. Den Namen möchte ich deshalb nicht nennen. Zu seinem Schutz. Kinderschutz, Sie verstehen?«

»Ich bin Kriminalist, Madame. Den Namen bekomme ich auch so heraus. Und wenn das Genie auch nicht belangt werden kann, so ist doch zumindest eine Verwarnung fällig. Sicher gibt es den einen oder anderen Erziehungsberechtigten dieses Superhirns, dem ich die Leviten lesen kann. Und das werde ich tun, darauf können Sie sich verlassen.«

Giselle zog es vor, keine weiteren Kommentare abzugeben. Bei dem Gedanken an Gérard und seine Zulassung als Apotheker, die auf dem Spiel stand, wurde ihr heiß und kalt. Ihr musste etwas einfallen. Aber nicht jetzt. Eins nach dem anderen.

»In Bezug auf Luis Kunkel haben Sie wahrscheinlich dieselbe Quelle angezapft wie ich. Mademoiselle Christine auf der *mairie*, nicht wahr? Eine ausgesprochen sprudelnde Quelle. Wahrscheinlich eine Freundin von Ihnen oder einer Ihrer Freundinnen aus dem Dorf, hab ich recht?«

Giselle schwieg. Sie konnte ja nicht den ganzen Ort mit in diese Sache hineinziehen. Dann war der Commissaire also doch nicht ganz so untätig gewesen wie erwartet und hatte nicht nur mit Claudine geflirtet und sich als Stammgast bei ihr durchgefuttert. So unfähig war er also gar nicht. Trotzdem musste sie mit einer gewissen Genugtuung feststellen, dass sie selbst schneller gewesen war. Auch wenn ihr der zeitliche Vorsprung jetzt nicht mehr viel nutzte.

»Haben Sie hier irgendwelche Beweisstücke gefunden?«, fragte Riquet.

»Aconitum-Globuli, die jedoch aus Österreich stammen. Aber wie Sie sehen, gibt es die von Kunkels Frau angelegte Apotheke noch. Wir sollten diese Frau ausfindig machen und mit ihr sprechen. Meinen Sie nicht?«

»Sagten Sie eben wir, oder habe ich mich verhört?«

»Ja, wir. Oder sprechen Sie vielleicht Deutsch?«

»Nein, Sie vielleicht?«

»Ich nicht, aber Isa ist Deutsche, sie könnte für uns dolmetschen, falls Madame Kunkel nicht ausreichend Französisch spricht.«

»Jetzt kommen Sie endlich hier raus.« Riquet trat ins Freie und atmete ein paarmal tief durch. »Für solche Fälle sollten Sie sich überlegen, sich eines dieser modernen Mobiltelefone anzuschaffen. Die beißen nicht. Und es gibt sie auch in Senioren-Ausführung mit extragroßen Tasten.«

»Tatsächlich?«, flötete Giselle. »Haben Sie auch so eines?«

Gemeinsam gingen sie hinüber ins Haupthaus, wo Praktikant Olli ihnen Kaffee machte und Giselle ihn um zwei Dinge bat. Erstens um eine Toilette mit Wasserspülung und zweitens um ein Stück seines Hefebrotes, vielleicht mit etwas Butter, wenn das nicht zu viele Umstände mache. Sie hatte seit vierundzwanzig Stunden nichts gegessen.

»Machen Sie eine Diät?«, fragte Olli. »Intervallessen oder so etwas?«

»Nein«, sagte Giselle, »das Hungern war ja auch nicht ganz freiwillig. Wann ist Ihr Chef eigentlich gestern auf den Hof zurückgekommen?«

»Etwa eine Stunde, nachdem Sie zum Pilzesuchen aufgebrochen waren.«

»Okay, das passt. Und dann?«

»Dann hat er ein paar Sachen zusammengepackt und ist weggefahren. Er hat gesagt, er muss ein paar Tage geschäftlich verreisen und ich soll hier die Stellung halten. Er hat mir Geld dagelassen und gesagt, ich soll Amélie, die Frau, die hier sauber macht, anrufen, damit sie mir im Haus und mit den Gästen hilft.«

»Dann muss ich jetzt dringend meine Kollegen informieren.« Der Commissaire stand auf.

»Ach, sehen Sie mal, da kommt ja unsere Dolmetscherin. Wie gerufen. Und sie hat sogar zwei Damen mitgebracht, bei denen Sie sich vielleicht entschuldigen möchten, Herr Commissaire.«

Isa war gemeinsam mit Mado und deren Tochter im Anmarsch. Sofort zog Riquet sich zum Telefonieren ins Haus zurück.

»Gott sei Dank!«, sagte Mado, als sie sich umarmt hatten. »Du lebst und bist wohlauf!«

»Was ist passiert?«, fragte Isa.

Rebecca warf feindselige Blicke in Richtung des Commissaire.

»Dein Landsmann Luis beliebte mich in der Apotheke seiner Frau einzusperren, also musste ich dort die Nacht verbringen. Erst vor einer Stunde kam endlich mein Retter.« Sie zeigte auf Riquet. »Meine Damen, wir haben in diesem Fall so gut angefangen, aber jetzt habt ihr mich doch ein wenig enttäuscht. Warum habt ihr so lange gebraucht, um eins und eins zusammenzuzählen und mich zu finden?«

»Warum hast du nicht gesagt, wohin du gehst?«, parierte Mado.

»Ich konnte doch nicht wissen, dass mein kleiner Ausflug gleich so gefährlich wird. Ehrlich gesagt, hab ich gar nicht groß nachgedacht. Ich hatte eine Spur, und der bin ich gefolgt. Außerdem dachte ich, ich hätte das Handy eingesteckt und könnte euch jederzeit anrufen.«

»Und? Hast du irgendetwas gefunden?«, fragte Isa.

»Eine gut sortierte Naturapotheke, in der es auch einen Aconitin-Auszug gegeben haben könnte. Ich habe aber keinen gefunden. Jetzt setzt euch doch endlich. Hier gibt es einen jungen Mann, der hervorragend Brot backen und Kaffee kochen kann.«

Der Kommissar telefonierte noch immer, forderte die Spurensicherung an und leitete eine Ringfahndung ein. Als er aufgelegt hatte, bot Isa ihm an, ihm das Haus von Luis' Freundin im Nachbardorf zu zeigen.

224

Gemeinsam setzten sich Riquet und Isa in seinen Wagen, Marcel wurde als Verstärkung hinzubestellt. Isa zeigte dem Ermittler Véroniques Haus und den Zugang zum Garten. Bei der Erinnerung an die erotische Szene, die sie hier miterlebt hatte, kribbelte es wieder in ihrem Bauch.

»Sie bleiben hier«, ordnete der Kommissar an und zog seine Dienstwaffe. Es war eine SIG Sauer SP 2022.

Isa ging hinter der Hausmauer in Deckung.

»Mademoiselle, kommen Sie!«, rief der Ermittler nach ein paar Sekunden.

Isa ging um das Haus herum und sah, wie Riquet mit gezogener Waffe Véronique und einen Mann in Schach hielt. Die beiden hatten nicht viel an, eigentlich nur eine Kleinigkeit. Sie trug einen Tanga mit Leopardenmuster, er einen schwarzen Slip. Diese Véronique war die reinste Nymphomanin!

»Ist er das?«, fragte Riquet.

»Wer?« Isa wusste nicht, wohin genau sie sehen sollte.

»Na, der Deutsche, Monsieur Kunkel!«

Isa schüttelte den Kopf, und im gleichen Augenblick fing Liebhaber Nummer zwei auch schon wie ein Rohrspatz an zu schimpfen. Wie dieser *flic* dazu käme, ihn mit der Waffe zu bedrohen, dieser verdammte *schmidt*. Nacheinander nannte er den Commissaire *cochon* – Schwein –, *bœuf* – Ochse – und *vache* – Kuh.

Riquet sah trotzdem im Haus nach, ob Liebhaber Nummer eins sich nicht doch noch in perfider Tarnung dort versteckt hielt. Aber Véronique schien nichts über seinen Verbleib zu wissen und von Einsamkeit oder gar Enthaltsamkeit hielt sie offenbar nichts. Riquet warf einen letzten Blick auf ihren wahrhaft formidablen Vollweib-Körper, dann riss er sich los und ging mit Isa zurück zum Auto. Als Marcel endlich eintraf, gab es für ihn nichts mehr zu tun.

Inzwischen hatte man die Telefonnummer seiner Frau ausfindig gemacht. Isa sprach eine ganze Weile mit Hannah. Sie hatte Anfang September mit den Kindern zu Besuch kommen und ihre Apotheke nach Deutschland umziehen wollen, da sie eine Ausbildung zur Heilpraktikerin machte. Ihre Schätze hatte sie über viele Jahre gesammelt.

Ob sie auch Eisenhut gesammelt und präpariert habe, wollte Isa wissen.

»Ja. Die Knollen habe ich in den Alpen ausgegraben, dort wachsen sie überall. Ich habe selbst einen Auszug hergestellt und diesen anschließend homöopathisch verdünnt, also potenziert.«

»Aber du weißt, dass der Auszug hochgiftig ist?«

»Natürlich. Deshalb habe ich den Schlüssel zu der Hütte auch immer bei mir getragen. Nachts lag er in meinem Nachttisch, wo andere Menschen ihre Pistole aufbewahren. Aber dann, als ich ihn mitnehmen wollte, war er verschwunden.«

Dass Madame Merckx den Schlüssel unter einem Stein vor der Tür gefunden hatte, empörte Hannah fast noch mehr als die Tatsache, dass der Aconitin-Auszug verschwunden war.

Ob sie Monsieur Vidal, Jean Vidal, kenne, fragte Kommissar Riquet.

»Ein Teufel«, antwortete sie auf Französisch. »Es tut mir leid, aber wenn ich an ihn denke, muss ich ihn einfach so bezeichnen.«

»Und warum? Was hat er Ihnen getan?«, fragte Riquet.

»Unser großes Problem auf dem Hof war das Wasser. Im Sommer hatten wir regelmäßig zu wenig davon. Die Wasserversorgung ist leider nicht mit dem Ausbau des Hauses und der Wohnungen modernisiert worden.«

»Aber was hat Monsieur Vidal damit zu tun?«

»Er besitzt ein Grundstück in der Nähe des Hauses, auf dem mehrere Quellen entspringen und ungefasst auch wieder im karstigen Boden versickern. Genau das Grundstück, das uns immer fehlte, und das wollte er uns partout nicht verkaufen. Und zwar nur deshalb, weil es für uns so wichtig gewesen wäre. Oder vielleicht wollte er auch nur den Preis noch weiter in die Höhe treiben, ich weiß es nicht. Jedenfalls ein wirklich unangenehmer Mensch.«

»Monsieur Vidal ist tot«, sagte Riquet.

»Oh, das wusste ich nicht. Dann tut es mir leid, dass ich ihn gerade so genannt habe. Was ist mit ihm passiert?«

»Er wurde vergiftet. Mit einem in Alkohol aufgelösten Aconitin-Auszug.« Riquet wartete, aber es kam keine Reaktion. »Hallo, sind Sie noch dran?«, fragte der Kommissar.

»Ja, aber ich weiß nicht, was ich sagen soll.«

»Das kann ich mir vorstellen.« Riquets letzte Frage war, ob sie glaube, dass ihr Mann ein Mörder sei.

»Wenn er etwas damit zu tun hat, dann muss es ein Versehen gewesen sein. Luis hat zwar gewusst, dass Eisenhut giftig ist, aber bestimmt nicht, dass die Pflanze eine tödliche Wirkung hat. Vielleicht wollte er Vidal nur eine Lektion erteilen, aber umbringen? Nein, das war ganz bestimmt nicht seine Absicht. Natürlich steht er seit der Trennung unter ziemlichem Druck. Er will das Haus verkaufen, aber um Interessenten zu finden, braucht er für eine stabile Wasserversorgung dieses Grundstück mit den Quellen.«

Das reichte dem Kommissar. Er verabschiedete sich und schnappte sich seinen jungen Kollegen. »Na, Marcel? Das halbe Dorf Ihrer Freundin ist ja schon hier versammelt. Kennen Sie Monsieur Kunkel eigentlich auch persönlich? Haben Sie eine Ahnung, wo er stecken könnte? Bei Freunden, Freundinnen, in irgendeinem Club vielleicht? Schnappen Sie sich sämtliche verfügbaren Kollegen und Autos und suchen Sie ihn, Mann!«

»Und wenn er schon Richtung Norden unterwegs ist? Was, wenn er nach Deutschland abhauen will?«

»Die Fahndung ist raus, alle Beamten an den Autobahnen und den Grenzen müssten informiert sein.«

»Schade, dass es keine Grenzkontrollen mehr gibt.«

»Andererseits haben wir so viele Kameras wie nie. Irgendwann muss Monsieur Kunkel ja auch mal tanken oder etwas essen. Also los, worauf warten Sie noch?«

Rebecca fand es großartig, Marcel so voll in Aktion und als rechte Hand des Commissaire aus der Stadt zu erleben. Und auf dem Höhepunkt der Verbrecherjagd fand Commissaire Riquet auch noch die Zeit und den Mut, sich in aller Form bei ihrer Mutter für seine falsche und übereilte Verdächtigung zu entschuldigen.

»Es tut mir leid, Madame.« Er deutete eine Verbeugung an und hätte ihr fast noch die Hand geküsst.

Sie nahm seine Entschuldigung an und hoffte, dass damit

vielleicht auch ihre nächtliche Damen-Exkursion zu Jeans Hütte irgendwie vergeben war.

Madame Merckx dachte inmitten des großen Versöhnungs-aktes immer noch an den Kinderschutz beziehungsweise den Genieschutz, den David und sein Erziehungsberechtigter Gérard möglichst genießen sollten. Diesbezüglich musste ihr noch etwas einfallen, und zwar dringend.

Im Dorf der Pfauen

Ein schneller Erfolg bei der Suche des Tatverdächtigen war Riquet nicht beschieden. Luis Kunkel blieb zunächst verschollen, die Fahndung lief ins Leere. Wenn er sich in den Bergen in irgendeinem kleinen Weiler oder einer *bergerie* ohne Wasser, Strom und Telefon versteckt hielt, würde es schwer werden, ihn aufzuspüren. Aber irgendwann musste der Fuchs seinen Bau auch wieder verlassen, musste einkaufen gehen, sein Auto benutzen, sein Handy, und dann würden sie ihn erwischen, davon war Commissaire Riquet fest überzeugt. Es war nur eine Frage der Zeit und der Geduld, aber genau das war seine Schwachstelle. Bald würde in Béziers die *feria* beginnen, und das war für Riquet, der die *corrida* genauso wie die Nächte auf den Straßen liebte, die schönste Zeit im Jahr, die er auf keinen Fall verpassen wollte. Auch die Speise- und Weinkarte in Claudines Restaurant am Fluss hielten keine neuen Überraschungen mehr für ihn bereit, damit war er durch. Und das Nachtleben hier oben in den Hauts Cantons konnte man vergessen. Die gute Stunde Fahrtzeit nach Béziers hätte er für einen abendlichen Ausflug gern in Kauf genommen, aber in dieser Situation erschien es ihm als nicht opportun, sich als ermittelnder Beamter so weit vom Einsatzort zu entfernen. Man musste darauf gefasst sein, dass zu jeder Tages- und Nachtzeit etwas passieren konnte, und einen Skandal wollte er sich so kurz vor der Pensionierung auf keinen Fall noch leisten.

Am zweiten Tag nach dem Verschwinden des dringend Tatverdächtigen erhielt Riquet einen Anruf von seinem alten Freund Julio.

»Altes Haus, wo treibst du dich denn herum? Man sieht und hört ja gar nichts mehr von dir.«

»Ich probiere mich durch die Spezialitäten der ländlichen Küche, mein Freund, und atme die gute Luft der Berge. Und nebenbei lege ich noch einem Giftmörder das Handwerk.«

»Hat es dich beruflich in die Provinz verschlagen? Ein Giftmord mit einem Täter? Ich dachte bisher immer, Männer morden anders.«

»Du meinst mutiger, männlicher? Dann lass dir gesagt sein, dass es in der Kriminalistik wie im Leben nichts gibt, was es nicht gibt. Aber warum rufst du an?«

»Überraschung! Ich habe Ehrenkarten für die Eröffnung der *feria* nächsten Samstag.«

»Nächsten Samstag? Dann muss ich mich allmählich beeilen, den Täter dingfest zu machen. Vorausgesetzt natürlich, eine der Karten würdest du für mich opfern.«

»Ich habe genau vier Stück. Hat mich ein bisschen was gekostet, das darfst du mir glauben. Und zwei davon habe ich unseren netten Begleitungen so gut wie versprochen. Eine ist blond, die andere rothaarig. Ich weiß doch, was dir gefällt.«

»Du bist ein wahrer Freund, Julio. Ich werde mein Bestes tun, dich mit den beiden Damen nicht allein zu lassen.«

Tag drei nach Luis Kunkels Verschwinden verging ohne weitere Vorkommnisse, genauso wie Tag vier. Als Tag fünf anbrach, versuchte sich Riquet mit dem Gedanken anzufreunden, dass sein Kumpel Julio sich womöglich mit zwei Damen auf vier Plätzen vergnügen und er selbst sich die Eröffnung auf dem Flachbildschirm ansehen würde, der im Billard-Café gegenüber dem Postamt an der Wand hing.

Doch am Mittag desselben Tages ging ein Anruf beim *poste de police* in Ormais ein, der wieder Leben in die Bude brachte und Riquets Hoffnungen auf eine Teilnahme an der Eröffnungsfeier vor Ort befeuerte.

»Eine Dame aus Berlou«, sagte Marcel, »das ist ein Musikerdorf in den Bergen. Die Bewohner sind hauptsächlich Deutsche und haben dort oben sogar ein kleines Orchester.«

Riquet staunte einmal mehr, was es in dieser Gegend nicht alles an Skurrilitäten gab.

Erst am Vortag hatte er ein Plakat gesehen, das ein arabisches Reiterfest mit Zelten, Wettspielen auf Pferden, Couscous und Pfefferminztee nahe einem abgelegenen Weiler hinter sieben Hügeln angekündigt hatte. Warum also nicht auch ein deutsches Bergdorf-Orchester? »Geben Sie her. Die Dame spricht doch Französisch?«

»Besser als ich«, gestand Marcel selbstkritisch. »Aber sie ist auch nicht im Süden aufgewachsen.«

Die Dame, deren Französisch sogar vor Riquet Gnade fand, erklärte ihm ohne Umschweife, dass Monsieur Kunkel sich bei ihr befände. Nicht im selben Zimmer, von dem aus sie telefoniere, aber doch in ihrem Haus. Er habe bei ihr Zuflucht gesucht und wisse nun nicht mehr weiter. Er sei ein Nervenbündel, schon mehrere Tage am Rande eines Zusammenbruchs. Leider sei sie keine solche Heilkundige wie Monsieur Kunkels Noch-Ehefrau. Sie habe ihm nur Baldrian verabreichen können, und der habe ihm in keinster Weise geholfen. Er wisse, was er getan habe, könne sich aber selbst nicht erklären, wie es dazu gekommen war. Jedenfalls könne sie ihn nicht länger hierbehalten und habe ihn deshalb vor die Wahl gestellt: entweder Polizei oder Psychiatrie. Dann lieber Polizei, habe er gesagt, und deshalb rufe sie an.

Riquet bedankte sich bei ihr. Sie habe ihre Bürgerpflicht getan und außerdem einem Freund geholfen, das Richtige zu tun, nämlich, sich zu stellen. Das werde auf jeden Fall strafmildernd zu Buche schlagen.

Damit war der Käse allerdings noch nicht gegessen. Was so einfach nach Wir-kommen-dann-vorbei-und-holen-ihn-ab geklungen hatte, entwickelte sich zu einer dramatischen Rettungsaktion. Als Marcel in seiner Funktion als ortskundiger Guide mit dem Commissaire zum Dorf hinauffuhr, stellte Riquet fest, dass die Zufahrt nicht einmal bis zum ersten bewohnten Haus reichte, sondern ein gutes Stück davor in der Pampa endete. In sengender Mittagshitze musste er etwa einen halben Kilometer laufen. Die mangelhafte Infrastruktur dieser Region ging ihm allmählich ziemlich auf die Nerven. Dass es Dörfer in Frankreich gab, die mit einem motorisierten Fahrzeug nicht erreichbar waren, hatte er zwar für möglich gehalten, aber musste er sie denn unbedingt alle besuchen? Schwitzend, schnaufend und wütend auf die ganze Welt erreichte er nach einem schweißtreibenden Fußmarsch ein erstaunlich idyllisches Dorf mit gepflegten Steinhäusern und wurde von gellenden Schreien empfangen.

»Was ist das, Marcel, um Himmels willen?«, fragte Riquet. »Wer schreit hier so erbärmlich?«

»Das ist nur einer der Pfauen von Berlou. Sehen Sie? Da oben!«
Wie ein Wächter stand ein Pfau auf einer Steinmauer und
spreizte seine Schwanzfedern zu einem Rad, aus dem die Beamten
hundert Augen anstarrten.

Riquet schüttelte den Kopf. Bliebe er noch länger in der Gegend, würde er noch ganz irre.

Madame Lichtenhagen, mit der er telefoniert hatte, stand an
der Tür ihres Hauses und bat sie herein. Sie trug ihr langes graues
Haar offen und dazu ein bodenlanges türkisfarbenes Gewand, das
einem Kaftan ähnelte. Über dem Eingang war eine Inschrift in den
Stein gemeißelt: *Maison de la compositrice* – Haus der Komponistin.

Madame Lichtenhagen führte sie ins Wohnzimmer und wollte
dann mit Marcel Monsieur Kunkel holen. Doch gleich darauf
hörte Riquet einen spitzen Schrei von Madame, der ihm durch
Mark und Bein fuhr.

»Er ist fort!«, rief Marcel im nächsten Augenblick, und Riquet
dachte, dass ihn der Wahnsinn nun tatsächlich eingeholt hatte.

»Der Hinterausgang«, sagte *Madame la Compositrice*, und am
liebsten hätten sie sich alle drei gleichzeitig durch die Tür gezwängt,
um dem Flüchtigen hinterherzusetzen.

»Wo könnte er sein? Sind diese Häuser alle bewohnt, stehen die
Türen offen?«, fragte Riquet.

»Die jungen Musiker, die dort untergebracht sind, haben heute
frei und sind zum Wasserfall gegangen. Sie wollen dort baden. Aber
die Häuser sind bei uns nie verschlossen«, erklärte Madame.

Wunderbar, dachte Riquet, dann kann Kunkel jetzt überall
sein, in jedem dieser Häuser. Oder war er vielleicht auch baden
gegangen? Die allgemeine Aufregung hatte sich auf den Pfau über-
tragen. Erneut stieß er einen gellenden Schrei aus, der aber aus
einer anderen Richtung zu kommen schien. War der Pfau etwa
auf der Seite der Staatsgewalt?

»In die Schule!«, rief Madame plötzlich und rannte los, ihren
bläulichen Kaftan raffend.

Marcel und Riquet hetzten hinterher. Die Tür zum Schulhaus
stand einen Spalt offen, und als sie sie aufstießen, sahen sie Luis
Kunkel auf der Galerie unter dem offenen Dachstuhl stehen. Er
war gerade dabei, das Ende eines Seils, das er an einem der Dach-

balken befestigt hatte, zu einer Schlinge zu knüpfen. Madame deutete stumm auf eine Treppe, und Marcel sprintete los.

»Seien Sie doch vernünftig, Monsieur!«, rief der Commissaire. »Ich bitte Sie! Wir werden für alles eine Lösung finden.« Er wusste zwar selbst nicht, welche, aber es war wichtig, auf den potenziellen Selbstmörder einzureden, die Kommunikation mit ihm aufrechtzuerhalten, ihn verbal nicht loszulassen. »Sie werden ein faires Verfahren bekommen, das verspreche ich Ihnen. Wir sind in Frankreich, im Land der Freiheit, hier herrschen Gleichheit und Brüderlichkeit.« Wann war denn Marcel endlich oben, verdammt, hatte er sich etwa auf der Treppe verlaufen? »Monsieur, denken Sie an Ihre Frau und an Ihre Kinder!«, redete er weiter. »Und denken Sie auch an Mademoiselle Véronique und an ihren Körper einer südfranzösischen Venus.« An dieser Stelle glaubte Riquet, ein kurzes Innehalten in Kunkels Bemühungen mit der Schlinge zu bemerken, und im nächsten Augenblick sprang Marcel auch schon aus dem Schatten und stürzte sich auf den Deutschen. Kunkels Gegenwehr war heftig, erlahmte aber schnell. Als Marcel ihn von hinten an den Armen festhielt, was aus der Entfernung wie eine Umarmung aussah, begann der Mann zu weinen, und hätte Marcel nicht dagegengehalten, wären sie wohl beide zu Boden gegangen.

Gemeinsam führten Riquet und Marcel Kunkel Richtung Wagen. Madame begleitete sie bis zum letzten Haus des Dorfes und verabschiedete sich dann mit einem Kuss auf den Mund ihres Gastes und unglückseligen Freundes.

Das Letzte, was sie vom Dorf sahen, waren die hundert Augen des Pfauenrades, die vom Dach des Schulhauses auf sie hinunterblickten. Ihr Abschied wurde von einem markerschütternden Schrei begleitet.

Auf dem Weg gaben sie Dr. Michelet Bescheid, dass sie ihn auf der Dienststelle benötigten. Er solle kurz vorbeikommen, um nach einem Patienten zu sehen.

Bei der Ankunft in Ormais staunten sie nicht schlecht, als sie Giselle Merckx in der Dienststelle antrafen. Sie plauderte bei einem gemeinsamen Espresso angeregt mit Charles.

»Oh«, sagte sie, als die Polizisten mit dem Flüchtigen auftauchten. »Dann gehe ich wohl mal besser.« Sie stand auf und wandte sich zur Tür.

»Haben Sie nicht etwas vergessen?«, fragte Riquet und deutete auf das mit einem Stofftuch abgedeckte Körbchen auf Charles' Tisch.

»Das ist für Sie, *Monsieur le Commissaire*«, antwortete Giselle.

»Was ist das? Sie werden mir doch wohl nicht ein paar Eier für Ihren Heiligen da oben im Wald bringen?«

Der Commissaire zog das Tuch fort. Darunter lagen eine Handvoll frischer Steinpilze und in der Mitte, er erkannte es sofort, eine kleine schwarze Trüffel. Sein Gourmetherz begann schneller zu schlagen. »Woher haben Sie die?«, fragte er.

»Monsieur, nehmen Sie sie, aber stellen Sie keine Fragen.«

»Nun gut, dann danke ich Ihnen! Ich weiß Ihr Geschenk zu schätzen, aber ich hoffe, Sie wollen mich damit nicht bestechen.«

»Niemals, Monsieur. *Au revoir.*«

»Moment, Madame. Möchten Sie vielleicht bei der Vernehmung zugegen sein? Quasi als Hilfssheriff? Wir müssen nur noch auf Dr. Michelet warten.« Die Trüffel hatte sein Herz geöffnet.

»Welche Ehre, *Monsieur le Commissaire*. Sehr gern«, antwortete Giselle.

»Eine Bedingung habe ich aber.«

»Was Sie wünschen.«

»Sie werden die Klappe halten! Ich allein rede. Verstanden?«

»Das ist keine Bedingung, sondern eine Strafe, Monsieur.«

»Die Sie sich redlich verdient haben, Madame.«

»Habe ich nicht schon genug gebüßt mit meiner Nacht im Schuppen? Ich musste auf einem Stuhl schlafen und hatte ein dringendes Bedürfnis.«

»Nein, Madame, das genügt nicht. Sie hören jetzt zu, wie ein Profi arbeitet. Und wenn Sie auch nur ein Wort sagen, fliegen Sie raus.«

»Meine Verhandlungsposition ist schwach.«

»Eben.«

Was der Commissaire von Giselle verlangt hatte, entpuppte sich dann doch als zu viel für die belgische Miss Marple aus Colombiers. Beim ersten Wortbeitrag, den sie beisteuerte, machte er seine Drohung wahr und ließ sie aus dem improvisierten Vernehmungsraum entfernen. Erst einmal draußen, bekam sie nichts mehr mit, denn eine einseitige Glasscheibe und einen Lautsprecher zum Mithören wie in den Fernsehkrimis gab es bei der Polizei in Ormais nicht.

»Selber schuld«, kommentierte Marcel ihr Missgeschick. Er selbst war jetzt an einer ganz anderen heißen Spur dran und überlegte schon, wann und wie er seinen persönlichen Fahndungserfolg an den Mann bringen würde. Er hatte mit niemandem darüber gesprochen, nicht einmal mit seiner Rebecca, aber langsam reifte in ihm ein Plan.

Als Dr. Michelet eintraf, hatte Luis Kunkel unter Tränen den Giftanschlag auf Jean Vidal bereits gestanden. Er hatte sich des Schlüssels seiner Frau bedient und wie Giselle das Regalfach entdeckt, das sie mit einem Aufkleber »Danger! Poison!« und einem Totenkopf markiert hatte. Dann hatte er im Internet zu Aconitin recherchiert und über die mögliche Giftigkeit des Wurzelauszugs Berechnungen angestellt. Dabei hatte er sich, wie er mehrmals beteuerte, offenbar verrechnet, denn er hatte dem Sturkopf Jean allerhöchstens einen Denkzettel verpassen wollen. Er wollte ihn leiden sehen, das gab er zu, aber nicht töten. Eigentlich sei er ein sensibler Mensch, die Trennung von seiner Familie habe ihm fast das Herz gebrochen. Er hatte alles verkaufen und einen neuen Anfang wagen wollen, hatte für das Haus und den Grund sogar Interessenten gefunden, aber aufgrund der prekären Wasserversorgung sei bisher kein Kaufvertrag zustande gekommen. Er brauchte Jeans Grundstück mit den Quellen, aber dieser Hundesohn hatte es ihm einfach nicht verkaufen wollen. Zu keinem Preis, den er bereit war zu bezahlen und der dem Wert des Grundes auch nur im Entferntesten noch einigermaßen entsprochen hätte. Er hatte vor Vidal die Hosen runtergelassen, hatte ihm unverschämte Summen geboten, aber dieser hatte sich standhaft geweigert zu verkaufen. Er brauche kein Geld, hätte er behauptet, sodass Kunkel immer wütender und verzweifelter geworden war. Schließlich hätte er seinen ganzen Frust auf Monsieur Vidal projiziert.

»Sie müssen nicht versuchen, Ihrem Opfer eine Mitschuld anzulasten. Darum geht es hier nicht«, sagte der Commissaire. »Das interessiert später vielleicht den Richter, aber nicht mich. Erzählen Sie mir lieber, wie das Gift seinen Weg in Jean Vidals Schnapsflasche gefunden hat. Hierin scheint mir, wenn Sie erlauben, hohe kriminelle Energie ihren Ausdruck zu finden.«

»Es war die reine Verzweiflungstat, *Monsieur le Commissaire.* Und es war gar nicht so schwer, wie Sie es sich vorstellen. Ich wollte zu Monsieur Vidal fahren, mit ihm reden, ihm ein neues, noch lächerlicheres Angebot machen, da kam er mir auf der Straße in seinem blauen Kangoo entgegen. Er wollte drüben zu seinen Feldern, wo seine Apfel-, Birnen- und Pfirsichbäume stehen. Ich habe also unten bei den Müllcontainern gewendet und bin ihm dann hinauf zu seinem Weinberg gefolgt. Ich dachte, er hätte dort etwas zu arbeiten, aber nein, er stellte sich einen Plastikstuhl in den Schatten unter eine Kastanie, trank ein, zwei Schlucke Schnaps aus einer Flasche ohne Etikett, stellte sie unter seinen Stuhl und machte ein Mittagsschläfchen. Als ich ihn schnarchen hörte, spürte ich so einen Ruck in mir. Von da an war es, als würde ich von jemand anderem ferngesteuert.«

Jaja, dachte der Commissaire, die typische Schutzbehauptung: Ich war es nicht, es war ein anderer, der von mir Besitz ergriffen hat. Aber er hielt den Mund und ließ den Geständigen reden. Sein kleines Aufnahmegerät lief mit.

»Ich trat also aus meinem Versteck unter den Bäumen hervor, nahm das Fläschchen …«

»Wieso hatten Sie das denn überhaupt dabei?«

»Ich weiß nicht. Ich hatte es im Auto liegen. Es gab mir irgendwie Sicherheit, Ruhe, verstehen Sie?«

Riquet verstand es nicht, enthielt sich aber eines Kommentars. »Fahren Sie fort.«

»Ich nahm also das Fläschchen und füllte einen Schluck – nur einen winzigen Schluck, glauben Sie mir, Commissaire! – in seine Flasche um. Nur so viel, dass er nicht merken würde, dass die Flasche aufgefüllt worden war, und schüttelte sie. Wäre er in diesem Augenblick aufgewacht, hätte er mir mit Sicherheit alle Knochen gebrochen, aber er wachte nicht auf. Also stellte ich die Flasche wieder unter seinen Stuhl und ging zurück zu meinem Auto.

Erst dort fing ich an zu begreifen, was ich gerade getan hatte, und bereute es schon. Das dürfen Sie mir glauben, Monsieur.«

»Und warum sind Sie dann nicht zurückgegangen und haben die Flasche ausgeschüttet oder mitgenommen?«

»Ich wollte es ja, ich wollte es wirklich. Ich war schon auf dem Weg zurück, als Jean aufwachte. Ich sah, wie er sich auf seinem Stuhl bewegte und die Arme in die Luft streckte. Ich hoffte noch, er würde die Flasche vielleicht vergessen. Er räumte den Stuhl wieder in die Hütte und kam mit irgendeinem Werkzeug zurück, aber dann sah er die Flasche und brachte sie auch noch in den Verschlag, den er anschließend absperrte.«

»Aber Sie sagten doch, er sei mit einem Werkzeug herausgekommen. Wollte er damit nicht arbeiten? Wieso sperrte er ab?«

»Das habe ich mich auch gefragt, *Monsieur le Commissaire*. Aber ich musste verschwinden, weil Jean direkt auf mich zukam. Ich versteckte mich hinter einem Baum, sah, wie er seine Hose aufknöpfte und, na ja, in hohem Bogen urinierte. Der Urin prasselte auf die trockenen Kastanienblätter, dann furzte er noch herzhaft hinterher, machte den Reißverschluss wieder zu und ging davon. Sofort lief ich zur Hütte zurück. Ich wollte nachsehen, ob das Schloss wirklich abgesperrt oder nur eingehängt war, aber es war abgesperrt. Und dann hörte ich einen Motor anspringen und sah bald darauf Jeans Kangoo die Serpentinen des Kapellenwegs hinunterstauben.«

»Sie hätten sich eine Zange besorgen, das Schloss knacken und den vergifteten Schnaps rausholen können.«

»Das stimmt, und ich frage mich auch schon die ganze Zeit, warum ich das nicht getan habe.«

»Und? Zu welchem Schluss sind Sie gekommen?«

»Zu keinem. Blackout. Dafür gibt es keine Erklärung.«

»Fakt ist, Sie haben es nicht getan und deshalb ein Menschenleben auf dem Gewissen und Madame Vidal zur Witwe gemacht.«

»Eine attraktive Witwe, stimmt es nicht, *Monsieur le Commissaire*?«

»Ihr Kommentar ist geschmacklos, Monsieur. Sie tun sich nichts Gutes damit, wenn solche Dinge später im Protokoll stehen.«

»Dann bitte ich Sie darum, den Satz zu löschen.«

Darauf ging Riquet leichten Herzens ein. Er hatte, was er wollte: ein umfassendes Geständnis.

Als Daniel Michelet endlich eintraf, er hatte noch einen Notfall zu versorgen gehabt, war der Delinquent bereits so weit wiederhergestellt, dass er die Zeit, bis er dem Haftrichter vorgeführt werden würde, auch ohne ärztlichen Beistand überstehen konnte.

Luis Kunkel bat den Doktor lediglich um eine Tablette für die Nacht, um endlich schlafen zu können, was ihm laut eigenen Angaben seit Tagen nicht mehr gelungen war, eigentlich schon seit er erfahren hatte, dass er Jean Vidal um die Ecke gebracht hatte. Aufgrund des begangenen Suizidversuchs ließ Riquet Kunkel in Absprache mit dem Doktor allerdings dann doch lieber ins Krankenhaus nach Bérieux bringen. Sie hatten in Ormais keine Unterbringungsmöglichkeit für einen Beschuldigten, und es war wahrscheinlich, dass der Termin mit dem Haftrichter erst für den nächsten Tag angesetzt würde.

Zeit für Jakobsmuscheln

Eigentlich war es kein Tag für eine Feier, anderseits aber doch. Allerdings keine Feier im Sinne von Restaurant und fünf bis sieben Gängen mit dazu passenden Weinen. Das hätte sich nicht geschickt für den Anlass, dass der Commissaire den Mörder von Jean Vidal gefunden, festgenommen und vernommen hatte und dieser ein vollumfängliches Geständnis abgelegt hatte. Aber irgendwie war die Festnahme eben doch ein Abschluss und damit auch ein Grund, sich zusammenzusetzen und zu reden. Und da man dabei ja auch essen und trinken musste und Giselle Merckx, die im Pilzesuchen ein Gegenmittel für ihren immer noch erhöhten Adrenalinspiegel gefunden hatte, pfundweise Steinpilze anschleppte, entschied sich Mado für eine einfache Pilzpfanne. Damit es nicht zu einfach wurde – was dem Anlass wiederum auch nicht angemessen gewesen wäre –, wählte sie ein Pilzgericht mit einer gewissen Raffinesse aus: *cèpes et coquilles Saint-Jacques rissolées*. Die Jakobsmuscheln hatte sie am Morgen frisch in der ausgezeichneten *Coquillages*-Abteilung des *Intermarché* in Bérieux erstanden.

Auch Isa und Frédéric waren bei dem Essen dabei. Letzterer gehörte schon fast genauso zur Großfamilie wie Marcel. Als *apéritif* hatte Frédéric einen Noilly Prat aus Marseillan mitgebracht.

»Worauf stoßen wir an?«, fragte Rebecca.

»Oh, da gibt es viele Möglichkeiten«, sagte ihre Mutter. »Zum Beispiel, dass Jeans Seele nun Ruhe finden kann, weil der Täter hinter Schloss und Riegel ist. Das ist er doch, Marcel?«

»*Mais oui! Bien sûr!*« Marcel nickte eifrig.

»Ich trinke darauf, dass Giselle den Täter überführt hat.« Arlette strahlte Madame Merckx an.

»Und ich darauf, dass der Commissaire sich bei *maman* entschuldigt hat.« Rebecca verfügte über einen ausgeprägten Gerechtigkeitssinn.

»Ich trinke darauf, dass wir David und Gérard aus der Sache raushalten können. Ich habe wegen ihnen noch immer ein schlechtes Gewissen«, sagte Giselle.

»Und ich stoße auf Christine an und darauf, dass sie so eine Plaudertasche ist«, sagte Isa. »Erst sie hat uns doch auf die richtige Fährte gebracht.«

»Können wir jetzt?«, fragte Frédéric und hob sein Glas. »Ich trinke auf Jeans Wohl und sein Seelenheil. Hoffentlich gibt es dort, wo immer er jetzt auch sein mag, auch Wein oder zumindest so einen kleinen Wermut.«

»Moment, da fehlt doch noch etwas«, sagte Giselle, nachdem alle ihre Gläser geleert hatten. »Wer hat denn jetzt den Eisenhut vor Mados Tür abgelegt? War das auch Luis?«

»Klar, er wollte *maman* auch noch beseitigen.«

»Unsinn, Rebecca! Mado hätte das Grundstück doch bestimmt verkauft, wenn Luis einmal mehr Überzeugungsarbeit geleistet hätte. Mit ihr hätte er keine Probleme gehabt. Sie wusste ja nicht einmal, welche Grundstücke Jean besaß, geschweige denn etwas über ihren Wert. Nein, Rebecca, du überzeugst mich nicht. Was sagst du dazu, Marcel? Du bist doch der Polizist!«

Marcel grinste schief, was man als Zeichen seiner Schüchternheit interpretieren konnte, wenn man ihm gewogen war. »Kann schon sein, dass der *Allemand* es war. Ziemlich durchgeknallt ist er jedenfalls.«

»Hmm«, schnaubte Giselle, »da muss der Commissaire wohl noch einmal nachverhören. Hat er dieses wichtige Detail tatsächlich vergessen? Das passt gar nicht zu ihm.«

»Das hat er bestimmt schon geklärt«, brach Marcel eine Lanze für den Ermittler aus Béziers. »Wahrscheinlich hat er dich nur nicht darüber informiert. Warum auch?«

»Aber wir haben ein Recht darauf, es zu erfahren«, protestierte Rebecca. »*Maman* muss doch wissen, wer es auf sie abgesehen hatte.«

Marcel zuckte die Achseln und bemühte sich, nicht zu einfältig dreinzuschauen.

»Ich werde ihn einfach danach fragen«, sagte Mado, »wir sind ja jetzt … nun, zumindest sind wir keine Feinde mehr.«

Dann servierte sie das Essen, und die Konversation drehte sich wieder um andere Dinge. Sie sprachen über die nächste Reise des »Club Voyage«, an der Mado zum ersten Mal teilnehmen würde, und Frédéric erkundigte sich bei Marcel nach dessen Vorbereitungen für New York.

»Alles im Lot«, antwortete Marcel, »und Rebecca kommt mit.«

»Du läufst jetzt auch Marathon?« Mado war entsetzt.

»Ich komme als mentale Unterstützung und sein Fan mit«, antwortete Rebecca. »Er läuft, und ich sehe ihm dabei zu und bewundere ihn.«

»Ah, das ist natürlich besser«, sagte ihre Mutter. »Und ihr beiden Turteltäubchen?« Sie sah Isa und Frédéric an.

»Ich bleibe noch etwas länger hier«, sagte Isa. »Fréd will mir helfen, meine Mieter zum Zahlen oder zum Ausziehen zu bewegen.«

Das fanden alle gut, auch dass Frédéric nun nach dem Bart und der Geißblattlaube an seinem Hauseingang auch noch zwei Silben seines Namens verloren hatte. Es schien, als hätte die Zukunft schon begonnen.

»Eine Frage hätte ich allerdings doch noch«, sagte Isa, als sie mit Mado in der Küche stand und die *profiteroles* mit Schokosahne auf die Dessertteller verteilte. »Warum trinkt Giselle eigentlich keinen Wein? Hat das etwas mit ihrem verstorbenen Mann zu tun?«

»Wie kommst du denn darauf?«

»Na, ich dachte, er hätte vielleicht zu viel getrunken, sodass sie sich irgendwann geschworen hat, selbst nie einen Tropfen anzurühren.«

»Phantasie hast du, Isa, das muss man dir lassen. Aber nein, Giselles Mann war kein Säufer.«

»Dann vielleicht eine Allergie?«

»Warum fragst du sie nicht einfach selbst?«, schlug Mado vor.

Als die *profiteroles* verzehrt waren, fragte Isa: »Warum trinkst du eigentlich keinen Wein, Giselle?«

»Das ist doch klar!«, rief Fréd. »Weil Giselle die große Schwester von Eddie ist. Und in einer Familie von Profisportlern wird nicht getrunken.«

»Wer ist Eddie?«, fragte Rebecca.

»Ach, Mädchen, für Eddie Merckx bist du viel zu jung. Das war der beste Radfahrer aller Zeiten. Ein Belgier wie Giselle«, klärte Arlette sie auf.

»Und Sie sind wirklich mit ihm verwandt, Madame?«, fragte Marcel erstaunt.

»Alle Merckx sind irgendwie miteinander verwandt. Ich glaube, er ist ein Großcousin oder so etwas Ähnliches. Jedenfalls habe ich ihn seit vielen Jahren nicht mehr gesehen.«

»Und wegen dieser Verwandtschaft trinkst du keinen Wein?« Isa ließ nicht locker.

»Jetzt hör schon auf mit dieser Fragerei. Interessiert das überhaupt jemanden?«, fragte Giselle.

Sofort klopften vierzehn Fäuste auf den Tisch. Alle Anwesenden warteten auf ihre Geschichte.

»Also gut«, sagte Giselle, »dann werde ich versuchen, mich zu erinnern, wie das war mit dem Wein.« Sie schob sich das letzte Stück *profiteroles* in den Mund und begann.

»Ich war vielleicht vier oder fünf. Wir befanden uns im Urlaub auf einem Weingut im Elsass, bei einem Freund meines Vaters. In einer großen Scheune hatte er allerhand Zeug gelagert. Auch ein Weinfass stand da herum, bestimmt einen Meter hoch und vielleicht eins dreißig lang. Für mich als Kind war das absolut riesig. Wie ein kleines Haus oder eine Hütte. Jemand hatte den Deckel ausgesägt und ihn mit einem Scharnier wieder eingesetzt, sodass man in das Fass hineinsteigen konnte wie in eine große Tonne. Ich holte eine Decke aus dem Haus und polsterte das Fass mit ihr aus, dann stibitzte ich etwas von dem auf dem Hof gebackenen Brot, Obst und alles, was ich noch bekommen konnte, und lagerte es dort. Den Deckel ließ ich immer einen Spalt breit offen, damit Licht und Luft hineinkamen, denn drinnen roch es ziemlich streng nach Wein und altem Holz. Eine Taschenlampe besaß ich nicht. Eines Tages betraten Männer den Schuppen, die ich noch nie zuvor gesehen hatte. Sie sprachen eine Sprache, die ich nicht verstand. Heute glaube ich, es war Deutsch. Die Männer lachten und rauchten stinkende Zigaretten. Ich hatte Angst, weil ich dachte, sie seien Einbrecher. Also zog ich den Deckel des Fasses zu. Plötzlich war es um mich herum stockdunkel, und ich hielt den Atem an. Und obwohl ich mich fürchtete, muss ich doch eingeschlafen sein. Meine Eltern und mein Bruder suchten mich währenddessen wie verrückt. Als sie mich nach Stunden schließlich fanden, lag ich ohnmächtig in dem Fass und hatte mich auf alle meine Schätze erbrochen. Seitdem wird mir schon schlecht, wenn ich Wein auch nur rieche. Wenn ich einen Schluck probiere, bekomme ich Atemnot. Zum Glück gilt das nur für Wein, nicht für klaren Schnaps und andere Spirituosen. Ihr müsst euch um meinen Alkoholkonsum also keine Sorgen machen, *d'accord*?«

»War das vor oder nach dem Krieg?«, fragte Isa.

»Das muss kurz nach dem Krieg gewesen sein, im Sommer 1945, denke ich. Jedenfalls lange vor deiner Zeit, du Küken.«

»Darauf trinken wir jetzt noch einen«, schlug Mado vor und schenkte ihnen aus Jeans Vorräten ein. »*A votre santé!*«

»*A la vôtre!*«

Der alte van Gogh hatte recht

Commissaire Riquet war bester Laune. Der Fall war abgeschlossen, der Delinquent vom Haftrichter direkt in Untersuchungshaft überstellt worden. Sein Aufenthalt in den Hauts Cantons neigte sich dem Ende zu, und seine Heimatstadt lockte mit dem größten Fest des Jahres, der *Feria de Béziers*. Martine und Florence, die beiden ihn begleitenden Damen, würden sich in ihre Flamencokleider zwängen, sie würden gemeinsam auf den Straßen tanzen, singen, gut essen und trinken und vielleicht wer weiß was noch. *Oh là là*, dieses Jahr traute er sich alles zu.

Er hatte seine Sachen schon gepackt und sich von Claudine mit einem innigen Handkuss verabschiedet. Sie hatte ihn durch ihre Kochkünste, ihren Weinkeller und ihre attraktive Erscheinung, *bien sûr*, mit dem ganzen Landstrich und seinen kauzigen Bewohnern versöhnt. Nun musste er nur noch seine Sachen vom Schreibtisch räumen, den man ihm im *poste de police* in Ormais überlassen hatte und sich von den Kollegen verabschieden.

Als auch das erledigt war, half Marcel ihm beim Tragen und begleitete ihn zum Auto. Riquet wollte ihm zum Abschied die Hand reichen, doch Marcel hatte noch etwas auf dem Herzen.

»Haben Sie nicht noch eine Kleinigkeit vergessen, *Monsieur le Commissaire*?«

»Wieso, was meinen Sie, Marcel?«

»Ich … seien Sie mir bitte nicht böse, aber ich habe Sie dabei beobachtet, wie Sie Beweismittel haben verschwinden lassen.«

»Marcel, haben Sie jetzt den Verstand verloren?«

»Die blauen Blumen, Monsieur. In der Tüte, zusammen mit den Gummihandschuhen. Sie erinnern sich?«

»Ja, und?« Riquet sah nervös zur Eingangstür des Hauses hinüber, die einen Spalt offen geblieben war. Als er Charles telefonieren hörte, beruhigte er sich wieder.

»Und ich weiß auch, warum Sie sie haben verschwinden lassen.« Marcel traute sich nicht, den Commissaire anzusehen, und starrte stattdessen auf den Boden.

»So? Warum denn?«

»Weil Sie die Blumen selbst auf der Türschwelle von Mados Haus abgelegt hatten und anschließend Ihre Spuren beseitigen wollten.«

»Machen Sie sich nicht lächerlich, Marcel.« Aber Riquets Lachen klang falsch.

»Ich weiß sogar, wann und wo Sie die Blumen gekauft haben.« Jetzt wagte er es, dem Commissaire in die Augen zu sehen. »In Bérieux nämlich, beim Gärtner. Sie haben der Gärtnereibesitzerin, einer Madame Planes, erzählt, Sie würden sie im Garten einpflanzen wollen, aber dann haben Sie die Wurzeln abgeschnitten und irgendwo entsorgt. Natürlich trugen Sie dabei Handschuhe, Sie wussten ja, dass die ganze Pflanze giftig ist.«

»Wusste ich das?«, fragte Riquet.

»Sie wollten Mado einen Schrecken einjagen, weil Sie zu dem Zeitpunkt noch dachten, sie sei die Mörderin ihres Mannes. Sie sollte den Kopf verlieren, wenn sie die Blumen sah, und gestehen. Als Sie dann aber merkten, was Sie angerichtet hatten und dass Mado unschuldig war, weil sie nicht wusste, dass man die Blumen ungeschützt nicht mal anfassen darf, haben Sie das Grünzeug eingepackt, wieder mitgenommen und es im Wald oder auf einem Komposthaufen entsorgt.«

»Lächerlich, Ihre Theorie!«, sagte Riquet.

»Keine Theorie, sondern kriminalistische Untersuchung. Sie wissen genauso gut wie ich, dass es so war. Ich bin nicht so dumm, wie Sie immer dachten.«

»Was wollen Sie?« Riquet ließ offen, wie er Marcels Intelligenz eingeschätzt hatte und ob er diese Einschätzung nun revidierte. »Geld?«

Marcel schüttelte den Kopf. »Ich habe mich für die Polizeischule beworben, höherer Dienst. Ich will weg von hier und zur Kripo. In die Stadt. Ich will meiner Verlobten etwas bieten können. Sie studiert in Montpellier und will nicht nach Ormais zurück, was ich sogar verstehen kann.«

»Na, und ich erst. Aber was wollen Sie von mir?«

»Sie können mir dabei helfen. Für mich ein gutes Wort bei Ihren Vorgesetzten einlegen. Eine Empfehlung aussprechen, Sie wissen schon. Ich brauche Ihre Unterstützung.«

»Den New-York-Marathon haben Sie aber schon noch vor?«

»Die Flugtickets sind schon gekauft.«

»Gleich mehrere?«

»Rebecca begleitet mich.«

»Na gut, ich will sehen, was ich für Sie tun kann. Gute Arbeit übrigens, also, Ihre kriminalistische Untersuchung.«

»*Merci, Monsieur le Commissaire.*« Marcel salutierte mit der Hand an der Mütze. »Was ist eigentlich aus Ihrem Plan geworden, für später einen Weinberg zu kaufen?«

»Den Plan gibt es immer noch, und fast hätte ich mich schon mit dem Hinterland angefreundet. Aber nur fast. Doch jetzt kommt die *feria*, da muss ich schnellstens zurück nach Hause. Besuchen Sie das Fest doch mit Ihrer Verlobten, das wird ihr gefallen. Ich hab da einen Freund, vielleicht kann er zwei weitere Karten für die Eröffnungsfeier besorgen, ich werde ihn danach fragen, Marcel. Also dann, *au revoir!*«

»*Au revoir, Monsieur le Commissaire.*«

Mit dem erneut salutierenden Marathonmann im Rückspiegel verließ Riquet das wilde Hinterland des Languedoc, nicht ohne in Miriams und Moniques *pâtisserie* noch zwei kleine Präsente zu erstehen. Für die beiden Damen, die ihn und seinen Freund morgen auf die *feria* in Béziers begleiten würden. Claudine deckte schon die Tische fürs Mittagessen, als er ein letztes Mal an der Pension vorbeifuhr. Er hupte zum Abschied, und sie winkte ihm nach und schenkte ihm ihr verführerischstes Lächeln.

Die Frauen des Südens sind wirklich wunderschön, dachte Riquet. Da hat der alte van Gogh schon recht gehabt. Und das galt sogar hier oben in den Bergen, in den Hauts Cantons.

FIN

Anhang

Die Rezepte aus dem Roman

Crème de marrons maison – Mados Maronencreme

Die Edel- oder Esskastanie war in den Bergregionen Südfrankreichs über Jahrhunderte das wichtigste Grundnahrungsmittel der Landbevölkerung. Es gibt auch heute noch viele Rezepte, in denen Maronen – hier heißen sie *marrons* oder *châtaignes* – Verwendung finden. Wenn Sie im Herbst in den Hauts Cantons des Languedoc Ferien machen, können Sie überall Esskastanien sammeln. Sie sollten dabei Handschuhe, zum Beispiel Gartenhandschuhe aus dem Baumarkt, tragen, denn die Stacheln der Kastanienschalen sind lang, fein und genauso unangenehm wie Kakteenstacheln. Deshalb ist festes Schuhwerk luftigen Sandalen eindeutig vorzuziehen.

Die Kastanien werden in einer speziellen Eisenpfanne mit durchlöchertem Boden über dem offenen Feuer oder im Kaminfeuer geröstet und dann gegessen. Die Pfanne – poêle à marrons – bekommen Sie preiswert im Baumarkt.

Sie können die Kastanien auch kochen und als Beilage zu Fleisch oder im Ratatouille servieren. Wenn Sie gern Süßes mögen, kochen Sie aus ihnen Maronencreme und machen Sie sie wie Konfitüre ein. Wenn Sie alles richtig machen, ist die Creme den ganzen Winter über haltbar und schmeckt sehr viel besser als alles, was es fertig zu kaufen gibt. Die Maronencreme können Sie beispielsweise wie ein Chutney zusammen mit Frischkäse servieren – Mados Spezialtipp – oder einen Klecks davon zum Apfelkompott geben. Sehr fein schmeckt sie auch als Kuchen- und Törtchenfülle oder in einem herbstlichen Tiramisu. Ein echtes Geschmackserlebnis!

Die Zutaten des Rezepts lassen sich beliebig multiplizieren. Mado verwendet wegen der schöneren Farbe braunen Rohrzucker und macht ihren Vanillezucker selbst, weil er viel besser schmeckt als Vanillezucker aus der Tüte.

Zutaten

1 kg Maronen
600 g Rohrzucker
2 kleine Gläser Wasser
2 TL hausgemachter Vanillezucker

Zubereitung

Zuerst müssen die Kastanien geschält werden. Dazu schneiden Sie ein etwa fingernagelgroßes Stück Schale pro Kastanie ab, am besten an der Seite, mit der die Kastanie an der Hülle angewachsen war. Anschließend geben Sie die Kastanien in einen Schnellkochtopf und füllen diesen mit so viel Wasser auf, dass der Inhalt bedeckt ist. Bei geschlossenem Deckel unter Dampf 7–8 Minuten kochen.

Die Kastanien aus dem Topf nehmen und mit dem Messer die äußere Schale zusammen mit der inneren braunen Haut abziehen. Dann die weißen Kastanien zurück in das kochende Wasser legen und sie in circa 30 Minuten weich kochen. Anschließend abtropfen lassen und noch heiß im Mixer pürieren.

Nun aus dem Zucker und 2 kleinen Gläsern Wasser einen Sirup herstellen. Wenn die Mischung anfängt zu kochen und große Blasen wirft, das Kastanienpüree und den Vanillezucker dazugeben und die Masse mit einem Kochlöffel verrühren, bis sie die gewünschte Konsistenz erreicht hat. Sie sollte weder zu flüssig noch zu dick sein, sondern einfach cremig. *Voilà!*

Die Masse noch heiß in Schraubverschlussgläser füllen, die Sie vorher in kochendem Wasser sterilisiert haben. Die vollen Gläser verschließen und auf dem Deckel stehend auskühlen lassen.

Sucre vanillé maison – Hausgemachter Vanillezucker

Zutaten

500 g Zucker
2 Vanilleschoten

Zubereitung

Für etwa 500 Gramm Vanillezucker 2 Vanilleschoten auskratzen und zusammen mit den sehr klein geschnittenen Schoten und 100 Gramm Zucker in einen Mixer geben und anschließend durchsieben, um die Schotenreste herauszufiltern. Dann mit 400 Gramm Zucker vermischen und in ein Glas mit Schraubverschluss füllen. Bereits verwendete Vanilleschoten können Sie zur Intensivierung des Duftes mit in das Glas legen. Deckel zu und fertig!

Crêpes à la farine de châtaigne – Pfannkuchen mit Kastanienmehl

Für die Crêpes brauchen Sie Kastanienmehl, das Sie mit normalem Weizenmehl mischen. Kastanienmehl bekommen Sie zum Beispiel im Bioladen oder im Reformhaus oder Sie können es im Internet bestellen.

Zutaten für 4 Personen als Dessert

90 g Kastanienmehl
160 g Weizenmehl
6 frische Eier
125 g Butter
2 EL Öl
½ l Milch
50 g Zucker

Zubereitung

Beide Mehlsorten mischen und die Mischung durchsieben. 6 frische Eier in eine große Schüssel geben und die Eimasse so lange mit einem Schneebesen schlagen, bis eine homogene und relativ dicke Masse entsteht. Die Mehlmischung dazugeben und unterrühren. Die Butter bei starker Hitze schmelzen, bis sie etwa die Farbe einer Haselnuss hat, und unter kräftigem Rühren in die Eimasse geben, die nicht kochen darf! Nun 2 Esslöffel Öl hinzufügen und die Masse glatt rühren. Nach und nach die Milch hinzugeben.

Zum Schluss den Teig wie traditionelle Pfannkuchen in der Pfanne dünn ausbacken. Dann die Crêpes zusammengerollt und nach Geschmack mit Puderzucker und einer Prise Zimt bestäubt servieren.

Confiture d'arbouses – Marmelade aus Früchten des Erdbeerbaums

Zutaten

1 kg Früchte des Erdbeerbaums
1 kg Zucker
Saft einer Zitrone oder Orange, je nach Geschmack

Zubereitung

Die Früchte des Erdbeerbaums waschen oder abbürsten. Dann zusammen mit dem Zucker und dem Zitronen- oder Orangensaft vermischen und über Nacht stehen lassen. Am nächsten Tag die Masse in einem Topf circa 15 Minuten weich kochen. Mit einem Holzlöffel umrühren. Dann durch ein feines Sieb passieren und den Ertrag in einer Schüssel auffangen. Die Masse aufkochen und auf kleiner Flamme mindestens eine Stunde köcheln lassen, dabei immer wieder den Schaum, der sich bildet, abschöpfen. Wenn die Masse kleine Perlen bildet, die Marmelade in saubere Gläser mit Schraubverschluss füllen. Deckel zuschrauben und die Gläser 12 Stunden mit dem Deckel nach unten stellen. Dann wieder umdrehen. Das Gelee sollte jetzt fest geworden sein. Es lässt sich mehrere Monate lang an einem trockenen Ort lagern.

Schön beschriftet und mit einem Stück Stoff über dem Deckel oder einem farbigen Band verziert ist die selbst gemachte Baumerdbeer-Marmelade ein hübsches Mitbringsel.

Der Erdbeerbaum (lat. *arbutus unedo*) gehört zu den Heidekrautgewächsen und ist am Mittelmeer zu Hause. In Südfrankreich wächst er auch in der Macchia oder Garrigue. Einzeln kommt er zudem in Steineichen- oder Esskastanienwäldern vor und wird normalerweise nicht höher als 3–5 Meter. Er ist immergrün und blüht zwischen Oktober und Dezember hellrosa. Seine Früchte sind zuerst grün und hart und reifen sehr langsam. Geerntet werden sie erst, wenn sie rot und weich sind. Blüten und Früchte können sich auch zeitgleich am Baum befinden.

Taboulé à la grenade – Couscoussalat mit Granatapfel

Der Granatapfel ist eine Frucht des Winters und im gesamten Mittelmeerraum heimisch. Seine Samen, von denen sich die lateinische Bezeichnung *granatum* ableitet, werden für Fleisch- und Wildgerichte sowie für Salate, besonders für Obstsalate, verwendet. Sie können auch zu einem erfrischenden, weil nicht zu süßen Saft gepresst werden.

Auch Taboulé, ein Salat mit Couscous, kann mit Granatapfelkernen zubereitet werden. Im gut sortierten Supermarkt gibt es vorgekochten Couscous, den man nur mit heißem Wasser übergießen und 5–10 Minuten quellen lassen muss. Das ist praktisch und geht schnell.

Zutaten

⅔ Tasse Couscous
½ TL Salz
60 ml Zitronensaft
3 EL Olivenöl
1 Tasse Petersilie, fein gehackt
1 EL Minze, fein gehackt
½ Tasse Granatapfelkerne, das entspricht circa einer halben Granatapfelfrucht

Zubereitung

In einer mittelgroßen Schüssel den Couscous mit Salz vermengen. 250 Milliliter kochendes Wasser darübergießen und die Masse umrühren. Mit einem Tuch abdecken und 5 Minuten stehen lassen.

Dann den Couscous mit einer Gabel vorsichtig lockern. Erst den Zitronensaft und das Olivenöl, dann die Petersilie, die Minze und die Granatapfelkerne hinzufügen und die Zutaten gleichmäßig durchmischen. Den Salat am besten bei Zimmertemperatur servieren. Dazu passt ein trockener Weißwein, zum Beispiel ein Picpoul de Pinet oder ein Clairette.

Madeleines

Typisch französische Madeleines sind selbst gemacht ein Gedicht. Statt Madeleineformen können Sie auch Bärentatzen- oder Muffinsformen verwenden.

Zutaten für circa 32 Madeleines

3 Eier
150 g Zucker
200 g Mehl
2 EL Orangenblütenwasser
8 g Backpulver
100 g geschmolzene Butter
50 ml Milch

Zubereitung

Die Butter in einem Topf bei schwacher Hitze schmelzen und zur Seite stellen. Die Eier mit dem Zucker schlagen, bis die Mischung weiß wird. Das Orangenblütenwasser und 40 ml Milch dazufügen, anschließend das mit dem Mehl vermischte Backpulver, dann die restliche Butter und die Milch hinzufügen und die Mischung 15 Minuten stehen lassen.

Die Madeleineförmchen buttern und die Mischung hineingießen. Nicht zu viel Teig einfüllen, da die Madeleines noch aufgehen.

Bei 240 °C (Gas: Stufe 8) backen, Hitze aber nach 5 Minuten auf 200 °C (Gas: Stufe 6–7) reduzieren und weitere 10 Minuten backen. Den Backfortschritt beobachten, damit die Madeleines nicht zu braun werden. Nach dem Backen sofort aus der Form lösen.

Weine aus dem Languedoc

Wein wird im Languedoc, im Département Hérault, von den Ufern des Mittelmeeres bis zu den Cevennen-Ausläufern, von Nîmes bis Carcassonne und von Montpellier über Béziers bis Narbonne angebaut, und das schon seit vorchristlicher Zeit. Eingeführt wurde der Weinbau von den Griechen und den Etruskern. Die AOC (*Appellation d'Origine Contrôlée*) Languedoc bietet eine Vielzahl hauptsächlich von Rotweinen, die in der Sonne ausreifen können, während die Gegend für Weißweine eigentlich zu warm ist. Deshalb gibt es von ihnen und von Roséweinen nur eine überschaubare Anzahl. Die bekanntesten Anbaugebiete im Languedoc sind Corbières, Minervois Coteaux du Languedoc, Fitou, St. Chinian, Faugères, Clairette du Languedoc, Limoux, Cabardès und Malepère.

Die Weine aus St. Chinian, Faugères oder den Coteaux du Languedoc unterscheiden sich aufgrund ihrer Böden und klimatischen Eigenheiten. Allen gemeinsam ist die sengende Sonne im Reifeprozess der Trauben und damit die Verwendung von Traubensorten, die heißes Klima mögen, wie etwa Syrah, Carignan etc. Feine Duftnoten kommen im Languedoc aus der Garrigue, der trockenen mediterranen Strauchheide, für die Pflanzen wie Kermeseiche, Heidekraut, Rosmarin, Thymian, Lavendel, Salbei und Zistrose typisch sind.

Ein feiner Tropfen für Weißwein-Liebhaber ist der Clairette du Languedoc, ein goldfarbener Weißer aus der Clairette-Traube, die am Mittellauf des Hérault angebaut wird. Die Produktionsfläche ist klein, eine der ältesten der Languedoc-Appellationen und wurde schon vom römischen Reisenden Plinius dem Älteren erwähnt. Der Clairette kann jung oder ausgereift trocken sein und eignet sich sehr gut als Begleiter von Fisch und Meeresfrüchten.

Eine Besonderheit weist die Subappellation Picpoul de Pinet auf, da sie traubengebunden ist. Der gleichnamige Wein wird sortenrein aus der Rebe Picpoul blanc gekeltert, ebenfalls eine der ältesten Rebsorten im Languedoc.

Die Küstenweine der Coteaux du Languedoc sind überwiegend Rotweine. Sie werden aus der Syrah-Traube gekeltert, daneben finden auch die traditionellen mediterranen Rebsorten wie Grenache, Cinsault, Carignan und Mourvèdre Verwendung.

Faugères-Weine, rot und rosé, wachsen wie auf einem Balkon 600 Meter über dem Meer, auf einem Schieferrücken – *schistes* – nördlich von Béziers. Diese Appellation ist die einzige im Languedoc mit einheitlichen Böden. Die Weine aus Faugères sind klar strukturiert und elegant, mit seidigen Tanninen und dem Duft von reifen Früchten und Lakritz – *réglisse*. Besonders fein schmecken sie zu Rind oder Wild und generell zu Fleisch und Geflügel.

Die Trauben für die Weine aus St. Chinian, Rot- und Roséweine, wachsen am Fuß der Montagne Noir, das Caroux-Massiv und die grünen Hügel des Espinouse sind in Sichtweite. Die auf 2.700 Hektar angebauten Weine sind manchmal fruchtig, geschmeidig und großzügig, manchmal vollmundig und mit langem Abgang, wenn sie drei bis fünf Jahre gereift sind.

Das Minervois ist für Rotwein bekannt, der nach roter Johannisbeere schmeckt. Irgendwo hinter Carcassonne steht zwar seit 28 Jahren ein verwirrter Winzer mit Weißwein an der Landstraße, aber den trinkt nicht einmal mehr seine Mutter. Die Produktionsfläche liegt im Dreieck zwischen Carcassonne, Narbonne und Béziers. Die kleine Gemeinde St. Jean de Minervois, zwischen Faugères und St. Chinian am Fuß der Montagne Noir gelegen, hat schon seit 1949 eine eigene Appellation. Damals gab es drei Winzer in St. Jean, heute sind es 42, eine beachtliche Zahl bei 145 Bewohnern. Diese wackeren Weinbauern produzieren Muscat, einen *vin doux naturel*, subtil und fruchtig. Die Rebsorte heißt *Muscat blanc à petits grains*. Wenn man Glück hat, kann man die Saint Jeannais bei der Arbeit singen hören, zum Beispiel das Lied »Les sabots d'Hélène« – Hélènes Holzschuhe – von Georges Brassens, der einer der ihren war. Geboren in Sète, gestorben in Montpellier, ist der Chansonnier bis heute im Languedoc geliebt, verehrt und unvergessen.

Fougasse

Die Fougasse ist ein in der Provence wie im Languedoc beliebtes Brot, das entweder als vegetarische Variante oder mit Speck bzw. Schinken angeboten wird. Aus dem flachen Hefebrot werden charakteristischerweise zwei Reihen mit Schlitzen ausgeschnitten, sodass seine Form der eines Blattes oder eines Strauches ähnelt. Ursprünglich wurde es von den Bäckern als Probebrot gebacken, um für das »gute« Brot, das danach gebacken wurde, die richtige Temperatur des Backofens zu testen.

Die Hauptzutaten sind Olivenöl, schwarze oder grüne Oliven, Kräuter der Provence und getrocknete Tomaten. Wer es herzhaft mag, gibt angebratene oder rohe, geräucherte Speckstücke in den Teig. Die Fougasse schmeckt zum Aperitif oder einfach zwischendurch. Man kann sie solo essen, mit Tapenade – typisch südfranzösischer Olivenpaste – oder mit Ziegenkäse. Wichtig: Die Fougasse wird nicht mit dem Messer geschnitten, sondern mit der Hand auseinandergebrochen.

Zutaten für 3 mittelgroße Fougasses

500 g Weizenmehl
300 ml lauwarmes Wasser
1 Päckchen Hefe
50 ml Olivenöl
Fleur de sel oder anderes Meersalz
3 EL Honig
2 EL Salz

Zubereitung

Die Hefe im lauwarmen Wasser auflösen. Olivenöl und Honig einrühren. Die Flüssigkeit über das Mehl gießen und mit dem Kochlöffel durchkneten bzw. schlagen. Das Salz dazugeben und noch einmal kneten, bis ein glatter Teig entsteht.

Den Teig in 3 Portionen teilen und persönliche Lieblingszutaten einkneten, etwa Oliven, Kräuter, getrocknete Tomaten, Sardellen, Schinken oder Speck.

Die Portionen mit einem Tuch abdecken und eine Stunde gehen lassen, bis sich die Masse ungefähr verdoppelt hat. Dafür einen warmen Platz wählen wie etwa die sonnige Terrasse oder die Küche, jedoch darauf achten, dass es dort nicht zu heiß ist.

Danach die Teige zu Ovalen formen, rechts und links drei bis vier Schnitte mit dem Messer machen und diese mit den Händen zu größeren Lücken auseinanderziehen.

Nun die Teige auf ein gefettetes oder mit Backpapier ausgelegtes Backblech legen, wieder mit einem Tuch abdecken und eine halbe Stunde stehen lassen. Anschließend die Fladen mit Öl bepinseln, mit etwas Salz bestreuen und bei 250 °C circa 15 Minuten im Backofen backen.

Tapenade – Olivenpaste

Ein typischer Brotaufstrich aus Oliven und Sardellenfilets – *filets d'anchois* –, der gut zur Fougasse passt. Sie können je nach Vorliebe grüne oder schwarze Oliven verwenden, Sardellen und Kapern gehören auf jeden Fall dazu.

Zutaten für ein Glas

200 g entsteinte Oliven
8 Sardellenfilets
40 g Kapern
Saft einer halben Zitrone
ca. 15 cl Olivenöl

Zubereitung

Oliven, Kapern und gewaschene Sardellenfilets im Mixer pürieren, Öl und Zitronensaft hinzufügen und alles zusammen so lange mixen, bis eine feine Paste entstanden ist.

Serviertipp

Frisches Baguette oder Fougasse in Tapenade eintunken und genießen. Sie können die Brotstücke auch wie Bruschetta anrösten und sie mit Tapenade bestreichen. Passt als Aperitif zu Pastis oder Bier oder auch zu einem Martini.

Clafoutis aux cérises – Kirschauflauf

Dieser süße Auflauf, ein Zwischending zwischen Nachspeise und Kuchen, wird traditionell mit Süßkirschen gemacht. Sie können natürlich auch anderes Obst wie etwa Stachelbeeren oder Aprikosen verwenden. Der Teig und die Zubereitung bleiben immer gleich. Kenner behaupten, es sei für die klassische Süßkirsch-Variante besser, die Kirschen nicht zu entsteinen, da sie sonst zu viel Saft an den Teig abgeben, der dann nicht luftig aufgeht.

Entweder eine größere Auflaufform oder 4 feuerfeste Portionsförmchen mit circa 125 Milliliter Fassungsvermögen verwenden. Am schönsten sind flache Formen oder Pfännchen.

Zutaten für 4 Personen

400 g Süßkirschen, am besten frische
50 g Mehl
100 g gemahlene Mandeln
100 g Butter
120 g Zucker
Salz
Mark einer Vanilleschote
1 TL Piment
2 Eier
100 ml Milch
50 g Mandelblättchen
Puderzucker zum Verzieren

Zubereitung

Form oder 4 Förmchen buttern und mit Zucker ausstreuen. Kirschen auf dem Boden verteilen. Etwas Butter und Zucker zum Bräunen der Mandelblättchen zur Seite stellen.

Restliche Butter erhitzen und leicht anbräunen. Mehl, Zucker, gemahlene Mandeln, 1 Prise Salz, Piment und Vanillemark mischen. Die beiden Eier mit der Milch verquirlen und mit der leicht angebräunten Butter in die Mehlmischung rühren. Den verfeinerten Pfannkuchenteig über die Kirschen in die Form oder die Förmchen gießen.

Bei flachen Formen versinken die Kirschen beim Backen nicht.

Nun die zur Seite gestellte Butter schmelzen, mit den Mandelblättchen und etwas Zucker mischen und auf den Clafoutis verteilen. Diese im vorgeheizten Ofen bei 200 °C (Umluft: 180 °C, Gas: Stufe 3) auf der mittleren Schiene circa 25–30 Minuten backen. Die fertigen Clafoutis mit Puderzucker bestäuben und je nach Geschmack mit Sahne servieren.

Feuilleté tiède aux pommes – Blätterteigtaschen mit Apfelfüllung

Zutaten für 4 Personen / 4 Teilchen

4 Scheiben Blätterteig, tiefgekühlt
3 große Äpfel
1 TL Zimt
4 Stückchen gesalzene Butter
Puderzucker nach Geschmack
1 Eigelb zum Bestreichen oder eine Mischung aus Wasser und Zucker

Zubereitung

Die Äpfel schälen und in Stücke schneiden. Besonders gut schmecken eher säuerliche Apfelsorten wie Boskop. Die Apfelstücke mit etwas Wasser und Zimt leicht andünsten. Den Ofen auf 200 °C vorheizen.

Den Blätterteig ausrollen und mit Hilfe einer umgedrehten Schüssel acht Teigkreise ausschneiden. Apfelfülle darauf verteilen, ein Stückchen Salzbutter dazugeben und mit einer zweiten Teigscheibe bedecken. Die Ränder mit einem Pinsel entweder mit verquirltem Eigelb oder mit der Wasser-Zucker-Lösung einpinseln und zusammendrücken. 10 Minuten im Ofen backen und noch warm servieren.

Côtelettes d'agneau caramélisées aux herbes – Karamellisierte Lammkoteletts mit Kräutern

Zutaten für 6 Personen

12 Lammkoteletts
2 Zweige Basilikum
2 Zweige Petersilie
2 Zweige Kerbel
2 Zweige Thymian
3 EL flüssiger Honig
6 EL Öl
Salz und Pfeffer

Zubereitung

Alle Kräuter waschen, trocknen, von den Stängeln befreien und hacken. Öl, Honig und Kräuter, Salz und Pfeffer miteinander mischen und die Koteletts darin 30 Minuten marinieren. Dabei öfter wenden. Ofen auf 210 °C vorheizen.

Koteletts auf ein Backblech legen, das mit Folie ausgelegt ist, und 20 Minuten backen. Dabei immer wieder mit der Marinade bestreichen. Nach der halben Garzeit wenden.

Direkt aus dem Ofen servieren. Dazu Gemüse wie etwa grüne Bohnen und Kartoffeln oder Salat und Baguette servieren.

Cèpes et coquilles Saint-Jacques rissolées – Steinpilze mit goldbraun gebackenen Jakobsmuscheln

Zutaten für 6 Personen

10 mittelgroße Steinpilze
12 Jakobsmuschel-Nüsse*
4 Scheiben Räucherspeck
5 cl Weinessig
2 cl Hühnerbrühe
4 EL Olivenöl
1 Bund Petersilie
Salz und Pfeffer
Sel de Guérande oder Fleur de sel

Zubereitung

Die Pilze sorgfältig mit einem Messer putzen, dann rasch unter fließend kaltem Wasser waschen und trocknen. In etwa 0,5 Zentimeter dicke Scheiben schneiden, salzen und pfeffern. Dann die Petersilie waschen, trocknen und hacken.

In der Pfanne einen Esslöffel Olivenöl erhitzen und die Steinpilzscheiben darin braten, bis sie leicht goldbraun sind. Anschließend Pilze entfernen und abtropfen lassen. Dann warm stellen.

Nun die Jakobsmuscheln mit Salz und Pfeffer würzen. In einer zweiten Pfanne etwas Öl erhitzen, darin die Jakobsmuscheln auf jeder Seite leicht anbräunen. Anschließend aus der Pfanne nehmen und auf Küchenpapier abtropfen.

In derselben Pfanne den Speck anbraten, mit Essig und Hühnerbrühe aufgießen und etwas einkochen. Die Pilze auf einer angewärmten Servierplatte drapieren. Den Speck mit Soße darübergießen. Dann die Jakobsmuscheln drauflegen.

Mit Petersilie und ein paar Körnern Sel de Guérande garnieren. Sofort warm servieren.

---

*Die Nuss ist das feste weiße Fleisch der Jakobsmuschel. Wenn man Jakobsmuscheln kauft, ist die orangefarbene Koralle, die sie umgibt, oft schon entfernt.

Einige Online-Bestellmöglichkeiten für französische Spezialitäten

www.epicerie-francaise.de – Esskastanienmehl, Maronencreme, Tipps und Rezepte, zum Beispiel für Esskastanieneis

www.frankreichladen.de – zum Beispiel grüne und schwarze Tapenade

www.ketex.de – französisches Mehl »La Banette« für echt französisches Baguette

www.grillstar.de – Kastanienpfanne

www.weinraum.de – feine Weine aus dem Languedoc, zum Beispiel Picpoul de Pinet oder Carignan, auch hochwertiges Olivenöl

Lisa Graf-Riemann
EINE SCHÖNE LEICH
Broschur, 208 Seiten
ISBN 978-3-89705-710-4

»Es sind kleine Begebenheiten, Details, die erwähnt werden, die die Figuren mit Leben ausfüllen und den Leser in die Geschichte hineinziehen.«   Berchtesgadener Anzeiger

»*Ein informatives, fesselndes Buch.*«   Passauer Neue Presse

www.emons-verlag.de

Lisa Graf-Riemann
DONAUGRAB
Broschur, 224 Seiten
ISBN 978-3-89705-820-0

»Graf-Riemann gelingt es auf spielerische wie akribische Art, den Fall und die Ermittlungen in die Gegebenheiten einzubinden, Lokalkolorit inklusive. Trotz des ernsten Themas ein unterhaltsames Lesevergnügen. Die Stärken liegen in ihrer unmittelbaren wie treffenden Beschreibung und Charakterisierung der Figuren sowie den atmosphärischen wie humorvollen Situationsbeschreibungen.« Donaukurier

»Es sind die kleinen Szenen und Situationen, mit denen Graf-Riemann die handelnden Personen sehr treffend zu charakterisieren weiß. Bis hinein in die Nebenfiguren schafft sie es, ihr Personal sehr realistisch und glaubwürdig darzustellen.« Berchtesgadener Anzeiger

www.emons-verlag.de

Lisa Graf-Riemann
EISPRINZESSIN
Broschur, 224 Seiten
ISBN 978-3-95451-072-6

»Graf-Riemann trifft mit ›Eisprinzessin‹ das Wesen der ›Schanzerer‹, wie sich die Ingolstädter selbst bezeichnen und liefert einen spannenden Roman mit viel Lokalkolorit ab.« Buchtips.net

»Spannung pur verspricht der neue Krimi ›Eisprinzessin‹ von Lisa Graf-Riemann. ›Eisprinzessin‹ ist eher ein subtiler Kriminalroman mit Tiefgang, der zeigt, wie Menschen in psychischen Extremsituationen verzweifeln können.« Berchtesgadener Anzeiger

www.emons-verlag.de

Lisa Graf-Riemann, Ottmar Neuburger
HIRSCHGULASCH
Broschur, 304 Seiten
ISBN 978-3-89705-960-3

»*Das Buch steckt voller Action, schlagfertiger Dialoge und grausiger Entdeckungen.*« Passauer Neue Presse

»*Mit ›Hirschgulasch‹ ist dem Autorenduo eine würzige Mischung gelungen.*« Berchtesgadener Anzeiger

»*Dieser Spagat ist grandios und es ist absolut fantastisch, wie es dem Autorenduo gelingt, eine spannende Gangsterkomödie mit ernstem Hintergrund zu schaffen, ohne moralinsauer zu werden. Dazu noch grandiose Bilder – wer da nicht sofort an Verfilmung denkt, dem ist nicht mehr zu helfen!*« Krimi-Forum.de

www.emons-verlag.de

Lisa Graf-Riemann, Ottmar Neuburger
REHRAGOUT
Broschur, 336 Seiten
ISBN 978-3-95451-261-4

»Wie schon bei ›Hirschgulasch‹ ist den Autoren eine gute Mischung aus verschiedenen Genres gelungen, die nicht nur wegen des Berchtesgadener Lokalkolorits Spaß macht zu lesen.«
Berchtesgadener Anzeiger

www.emons-verlag.de

Lisa Graf-Riemann, Ottmar Neuburger
**111 ORTE IM BERCHTESGADENER LAND,
DIE MAN GESEHEN HABEN MUSS**
Broschur, 240 Seiten
ISBN 978-3-89705-961-0

»*Berchtesgaden und Umgebung: Entdecken – Staunen – Wundern. Dieses Buch versteht sich weder als Reisebegleiter noch als Wanderführer, es lädt vielmehr jeden ein, eine der schönsten Regionen des Alpenraums – das Berchtesgadener Land – mit wachen Augen, sensibler Neugier, vorhandenem Bewusstsein für gewachsene Traditionen und ehrlicher Offenheit für zeitgemäße Veränderungen kennenzulernen. Veranschaulicht durch treffende Fotos und vorgestellt durch einen anregend gestalteten Text, der Wissenswertes mit Skurrilem mischt, erfährt der Leser viel von dieser Gegend mit ihren bekannten Höhepunkten (u.a. Watzmann, Königssee, Salzburg), aber auch von ihren heimlichen Schätzen (z.B. Maria Kunterweg, Mordaualm, Johannishögl) und taucht ein in das Leben der Menschen.*« Bayern im Buch

www.emons-verlag.de